Para:

Com votos de muita paz!

___/____/___

Francisco Ferraz Batista
Prefácio de Haroldo Dutra Dias

Romance Inspirado

Testemunho pelo
CRISTO

ebm

Rua Silveiras, 23 | Vila Guiomar
CEP: 09071-100 | Santo André | SP
Tel (11) 3186-9766
e-mail: *ebm@ebmeditora.com.br*
www.ebmeditora.com.br

Dados Internacionais de Catalogação na Publicação (CIP)
(Câmara Brasileira do Livro, SP, Brasil)

```
Batista, Francisco Ferraz
    Testemunho pelo Cristo / Francisco Ferraz
Batista. -- 1. ed. -- Santo André, SP : EBM
Editora, 2016.



        1. Espiritismo 2. Romance espírita I. Título.




16-00556                                    CDD-133.9
```

Índices para catálogo sistemático:

1. Romance espírita : Espiritismo   133.9

Todos os direitos reservados. Nenhuma parte dessa publicação pode ser reproduzida, armazenada ou transmitida, total ou parcialmente, por quaisquer método ou processos sem autorização do detentor do copyright.

TESTEMUNHO PELO CRISTO

Copyright© C. E. Dr. Bezerra de Menezes

Autor
Francisco Ferraz Batista

Editor
Miguel de Jesus Sardano

Capa
Fabrício Ferraz Batista

Diagramação
Tiago Minoru Kamei

Revisão
João Sergio Boschiroli

Impressão
Lis Gráfica e Editora Ltda

1ª edição - fevereiro de 2016 - 2.000 exemplares

Impresso no Brasil | Printed in Brazil

AGRADECIMENTOS

Manifesto meus agradecimentos, como sempre, para as duas esferas da Vida.

Na Vida Espiritual, em primeiro lugar a Yahweh, nosso Pai Celestial, e ao Mestre Inigualável Yeshua, a excelência do Amor que caminhou pela Terra.

Ao grupo de Espíritos Paulinos, que tem me inspirado, ao qual rendo minha eterna homenagem e gratidão pela inspiração e auxílio.

Ao meu Anjo da Guarda, amigo e orientador que nunca me faltou nos momentos de tristeza e dor e também de alegria.

Aos demais Espíritos Amigos, e àqueles que, pela bondade de seus corações, avalizaram minha reencarnação.

Na vida física atual, à amada e querida esposa *Eleonor*, inspiradora, compreensiva, impulsionadora, companheira de todas as horas e colaboradora sempre presente; aos meus filhos: *Sabrina, Fabrício, Gustavo, Flávia Emmanuela, Fernando Enrique e Fabio Eduardo*; aos netos: *Ketlyn, Cauã e Valentina*, todos frutos de uma verdadeira história de amor, manifestando minha gratidão a Yahweh por tê-los reencontrado nesta reencarnação e conviver com eles em clima de aprendizado, amor e fraternidade.

Ao estimado amigo Haroldo Dutra Dias, pelo carinho da amizade pura e sincera.

Ao amigo João Sérgio Boschiroli, que me tem auxiliado com seus conhecimentos e extremado zelo doutrinário, na revisão das obras que tenho tido oportunidade de trazer a público, apresentando-se como colaborador valioso e dedicado, sempre.

A todos os demais amigos e colaboradores da obra, que doaram os seus melhores esforços, através de seus contributos valiosos para que a mesma se transformasse em realidade.

Notas do Autor

A simplesmente maravilhosa e rica experiência de poder escrever o meu primeiro livro, intitulado *"NOS TEMPOS DE PAULO"*, o que fiz sob a inspiração direta de um *'Grupo de Espíritos Paulinos'*, portanto, almas que estiveram participando ou se interessando ativamente pela vida de Paulo de Tarso, desde Jerusalém, e, por conseguinte, pelos tempos afora, confesso que me foi ocasião que reputo sublime em minha vida, pois, pela ação de corações amigos e extremamente bondosos e carinhosos, literalmente pude *"caminhar pelas estrelas"*, razão pela qual sempre tenho agradecido e sempre continuarei a agradecer todos os dias a oportunidade, assim espero, de poder servir à Causa do Cristianismo, de alguma forma útil.

Passada a conclusão e edição do referido livro, voltei-me para antigo projeto que tinha deixado à margem e que se traduzia na composição de um livro sobre as questões filosóficas que envolvem o Cristianismo e o Espiritismo, tendo concluído o mesmo, com o título *"OS ÂNGULOS DO CRISTIANISMO – PRINCIPAIS ADMOESTAÇÕES DE JESUS E OS ÂNGULOS DO ESPÍRITISMO"* – editado pela Federação Espírita do Estado do Rio Grande do Sul.

Após três meses da conclusão do primeiro livro, veio-me à mente a inspiração para escrever sobre o que teria acontecido após a desencarnação de Paulo de Tarso no que se refere ao rumo ou ao destino da Boa Nova.

Essa tarefa foi então se materializando, sob inspiração do mesmo *"Grupo de Espíritos Paulinos"*, de modo que entreguei-me ao trabalho de registrar a continuidade das lutas pela implantação do Evangelho do Cristo na Terra, logo após o retorno do Apóstolo da Gentilidade às moradas celestes.

Como tive oportunidade de dizer no primeiro livro, nutro a esperança de que as reflexões transpostas nesta obra sirvam, de algum modo, no sentido de auxiliar as criaturas a terem uma visão mais aproximada possível das enormes dificuldades enfrentadas por Yeshua, seus apóstolos e discípulos, na implantação do seu Evangelho sobre a Terra, servindo tudo isto de inspiração para nossas vidas.

Espero que as criaturas que pela bondade de seus corações folharem esta obra, possam impregnar-se ou continuar se impregnando das energias que os primeiros cristãos possuíam, no enfrentamento de todas as dificuldades possíveis e imagináveis, para implantar na Terra o Reino de Yahweh.

Também espero que o que nela estiver retratado possibilite a cada leitor(a) o encontro ou reencontro com a esperança e com a certeza de que Nosso Pai Celestial jamais nos desemparou ou desamparará e que todos nós podemos encontrar o Seu Divinal Amor dentro dos nossos corações.

Enchi minha alma de ansiedade, e sem receio parti à Tua procura.

...De filigranas de oiro teceste a Luz do meu poente,

ó Causa Incausada!

E de tão verdejantes avencas

vestiste o meu dossel para o sono da noite,

ó Imanente Transcendência,

que exulto nesta madrugada

dilacerada de luz!

Rabindranath Tagore[1]

---

[1] - Do livro *Filigranas de Luz*, autoria do Espírito Rabindranath Tagore, psicografia de Divaldo Pereira Franco.

SUMÁRIO

APRESENTAÇÃO.....17

I - A PRIMEIRA PERSEGUIÇÃO ROMANA AOS CRISTÃOS.....19

II - NOTÍCIAS DO MARTIROLÓGIO DOS APÓSTOLOS E APREENSÃO DOS INTEGRANTES DO NÚCLEO DE JERUSALÉM.....25

III - O NÚCLEO DE ÉFESO.....37

IV - LEMBRANÇAS DA INFÂNCIA E DA ADOLESCÊNCIA.....43

V - LEMBRANÇAS SOBRE JUDAS ISCARIOTES E MIRIAM DE MIGDAL.....63

VI - A DESENCARNAÇÃO DE MARIA DE NAZARETH.....83

VII - ENCONTRO COM JOÃO E TIMÓTEO. LEMBRANÇAS E ORIENTAÇÕES DO CIRENEU DE TARSO.....101

VIII - A CIDADE DA FÉ.....121

IX - OS SÁBIOS CONSELHOS DE JOÃO.....135

X - OS ESCRITOS DE MARCOS E DE LUCAS.....147

XI - A TAREFA DE INÁCIO.....153

XII - A MORTE DE EVÓDIO E A ASCENSÃO DE INÁCIO.....161

XIII - O NÚCLEO CENTRAL DA DIVULGAÇÃO DA BOA NOVA.....167

XIV - REUNIÃO NO NÚCLEO DE JERUSALÉM 181

XV - A queda de Jerusalém.....193

XVI - O perigo da influência judaica sobre os Núcleos cristãos.....205

XVII - Na Cidade da Fé.....217

XVIII - As iniciativas do Núcleo de Antioquia da Síria para a preservação da mensagem da Boa Nova.....233

XIX - A continuidade das lutas.....281

XX - A viagem para Éfeso.....295

XXI - A passagem por Tarso. A cura do menino Lior. Breve estadia em Antioquia de Psídia.....311

XXII - O diálogo de Inácio com o Procônsul da Ásia Menor e da Bitínia.....337

XXIII - O caminho para Éfeso – desdobramentos. Lembranças do encontro de Inácio com Yeshua.....355

XXIV - Novo encontro na Cidade da Fé.....375

XXV - Reencontro com Timóteo e o apóstolo João – Observações do futuro.....389

XXVI - A morte do Imperador Vespasiano e a ascensão de seu filho Tito.....409

XXVII - Os cristãos ao tempo de Tito Flávio Sabino Vespasiano e de seu filho Tito Flávio Vespasiano Augusto.....415

XXVIII - A segunda perseguição romana aos
   cristãos.....419

XXIX - Atos dos Apóstolos e os mártires cristãos sob o
   Império de Domiciano.....423

XXX - A primeira prisão de Inácio. Orientações da
   Cidade da Fé.....429

XXXI - A caminho de Roma.....447

XXXII - O desembarque de Inácio no Porto de Óstia.
   Suplício e sofrimento.....481

XXXIII - A prisão do apóstolo João.....535

XXXIV - A morte do Imperador Domiciano.
   A continuidade das tarefas.....555

XXXV - Na Cidade da Fé. Previsões sobre o futuro do
   Evangelho.....561

XXXVI - O Evangelho de João. A desencarnação de
   Timóteo.....569

XXXVII - A desencarnação do Apóstolo de Éfeso. A segunda prisão de Inácio. A terceira grande perseguição aos cristãos.....573

XXXVIII - A segunda viagem de Inácio para Roma e sua
   desencarnação.....581

APRESENTAÇÃO

NOS VELEIROS DA INTUIÇÃO

Fenômeno pouco estudado e conhecido, as chamadas incursões intuitivas no passado já produziram excelentes romances históricos, como no caso de Taylor Caldwell, nos quais se mesclam de modo curioso e surpreendente o elemento histórico fidedigno com a moldura literária, própria do escritor.

Mesclando imaginação e talento literário com lampejos intuitivos, essas obras retratam o passado de um modo muito criativo, tornando a leitura amena, agradável, mas não menos instrutiva e consoladora.

Apresentar ao leitor este novo trabalho do nosso estimado amigo Francisco Ferraz Batista constitui motivo de muita alegria e honra para o meu coração.

Nosso irmão sempre foi um propagador das sementes do Evangelho, produzindo e estimulando trabalhos acerca dos ensinos do Mestre. A ele devemos todo o apoio, estímulo e conselhos amigos quando da publicação do livro "Parábolas de Jesus, Texto e Contexto", editado pela Federação Espírita do Paraná, quando ele ocupava o cargo de Presidente.

Foram momentos de muito aprendizado e emoção vê-lo patrocinando e apoiando roteiros de palestras, seminários, o próprio livro acima mencionado, e todo um programa de divulgação da Boa Nova, à luz da Doutrina Espírita.

Agradeço a Deus a oportunidade de retribuir, ainda que na figura de migalhas, todo o carinho e apoio de Francisco à causa do Evangelho.

Todavia, o leitor deve preparar o coração e a mente para a leitura de tão enriquecedor volume.

Atentar para o conteúdo esclarecedor e moralizador da obra, considerar os aspectos literários que servem de roupagem ao pensamento, valorizar o esforço de intuição e a assistência espiritual recebida pelo autor.

Em suma, extrair o espírito da letra.

Uma coisa podemos assegurar, por testemunho pessoal. A pureza de intenções, o devotado amor a Jesus e o ardente desejo de servir ao Mestre, características desse coração valoroso, que é Francisco, de quem temos a alegria de privar da amizade.

Aproveite a viagem, pois este livro transportará seu coração ao passado, qual se fosse um veleiro carinhosamente preparado para nos cumular de luzes e bênçãos.

Belo Horizonte, primavera de 2015

Haroldo Dutra Dias

I

A PRIMEIRA PERSEGUIÇÃO ROMANA AOS CRISTÃOS

Corria o final do ano 67 d.C.

O poderoso Império Romano havia estendido seus tentáculos por quase todo o mundo conhecido, contudo, aqueles eram anos em que Roma se afastara da verdadeira experimentação da justiça.

Ecoavam, como passado, as glórias daquele que fora o primeiro grande conquistador, Caio Júlio César. O seu gênio militar, embora reconhecido pelos patrícios, já estava distante.

Também se apagavam da memória dos sucessores, as glórias de Caio Júlio César Otaviano, sobrinho-neto de Júlio César, que após as experiências do segundo triunvirato romano, quando dividira o poder com Marco Antônio e Lépido, tornara-se o único Imperador, e haveria de restaurar a República Romana; de investir o Senado com poderes governamentais; de estabelecer a Magistratura e o Legislativo, porém, sem abrir mão de seu poder de Imperador.

Otaviano produziu reformas que haveriam de levar Roma ao esplendor. Criou redes de estradas por todo o Império; estabeleceu um correio oficial; criou o exército permanente e a guarda pretoriana; estendeu os domínios de Roma, anexando o Egito, a Dalmácia, a Nórica e a Récia; expandiu as possessões da África e da Germânia e conquistou a Hispânia. Apesar disso tudo, estabeleceu a *Pax Romana*, a era da paz em Roma.

Foi nesse tempo da *Pax Romana* que encarnou na Terra o Espírito que serviria de perene Modelo e Guia para toda a Humanidade: *Yeshua de Nazareth*.

Em 14 d.C., Roma choraria a morte do Grande Imperador, considerado como seu Augusto.

Sucedeu-o, no poder, Tibério Cláudio Nero Augusto, que de certa forma buscou dar sequência às ações de Otaviano. Tibério reorganizou o exército, reformou a lei militar, criou novas legiões, entretanto, desgostoso com a morte de seu filho Júlio César Druso, resolveu retirar-se para a ilha de Capri, e seu governo, após isto, passou ao mais completo declínio. Seus generais espalharam terror e morte, vindo o Imperador a falecer em 37 d.C.

Assumiu o trono do Império, Gaio César Germanicus, que ficou conhecido pelo nome de Calígula. Era filho de um dos maiores generais de Roma, Gaio Germanicus.

Roma iniciava a sua decadência. Calígula, no seu Império, implementou ainda mais o terror que os generais de Tibério haviam espalhado, aliando às extravagâncias, as orgias e a mais completa perversão. Seu governo duraria somente quatro anos, pois veio a falecer em 41 d.C., não deixando nenhuma saudade nos governados.

Com Roma rumando para a esfacelamento, em 41 d.C., assumiu o trono Tibério Cláudio César Germânico, mais conhecido por Cláudio, que envidou esforços enormes para reorganizar todo o Império, que se ressentia dos desmandos do sucedido, e dar-lhe nova formatação. Estabeleceu novos Consulados e serviu-se, para essas funções, de generais romanos experientes, tendo nomeado, dentre eles, Lúcio Sérgio Paulo, Procônsul de Chipre; Aulo Pláucio Silvano, Procônsul da Britânia; Cneo Domicius Corbolo, Procônsul da Frígia e da Galácia ou da Ásia Menor e Junius Gálio, Procônsul da Província da Acaia.

Desde as conquistas de Júlio César, passando por Júlio César Otaviano, a Judeia, a Idumeia, a Samaria, a Pereia, a Galileia, a Decápolis, a Bataneia, a Traconites, a Aranites, a Iruteia e a Gaulanitis, o que podemos chamar de Antiga Palestina, estavam submetidas politicamente a Roma e o Império conviveria com seus subjugados em clima de cordialidade, permitindo que estes ou outros povos conquistados professassem suas crenças, sem impedimento.

Ocorreu, entretanto, que na sede Imperial, Roma, os judeus que ali viviam e formavam uma comunidade, se negavam a se misturar com os romanos, porque não admitiam a influência da cultura romana. Fechavam-se numa comuna e de quando em quando se indispunham contra os altos impostos que tinham que pagar.

Desse modo, constantemente causavam distúrbios na cidade e, instigados por um judeu de nome Cresto, faziam campanhas de insubordinação aos tributos. Por sua vez, instigado por seus súditos, o Imperador Cláudio, em 49 d.C., baixou um Decreto Imperial, expulsando todos os judeus da cidade de Roma.

Dentre a comunidade judia que fora expulsa, estava o casal Áquila e Priscila, amigos de Paulo de Tarso e que se retirando de Roma foram para a cidade de Corinto, na Província Romana da Acaia.

No ano de 54 d.C., o Imperador Cláudio, que havia se casado com Agripina, a mãe de Nero, faleceu, envenenado pela esposa.

Assumiu, então, o trono de Roma, em 54 d.C., o seu enteado Nero Cláudio César Augusto Germânico. Nascido com o nome de Lúcio Domício Enobarbo, era descendente de uma das principais famílias romanas, pelo pai Cneu Domício Enobarbo, e da família imperial Júlio-Claudiana, através da mãe Agripina, a Jovem, filha de Germânico e neta de César Augusto.

No início de seu governo, focou-se principalmente na diplomacia e no comércio. Tentou aumentar o capital cultural do império; ordenou a construção de diversos teatros e promoveu os jogos e provas atléticas, entretanto, era um verdadeiro déspota, fraco na governança e cruel nas decisões, tendo submetido o povo a um duro tempo econômico. Tirano, dera vazão à morte de vários membros de sua família.

Ante tudo isto, o ano de 67 d.C. vai demarcar o início da primeira perseguição romana direta aos seguidores do Homem do Caminho. Após mandar atear fogo em Roma, o indigitado Imperador mandou prender novamente Paulo de Tarso, sendo que o apóstolo Pedro já se achava preso em Roma, e os dois grandes trabalhadores de Yeshua foram vilmente mortos.

II

NOTÍCIAS DO MARTIROLÓGIO DOS APÓSTOLOS E APREENSÃO DOS INTEGRANTES DO NÚCLEO DE JERUSALÉM

A notícia da morte do apóstolo Pedro e do Apóstolo dos Gentios varreu todas a províncias romanas, todo o Oriente conhecido e até parte do Ocidente.

Em Jerusalém, houveram posições distintas. Os judeus em geral e o Conselho do Sanhedrin[2] demonstraram viva satisfação com a notícia, contudo, na Casa do Caminho, o primeiro Núcleo Cristão, que ficava localizada no início da estrada de Jerusalém para Jope, a notícia, quando lá chegou, foi portadora de enorme e profunda tristeza.

Os seguidores de Yeshua, em Jerusalém, já haviam, vinte e três anos antes, chorado a morte do apóstolo Tiago Maior, irmão de João, que se deu no ano 44 d.C. De caráter impetuoso, ele e seu irmão João haviam

---

[2] - Sinédrio. Entre os antigos judeus, tribunal, em Jerusalém, formado por sacerdotes, anciãos e escribas, o qual julgava as questões criminais ou administrativas referentes a uma tribo ou a uma cidade, os crimes políticos importantes, etc. [Var.: *sinedrim*; sin.: *sanedrim*.] Dicionário Aurélio.

recebido de Yeshua a alcunha de filhos do trovão. Fora o primeiro dos apóstolos a sofrer o martírio, em Jerusalém.

O rei Herodes Agripa I começou a tomar medidas visando maltratar alguns membros do Núcleo de Jerusalém, instigado por membros judeus de sua corte. Prendeu Tiago e mandou matá-lo à espada. Tiago morreu decapitado depois de ter convertido seu próprio acusador, que o conduziu ao tribunal e que ficou tão comovido ao vê-lo dar testemunho, que confessou-se também cristão e então acabou sendo morto junto com Tiago.

Outra notícia triste viera sobre o apóstolo Natanael Bartolomeu, que, após a morte do Messias Amado, transformara-se no primeiro viajante pregador da Boa Nova por várias regiões. Muito embora não apegado a fundar Núcleos ou Igrejas, foi nele que o discípulo Paulo de Tarso se inspirou. Conhecendo os relatos que os demais apóstolos e discípulos de Yeshua lhe fizeram, desse verdadeiro espírito de divulgação de que era dotado Bartolomeu, Paulo tomou-o como exemplo para a sua tarefa de divulgação da Boa Nova. Bartolomeu, após ter estado em várias partes pregando os ensinamentos de Yeshua, pelos escritos de Mateus Levi, traduziu esses escritos para o idioma indiano, contudo, foi morto na Índia no ano 51 d.C.

Passada quase uma década, os apóstolos e discípulos de Yeshua receberam outras tristes notícias. Chegou a informação de que o apóstolo André, em pleno trabalho de evangelização, fora surpreendido com prisão e também martirizado, crucificado em X, para que seu sofrimento se prolongasse, o que se deu na província de Acaia, no ano 60 d.C.

Os continuadores da divulgação da mensagem da Boa Nova, tanto em Jerusalém como em Antioquia da Síria – o segundo maior reduto dos seguidores de Yeshua, e que viria a se transformar no primeiro – como em Éfeso, na época o terceiro centro de importância entre os Núcleos, nem bem haviam se recuperado desses duros golpes, quando receberam a notícia do martírio do discípulo Barnabé, no ano 61 d.C., no seu próprio país, Chipre, quando pregava a nova mensagem na Sinagoga de Salomina, ocasião em que foi preso por judeus fanáticos, levado para fora da cidade e apedrejado até a morte.

Os testemunhos por amor à Boa Nova não pararam, eis que no ano 62 d.C., Tiago Menor, chamado de "o justo", que liderava o Núcleo de Jerusalém, foi preso e também martirizado.

Logo mais, se entristeciam novamente, com a notícia da morte do apóstolo Tomé, que havia encetado grandioso serviço de evangelização, disseminando a Boa Nova nos territórios da Pérsia e da Índia, culminando com seu martírio no ano de 63 d.C., também no território da Índia.

Essas situações todas traziam à lembrança daqueles que ficavam, a advertência feita por Yeshua e retratada por Mateus Levi: *"Se alguém quiser vir após mim, a si mesmo se negue, tome a sua cruz e siga-me"*.

O tempo era de tristeza e de certa desolação. Os apóstolos e sinceros discípulos do Mestre, um a um, ofertavam o seu *testemunho pela verdade*, por amor a Yeshua e a Sua Sublime Mensagem.

Numa noite de inverno de novembro de 67 d.C., os apóstolos Filipe, Tadeu, Simão, o Zelote e o discípulo Simeão bar Cleófas, estavam reunidos no Núcleo de Jerusalém e relembravam os infaustos acontecimentos que se abatiam sobre a comunidade dos Seguidores de Yeshua. Na ocasião, comentavam sobre a justeza dos ensinos e advertências do Mestre.

Os remanescentes do Colégio Apostólico dialogavam com o novo líder do Núcleo, Simeão bar Cleófas, que era primo do Mestre, eis que seu pai era irmão de José, sobre o mais novo e duro golpe que havia ocorrido naquele ano, mais precisamente os martírios do apóstolo Pedro e do discípulo Paulo de Tarso, em Roma. Os corações estavam novamente tolhidos pela tristeza.

Tadeu comentava com Filipe os detalhes da morte dos amigos, em Roma.

O Imperador Nero mandara incendiar Roma e num surto da mais completa loucura, enquanto a cidade ardia em chamas, subiu à torre de Mecenas a fim de tocar lira e entoar o cântico do incêndio de Troia. Ele havia dito que fazia questão de ver a ruína de todas as coisas antes de sua morte.

O grande edifício do Passo Imperial, muitos palácios e casas foram destruídos, muitas pessoas pereceram nas chamas, outras foram sufocadas pela fumaça ou sepultadas sob as ruínas.

Tadeu disse que as notícias que haviam chegado eram mesmo aterrorizantes, com referência aos seguidores de Yeshua, pois o Imperador Nero, percebendo que sua conduta fora intensamente censurada pelos romanos e que ele se tornara objeto de ódio por parte de seus patrícios, decidiu culpar os cristãos como causadores do incêndio, tendo determinado a prisão de todos, inclusive de Paulo. Pedro já se achava preso, e após determinar a morte deles, criou um ambiente de completo terror.

Simão, o Zelote, com os olhos cheios d'água, relembrou em que condições os amigos tinham sido mortos.

A morte de Paulo fora rápida, por decapitação, já a morte do estimado amigo e irmão Pedro fora lenta e atroz, eis que, recebendo a pena de crucificação, houvera pedido aos seus algozes para ser crucificado de cabeça para baixo, pois não era digno de morrer como o Messias, no que foi atendido.

Ante tanta perseguição, sentiam, eles também, a proximidade das duras provações e expiações a que certamente seriam submetidos. Lembraram e comentaram outro valoroso ensino do Mestre, que estava retratado por Mateus Levi: *"Então, sereis atribulados e vos matarão. Sereis odiados de todas as nações, por causa do meu nome."*

Comentaram, naquele instante, as maldades do celerado Imperador Nero, que nos últimos anos havia desenvolvido requintes para as suas crueldades. Inventava castigos aos seguidores de Yeshua, sob a mais cruel imaginação: Mandou costurar alguns em peles de animais selvagens e serem lançados aos cães para serem destroçados; outros eram encharcados com cera inflamável, atados aos postes do seu jardim particular, onde lhes ateavam fogo para que ardessem como tochas de iluminação, além das demais outras cruéis e vis formas de eliminação da vida.

Estavam mergulhados nessas lembranças e apreensivos, quando Filipe, como que movido por uma energia intraduzível, levantou-se e pôs-se a falar em voz alta:

– Oh! Poderoso Yahweh, como nos disse o amigo do coração e dos gentios, que retornou ao Teu Reino de Amor, *"Todos buscam os seus interesses, Vós, porém tendes em vista a nossa salvação"*.

"Ainda que nos sujeiteis às amarguras, às adversidades e às dores que nos maculam o corpo, bem sabemos que tudo é feito em nosso proveito, pois de mil modos costumais provar os vossos amigos.

"Bem já sabemos, também, que nas provações e nas expiações devemos ainda mais amar-Te e louvar-Te para que possas encher-nos de celestiais consolações.

"A Vós, Senhor de nossas vidas, e a Yeshua, levantamos nossos olhos neste instante e edificamos nossa fé, na certeza que os amigos do coração, Pedro e Paulo, acercaram-se de Tua Sublime Companhia.

"Abençoai-os e lhes santificai a alma, para que sejam recebidos em Vossa Augusta Morada e sejam entronizados em Vossa glória.

"Neste momento de saudade, oh! Inesquecível Yeshua, olhai por nós, os que continuamos ainda na região das lutas terrenas, para que não desfaleçamos no trabalho de difundir a Tua mensagem, o Teu legado e o legado por eles deixado, abençoando-nos a todos, hoje e sempre"

Filipe calou-se. Voltara a chorar. Cada lágrima traduzia o amor que nutria pelos irmãos do Colégio Apostólico e pelos demais discípulos da luta para a implantação da mensagem de Yeshua sobre a Terra, que também já haviam retornado ao regaço do Pai Celestial.

O silêncio se fez presente ante a emoção dos que ali estavam quando todos sentiram um perfume suave e maravilhoso. Então, Tadeu, tomado de uma energia momentânea e em completo êxtase, começou a falar:

– Amados irmãos! Com a alegria que repleta meu coração, registro com os olhos da alma, neste instante, a presença espiritual de nossos estimados Pedro e Paulo, que se fazem acompanhar de nossos inesquecíveis Estêvão, Tiago Maior, Tiago Menor, André, Tomé e Barnabé, e para nosso gáudio e alegria maior e intraduzível até, os acompanha o Amado Mestre Yeshua.

"Nosso amigo Paulo foi encarregado de traduzir-nos o recado de nosso Messias Alcandorado, e pede que o traduza, na forma seguinte:

"Amados Irmãos!

"Meu preito de saudades!

"São bem-aventurados os que agem em simplicidade e humildade, pois estes sempre caminharão pelas veredas seguras dos mandamentos de nosso Pai Yahweh.

"Nosso Pai não exige profunda inteligência nos seus desígnios, mas sim o testemunho da fé viva e pura e a prática constante do amor, pois Ele anda com os simples, revela-se nos humildes e ilumina o interior das almas que buscam a pureza.

"Prossegui, irmãos e benditos de Nosso Pai, sem temer a morte, eis que ela nada mais representa do que a passagem de retorno às moradas celestes. Eu venci a morte!

"Tenho recebido o vosso tributo de Amor, na lembrança do nosso convívio e nas vossas ações benfazejas na direção dos mais necessitados do corpo e da alma.

"Nunca esqueçais que embora apartados pelo corpo, estaremos sempre unidos pelo Espírito.

"Deixo-vos o perfume da gratidão e renovo que sempre estarei com todos até o fim dos tempos.

"Que a paz, a coragem, a confiança e a esperança revistam vossos dias sobre a Terra.

"Yahweh nos conduz. Avante, sem temor!"

O ambiente estava repleto da altíssima densidade proporcionada pelas energias mais sutis e benfazejas, que se espalhavam no ambiente, ante a Augusta e Divina presença espiritual e dos demais irmãos. As lágrimas vertidas eram as da emoção e do estímulo, para quaisquer que fossem as lutas vindouras.

Embevecidos pela presença e pelo recado divino, sentiram seus ânimos renovarem-se para continuar trabalhando no Núcleo de Jerusalém, mesmo em razão dos testemunhos e das lembranças dos irmãos queridos que já tinham retornado à presença de Yahweh e que estavam sob o amparo direto de Yeshua.

Todos estavam calados, absorvendo a emoção do momento.

Após algum tempo de silêncio renovador, Tadeu informou que os Amigos Espirituais já tinham se retirado do ambiente, porém as energias maravilhosas permaneciam.

Retomando a conversação, agora eufórico e alegre, Filipe disse aos demais que apesar do que acontecera com vários irmãos, entendia que o Mestre vinha exortá-los a continuar trabalhando o mais que fosse possível para que os Seus ensinamentos fossem espalhados por todos os rincões possíveis da Terra e que a presença dos irmãos trabalhadores da Boa Nova que já haviam retornado às paragens celestiais e que compareciam ali, naquele instante, na companhia do Mestre, apenas fazia demonstrar que o caminho para chegar à Casa de Yahweh era esse, sem dúvidas.

Falou então que deviam retomar as lutas. Que com essa finalidade ele pretendia se deslocar até Antioquia da Síria e visitar os irmãos do Núcleo de lá, para manter com eles colóquio desejável no sentido de aumentar as possibilidades de união mais firme dos dois Núcleos em relação às decisões que se tomariam dali por diante, quanto aos destinos da mensagem de Yeshua e para organizarem plano de expansão da mesma.

Acrescentou que, embora o recado de alento do Messias Amado, temia que a divulgação da mensagem da nova fé, a continuar recebendo os duros golpes das perseguições romanas e dos próprios judeus do Sanhedrin, também sofresse os golpes das intromissões indesejadas no seu seio e viesse a ter o adensamento de um véu que pretendesse encobrir as verdades.

Temia que após o retorno de Paulo e de Pedro à Pátria Celeste, a mensagem de Yeshua fosse de certa forma abafada pelas diferentes interpretações que já haviam começado a surgir, mesmo no seio dos Núcleos criados pelo Cireneu de Tarso e outros demais Núcleos, o que dera motivo para as diversas cartas por ele endereçadas às chamadas Comunidades Cristãs.

Ao mesmo tempo, temia o surgimento de grupos dissidentes nos próprios Núcleos de Jerusalém, de Antioquia da Síria e também de Éfeso. Estes Núcleos eram o corpo central sustentador da Sublime Mensagem de renovação trazida pelo Mestre Inesquecível.

Disse aos demais que João Marcos já havia dado a conhecer as suas anotações sobre Yeshua e que essa ação servira de novo estímulo a todos os seguidores do Messias.

Falou que pretendia, também, quando fosse possível, se avistar com o amigo Lucas, pois este ficara de entregar ao Núcleo de Antioquia da Síria as anotações já completas que fizera sobre a trajetória do Mestre, a quem Lucas se referia como "O Christo". Que segundo fora informado, Lucas deveria chegar em Antioquia da Síria no próximo ano, pois estava em viagem de pregação no Egito. Então, quando chegasse lá, provavelmente tornaria públicas suas anotações.

Comentou que, no seu modo de ver, as anotações de Lucas não deveriam contrariar as de Mateus Levi e muito menos as de Marcos, e que isto viria contribuir para solidificar ainda mais a mensagem de Yeshua para toda a Humanidade.

III

O Núcleo de Éfeso

Éfeso foi uma das doze cidades da liga Jônia durante o período clássico da Grécia. Fica próxima à atual Lelçuk, província de Smirna, na Turquia. Foi fundada por Androclus, filho de Codro, o líder dos Jônios. Tornou-se o local do palácio real dos Jônios. Está situada na foz do rio Caister.

No século VII a.C., Éfeso resistiu à invasão dos crimeios e dos reis da Lídia, acabando por ser conquistada, em 560 a.C. por Creso, rei da Lídia. Este contribuiu para a construção do primeiro templo de Ártemis, deusa grega, ou Diana, como passou a ser conhecida entre os romanos, todo em mármore, em estilo jônico.

A seguir, Éfeso foi submetida, como outras cidades da Jônia, pelos persas.

Após, os gregos a tomaram, em 334 a.C. Em 133 a.C., foi incorporada pelo Império Romano. Sob o domínio romano, Éfeso cresceu como cidade e em grau de importância, rivalizando, no Oriente, com as cidades de Alexandria, no Egito, e com Antioquia da Síria, tendo sido a capital da província da Ásia.

Era uma cidade portuária, encravada na costa oeste da Ásia Menor, região conhecida também como

Anatólia. Ficava entre as antigas cidades de Esmirna e Mileto. Possuía excelentes docas e instalações portuárias. Ficava no lado ocidental das montanhas do Taurus e era formada por relevos, colinas e penhascos, dos quais se divisava o Mar Egeu.

Paulo de Tarso fundara, na sua segunda viagem, o Núcleo dos Seguidores do Homem do Caminho, em Éfeso. Depois retornara à cidade e ali ficara por três anos, evangelizando os moradores da cidade e da região em derredor, e o fez de tal modo que o Núcleo Cristão ali ficou bem estabelecido. Paulo passou a utilizar a cidade como sua sede de operações na Ásia Menor. Durante esse tempo, dali ele escreveu suas epístolas aos crentes de Corinto.

Foi para aquela bela cidade, cheia de árvores grandes e colinas misturadas a planícies, que o apóstolo João se mudou, na companhia de Maria de Nazareth, a mãe de Yeshua.

Maria, após a desencarnação de Yeshua, ainda residira por mais um ano em Jerusalém, depois foi morar com Lázaro, Marta e Maria, por mais três anos, em Betânia. Foi quando João a buscou e a levou para morar com ele em Éfeso, visando preservar aquela que era chamada de mãe das mães.

Éfeso, com a presença de Paulo de Tarso, que em sua última estada na cidade lá ficou por mais de três anos, transformara-se, depois de Jerusalém e Antioquia da Síria, no terceiro maior centro de divulgação dos ensinamentos da Boa Nova.

O Núcleo de Éfeso se tornara um excelente grupo de seguidores de Yeshua. A base do Núcleo tinha recebido a presença de grandes trabalhadores, dentre eles Paulo de Tarso, Áquila, Priscila e Apolo, fiéis a Yeshua e grandes líderes. Eles eram pessoas muito fiéis e influentes.

Nesse Núcleo havia pregações todos os dias, e ali havia muitas revelações, muitos ensinamentos. Paulo, quando partiu de Éfeso, deixou o seu discípulo mais bem preparado, Timóteo, para que tomasse a frente e cuidasse do Núcleo. Timóteo seguia sempre os conselhos do Amigo de Yeshua, e teve a felicidade de ter como grande conselheiro e congregado ao Núcleo, o apóstolo João, que foi residir em Éfeso juntamente com Maria de Nazareth.

A tarefa de Timóteo no Núcleo de Éfeso não foi pequena. Paulo o havia deixado com o encargo de corrigir certos equívocos que já se faziam em relação aos ensinamentos da Boa Nova e que estavam dando oportunidade a erros doutrinários.

Quando Paulo já há algum tempo tinha deixado Éfeso, enviou uma primeira carta a Timóteo, como fez com vários Núcleos, na qual o orientou a combater os falsos mestres e ensinou como ele devia proceder, pois embora Timóteo fosse ainda jovem, teria que cuidar para que os ensinamentos do Mestre não fossem deturpados.

Numa segunda carta, Paulo encorajou Timóteo a continuar pregando a palavra, corrigindo e repreendendo com toda paciência os erros doutrinários que insistiam em ocorrer em razão de muitas pregações que se davam em vários Núcleos, já com adulterações graves da Boa

Nova. A ênfase de Paulo nessas duas cartas está sempre voltada à palavra de Yahweh e de Yeshua. Por este motivo, Paulo exortou Timóteo: *"Aplica-te à leitura, à exortação, ao ensino. Tem cuidado de ti mesmo e da doutrina."*

Paulo lembrou, com isto, a Timóteo, do propósito do seu trabalho como evangelista em Éfeso: a correção do erro.

Alguns membros do Núcleo estavam deixando de ensinar a doutrina de Yeshua em favor de falsas doutrinas, fábulas e genealogias sem fim. Por causa dessas coisas, alguns não estavam crescendo no serviço de divulgação da Boa Nova, mas estavam se perdendo em discussões inúteis.

Timóteo precisava exortar o Núcleo acerca do amor, do coração puro, da consciência boa e do exercício da fé sem hipocrisia. Por isso, o Cireneu de Tarso lhe disse:

"Onde não há amor pela verdade do Pai e do Filho, a consciência se engana. Ao seguir e ensinar com fervor as doutrinas de homens, a fé e as obras se tornam vãs e hipócritas."

E ainda que:

"O uso legítimo da lei de Yahweh e da mensagem de nosso Mestre Amado é a correção dos que erram, e não a criação de polêmicas e discussões. Quem discute a doutrina de Yahweh sem primeiramente ouvi-la e obedecê-la comete um grande erro.

"Com muito cuidado devemos compreender, falar e praticar ousadamente a doutrina que nosso Mestre nos revelou.

"Hoje há muitos que têm rejeitado a boa consciência e ensinam como doutrina coisas que não fazem parte do Evangelho de Yeshua. Devemos manter a fé, pregando fielmente a palavra do Mestre para corrigir os que "blasfemam" com doutrinas falsas."

O Núcleo de Éfeso, diante da firme ação de Timóteo e daqueles que o auxiliavam, vai ser um porto seguro na proteção da Boa Nova, evitando, à época, que os ensinamentos de Yeshua já tivessem sido totalmente obscurecidos.

IV

LEMBRANÇAS DA INFÂNCIA E DA ADOLESCÊNCIA

Os últimos dias do ano 67 d.C. traziam com eles, ali na região de Anatólia, belíssimos quadros da Natureza. Naquele dia, trinta de dezembro, como nos dias próximos que se passaram, o clima estava seco e, ao cair da tarde, de forma bucólica, o astro rei parecia crescer de tamanho e seus raios se apresentavam em cor alaranjada.

Ao se olhar na linha do horizonte, do alto dos penhascos de Éfeso, parecia mesmo que o céu, refletido no azul celeste, se ligava com as águas do Mar Egeu.

Os ventos costumeiros do cair da tarde levaram embora o relativo calor que fizera de dia e traziam com ele as aragens que vinham do norte, ofertando a presença lenta e contínua do frio da noite, que naquela época era até relativamente confortável, chegando a um mínimo em torno de cinco graus positivos.

Sentado em uma saliência achatada, na pedra, no penhasco ou elevação conhecida como *Colina do Rouxinol*, Inácio, que já era conhecido pela alcunha de Inácio de Antioquia, olhava para a belíssima paisagem. Estava revisitando os sítios que estavam coroados de lembranças de sua infância e adolescência.

A visão o colocava em verdadeiro êxtase. Quando ali morou, adorava estar nesse lugar, e como que se evadindo do que o rodeava, seu pensamento caminhou pelas brumas do passado.

Reviveu na tela de sua mente – e jamais esqueceria disto em toda a sua vida – aquela tarde romanesca de Nissan.

Era um dia do mês de abril em Israel. O Mestre Yeshua estava em Cafarnaum e falava aos seus apóstolos, aos discípulos e a várias pessoas que O acompanhavam. Respondia a questões sobre a ternura e a misericórdia do Pai Celestial, quando foi indagado pelo judeu Benjamin, comerciante de púrpuras e membro da casta dos fariseus: "Mestre, dize-nos, quem é o maior no reino dos Céus?"

Embora nada entendesse bem do que as pessoas falavam, pois contava com quatro anos de idade e perambulava pelas ruas, eis que era uma criança órfã, pois seus pais haviam morrido de uma doença misteriosa, Inácio, agora, nos arcanos da memória, lembrava a resposta do Messias Amado, ao interlocutor, quando disse: *Aquele que se fizer servo de todos, o menor de todos*.

Lembrava, também – o que lembraria por toda sua vida – que no meio das pessoas que O ouviam, o Mestre pousara aqueles olhos belos, lúcidos e penetrantes, nos seus olhos pequenos e abrindo os braços na sua direção, ofertara-lhe o colo divino.

Como que catapultado ao passado, Inácio viu-se a correr na direção do Messias e alojar-se nos seus braços.

Ele o fez sentar-se sobre os Seus joelhos, afagou os seus cabelos e lhe falou baixinho: *"Olá, amigo da alma, como vais? Que bom que retornaste!..."*

Inácio, lembrando disso, pensou na dúvida que, por essa lembrança, sempre passara a carregar consigo: Por quê? Por que Ele havia lhe falado aquilo? Ele já o conhecia? Por que lhe falara em retorno? O que Ele quisera dizer?

Essas eram cogitações que se fazia sempre, mesmo já agora amadurecido, do alto dos seus trinta e oito anos de existência física.

Lembrou que o Amado Mestre, na ocasião, o indicou aos ouvintes e falou:

"Aquele que quiser entrar no Reino dos Céus, que seja como uma criança, sem malícia, sem presunção, sem astúcia, sem vivências ou experiências negativas na direção do seu próximo".

E parecia, também, ouvi-lo concluir: *"O Reino dos Céus é para aqueles que a esta se assemelham".*

O Mestre continuava afagando seus cabelos enquanto falava e após ter terminado de responder à pergunta, abraçou-o com profundo carinho e novamente, baixinho, lhe falou ao ouvido:

"Siga, meu querido amiguinho, sempre para frente. A misericórdia de nosso Pai Celestial o amparará em todas as dificuldades e Eu sempre estarei por perto. Mesmo que me vá, retornarei sempre."

A seguir, ante o aconchego do Mestre, recebeu na testa um longo beijo divino que também jamais esqueceria.

De quando em quando, na sua existência, parecia sentir o hálito divino, lembrando também que na ocasião do beijo, os olhos do Mestre estavam marejados de lágrimas.

Após lhe dar novo abraço, o Mestre o devolveu aos demais e à faina de sua própria existência.

Inácio trazia, todo aquele tempo, incrustadas na alma, as palavras de Yeshua, que se lhe afiguravam tal qual um enigma ainda a ser decifrado.

Embevecido pelo quadro da Natureza que se distendia à sua vista, Inácio pareceu retornar de um sonho, contudo, logo se ausentou novamente e passou a recordar outros fatos de sua existência, até aquele momento. Recordou os dias que se seguiram, em que sempre procurou seguir as pegadas do Mestre em Cafarnaum, e os outros abraços que recebeu d'Ele. Parecia que ele havia se transformado na criança preferida do Messias. E como sentia saudades daquilo!...

Por diversas vezes, quando se aproximava de Yeshua, surpreendia o olhar carinhoso do Mestre na sua direção. Parecia mesmo, agora – após muito tempo conseguia traduzir – um olhar de saudade e de intensa ternura. Nunca esquecera de nada, e tinha a certeza íntima de que jamais esqueceria.

Testemunho pelo Cristo

Recordou-se do dia em que as pessoas simples da cidade, notadamente Lázaro, Marta e Maria, choravam a morte do Messias, e não saberia dizer por que, mas a notícia que lhe fora dada pelo velho Alfeu lhe trouxera uma tristeza tão intensa que esquecera até dos pais que haviam morrido, representando, mesmo, que a morte do Messias lhe fazia nascer uma dor ainda maior que a morte dos seus pais.

Nas suas cogitações, Inácio viu surgir-lhe o quadro da orfandade e do abandono. Apesar de ter ido morar com Alfeu, alguns meses após a morte de seus pais, não ficara lá morando por muito tempo, pois o bondoso homem também viajava muito, em seus afazeres. Lembrava, porém, que muitas pessoas em Cafarnaum sempre lhe davam alimento, roupas usadas e lhe concediam pouso ora numa casa, ora noutra.

Tornara-se uma espécie de pequeno mensageiro da cidade. Levava recados de uma pessoa para outra; ajudava as pessoas idosas a caminhar pelas ruas, auxiliando no carregamento das compras do pequeno mercado da cidade. Algumas vezes, entretanto, sentia o abandono, sentia solidão, fome e frio. Nessas ocasiões fazia um pensamento em forma de oração:

"Amado Yeshua, não me abandones. Olha por mim!"

Sempre que assim agia e pedia, alguém ou uma ação outra qualquer lhe proporcionava receber alimento, roupa para aquecer o corpo e a oferta de um pouso familiar.

47

O pensamento voou até aquele dia de primavera, quando as árvores estavam floridas, as flores enfeitavam os caminhos e o sol crestava a paisagem, e quando Amnon, que era comerciante da cidade, um senhor amigo que sempre o ajudava, o encontrou na praia, onde gostava de ficar à tardinha olhando o Mar de Genesaré, sempre lembrando do seu Messias Inesquecível.

Amnon chegara perto dele e lhe dissera:

– Olá, menino Inácio, que bom que te encontrei. Já estava te procurando faz um bom tempo. Tem uma pessoa que deves conhecer, talvez não te lembres dele, pois já se passaram quatro anos. O nome dele é João. Ele andava com Yeshua. À época era muito moço e se mudou para outra cidade que diz se chamar Éfeso, tendo levado, para morar com ele, Maria, filha de Joaquim e Ana, os avós maternos do Messias.

Ao ouvir os nomes pronunciados por Amnon, Inácio lembrou que na ocasião teve um choque, eis que naquele instante voltou-lhe à mente a recordação do diálogo com Yeshua.

Amnon disse que João o estava procurando e que queria encontrá-lo a todo custo. Estava hospedado na casa do velho Alfeu, pai de Mateus, que acompanhava Yeshua, a quem o menino já conhecia, pedindo-lhe que fosse procurá-lo, pois queria falar com ele, Inácio.

Inácio contava, na ocasião, com oito anos de idade e após ouvir o que Amnon lhe tinha dito, na sua companhia, quase correu até a casa do velho Alfeu.

Lá chegando, foram entrando no pequeno pátio fronteiriço que circundava a pequena casa, feita de pedras entalhadas. A porta estava aberta e quase no mesmo momento que adentravam o pequeno portal, Inácio viu a Senhora e se recordou dela. Era a mãe de Yeshua. Olhou-a. Ela era simplesmente linda. Ela sorriu-lhe com ternura e acenou com a mão para entrar e ir na sua direção. Ao lado dela, apareceu João, cuja fisionomia reconheceu. Mais atrás deles, o velho Alfeu, com quem chegara a morar quase um ano e de quem sempre recebia ajuda.

Ficou imóvel, sem saber se ia ao encontro de Maria, ao que ela se apressou em ir na sua direção e o abraçou.

Inácio lembrou daquele abraço, que se traduzira para ele como que numa recompensa por todos aqueles anos que vivera sozinho.

Naquele instante, lembrou também do primeiro abraço que recebeu do Messias. Sentiu que o abraço de Maria parecia lhe infundir uma espécie de retorno ao lar, e lhe parecia familiar, mas como poderia ser isso, se nunca tinha estado no lar de Maria?

Maria o afastou com leveza e delicadeza e olhando-o, disse:

– Querido menino Inácio, quanto tempo já se passou. Quantas saudades tenho sentido de ti. Eu e João sempre comentamos a teu respeito em nossas preces no lar. Lembro que o meu Amado Filho sempre me falava do carinho imenso que sentia por ti. Um dia até lhe falei que poderia te adotar como filho, mas de forma inexplicável, recordo que Ele disse: 'Sim, sim, boa e amada mãe, mas ainda não é o momento!' Confesso que não entendi.

Mudando o curso da conversa, Maria acrescentou:

– Olha! Aqui está João, lembras-te dele? Ele gosta muito de ti e já faz alguns anos que tenho dito para ele que nunca te esqueci e tenho pedido a ele para que viéssemos te procurar, no que ele assentiu, pois também nutria essa vontade, e é por isso que estamos aqui.

Inácio olhou para João, que era ainda um jovem, e divisou, no seu olhar, vivo interesse e ternura.

João então falou-lhe:

– Querido menino Inácio, viemos de Éfeso em jornada de navio que demorou seis dias. Desembarcamos em Cesareia e após caminhamos a pé até aqui, parando para descansos de nossa veneranda mãe. Queríamos achar-te e convidar-te para ires morar conosco em Éfeso. O que achas do convite? Queres ir conosco?

Os olhos de Inácio brilharam. Sentiu uma onda de alegria lhe invadir o coração e olhando para os dois, sem pensar direito, como as crianças fazem na sua naturalidade, disse:

– Quero sim ir morar com a mãe Maria e contigo. Tenho me sentido mais só do que antes. Agora que estou a crescer, as pessoas já não mais ofertam pouso facilmente. A praia e as estrelas têm sido a minha moradia constante e a noite a minha cama de pouso. Nestes últimos dias tenho sonhado com o Messias, e parece que Ele me vem em sonhos e diz: 'Querido Inácio, mandei te buscar para que venhas para mim e logo poderás trabalhar na Minha Vinha.' Confesso que ainda não entendo o que Ele quer dizer com isso.

E como uma criança que a vida já experimentava pelo abandono, fome e sofrimento, disse aos dois:

— Porém, não tenho como pagar-lhes a moradia, mas prometo tudo fazer para ajudar, seja na limpeza da casa, seja no que for preciso.

Maria e João sorriam, no que foram seguidos por Alfeu, que contemplava a cena, embevecido.

Então João falou:

— Está combinado. Daqui a dois ou três dias partiremos para Éfeso, isso se nosso Alfeu nos conceder pouso até lá.

O velho Alfeu era conhecido em Cafarnaum pelo seu jeito manso e meigo de tratar as pessoas e mesmo quando seu filho Mateus era cobrador de impostos, ocasião em que a população hostilizava a cobrança e os cobradores, nem Mateus nem ele eram hostilizados, uma vez que ambos se dedicavam a auxiliar as pessoas que os procurassem e buscassem auxílio, e até aquelas que dependiam da caridade alheia.

Alfeu então disse que ficaria extremamente feliz em continuar hospedando João e principalmente Maria, a mãe do Mestre, que trazia iluminação para sua casa, e também ficaria feliz em hospedar o menino Inácio novamente, pois ele já era um menino benquisto por ele, inclusive tinha morado em sua casa por quase um ano. Só não morou mais tempo porque muitas vezes ele viajava a negócios, e como não tinha esposa, que já havia morrido, e os filhos ausentes, não tinha como prover os cuidados presenciais de Inácio. Falou que providenciaria roupas novas para o menino, para que quando partissem, ele estivesse em condições de enfrentar não somente a viagem, como também as necessidades breves nesse campo.

Alfeu providenciou que Inácio fosse banhar-se, separou-lhe túnica limpa, improvisada, em razão do tamanho, dizendo a todos que logo mais, pois já estava escurecendo, seria servido o jantar.

Assim se deu. Após algumas horas, auxiliado por uma serviçal de Alfeu, o menino apresentou-se no local de refeição, banhado e com roupas limpas. Quando lá chegou, o sorriso de Maria o cativou ainda mais. Sentou-se ao lado dela.

Nos refolhos da alma, Inácio reviu a conversação que se deu. Após Alfeu proferir sentida prece de gratidão pelo pão do corpo e da alma e pelas companhias que alegravam o ambiente doméstico, puseram-se a cear. De repente, Maria, usando a palavra, disse:

– Bondoso Alfeu, estimo e agradeço a tua amável hospedagem e não posso deixar de lembrar os tempos em que na companhia de Meu Amado Yeshua andávamos por esta cidade e por sua praia. Ao estar aqui, pareço ser transportada novamente para aqueles dias felizes.

"Tenho ultimamente sonhado com todos os lugares em que Meu Filho passou e nos quais pude acompanhá-Lo.

"Lembro perfeitamente, como se fosse hoje, do dia em que Meu Amado e os amigos por Ele escolhidos se hospedaram na casa do amigo Zebedeu, em Betsaida. Meu sobrinho João Batista já havia sido morto e lá meu amado Yeshua preparou-se para a primeira campanha de pregação aberta e pública para toda a Galileia. Ele passou três dias instruindo os apóstolos. Como eram extraordinários os ensinamentos que eu ouvia, na condição de mãe e assistente!

"Também lembro que na ocasião, minha filha Rute, Sua irmã mais nova, veio visitá-lo e a mim, na casa de Zebedeu. Rute, como eu, éramos os únicos membros da família que acreditávamos totalmente na divindade de nosso Filho e Irmão, de maneira consistente e resoluta. Tínhamos certeza de que Ele tinha uma grande missão sobre a Terra, por determinação de Yahweh e que Ele era, como é, o Messias prometido na Lei Antiga. Confesso que Yeshua tinha verdadeira adoração por Rute.

"No quarto dia, meu Filho começou a pregar nas areias da praia e grande multidão se fez em sua volta. Após, Ele entrou no barco que era usado por Simão Pedro e que nesse dia estava sendo usado por Davi Zebedeu e dois outros amigos que voltavam da pesca que fora infrutífera; depois o ingresso de meu Filho no barco e a pesca farta que se deu, sob Sua orientação.

"Também lembro que no Shabat, Ele falou na

Sinagoga e que, conforme a tradição, iniciando sua fala, tomou das anotações do Êxodo de Moshe e leu:

"E servirás ao Senhor, teu Deus e Ele abençoará o teu pão e a tua água, e toda doença será afastada de ti."

"Depois, leu também um segundo texto, do profeta Isaías:

"Levanta-te e resplandece, pois a tua Luz já veio, e a glória do Senhor levantou-se sobre ti. As trevas podem cobrir a Terra e uma profunda obscuridade pode recobrir o povo, mas o espírito do Senhor levantar-se-á sobre ti, e a glória divina será vista contigo. Até mesmo os gentios virão para esta Luz, e muitas grandes mentes render-se-ão ao esplendor dessa Luz."

"Parece mesmo que eu decorei o que Ele leu, e os comentários que Ele fez a seguir estão todos na minha memória. Nunca O tinha ouvido falar daquela forma. Lembro-me bem que na ocasião Ele disse:

"Bem sabes que um Pai de coração terno, amando sua família como um todo, considera-a como um grupo, por causa do forte afeto que dedica a cada membro dessa família. Não mais deveis pensar no Pai dos Céus, como filhos de Israel, e sim como filhos de Yahweh. Enquanto grupo, sois de fato filhos de Israel, contudo, como indivíduos, cada um de vós é filho de Yahweh.

"Eu vim, não para revelar o Pai aos filhos de Israel, e sim, para trazer esse conhecimento de Elohim e a revelação do Seu amor e misericórdia ao indivíduo que crê, como experiência pessoal genuína.

TESTEMUNHO PELO CRISTO

"Os profetas todos têm ensinado que Yahweh importa-se com o seu povo; que Deus ama Israel.

"Contudo, eu vim até vós para proclamar uma verdade maior. Uma verdade que muitos profetas recentes também compreenderam. A verdade de que Yahweh vos ama – a cada um de vós – como indivíduos. Em todas essas gerações, vós tendes conhecido uma crença racial ou de uma nação. Agora Eu vim para vos dar uma crença pessoal.

"Entretanto, mesmo esta não é uma ideia nova. Muitos dentre vós, que tendes a mente espiritualizada, têm sabido dessa verdade, porquanto algum dos profetas vos instruiu desse modo.

"Acaso não lestes a Lei Antiga, onde o Profeta Jeremias, disse: 'Naqueles dias não se dirá mais que os pais comeram uvas ainda verdes e os filhos ficaram com os dentes estragados. Cada homem morrerá pela sua própria iniquidade; todo homem que comer uvas verdes ficará com os dentes estragados.'

"Vede! Dias virão em que Yahweh fará uma nova aliança com seu povo, não de acordo com a aliança que fez com os pais, quando os tirou das terras do Egito, mas de acordo com o novo caminho.

"Yahweh disse: Eu irei até mesmo escrever a Minha lei nos seus corações. Eu serei o seu Deus, e eles serão o Meu povo. Naquele dia, cada homem, ao seu vizinho, não irá dizer: Tu conheces o Senhor? Não! Pois eles Me conhecerão pessoalmente, desde o menor até o maior de todos!

"Acaso não lestes sobre tais promessas? Não acredi-

tais na Lei Antiga e nos Profetas? Não compreendeis que as palavras dos profetas estão realizadas naquilo que podeis ver já nos dias de hoje? E Jeremias não vos exortou a fazer da crença um assunto do coração, para vos relacionardes com Deus, como indivíduos?

"E acaso o profeta não vos falou que Yahweh buscaria vossos corações individualmente? E não fostes avisados de que o coração humano natural é enganoso acima de todas as coisas, e que muitas vezes é malvado?

"Não lestes também em Ezequiel, onde ele ensinou até mesmo aos vossos pais que a crença deve se tornar uma realidade nas vossas experiências? Não mais usareis o provérbio que diz: 'Os pais comeram uvas ainda verdes e seus filhos ficaram com os dentes estragados?' 'Enquanto Eu viver – diz o Senhor Deus – observai que todas as almas sejam minhas, como a alma do pai, e também a alma do filho.'

"E então Ezequiel previu mesmo esse dia, no qual, em nome de Deus, falou: 'Um novo coração também darei a ti, e um novo espírito colocou dentro de ti.'"

Maria também lembrou que Yeshua descreveu que a vontade do Pai do Céu, depois que o homem compreende a liberdade espiritual, é que seus filhos, na Terra, devessem começar a se preocupar com sua caminhada na direção do Reino de Yahweh, buscando melhor conhecer o Criador e buscar ser como Ele.

Maria calou-se. Não saberia dizer como tinha falado todo aquele sermão de forma completa. Ela não era afeta a discursar. Sentiu que alguém, como que dentro dela, foi quem falara, e naquele instante viu, com os olhos da alma, seu Amado Filho presente no ambiente simples daquela casa acolhedora e que demonstrava estar alegre com a providência de Sua inesquecível mãe e de João, em relação ao menino Inácio.

João e Alfeu estavam extasiados e Inácio, mesmo na sua idade e sem compreender muito bem o que Maria falara, estava paralisado. Maria parecia estar em transe. Ele não tirava os olhos de Maria.

Após alguns instantes, voltaram a fazer a refeição, que já esfriara ante a locução de Maria, que relembrava ensinos importantes de Yeshua. Terminada a refeição, foram para outro cômodo, que se afigurava como uma sala de estar. A serviçal de Alfeu, que se chamava Gina, serviu a sobremesa composta por geleia de damasco acompanhada de chá de amora, que era muito usado como digestivo, pelas famílias judias.

João perguntou ao menino Inácio se ele estava com sono, ao que ele respondeu que não.

A seguir, foi João quem falou, relembrando um ensinamento de Yeshua, em Jerusalém, na Festa da Dedicação, que havia sido instituída por Judas Macabeu.

Disse que naquela festa indagaram ao Mestre sobre Seu messianato e Sua unidade essencial com o Pai Celestial, pois os judeus não aceitavam as prerrogativas de Yeshua e planejavam apedrejá-lo, por blasfêmia, pois, para eles, Yeshua era um simples ser humano que alegara ser Filho direto de Yahweh e que era o Messias.

Que na ocasião, em sua defesa, Yeshua declarou que se até mesmo aqueles a quem foi dirigida a Palavra de Deus, na Lei Antiga, foram chamados de "deuses", muito mais tinha Ele o direito de se considerar "Filho de Deus".

João destacou a extraordinária inteligência do Messias, dizendo que Ele antevia as perguntas que lhe eram dirigidas e sabia antecipadamente da intenção que as revestia, por isto respondia aos questionamentos de maneira lúcida e direta, sempre ancorando suas respostas na Lei e nos Profetas, o que desarmava as intenções infelizes que os judeus em geral nutriam em relação a Ele.

Alfeu e o menino Inácio tudo ouviam e por tudo se maravilhavam.

Passaram-se mais três dias na casa de Alfeu, entre lembranças e diálogos maravilhosos e relatos vários relativos aos ensinamentos do Mestre Galileu. Quem mais prestava atenção era o menino Inácio.

Conforme o previamente combinado, ao amanhecer do quarto dia, os três, após fazerem o repasto matinal, despediram-se de Alfeu, que não conseguia disfarçar certa tristeza pela partida dos amigos e de Maria. Profundamente agradecidos, os amigos se puseram na estrada.

Caminharam até Cesareia de Filipe, num percurso de três dias e lá embarcaram em um navio, pelo Mar Mediterrâneo, até o porto de Éfeso, que ficava já na embocadura do Mar Egeu. A viagem demorou mais seis dias.

Ao cabo de nove dias, chegaram ao porto de Éfeso. Desembarcaram e seguiram rumo à Casa da Colina, que ficava numa distância de seis quilômetros da cidade. Lá chegando, o menino Inácio correu para a ponta do penhasco e ficou deslumbrado com a vista. As águas do Mar Egeu refletiam o azul do céu e a plácida aragem que vinha do Mar trazia com ela os bandos de gaivotas que voavam para um lado e outro, sobre as águas. Tudo aquilo encantou o menino.

Inácio acordou das lembranças e deu-se conta de estar ali no penhasco, já há algum tempo. O dia já estava se esvaindo. Olhou para o céu. Parecia buscar ver o rosto do Mestre e também o da amada mãe Maria, que já tinha retornado à Casa do Pai e para os braços do Messias.

Suspirou fundo, e como que houvesse aspirado um ar letárgico, de novo ausentou-se do local. Novamente, pelo fio da lembrança, reviu cenas que lhe traziam outras recordações carregadas de profundas emoções.

A casa em que morara com Maria e João, ali em Éfeso, era simples. João a mandara construir toda em pedra. Tinha um apequena área na entrada e ficava numa pequena comuna, onde já residiam alguns seguidores de Yeshua, denominada *Colina do Rouxinol,* à esquerda do caminho para o centro da cidade.

Era uma região quase deserta, com grutas limpas, espalhadas entre pequenas planícies arenosas. Havia várias árvores isoladas, de troncos lisos e grandes copas em forma de pirâmide.

Além de uma serviçal que João contratara para cuidar da casa e de Maria, Inácio, a partir de sua chegada, se tornara companhia inseparável dela. João quase não ficava em casa, porquanto passava a maior parte do tempo na cidade ou nos arredores, pregando a mensagem renovadora de Yeshua. Às vezes viajava até Jerusalém e de lá até Antioquia da Síria e outras cidades.

Os dias e os anos foram passando e Inácio sempre ouvia de Maria revelações sobre toda a trajetória de Yehsua e a lembrança de Seus ensinamentos. Com o tempo, Inácio decorou os escritos de Mateus Levi alusivos à trajetória do Messias, Suas falas, Suas vivências, curas e orientações. Quando João voltava de viagem ou mesmo ficava em Éfeso, Inácio debatia com ele as belas passagens da Boa Nova, de forma que o agora jovem rapaz estava versado plenamente nos ensinamentos do Mestre.

O pensamento direcionou-o para dias de agradáveis e tristes lembranças.

Naquela casa na colina, inúmeros companheiros e amigos de João e de Maria de Nazareth sempre apareciam para conversar com a mãe e o Apóstolo de Yeshua. Buscavam conforto na lembrança da palavra do Mestre, e ali se davam acontecimentos notáveis e perfeito e intenso contato com as moradas celestes, notadamente com a Cidade da Fé.

Inácio tudo via, tudo ouvia e ia cada vez mais descobrindo a grandeza do inesquecível e amado amigo, suas lições, suas orientações, e cada vez mais se apaixonava pelas palavras simples e profundas do Rabi.

Testemunho pelo Cristo

Lembrou que quase todos os dias, desde quando contava com quatorze anos de idade, ao entardecer, Maria o chamava para fazerem longos passeios pelo penhasco e desciam por um caminho um pouco íngreme e após, punham-se a caminhar pela praia. Nesses instantes, Maria ia contando a Inácio como se dera toda a trajetória do Filho Amado, seus feitos, seus ensinamentos. Falava para Inácio de todos os apóstolos que seu filho escolhera para auxiliá-lo na tarefa de trazer à Terra uma nova mensagem direta de Yahweh, o Pai Celestial de todos.

V

LEMBRANÇAS SOBRE JUDAS ISCARIOTES E MIRIAM DE MIGDAL

Das narrativas de Maria, nessas caminhadas, Inácio teve especial atenção por duas, em razão dos fatos que envolveram o comportamento de Judas Iscariotes e de Miriam de Migdal.

Sentia não saber o motivo, mas o fato é que o ocorrido com essas duas almas parecia mexer muito com seu coração.

Quando Maria lhe havia narrado o comportamento de Judas Iscariotes, principalmente o que ele proporcionara a respeito do Filho Inesquecível, Inácio lembrou-se que na ocasião havia perguntado à mãe das mães – como ela era chamada na pequena comunidade dos seguidores de Yeshua – o que ocorrera a Judas Iscariotes depois da morte de Yeshua pela crucificação.

Lembrou que então ela lhe dissera que quando Judas viu que Yeshua fora condenado, se arrependeu amargamente, pegou as trinta moedas de prata e foi devolver aos conselheiros do Sanhedrin, mas eles não o receberam. Então, Judas atirou as moedas no Templo e saiu em desespero, pois caíra em si.

Que ele ficou envergonhado e desesperado em razão do ato que cometera, porque, contrariamente à prisão do Sublime Amigo, imaginava que qualquer tentativa nesse sentido seria alvo de reação por parte de Yeshua, pois entendia que Ele tinha o poder de impedir Sua prisão e de impor ao reino de Israel e aos romanos a sua condição de Rei. Judas já havia presenciado tantos e tantos feitos do Rabi, que, no seu entendimento, deveria ser muito fácil, para Ele, assumir o poder na Terra.

Como isto não aconteceu, retirou-se da presença de todos, nas asas do desespero, e foi para o vale de Hinnom. Lá, utilizando uma árvore à beira de um penhasco, amarrou uma corda em um galho, colocou-a em volta do pescoço e se atirou no vazio. Quando já estava morto, o galho se rompeu com o peso, projetando seu corpo pelo despenhadeiro.

Estranhamente, lembrava Inácio, quando Maria lhe contara o fato, percebeu que ela não nutria nenhum sentimento de aversão por Judas Iscariotes, tanto que na ocasião lhe perguntara:

— Mãe amada, por acaso não ficaste sentida com o comportamento de Judas? Já perdoaste o que ele fez a teu Filho e nosso Mestre?

Ressoava, ainda, na sua mente, a resposta da mãe veneranda:

— Inácio, meu filho querido, ainda não podemos confiar muito em nós, porque de maneira frequente ainda nos falta critério para analisar os fatos da existência.

Testemunho pelo Cristo

Ainda temos pouca luz e nos perdemos, por negligência, porque não avaliamos toda a nossa cegueira interior.

"Costumeiramente o homem procede mal e se desculpa, e às vezes é movido por paixão, pensando que é zelo; repreende nos outros as faltas mais leves e se descuida de suas próprias faltas maiores.

"Bem depressa sentimos e ponderamos o que dos outros sofremos, mas não nos damos conta do que os outros sofrem por causa de nós. Quem bem e retamente avalie suas obras, não será capaz de julgar os outros com rigor. Cada um julga segundo o seu interior.

"Exceto meu amado filho, ninguém há, na Terra, bom Inácio, sem nenhuma tribulação ou angústia, porque ainda apresentamos fraquezas na alma, que nos exigem, todos os dias, os heroicos esforços da mudança interior a fim de nos libertarmos dos pecados. Meu Filho sempre ensinava que Yahweh julga antes a intenção de que o próprio ato.

"Judas não era mau. Era um bom homem, nos padrões de nosso mundo, conquanto ainda passível de desequilíbrios, como todos ainda somos.

"As criaturas esquecem e não cogitam que a condenação ao sacrifício na cruz, do amado Yeshua, não foi feita por Judas. Não foi ele que estabeleceu o processo sob acusações sem base, e muito menos foi quem O julgou sedimentado na mentira. É certo que deixou o Divino Amigo nas garras dos que se satisfaziam no egoísmo e no orgulho.

"Pela soberana justiça de Yahweh, por certo ele haverá de responder à Lei pelo seu ato, pois trair o Amigo Divino significou ter pecado contra o espírito santo, mas entendo que não responderá pela morte do Cordeiro de Yahweh. Por esta, haverão de responder os que a determinaram, e, ainda assim, Inácio, nos limites da Lei Divina, que é toda revestida de Amor e Misericórdia.

"Meu Filho já me narrou o socorro que pediu a Yahweh em favor de Judas Iscariotes. Compreendi que é certo que ele também terá que tomar da sua própria cruz e nela morrer todos os dias que forem necessários, por amor, pois somente o amor cobre os pecados.

"Assim, tenho orado por sua alma todos os dias, para que ele encontre a paz de que necessita em seu espírito atormentado e o recomendo a Yahweh a fim de que lhe chegue o remédio que possa permitir aliviar-lhe a densa e pesada carga a que se submeteu.

"Me apiedo dele, e tenho pedido a Yahweh e ao meu Filho que, em razão de tudo o que aconteceu com Judas, me permita ser a mãe dele e daqueles que fogem dos equívocos eliminando a própria vida."

Como esquecer de tudo aquilo? Como esquecer dessa lição maravilhosa de perdão e desprendimento? Talvez pela extrema bondade e ternura de Maria de Nazareth, a ocorrência com Judas Iscariotes provocava intensa emoção em Inácio.

Inácio novamente voltou do lapso, mas logo a lembrança de Miriam de Migdal assomou-lhe à mente, e penetrou naquele dia em que, de maneira apressada e um tanto aflita, o mercador Adel, conhecido comerciante de Éfeso, juntamente com sua esposa Dania, foram até a casa na colina procurando por João e por Maria.

Era um daqueles dias em que o apóstolo João se encontrava na cidade, pregando no Núcleo. Então, Adel, atendido por Inácio, por Maria e a serviçal, informou que havia uma mulher caída há alguns estádios dali, na entrada do caminho que ia para a Colina, e que estava quase desfalecida. Quando ele e a esposa passavam pelo caminho, ela os havia chamado e pedira que lhe fizessem o favor de, se possível, avisar Maria de Nazareth e João, que moravam na Colina do Rouxinol, que ela estava indo para a casa deles e que sem forças desfalecia e pedia que fossem socorrê-la. Pediu que dissessem a eles que ela se chamava Miriam de Migdal.

Maria, ao ouvir o nome, ficou radiante, e uma felicidade lhe invadiu a alma, com um misto de preocupação. Pedindo a Inácio e a Léa, a serviçal, que a acompanhassem, tomaram de um vasilhame com água e copo e saíram ao encontro da mulher.

Como não lembrar daquele reencontro de almas?

Após caminharem cerca de dez estádios, descendo a ladeira, viram, numa pequena variante da estrada que ligava o centro da Cidade à Colina, uma mulher que estava sentada no chão e recostada em uma árvore.

Maria apressou o passo e logo debruçava-se sobre Miriam. Sem qualquer afetação, abraçou-a com carinho, trazendo-a de encontro ao peito e alisando seus cabelos depositou um beijo em sua testa. A seguir estendeu as mãos na direção de Inácio e pediu-lhe o vasilhame com água que haviam trazido e deu de beber a Miriam.

Inácio lembrou que quando se aproximou da mulher, viu-lhe os traços do rosto, que continha algumas pequenas ulcerações, mas que não escondiam a beleza de que ela era portadora e não viu no seu olhar qualquer traço de tristeza, mas sim de alegria por ver a mãe amada e estar com ela. A serviçal a tudo assistia, porém, parecia também impactada com a beleza de Miriam, embora estivesse em trajes que lembravam mais a andrajos.

Miriam então disse:

– Oh! querida mãe Maria, que bom que vieste me buscar! Confesso que estava desfalecendo e imaginei que não conseguiria chegar até tua casa, quando um bondoso homem por aqui passou, com sua esposa, e então lhes pedi que por caridade fossem avisar-te. Sinto-me fraca, mas não queria deixar este mundo sem ver-te novamente.

Olhando à sua volta, mesmo percebendo a presença de Inácio e da serviçal, perguntou:

– Onde está João? Por que ele não veio contigo, amada mãe?

Maria, ainda segurando a cabeça de Miriam em seu colo, disse-lhe:

– Querida filha, nosso João está na cidade, pregando no Núcleo. Penso que deve chegar ao cair da noite.

Mudando o curso da conversa, apontou os acompanhantes, dizendo:

– Veja, este é nosso amado filho Inácio, digo nosso filho porque é órfão e vive em nossa casa já por vários anos, e esta é Léa, nossa amada amiga que divide as tarefas da casa conosco. Mas, será que estás em condição de caminhar? Inácio poderá te sustentar um pouco do peso. Podes dar-lhe o braço para que ele aloje à volta do pescoço e podemos tentar subir devagar na direção da casa, o que me dizes?

Miriam respondeu que tentaria. Com esforço, auxiliada, levantou-se, enlaçou o pescoço de Inácio e os quatro começaram a subir lentamente a ladeira, em silêncio. Inácio notou a magreza de Miriam, porque, contrariamente ao que esperava, auxiliá-la daquela forma não lhe estava causando peso em demasia. Após algum tempo chegaram à casa.

Lembrou-se que Miriam de Migdal ficou ali por vários dias, e que sua saúde estava mesmo muito abalada. Maria e João a atendiam com carinho de mãe e irmão desvelados, todos os dias.

O pensamento, que já dirigia Inácio para o passado, o dirigiu para aquela noite em que, sob um luar maravilhoso e um céu salpicado de estrelas, sentados em confortáveis bancos, na área de entrada da pequena casa, respondendo a seu pedido, pôde ouvir Miriam de Migdal resumir brevemente sua existência após ter conhecido Yeshua.

– Foi num longínquo mês de agosto que O vi pela primeira vez.

"Ele estava sentado à sombra de um cipreste, próximo ao Templo de Jerusalém. Já tivera notícias d'Ele através de uma amiga. Naquele dia olhei para Ele e senti minha alma estremecer. Como era belo! Mesmo sentado, parecia ser um anjo daqueles cantados pelo povo, na Torá. Traduzia uma imponência própria, revestida de uma bondade que exalava de suas feições, lindas e tranquilas. Senti, naquele instante em que O olhei, que tudo em minha vida, que até ali nada representava, havia ganho um significado.

"Ante a proximidade, aspirei o Seu perfume, que me venceu. Senti que Ele me olhou profundamente, com aqueles olhos grandes, que traduziam intensa ternura. Sustentei seu olhar, que parecia buscar nos meus olhos a luz que deles já se havia esvaído há tempo. Pelo seu traje, percebi que era um Raboni.

"Atraída por aquele intenso e meigo olhar, que me desnudava por completo, dirigi-me a Ele, com minhas vestes perfumadas.

"Eu calçava sandálias douradas, que o comandante romano das Centúrias da cidade havia recentemente me presenteado. Quando O tive bem na minha frente, eu lhe disse: 'Bom dia, Raboni.' Ele disse: 'Bom dia, Miriam de Migdal.'

"Um tanto surpresa por Ele saber meu nome, embora eu fosse mesmo conhecida da luxúria, notei que me olhara com um olhar como nenhum homem jamais me tinha olhado. De repente, era como se Ele tivesse me desnudado a alma e não o corpo. Tive vergonha.

"Ele tinha dito somente: 'bom dia', mas vi e senti que a voz do mar estava nas suas palavras, a voz das árvores quando açodadas pelo vento. E quando as pronunciou, senti uma verdadeira revolução no meu interior. Percebi, naquele momento, que a vida falara à morte, porque, meu amigo, eu já há muito tempo estava morta, saiba disso.

"Eu era uma mulher que tinha me divorciado da própria alma. Eu pertencia a todos os homens e ao mesmo tempo a nenhum. Prostituta me chamavam, e diziam que era possuída por demônios. Era maldita e invejada ao mesmo tempo. Mas quando os Seus olhos de candura viram os meus, todas as angústias de minha vida se dissiparam num instante, e eu me tornei Miriam, somente Miriam, uma mulher agora perdida para a Terra que tinha conhecido, e que parecia se encontrar em um mundo diferente.

"Ele então novamente me olhou e disse:

" 'Miriam, você tem muitos amantes, mas só eu a amo verdadeiramente. Os outros, quando estão perto de você, amam a si próprios e a desejam sem sentir. Eu, ao contrário, Miriam, não a desejo mas sinto-a, pois amo você em você mesma. O que outros homens veem é uma beleza que um dia murchará, pois é da Lei, mas o que Eu vejo em você, Miriam, é uma beleza que não desaparecerá jamais. Vaticino que no outono de seus dias essa beleza exterior terá medo de ver-se no espelho e você conhecerá insultos. Porém, mesmo nesses dias, sempre a amarei, porque amo em você o invisível.'

"Então Ele se levantou e me olhou exatamente como imagino que as estações olham os campos: do alto, sorrindo um sorriso maravilhoso revestido de meiguice e candura, que me fazia levitar do chão onde eu pisava.

"Antes que eu falasse alguma outra coisa, Ele se aproximou, afagou-me levemente o rosto e os cabelos, olhou-me com compaixão, sorriu-me novamente e sem mais nada falar, se foi, não sem antes, após ter dado alguns passos, voltar-se para mim, sorrir e a seguir caminhar na direção de sua jornada divina.

"Ah! jovem amigo Inácio, a partir daquele dia, o pôr-do-sol que vi em Seus olhos passaria a ser a razão de meus últimos dias na Terra. Esta certeza brotava em meu íntimo, como os lírios mais belos que brotam ao longo do vale do Rio Jordão.

"Como que saí de um transe, pois com aquele gesto amoroso e inesquecível, ao me afagar os cabelos e o rosto, Ele me libertara dos demônios que haviam invadido minha alma.

"Dali por diante, passei a seguir o meu Yeshua por toda a Galileia, pela Judeia, pela Pereia e pela Samaria, consagrando-lhe todo o meu tempo, minha disponibilidade interior e meus bens, dos quais me desfiz, para auxiliar a quem precisava e nas economias das deslocações do Raboni Inesquecível."

Miriam fez uma pausa. A respiração era já difícil. Enquanto narrava para Inácio, de maneira resumida, a história de sua vida após conhecer Yeshua, na companhia de Maria de Nazareth, de João e de Léa, de quando em quando interrompia a narrativa para enxugar os olhos em razão das abundantes lágrimas que lhe caíam ao colo. Maria, a seu lado, nesses instantes, afagava seus cabelos, mas não ousava interrompê-la.

Miriam calou-se por alguns instantes. Parecia viajar pelo tempo.

Logo após, continuou a narrativa, falando de sua fidelidade a Yeshua; das caminhadas com Ele; de suas pregações; das curas que pôde assistir; da convivência sempre amorosa e misericordiosa d'Ele com os apóstolos e discípulos e com ela; das conversas construtivas; de Seu olhar sempre ofertando otimismo, esperança e paz.

Suspirou profundamente e continuou:

– Jamais esquecerei, Inácio, do dia maravilhoso em que Ele subiu a elevação do monte Kurun Hattin, que fica entre o Mar da Galileia e a cidade de Cafarnaum, e falou ao povo ali reunido. Foram palavras de libertação e esperança traduzidas nas bem-aventuranças que Ele cantou, proclamadas aos pobres de espírito e sofredores, dos quais eu fazia parte.

Depois narrou os dias terríveis de dor e certo desespero, quando seu Mestre querido fora preso, açoitado, julgado e condenado pelo Sanhedrin e crucificado por Roma. Narrou a peregrinação d'Ele pela via dolorosa, e disse que em todos esses momentos, sempre esteve ao lado da mãe amada. Ao dizer isso, levantou sua mão e afagou os cabelos de Maria, aquela a quem ela admirava e venerava afetuosamente e que naquela ocasião do Gólgota era quem mais sofria espiritualmente as dores pelas quais seu Divino Filho passava.

– Esse momento terrível de dor, bom Inácio, foi para mim uma ocasião oportuna, pois eu muito havia pecado e tinha agora a oportunidade de consolar quem nunca havia pecado.

Narrou os momentos fatídicos da morte física do Mestre Amado e falou da lembrança do pedido que ouviu d'Ele, endereçado a João, o discípulo amado, para que ele cuidasse de Sua mãe. Ao dizer isto, olhou para João com olhar de ternura e gratidão.

– Depois... depois...

Fez breve pausa. O sorriso se apossara das feições de Miriam, que olhando na direção da Colina do Rouxinol, mesmo em razão do luar, parecia rever as cenas que marcaram aqueles dias de sua existência. Então continuou falando de sua busca entristecida por Yeshua, ao visitar o túmulo onde Ele fora enterrado; do encontro com o mensageiro dos céus e da lembrança do túmulo vazio; de seu encontro com o jardineiro, que a chamou pelo nome e a enviou em missão de avisar aos apóstolos e a sua amada mãe, que Ele retornara. Repetiu o que Ele dissera e pedira naquele dia, que ela jamais esquecera:

"Não me toques! Vá ao encontro de meus irmãos e diga-lhes que subo para meu Pai e vosso Pai, para meu Deus e vosso Deus."

Narrou, ainda, que seguir Yeshua, servi-Lo e estar com Ele passou a ser a razão de sua vida. Que a partir desse encontro, que a deixou ainda mais viva, continuou vivendo entre os apóstolos e discípulos, procurando de todas as formas ser um exemplo vivo do amor que o Mestre dispensou a ela.

Após essas narrativas, tomou novo fôlego e completou:

– Desde aquele dia em que O encontrei, e do jeito como pronunciou meu nome, passei a me sentir única e verdadeiramente amada, nascida novamente, virada de fora para dentro de mim. Recebi tudo d'Ele e hoje me amo muito menos e O amo sempre mais. Fui a principal testemunha a compreender o significado do seu ensinamento valoroso: *'Eu também não te condeno, vá e não peques mais.'*

"Após a morte do Amado Raboni, eu fiquei um pouco em Jerusalém, mas resolvi me retirar para Migdal e de lá fui para Dalmanuta. Empreendi luta solitária pela sobrevivência e sempre busquei amparar os desvalidos da sorte. A saudade do Amado Yeshua parecia me impulsionar sempre para frente, embora muitas vezes a solidão me visitasse. O quanto podia, recitava os ensinamentos do Messias. A saudade mais apertava.

"Certo dia, caminhando pela praia, em silêncio, minha alma transbordava em lágrimas em meio a essas lembranças, e eu buscava encontrar um sentido para tudo aquilo que se passara, e pensava: O que Yeshua espera de mim? O que Ele espera que eu faça daqui para frente? Tinha acompanhado todas as vezes em que Yeshua, em Espírito, visitara os apóstolos. Não nutria dúvidas quanto à imortalidade.

"Um dia de saudade, na pequena Dalmanuta, vi que um grupo de sofredores leprosos para ali se tinha deslocado buscando ver Yeshua, pois não sabiam do acontecido. A realidade é que os habitantes da cidade lhes haviam fechado as portas e expulsado da cidade. Então, penalizada, me dirigi a eles, reuniu-os na praia em frente ao Mar da Galileia e falei a todos sobre a grandeza do Messias, sobre o Seu amor infinito e sobre a justiça e misericórdia de Yahweh.

"Como os irmãos leprosos haviam sido expulsos, fui com eles na direção de Jerusalém. Lá chegando, nos dirigimos ao Vale dos Leprosos e fiquei com eles. Dali em diante, dediquei o resto da minha vida em favor desses sofredores que passei a amar com as fibras mais sutis de minha alma.

"Depois de vários anos de lutas, de ofensas, de dores, começando a sentir fraqueza e o surgimento de pequenas ulcerações pelo rosto e pelo corpo, despedi-me deles, em lágrimas, fui por eles abraçada sob choro intenso, pois me tinham como uma verdadeira irmã, depois, a muito custo, com pequena reserva e pelo caminho requi-

TESTEMUNHO PELO CRISTO

sitando a caridade alheia, busquei vir até a adorada mãe do meu coração. Disfarcei bem o rosto com um lenço, embora muitas vezes tenha sido descoberta e escorraçada. Cheguei até Cesareia, e lá, procurando disfarçar ao máximo a doença que tomou conta do meu corpo, embarquei no navio para Éfeso, pois queria estar com a mãe Maria e com o amigo do coração, João. Agora, eis-me aqui, e passo a sentir que estou vivendo os últimos dias da minha existência na Terra.

"Compreendo que em razão do Amor incondicional do querido Raboni, minha alma em breve deve retornar à Casa de Yahweh. Nutro esperanças que o Inesquecível Mestre, quem sabe possa me mandar buscar no momento decisivo, para viver no Seu Reino de Amor. Anseio por abraçá-lo, porém, peço que Ele me permita ainda conviver com a mãe Maria e com meu querido amigo João, eis que ele foi o arrimo da nossa mãe amada e sempre foi quem mais me ajudou em tudo o que eu precisava."

Miriam, visivelmente cansada, calou-se. Inácio chorava copiosamente e pôde perceber que a mãe de Yeshua também enxugava as lágrimas com a barra da túnica, e que o mesmo se dava com João e com a serviçal Léa.

Os dias se seguiram, e certa noite, logo após ter sido colocada no leito por Maria, Inácio e o apóstolo João, Miriam começou a sentir muitas dores pelo corpo. Todos estavam à sua volta, no seu quarto. Maria pegou sua mão direita e beijou-lhe o dorso. Miriam não conse-

77

guia abrir os olhos. Apenas contorcia o corpo levemente, em pequenos gemidos de dor.

Maria sentou-se na cabeceira da cama, colocou a cabeça de Miriam sobre o seu colo e notou que palidez extrema iniciava a tomar conta das faces da amada amiga. Algum tempo depois, Maria percebeu que a respiração de Miriam tinha cessado. A um seu sinal, Inácio e João se ajoelharam e oraram a Yahweh e a Yeshua por aquela alma lutadora e vencedora que um dia vivera o fausto e a luxúria dos enganos e que agora se entregava ao vagido da morte, em cama simples e humilde, com um sorriso encantador que dizia: Estou em paz!

Foi João quem falou:

– *Querido Yeshua e Amado Yahweh, Pai de todos nós. Esta é uma hora de prostração de nossas almas, ao ver silenciar a voz desta que foi a maior guerreira contra suas próprias imperfeições, que conhecemos!*

"Apesar dos equívocos, lutou bravamente por modificar para melhor toda sua conduta e fez do bem ao próximo a meta do resto de sua existência terrena.

"Ao conhecer-te, Sublime Rabi, encontrou a finalidade para a sua vida e dignificou-Te. Com extrema renúncia a si mesma, tomou de sua própria cruz e Te seguiu.

"Nós que a conhecemos e que aprendemos a amá-la, choramos sua partida, mas ao mesmo tempo nos alegramos na certeza do seu ingresso nas Moradas de Yahweh, para conviver com a Tua divina presença.

"Recebe-a no Teu colo divino, ampara-a hoje e sempre, assim seja."

É certo que o apóstolo João e também a mãe Maria, que tinham a condição de às vezes ver a outra dimensão da vida, viram a chegada de vários Espíritos, dentre eles dois que se apresentaram como sendo Syro e Eucharia, os pais de Miriam. Após, um coro divinal de vozes canoras anunciava a nova presença no recinto. Envolto em intensa luz que quase os cegava, e antecedido por inúmeros Espíritos de intensa luz e vibração, o Mestre Amado se aproximou. Olhando candidamente para eles, acenou com ternura para sua amada mãe, e, naquele instante, Miriam de Migdal, auxiliada por mensageiros divinos, se desprendia do corpo físico, que já estava inerte.

Miriam, saindo brevemente de leve torpor que lhe havia invadido os sentidos, viu a aproximação do amado e inesquecível Raboni. Num gesto instantâneo, sem se aperceber que estava fora de seu corpo físico, que jazia sobre o leito, quis se ajoelhar a Seus pés, no que foi impedida por Ele, que estendendo-lhe as duas mãos, a recolheu em seus braços, afagou os seus cabelos e o rosto e disse:

— *Miriam de Migdal, venceste os azorragues da luta e deste testemunho da tua fé e dedicação aos que sofrem. Já conseguiste penetrar no Reino de Meu Pai, pela porta estreita. Por muito teres amado, eu, que sempre te amei, vim buscar-te. Vamos ao encontro de nosso Pai Celeste embalados pelas asas de tua dedicação a Ele."*

Sob o olhar e lágrimas de Maria e do apóstolo João, Yeshua e a caravana divina que o seguia singrou às alturas, levando nos Seus braços aquela que superou-se e dedicou o resto da sua existência em amar incondicionalmente a todos, principalmente os que sofriam as agruras da alma e do corpo.

Inácio lembrou, por final, que após o retorno de Miriam aos céus, Maria e João sempre lhe davam notícias de que Miriam estava muito bem, radiante e operosa, auxiliando, na equipe comandada pelo próprio Yeshua, na implantação da nova fé sobre a Terra.

Inácio ajeitou-se na pedra em que estava sentado, no penhasco, esboçou levantar-se, mas lhe veio à mente outro dia de triste e inesquecível lembrança.

Era o ano 58 d.C. Ele havia completado vinte e oito anos. Dedicara-se, nos quase vinte e um anos que vivera com o apóstolo João e Maria de Nazareth, em cultivar o aprendizado constante que recebia deles através dos exemplos e principalmente das luzes da Boa Nova.

Na residência, ele cultivava o pomar, plantava legumes e os vendia na feira da cidade. Também aprendera com João a trabalhar o couro de animais e fazer mantas, tapetes e roupa. Eram peças feitas com tanto esmero e carinho que todos na comunidade desejavam adquiri-las, o que ajudava sobremaneira no sustento da casa.

Naqueles últimos dias de outubro, Inácio percebeu que Maria de Nazareth estava um pouco enfraquecida. Naturalmente, ela era magra, mas sua saúde começou a preocupar João e Inácio, e era mesmo delicada a ponto de a serviçal Léa passar a ampará-la, como apoio, e guiá-la, às vezes, mesmo dentro de casa.

João e Inácio observaram que as saudades que Maria tinha do Filho Amado pareciam trazê-la como que suspensa entre o Céu e a Terra, e as lembranças da amiga Miriam de Migdal, que tinha retornado à Casa do Pai, ali em Éfeso, também a colocavam, diariamente, em profunda meditação.

Desde a desencarnação de Yeshua, todo o seu semblante tinha a expressão de uma saudade infinita e sempre crescente, que parecia consumi-la aos poucos.

Inácio comentou com o apóstolo João sobre a gravidade da saúde da mãe Maria, como os dois a chamavam. João também manifestou sua preocupação.

VI

A DESENCARNAÇÃO DE MARIA DE NAZARETH

Maria começou a sentir mais cansaço a cada dia, e a debilidade do corpo aumentou. João providenciou a vinda de um médico amigo, da cidade, Hanan, que veio visitar Maria. Após examiná-la detidamente, Hanan confidenciou a João e a Inácio que não havia encontrado nada grave com a saúde dela; nenhuma doença aparente, mas que ela estava mesmo fraca. Pediu que cuidassem com mais esmero de sua alimentação. Que dessem a ela chá de folhas de endívia e bastante mel.

A realidade – e disto João parecia ter-se apercebido, Inácio, porém, não – é que se aproximava o dia em que a mãe do Libertador da Terra teria que voltar para os Céus.

Na Morada Celeste, o Mestre Yeshua, através de um grupo de Espíritos Angelicais, tomou todas as providências para que fosse dada assistência direta àquela que fora Sua mãe querida, na Terra, pois estava se aproximando o momento em que Ele próprio deveria ir buscá-la, aliás, esse era o Seu desejo e promessa.

Dentro dos preparativos espirituais, Yeshua, através de seus prepostos, fez chegar a inspiração aos apóstolos que ainda estavam encarnados e aos discípulos mais chegados, a intuição para que fossem todos para Éfeso, para visitar Maria de Nazareth, numa justa homenagem àquela mulher extraordinariamente valorosa que reunira sob suas asas de amor os continuadores da obra do Messias Alcandorado.

Assim se deu.

Pedro e Matias estavam por aqueles dias na região da Antioquia da Síria.

André se achava em Jerusalém, mas já tinha saído de lá, em razão de perseguições e, inspirado, se dirigia para Éfeso.

Tadeu e Simão, o Zelote, se encontravam em pleno trabalho de evangelização na Pérsia.

Tomé estava na Índia, e lá recebeu a inspiração de partir para visitar Maria. Um desejo incontido de assim fazer o moveu, mas resolveu ir à Tartária, mais para o norte, e ficou indeciso em abandonar esse projeto. Continuou o caminho para o norte, atravessando parte da China até chegar à região onde hoje é a Rússia. Ali foi chamado novamente, pela inspiração, então resolveu partir às pressas para Éfeso, o que faria pelo leste do Mar Vermelho.

Em Éfeso, Maria, que apesar de emagrecida e de um certo abatimento, não possuía rugas no rosto e nem mesmo sinal de velhice, muito embora estivesse com sessenta e três anos de idade. Contudo, continuava a se sentir cada dia ainda mais debilitada.

João recebeu Pedro e Tadeu, que haviam chegado e encontraram Maria deitada no leito estreito e baixo, coberto por um dossel em forma de tenda do qual pendiam as cortinas protetoras contra insetos. A cabeça repousava numa almofada redonda. Sentia-se fraca e estava pálida.

Ao ver Pedro e Tadeu, esforçou-se por levantar e os abraçou, indo com eles na direção da sala. Lá sentaram-se e Maria falou para eles da alegria imensa em revê-los. Ao ser perguntada sobre sua saúde, respondeu que apesar da fraqueza que sentia, não tinha dor alguma e não sabia definir aquele estado de prostração física que sentia.

Estavam conversando quando Inácio entrou, trazendo com ele André, Bartolomeu e Matias, que juntamente com Evódio e Nicanor, membros do Núcleo de Antioquia da Síria, haviam chegado. A alegria de Maria se renovou. Sorriu para os queridos apóstolos e discípulos amigos e recebeu, de cada um deles, caloroso abraço.

As conversações seguiram animadas. Os apóstolos, um a um, iam narrando para Maria seus trabalhos e suas tarefas. Indicavam os obstáculos que lhes eram colocados no caminho visando desestimulá-los na pregação, mas falavam dos êxitos quanto à aceitação da mensagem de Yeshua.

A tarde caiu e o crepúsculo chegou.

Os apóstolos se acomodaram como podiam, na pequena e acolhedora casa. Maria, após conversar com eles, foi auxiliada a deitar-se. Na realidade, os apóstolos e amigos nem dormiram. Ficaram em vigília, pois compreendiam que Maria não ia se demorar mais na Terra.

Inácio estava muito abatido. Todos aqueles anos, depois que a mãe amada, juntamente com João, foram buscá-lo em Cafarnaum para viver ali naquela casa como sendo um filho adotivo dela e também de João, representavam treze anos de felicidade. Os diálogos sobre os ensinamentos da doutrina de Yeshua sempre foram alvo das conversações diárias. Maria se transformara na divina educadora de Inácio e agora ele percebia que talvez ela se apartasse do seu convívio e do convívio de João, então o rapaz chorava às escondidas, sentindo permanente angústia na alma.

A noite se arrastou sobre a estrada da preocupação. De quando em quando um ou mais apóstolos iam até o quarto onde estava Maria e punham-se a vigiar seu sono.

O dia amanheceu. Dois outros apóstolos chegaram: Tiago Menor e Mateus. Chegaram cansados de suas viagens. Faltavam Tomé e Filipe. Logo mais, dois discípulos do Mestre também chegaram: Barnabé e Simeão bar Cleófas, que vieram direto do Núcleo de Jerusalém.

Naquele dia, Maria não se levantou do leito.

Todos foram até ela para saudá-la e ganhar dela novo abraço. Continuavam a relatar-lhe as lutas e sucessos na divulgação da Boa Nova. Maria ouvia todos os relatos. Apenas interagia num fato aqui noutro acolá, demonstrando estar feliz, apesar de fraca.

Ao anoitecer do dia seguinte, chegou o apóstolo Filipe, que trazia com ele dois amigos, do Egito. Adentrou a casa, cumprimentou e abraçou todos, depois abraçou Maria, com incontida alegria. Maria lhe sorriu e indagou por Tomé. Foi Pedro quem respondeu que ele havia ido para a Ásia Central, mas que provavelmente estava a caminho e deveria logo chegar.

Maria também perguntou sobre Paulo e Lucas. Dessa feita foi Barnabé que respondeu, dizendo que Paulo havia saído de Jerusalém e estava provavelmente a caminho de Antioquia da Síria. Quanto a Lucas, provavelmente estava na Acaia, em Filipos ou Corinto, mas o contato com eles seria difícil no momento.

Cresciam as expectativas sobre a saúde daquela mulher bondosa e meiga, que significava para todos os apóstolos e discípulos queridos do Mestre uma segunda mãe.

Inácio lembrou que naquela noite sentou-se na cama, pegou uma das mãos de Maria, beijou-a e começou a falar-lhe: "Querida mãe..." mas a garganta como que lhe travou em face da emoção. As palavras seguintes teimavam em não ser articuladas. Queria falar do reconhecimento e do amor que nutria por aquela mulher que foi a mãe verdadeira de sua orfandade; fora o seu norte, o seu rumo, desde que ela o abraçou pela primeira vez em Cafarnaum.

Lembrava que naqueles últimos tempos ela tinha se dedicado aos seguidores de Yeshua. Conversava com muitos deles, que a procuravam na casa de João. Muitos fiéis ajoelhavam-se a seus pés e sequer se atreviam a lhe tocar as mãos, que entendiam sagradas, mesmo quando ela as estendia na direção deles, tal era o grau de veneração que experimentavam por ela.

– Oh! mãe querida e abençoada – murmurava Inácio, olhando para aquele rosto angelical.

De repente ela abriu os olhos da letargia a que se entregara e sorriu, o sorriso que parecia se assemelhar à mais bela manhã de primavera e retirando a mão dela das de Inácio, lhe afagou o rosto e falou:

– Querido filho da alma! Yeshua costumava dizer-me que nas famílias humanas podemos distinguir quem é a mãe e quem são os irmãos, e quem, obviamente, são os filhos, mas nem sempre podíamos detectar os membros de nossa família espiritual. Você, Inácio, é um filho muito querido da minha alma. Creia que nosso amor transcende esta tua vida e se perde no infinito dos tempos. Sinto que a breve tempo irei ter com meu inesquecível Yeshua, no reino de amor de Yahweh, mas tenho pedido ao meu filho que ele nunca te desampare, em qualquer momento da tua vida.

Inclinando-se um pouco, Maria beijou as faces de Inácio, molhadas pelas lágrimas, e ainda, segurando-lhe a mão, estendeu a outra mão para o apóstolo João, que via a cena e chorava copiosamente. Contemplando com enorme ternura a mãe sublime de todos, João segurou sua mão, em silêncio, e não conseguiu nada falar.

Alguns instantes depois, com muito esforço, João conseguiu falar à sublime mãe, de suas lembranças.

— Oh! mãe querida, lembro quando nosso Yeshua, na cruz do sacrifício, te olhou e disse: 'Mulher aí está o teu filho!' e voltando os olhos na minha direção disse: 'Aí está a tua mãe'. Compreendi que o Mestre queria dizer que era para tomar conta de ti, o que muito me agradou ao coração.

João terminara a frase entre soluços.

Então, Maria de Nazareth, com voz débil, disse ao Apóstolo:

— Como poderia esquecer disto, meu amado filho João? Nunca esqueci, como não esqueci do olhar que Yeshua me dirigiu naquele fatídico instante. Ele olhou dentro da minha alma. O amor que Ele traduzia naquele olhar era talvez mais difícil de suportar do que a visão que eu tinha do seu corpo todo ferido, lutando para respirar.

"Ele não me chamou de mãe e sim de mulher. Lembro que ele havia me chamado assim uma vez, quando das bodas de Canaã.

"Não tive dúvidas que aquele era um olhar de adeus, porém temporário, pois tinha certeza de que Ele venceria a morte, como venceu.

"Sempre que pôde, apareceu-me, ao longo da minha existência, nos dias ou noites de consolo. Eu não tinha ideia de como o coração de uma mãe podia suportar tanta dor sem se despedaçar. Ver o meu Yeshua todo lanhado, ferido e submetido a uma morte horrível era mais do que eu pensava poder suportar. Não sei dizer de onde tirei tanta força para ficar olhando para Ele, eu que já não tinha mais lágrimas para verter, tanta era a dor que me invadia o espírito naquele instante.

"Lembro quando Ele curvou a cabeça. Ele havia partido, mas curvara a cabeça de maneira deliberada, não como alguém que fora espancado até a morte do corpo, mas como alguém que repousa a cabeça depois de um longo dia de tarefas que completou. Foi uma declaração de vitória.

"Quando Ele te falou: 'Mulher, aí está teu filho', vi nos teus olhos, amado João, um brilho tão impregnado de amor, de amor terno, olhar que sempre se repetiu, dando-me a certeza de que eu jamais ficaria desamparada.

"O que lhe devo falar, nesta hora difícil, em que minhas forças já estão a se esvair? Tinha muito para te falar, porém, neste instante, as tuas vibrações de amor, os cuidados, a devoção, que nunca me faltaram, respondem por minha gratidão perene. Tu sempre foste para mim um verdadeiro filho."

Maria deu um longo suspiro e a seguir, segurando a mão dos dois filhos da alma, adormeceu.

Mais um dia se findara, trazendo com ele apreensão. Vencidos pelo cansaço, todos adormeceram, inclusive a serviçal.

Maria ressonava debilmente, e ao fazê-lo, percebeu que saíra do corpo físico, situação que não lhe era estranha, porquanto em inúmeros momentos de sua vida conviveu com ela, aliás, isto acontecia, sempre que seu amado e inesquecível Filho vinha visitá-la. Nessas ocasi-

TESTEMUNHO PELO CRISTO

ões conversavam bastante. Yeshua aproveitava desses momentos para enviar mensagens de estímulo e orientação a todos os que trabalhavam pela solidificação da mensagem da Boa Nova na Terra.

Ao se ver fora do corpo, Maria olhou para todos os apóstolos e discípulos amigos que tinham acorrido para a sua casa. Todos dormiam, talvez pelo excessivo cansaço ou por deliberação de Yeshua. Nenhum havia deixado o corpo físico.

Maria notou que diferentemente de outras vezes em que seu espírito deixava o corpo físico pelo processo do sono, daquela vez a casa fora tomada de uma claridade nunca antes vista; de um brilho intenso e safirino, mais claro que a luz do dia. Parecia mesmo que o mais belo e intenso luar tinha penetrado o interior da casa.

Extasiada com aquela luminosidade, começou a ouvir uma canção belíssima, entoada por um grande coro de vozes. A emoção tomou conta de todo o seu ser. A canção parecia vir da porta de entrada da casa. Para lá ela se dirigiu e viu que estava aberta. Olhou naquela direção e vislumbrou a chegada de um homem, um tanto alto, esguio, mas que tinha o rosto coberto por uma capa branca e que caminhava lentamente na sua direção. Pensou: Seria um pedinte? Vinha até ali pedir alimento ou algum socorro?

Maria acenou para o homem se aproximar. Este se aproximou um pouco mais. Maria não sabia por que, mas tinha dificuldades para ver-lhe o rosto e num gesto instantâneo e automático disse-lhe:

91

– Querido amigo, vejo que pareces estar necessitado de alguma coisa. Em que posso ajudar-te? Acaso queres alimentar-te?

O homem respondeu:

– Não, não vim pedir alimento, senhora. Vim para visitá-la, também.

Então o homem lhe disse que vinha de muito longe e passou a falar e descrever as belezas do lugar de onde viera. Entrecortava a descrição com a narrativa de alguns trechos do Sermão das Bem-aventuranças, e após, disse que a saudade é o carro que transporta a alma para perto dos seus amores e que a alma que recebe os visitantes que a saudade trouxe de volta é uma alma nobre e benquista por Yahweh.

Enquanto assim falava, o homem chegou mais perto de Maria, e então arrematou sua fala dizendo:

– Vejo que muitos estão na tua casa. São os visitantes da saudade que vieram para abraçar-te, reverenciar-te e receber teu carinho de mãe. De minha parte, venho também para te visitar e também rogar-te, oh! adorada mãe, o teu carinho e as tuas bênçãos.

Ao dizer isso, como havia diminuído a intensidade de sua própria luminosidade, que era extremada, retirou o capuz que lhe cobria o rosto.

Maria não conteve de todo a emoção que invadiu todo o seu espírito. Mesmo antes que seu filho amado tivesse retirado o capuz, já tinha sido embalada por aquela inesquecível voz que sempre lhe causava profunda alegria na acústica da alma.

Agradavelmente surpresa e tomada de forte emoção que lhe fazia pulsar o coração pelo êxtase de alegria, começou a chorar. Sempre chorava quando Yeshua vinha visitá-la. O Mestre, que refletia a intensa beleza de suas faces e as luzes que dela emanavam, como luzes prateadas que saíam também pelos contornos de todo o Seu corpo e mãos, estendeu as duas mãos na direção de Maria. O momento era de uma magia indescritível e jamais traduzível para a Terra.

As vozes que entoavam a maravilhosa canção que Maria ouvia, que emanava de um grande coro de anjos, começaram a se fazer um pouco mais altas. Então, segurando em Suas mãos as mãos de Maria, e com o olhar meigo que a Terra jamais viu, Ele falou:

— *Minha mãe adorada, venho buscar-te para estares comigo no reino de amor de nosso Pai Celestial. Venha para os meus braços!*

Maria alojou-se no abraço filial tão esperado e desejado e recebeu o divino beijo na sua face. Energizada pela saudade e pelas lembranças amorosas, reviu, num átimo, alguns trechos de sua existência: o casamento com José, a fuga para o deserto, protegendo seu Filho amado, depois a infância maravilhosa do Filho, sempre carinhoso e gentil com ela, com o Pai e com os irmãos.

Lembrou do dia em que ela apresentou Yeshua no Tempo de Jerusalém e que naquele dia, Simeão, o judeu, fez uma profecia a Maria, dizendo que ele era o Messias, o Salvador do Mundo e que uma espada de dor transpassaria a alma de Maria.

Reviu na tela da memória o dia em que Yeshua, já tendo doze anos, se perdeu em Jerusalém e depois de muita procura o encontrara no Templo pregando aos doutores da lei. Também veio à sua memória aquele dia fatídico em que pareciam lhe ter rasgado as entranhas, de tanta dor que sofreu ao ver o Filho amado sendo crucificado e morto em uma cruz infamante.

Reviu o dia glorioso em que Ele lhe veio visitá-la, em Espírito, confirmando a imortalidade da alma, não que ela precisasse dessa prova, mas isso lhe serviu de consolo e esperança.

Mergulhada em outras lembranças, inclusive de seu amado esposo José, Maria, ainda aninhada nos braços do Mestre, olhou para o lado direito de onde estavam e viu chegarem no recinto, envoltos em um quadro de luz, vários Espíritos, que passou a identificar: seu amado pai Joaquim, que já houvera morrido na época em que Yeshua fora apresentado no Templo pela primeira vez, e sua adorada mãe Ana, que sempre estimulou a filha, sempre a protegeu e dividiu com ela as expectativas da chegada d'Aquele que viria a ser a palmatória do mundo.

Também ali estavam seus avós paternos Matá e Sebhrath e seus avós maternos Yonakhir e Dina. Viu chegarem seus primos Zacarias e Isabel e seu amado sobrinho João Batista, bem como o apóstolo Tiago Maior, que já havia retornado à pátria espiritual. Mais ao lado viu os Espíritos de Pedro, Paulo de Tarso, Silas e Timóteo, Mateus, Marcos e Lucas, estes ainda encarnados.

Estranhamente, não viu seu marido José, mas nada quis perguntar ao Mestre.

Mais ao fundo e, em extensão, porta afora da casa, centenas de outros Espíritos a quem ela deu uma palavra e um gesto de conforto, também se faziam presentes. Todos estavam protegidos por várias centenas de Espíritos luminosos que faziam um cordão de isolamento na pequena casa. Todos lhe sorriam. Dulcíssimas e inenarráveis alegrias invadiam seu coração. A melodia cantada pelos anjos continuava embalando sua alma. Era belíssima.

Já havia chegado, antes que Maria visse o Mestre, outro grande cotejo de Espíritos Superiores e Angelicais, que passaram a engrossar o coro de vozes.

Foi então que Yeshua, carregando Maria nos braços, na companhia dos entes queridos da mãe das mães, foi se elevando pelo espaço, totalmente protegido por uma imensa redoma de luz prateada indescritível que ligava a casa aos Céus, e seguiu em direção à Morada Celeste.

Antes de chegarem ao destino, Maria pediu a Yeshua que lhe permitisse visitar o vale das sombras, onde muitos Espíritos estavam atrelados às correntes de suas iniquidades, pelo suicídio. Falou a Yeshua que gostaria de ver Judas Iscariotes. O cotejo para lá se dirigiu e na entrada do vale, sob as ordens do Mestre Galileu, um grupamento de Espíritos foi até as furnas da dor e de lá trouxe Judas, que hebetado e em estado lamentável, pouco podia ver, em face da intensa luz que Maria irradiava, mas que, por determinação de Yeshua, poderia ouvir o som da voz daquela que não o esquecera.

Maria, se aproximando dele, colocou a destra sobre sua cabeça. Judas sentiu um alívio instantâneo que há muito não sentia, e então ela lhe disse:

– Judas, meu filho, sei que sabes quem sou. Pedi a nosso Yeshua e ele consentiu que eu viesse até aqui para dizer-te que tanto Ele quanto eu nada temos a recriminar-te. Que se precisares ouvir que te perdoamos, então quero te dizer que te perdoamos de todas as nossas almas. Yeshua te ama, como eu te amo. Aqui venho para te dizer que vou para as moradas de Yahweh, mas pedirei a Ele e a Yeshua, reservar-me a possibilidade de que um dia eu possa vir te buscar, pois tu também mereces a misericórdia de Yahweh, como todos aqueles que se acham neste vale de sombras e de dor. Pedirei a meu Amado Filho e a Yahweh, que eu possa me tornar tua protetora e de todos aqueles que aqui se acham, tendo fugido da vida por impensada ação própria.

Pedro e Tadeu acordaram e foram até o leito onde estava Maria, que parecia dormir tranquilamente.

Contudo, a beleza angelical estampada no rosto, a excessiva palidez e a ausência de respiração fê-los perceber que Maria de Nazareth havia entregue sua alma a Yeshua e a Yahweh.

Acordando os demais, todos rodearam o leito de Maria, e Pedro iniciou comovida prece.

"– Amados Yeshua e Yahweh, eis que retorna aos vossos regaços a filha, mãe e amiga caridosa.

"Sabemos que seu Espírito é iluminado, e que foi na Terra a benfeitora e orientadora de todos aqueles com os quais conviveu. Que se dedicou a amparar as famílias daqueles que mergulharam no vale das sombras e da dor, pelo desequilíbrio do suicídio.

"Mãe da Luz do Mundo, apagou-se para que seu filho resplandecesse. Tornou-se a mãe de todos nós e de muitos a quem o sofrimento visitou.

"Esperança dos pecadores, todos a buscamos nos momentos difíceis e nos momentos felizes, e sempre ela foi abundante na doçura do seu coração.

"Agora, com absoluta certeza, bebe no cálice ofertado por Yahweh, a linfa preciosa da imortalidade, e recebe as consolações espirituais que conquistou, e que excedem às delícias deste mundo.

"Quão grande o Senhor é, na doçura que tem reservado para os justos; para os que amam de coração e servem sem esperar retribuição.

"Quem nos dera poder servir-Te, como nossa amada Maria serviu. Ela seguiu o exemplo do Filho: renunciou a si mesma, tomou sua cruz e O seguiu.

"Assiste-a, oh! Poderoso Yahweh, em todo lugar e tempo, e permite que ela esteja no Teu Céu de amor e na Tua Glória e na Glória de Yeshua.

"Assim seja."

Pedro não pôde mais continuar. As lágrimas saltaram-lhe dos olhos em abundância.

Após todos acompanharem mentalmente a oração de Pedro, algum tempo se passou em silêncio, quando adentrou a casa o apóstolo Tomé, a tempo de ver a cena. Este então pôs-se imediatamente a chorar copiosamente. Viu que Maria tinha o semblante de paz, mesmo no leito de morte. A beleza era irretocável. Parecia a mais bela flor da manhã. Tinha um leve sorriso nos lábios fechados, que era encantador.

Os apóstolos e demais discípulos presentes abraçaram Tomé e o consolaram.

João e Inácio, além de terem também chorado copiosamente, estavam profundamente abatidos.

Inácio despertou das lembranças do passado, eis que sempre revivia todas aquelas cenas que marcaram profundamente sua alma. O sol já se despedira do dia, e a noite caía como um manto escuro, lentamente. Inácio olhou para o céu. As estrelas já demarcavam suas presenças, e ali, na quietude do penhasco, o único som que se ouvia era do vento que trazia o ar frio do inverno e o barulho das ondas do mar que se quebravam na praia.

Novamente levantou os olhos e fez sentida prece, embalado pelas saudades dos divinos e inesquecíveis Yeshua e Maria.

"Oh! Amado Messias! Das profundezas de minha alma, com o coração e os lábios, suspiro por Ti, fonte da água viva que dessedenta o mundo. As dores da saudade me

visitam o espírito. Tenho fome e tenho sede de Tua presença e da adorada e inesquecível mãe.

"Sei que Tu caminhas com aqueles em cujo coração arde intensamente a fé em Teus ensinos, que são os ensinamentos de Yahweh. Consente a este teu servo, a graça de sempre sentir a suavidade de Teu amor, principalmente nos momentos em que a tristeza bate à porta de minha alma.

"Poderosa é Tua misericórdia. Rogo me concedas Tuas orientações e forças renovadas para que eu possa sempre semear na Tua vinha, e para que, quando chegar o dia por Ti designado, eu possa ir ao encontro das almas que ampararam minha existência, para ofertar-lhes o tributo da gratidão.

"Tu bem sabes do que mais preciso, e que sou pobre de virtudes.

"Eis-me aqui, diante de Ti, na natureza engalanada por Yahweh, pobre e despido das coisas do mundo. Dá de comer a teu mendigo faminto de luz. Aquece meu coração com o fogo do Teu Amor. Ilumina meus olhos com a claridade da Tua presença.

"Auxilia-me a combater minhas amarguras e a sempre erguer minhas vibrações na Tua direção, no Céu, para que eu não ande errante pela Terra.

"Não permitas que me afaste de Ti. Ilumina minha inteligência para que seja sempre fiel aos Teus ensinos.

"Assim seja."

Revigorado pela prece, Inácio levantou-se da pedra no penhasco, onde por muitos anos havia se sentado, às vezes na companhia de João, às vezes na companhia da divina mãe ou dos dois, e dirigiu-se à antiga casa em que morou. Esperava encontrar o "amado pai João" – assim o chamava com o mais absoluto carinho – pois precisava falar com ele.

As notícias da morte do apóstolo Pedro e de Paulo de Tarso lhe haviam impactado profundamente a alma. No caminho para a casa, as lembranças retornaram, principalmente daquele dia em que conheceu o Gigante de Tarso, quanto este viera visitar Maria, em Éfeso.

VII

ENCONTRO COM JOÃO E TIMÓTEO. LEMBRANÇAS E ORIENTAÇÕES DO CIRENEU DE TARSO

Pelo caminho até a casa, Inácio lembrava-se da alegria que sentiu ao conhecer o Cireneu da Boa Nova e do tratamento carinhoso que dele recebera, e que naquele dia, em especial, Paulo assim lhe falara:

– *Querido Inácio, Yeshua exige de nós, fé e vida pura, e que nos submetamos às leis de Yahweh, para recebermos a luz dos seus verdadeiros ensinamentos. Nunca disputes com teus pensamentos, crê sempre, em primeiro lugar, nas palavras de Yahweh, traduzidas pelos profetas, e nas palavras de Yeshua, e nunca estarás apartado da verdade.*

"*Segue sempre em frente, com fé sincera, firme e humilde.*

"*Reverencia sempre os ensinamentos de nosso Yeshua.*

"*Tudo o que não puderes compreender, encomenda confiante a Yahweh, que tudo sabe.*

"*Lembra-te que Yahweh não se engana. Engana-se quem em si demasiadamente confia.*

"Quanto mais perfeitamente renunciares às coisas terrenas, tanto mais depressa te virá a graça dos céus.

"Nunca esperes lauréis do mundo nem o reconhecimento dos homens, antes, busca os lauréis dos Céus, e que te visitem sempre as virtudes da compreensão, da tolerância e da indulgência, para que saibas usá-las em favor do próximo, e assim elas reverterão a teu favor.

"Os Anjos do Senhor me inspiram a dizer-te que tens, no futuro, uma grande tarefa para a qual Yeshua te convocará no momento oportuno. Não recuses nem recues.

"Quando o momento for chegado, te buscarão em espírito e verdade.

"Confia no Pai. Confia no Filho.

"Yahweh e Yeshua estejam contigo!"

Jamais tinha esquecido daquela orientação maravilhosa e cogitava: E agora? Paulo retornara à Casa do Pai Celestial. O que ocorreria dali para frente com a mensagem luminosa de Yeshua, que ele divulgou com grandeza de alma e espírito de serviço incomparável?

O que será dos Núcleos dos Seguidores de Yeshua que ele espalhou sobre a Terra? Paulo se fora para Yeshua. Quando chegará a minha vez de ir ao encontro do Messias? O que tenho que fazer por nosso Libertador?

Absorto, nem se deu conta que já tinha chegado à pequena casa. Para não assustar os que estavam dentro, bateu palmas três vezes, bem forte.

Algum tempo se fez e a porta se abriu. A serviçal, carregando um candeeiro, veio atender.

Se tratava de Léa, que se havia empregado na casa de João. Há muitos anos, ajudava Maria e fazia companhia a ela. De certa forma, ajudou a educar o menino e depois o jovem Inácio. Léa era como se fosse um membro da família que ali se formara.

Era uma moça que João recolhera em caridade, filha única de pais falecidos. Os credores dos pais tomaram-lhe a casa e ela não tinha onde morar. João, então, sabendo de sua história e condoído de seu sofrimento, como precisava mesmo de uma serviçal que também servisse de companhia para Maria, lhe ofereceu o emprego, que era recompensado com quarto, moradia, alimentação e vivência familiar incomum, em razão do perene clima de amor que vigia na casa.

Léa fez sinal para que o visitante se aproximasse. A luz do candeeiro mal iluminava a entrada da casa. Inácio se aproximou e ao divisar a fisionomia, ela exclamou, com alegria:

– Oh! Por Yahweh, é o menino Inácio! – Sempre o chamava de menino. – Que alegria! É muito bom receber-te de volta. Entra, entra! A casa é também tua. O senhor João vai se alegrar. Ele sempre fala das saudades que tem de ti, desde que partiste para Antioquia da Síria a pedido dele e após a morte de nossa amada mãe Maria. Ele está conversando com um amigo que veio de Éfeso, amigo dele e de Paulo, que se chama Timóteo, lembras-te dele? Chegou hoje pelo almoço. Entra.

Inácio abraçou carinhosamente Léa. Tinha saudades dela, que sempre fora, para com ele, gentil, atenciosa e carinhosa. Adentrou a casa. Um turbilhão de recordações voltou.

João, acompanhando as vozes que provocaram a interrupção de sua conversa com Timóteo, ao ver a chegada de Léa, levantou os olhos e viu Inácio. Um sorriso se estampou na sua face e a alegria lhe tomou de assalto.

– Por Yahweh! É o querido Inácio! Que alegria, que saudade!

Apressou-se a levantar e abraçá-lo. Após o abraço carinhoso e de saudades, apontou a pessoa que estava com ele e falou:

– Este é nosso amigo Timóteo, lembras-te dele?

Inácio assentiu com a cabeça que sim, e Timóteo sorriu-lhe, caminhou na sua direção e o abraçou, dizendo:

– Caro amigo Inácio, que alegria em rever-te! E estás mais encorpado. És um homem feito. Fazia muito tempo que não te via. Que bom reencontrar-te.

Inácio retribuiu o abraço e agradeceu a Timóteo. Depois, por providência de Léa, sentou-se ao lado dos amigos.

– Caro Inácio – disse João – meu coração vibra em rever-te, e ainda mais de retorno a esta casa, que é também tua casa. Estás cansado? Chegaste agora da viagem de Antioquia para cá? É um alonga viagem. Como foi? Acaso queres um banho e te retirares para o repouso? Se quiseres, conversaremos amanhã.

Inácio disse que há vários dias tinha se deslocado a pé, de Antioquia da Síria até o porto de Cesareia de Filipe e lá tinha tomado um navio para Éfeso, onde havia desembarcado após a virada do meio-dia e que caminhara até ali.

Foram doze dias de viagem. Disse que antes parou no penhasco, onde ficou algumas horas relembrando a paisagem que lhe era cara e da qual tinha saudades. Demorou um bom tempo nessa contemplação e, mergulhado nas recordações que o local lhe trazia, quase não viu o tempo passar. Estava um pouco cansado, mas isto não impediria pudessem conversar mais, naquele instante.

Então João, chamando a serviçal, disse:

— Boa Léa, Inácio, como bem sabes, é o filho que retorna a casa. Leva-o até o quarto onde ele dormia, para ele guardar seus pertences pessoais e para ter um breve descanso, e tão logo sirvas o jantar nos chama a todos. Ah! Não esqueças que nosso Inácio se alimenta apenas de frutas secas, mel silvestre e cereais secos, o que ele faz desde os quinze anos de idade, não é meu filho? – disse, olhando para Inácio.

Inácio assentiu com gesto amável. Então João lhe disse:

— Sugiro te refazeres um pouco. Eu e nosso irmão Timóteo estamos conversando sobre o destino da mensagem de nosso Messias e sobre os problemas que atualmente se apresentam no Núcleo de Éfeso e em outros vários Núcleos que foram fundados por nosso irmão Paulo. Após o jantar continuaremos a conversa e poderás participar conosco. Pode ser assim?

Inácio respondeu que sim e que agradeceria ser chamado para o jantar. Pretendia mesmo repousar por um pouco o corpo. Dizendo isto, retirou-se acompanhado de Léa, que o auxiliou, e recolheu-se no seu antigo aposento.

Acomodado na cama do quarto onde vivera alguns anos de sua infância e os anos todos da sua adolescência, recordou de imediato de Maria de Nazareth. Não havia como não recordar-se dela, pois a sua presença estava impregnada nas paredes daquela casa humilde, como também, para sempre impregnada no seu pensamento e coração.

Reviu na memória as conversações e os diálogos orientadores da mãe, os conselhos, a sua fisionomia cândida e meiga e tomado pela emoção começou a chorar. As lágrimas da saudade lhe caíam abundantemente, como que expulsas das comportas do coração, que se abriram. Embalado nas maravilhosas lembranças, acabou, em razão da emoção e do cansaço físico, adormecendo.

Adormeceu e logo viu-se saindo do corpo. Não se assustou porque aquele fenômeno já lhe havia ocorrido quando da primeira visita de Paulo de Tarso a Maria, ali em Éfeso. Ao amanhecer, havia narrado o ocorrido ao Cireneu, buscando saber por que aquilo tinha ocorrido com ele, quando então Paulo lhe dissera que o fenômeno

106

era normal e natural; que ele não tivesse medo, porque todos temos três corpos, o espiritual, o físico e outro que liga esses dois corpos, que se chama "carro sutil da alma". Orientou que quando isso voltasse a acontecer, não se assustasse e que tirasse o melhor proveito de tudo.

Inácio então olhou para seu corpo que repousava e a seguir na direção da porta do quarto e viu uma intensa luz prateada que inundou o ambiente. Fixando o olhar na luz, viu que duas almas foram chegando no aposento.

Eram duas mulheres, que diminuindo a intensidade da luz que irradiavam, se identificaram. A mais velha, aparentando mais ou menos quarenta anos de idade, disse chamar-se Marcelina e a outra, bem mais jovem, talvez tendo de vinte a vinte e cinco anos, tinha por nome Aléxia.

Aproximaram-se de Inácio, e mais velha lhe disse:

— Inácio, viemos até aqui, neste instante, para lhe trazer amoroso abraço de Maria de Nazareth, carregado de saudades, e a recomendação dela para que te interesses bastante pela conversação que está se desenvolvendo entre João e Timóteo, pois poderás ajudar muito na questão.

Marcelina disse ainda a Inácio que Maria lhe pedia que perseverasse nos estudos e divulgação da mensagem de seu filho Yeshua e estimulava-o para testemunhar as verdades trazidas à Terra por seu filho, e que isto lhe exigiria muita luta, muita coragem, resignação e esforço, mas, independentemente do que viesse a lhe ocorrer no futuro, não desistisse jamais da luta, porque ela, Maria, estaria com ele, acompanhando seus passos em todos os embates que viessem a surgir.

Após Marcelina depositar um beijo na face de Inácio, as duas se retiraram. Logo mais Inácio despertou no corpo.

A serviçal Léa o chamou, e então ele levantou-se, higienizou o rosto e as mãos, ajeitou-se na túnica e se ajuntou a João e Timóteo para iniciarem a refeição. Todos reunidos, inclusive Léa, João elevou os olhos na direção dos Céus e orou:

"– Sublime Yeshua, reunimo-nos nesta casa, que foi o pouso e refazimento de Tua e nossa mãe augusta, movimentando nosso ser na saudade que dela sentimos e de Ti.

"Queremos dizer-Te de nossa felicidade pelo reencontro com nosso amado Inácio.

"Tens acompanhado, oh! Divino Ceifeiro, o cálice amargo que vários de Teus apóstolos e discípulos beberam, vítimas do martírio em razão da fidelidade a Ti e ao Pai Celestial. Temos certeza que todos eles foram para a Tua augusta companhia, com o sorriso próprio dos vencedores das iniquidades.

"As tribulações e as tentações rondam as Tuas casas de oração e fé, edificadas pelo ordenança na divulgação dos Teus sábios ensinos.

"As adversidades rondam os Novos Núcleos. Precisamos, pois, que nos auxilies a arregimentarmos forças, a termos paciência e resignação, mesmo ante as discussões es-

téreis que visam destruir Tua mensagem renovadora, para que não percamos a confiança nos desígnios de Yahweh e nos Teus valorosos ensinamentos, lembrando, também, o que nos ensinou o amigo de Tarso.

"Abençoa-nos uma vez mais".

Passaram a alimentar-se. Após alguns instantes, João, retomando a conversação, falou:

– Bom Inácio, reitero a alegria que me invade, pela tua chegada, que representa uma espécie de retorno aos tempos que vivemos juntos nesta casa. Tua presença evoca-me a presença de nossa amada Maria.

"O tempo tem caminhado célere, meu bom amigo, e desde quando partiste para fixares moradia com os amigos de Antioquia da Síria e trabalhar no Núcleo de lá, tenho sentido muitas saudades de ti. A tua presença, para mim, representa providencial estímulo.

"Quando chegaste, conversava com nosso querido Timóteo, que está muito abalado com a morte de nossos amados Paulo e Pedro, em Roma, e sente uma espécie de desânimo que, conforme orientei, precisa ser combatido urgentemente."

Fez breve pausa.

Então Timóteo usou da palavra e narrou alguns fatos relativos aos anos que convivera com Paulo de Tarso, que representaram um marco decisivo em sua vida. Mencionou que caminhar ao lado dele, pelas estradas e pelas cidades em que estiveram, foi um aprendizado constante, cujo valor sequer conseguiria quantificar, e tudo certamente seria inesquecível.

Relatou aos seus amigos, auxiliado pelas maravilhosas vibrações sempre presentes naquela casa, várias ocorrências relativas à preocupação que Paulo sempre demonstrava no que dizia respeito à divulgação da forma mais pura e límpida possível da renovadora mensagem de Yeshua e da necessidade de união entre os Núcleos que fundara, para que juntos pudessem ofertar uma melhor resistência moral contra as eventuais investidas que objetivassem distorcer a lúcida mensagem do Mestre.

Contou que que havia um alerta que Paulo fez, no ano 56 d.C., quando esteve com ele em Mileto, numa reunião à qual compareceram os anciões do Núcleo de Éfeso, e que ele nunca mais esqueceu, pois, na ocasião, Paulo assim falou para todos:

– *Sei que depois que eu for embora, entrarão no meio de vós, lobos opressivos, que não tratarão o rebanho com ternura, e dentre vós mesmos, surgirão homens que falarão coisas deturpadas, para atrair os discípulos.*

Informou que, segundo Paulo lhe confidenciara, em questão de alguns anos, a situação relativa ao ensino de doutrinas falsas no seio da Boa Nova poderia se tornar muito grave, razão pela qual o Cireneu lhe pediu e o incentivou a permanecer trabalhando no Núcleo de Éfeso. Que após Paulo ter partido e ele ter ficado em Éfeso, recebeu uma carta do amado amigo, recomendando que cuidasse para que não se ensinasse doutrina diferente da de Yeshua, no Núcleo, e que não permitisse que se prestasse atenção a histórias falsas.

Timóteo, continuando, falou que desde aquela época, até o dia presente, foram anos não muito fáceis, nos quais teve que travar combate espiritual constante, dentro da congregação, para preservar a pureza da Boa Nova e ajudar os membros do Núcleo a permanecerem na fé.

Lembrou que Paulo também recomendara que nunca se desapercebesse da oração, para que os cristãos, como passaram a ser chamados os seguidores de Yeshua, pudessem levar uma vida calma e sossegada. Isto significava estar mais próximo de Yahweh, de modo puro, sem qualquer sentimento de animosidade ou de desequilíbrio para com os outros.

Que ainda lhe recomendou fosse ele, Timóteo, exemplo para os fiéis, *no falar, na conduta, no amor e na fé.*

Narrou que quando Paulo foi libertado da primeira prisão, em Roma, e depois, estando em Éfeso, junto com ele, exortou-o a assumir as responsabilidades pelo Núcleo da cidade, pedindo que ele fosse o líder e que agrupasse todos em torno da mensagem de Yeshua. Que, após esse pedido, Paulo foi novamente para a Macedônia.

Após Paulo ter sido preso pela segunda vez, em 64 d.C., recebeu dele uma segunda carta, diretamente de Roma, agora no ano 65 d.C., na qual o Cireneu o orientava, alertava e preparava para resistir aos elementos apóstatas dentro da congregação e que fosse firme diante de eventuais perseguições.

Nessa segunda carta, Paulo lhe exortara da seguinte forma:

– Atiça, como a um fogo, o dom de Yahweh que há em ti, pela imposição das minhas mãos.

"Yahweh não nos deu um espírito de covardia, mas de poder, de amor e de bom juízo. Portanto, não te envergonhes do testemunho a respeito do Nosso Senhor, mas coparticipa em sofrer o mal pelas boas novas, segundo o poder de Yahweh.

– Estas foram – acrescentou Timóteo – as recomendações do amigo Paulo em relação ao Núcleo em que militamos juntos, bondoso amigo João. Pelo que tenho percebido e vivido, essas orientações começam a revestir-se de vital importância, pois vejo a formação de vários grupos isolados dentro de nosso Núcleo, sendo que alguns iniciam a pregar doutrinas falsas e, o que é mais grave, têm distorcido os ensinamentos de Yeshua, registrados por Levi e agora também por nosso Marcos.

"Por isto venho a ti, para que me ouças e possamos debater o assunto, o que lhe peço em razão de que viajas bastante e pouco tens frequentado o Núcleo, e porque tu és, dos conselheiros, o que detém mais respeito dos demais trabalhadores e dos frequentadores, além, é claro, de ter convivido com nosso amado Yeshua."

Timóteo calou-se e esperou a intervenção de João, que não se fez esperar. Inácio tudo ouvia, com vivo interesse.

– Amigo e irmão Timóteo, compreendo tuas preocupações e me regozijo ante as valorosas orientações de Paulo. Temos de fato sentido os duros golpes que representa para todos os seguidores de Yeshua o retorno de nossos amados Pedro e Paulo ao reino de Yahweh. Mas, penso que tudo está sob os desígnios insondáveis de Yahweh e nutro a certeza absoluta de que eles estão na companhia do Mestre e continuam integrando a imensa caravana espiritual que demarcará na Terra um tempo novo. Com certeza se juntaram a nosso irmão de sangue, Tiago, e a nossos queridos Tomé, André, Tiago Menor e Barnabé, que já os antecederam no retorno aos Céus.

Ao dizer isto, parecia que João, com o olhar, varria o ambiente, na constatação da presença espiritual dos mensageiros de Yeshua.

– Eu mesmo, em minhas viagens – continuou João – tenho visitado os Núcleos de Antioquia da Síria, Filipos, Antioquia da Psídia, Listra, Icônio e outros, além do de Jerusalém, e tenho visto com muita preocupação as divisões que começam a surgir internamente em todos esses Núcleos, bem como o equívoco dos membros que têm se dedicado à busca do interesse pessoal, de projeção, de destaque, de mando dentro das congregações, e um afastamento sistemático da verdadeira doutrina do Messias. De fato, Paulo, ao alertar-te, estava acobertado pela razão.

"Quanto posso, tenho utilizados das falas, quando sou chamado a intervir ou opinar em uma questão ou outra de vital importância para o Núcleo. Procuro, em primeiro lugar, relembrar que nosso Yeshua jamais pregou a soberba, a intolerância, e nunca privilegiou a hipocrisia. Suas manifestações e advertências nunca foram acusatórias.

"Assim, tenho falado da necessidade de união e de estudo constante da Boa Nova anotada por Mateus e agora por nosso amigo Marcos, de forma desapegada do fanatismo. É certo que poucos, pelo que tenho sentido, parecem entender minhas falas. Até já ouvi dizer, em várias ocasiões, que eu me prevaleço de ter acompanhado e vivido com o Mestre e de ter morado com sua mãe, Maria, e que, em razão disto, me julgo superior às outras pessoas.

"Muitos, no Núcleo que visito, fingem me ouvir e compreender o que falo, porém, desdenham de minhas falas, em conversas grupais às escondidas.

"Tenho sentido, sim, também em nosso Núcleo de Éfeso, isto de que tu nos falas, e com certeza precisamos com certa urgência reunir os conselheiros e trabalhadores para a conversação indispensável em torno dessas graves questões."

João silenciou. Parecia ver mais alguém no ambiente. Após breve pausa, continuou:

– Penso que Yeshua, desde que retornou à Casa de Yahweh, nunca esteve inerte e sempre acompanha o desdobramento de sua mensagem sobre a Terra, e sempre providencia que nos chegue auxílio, para a preservação dos Núcleos e de seus luminosos ensinamentos.

Inácio, que acompanhava os relatos, cogitava do motivo de seu retorno a Éfeso, que era justamente trocar ideias com João e colher dele orientações, porque lá no Núcleo de Antioquia da Síria, as interpretações distintas e diferentes, sobre os ensinamentos de Yeshua, também já tinham começado a surgir, fortemente influenciadas por judeus que se diziam convertidos e que interpretavam a Boa Nova ao jugo de seus interesses.

Em Antioquia da Síria, onde Inácio estava morando, ele se destacara rapidamente entre os membros do Núcleo, pela demonstração de grande conhecimento dos escritos sobre Yeshua, ainda mais que convivera muito tempo com Maria e com João, razão pela qual, desde muito jovem, recebera valiosas lições sobre a Boa Nova e sobre a trajetória de Yeshua, portanto, já era reconhecido como um dos líderes do Núcleo.

Curiosamente, no que ouvia, percebeu claramente que os problemas de divisão que estavam enfrentando em Antioquia da Síria eram os mesmos que vários outros Núcleos, notadamente o de Éfeso, enfrentavam, o que se confirmava pela narrativa de Timóteo.

Então Inácio pediu a palavra e disse:

– Meu bom amigo e pai João, amigo Timóteo, retorno até esta casa, onde vivi, por assim dizer, os melhores anos de minha vida, em aprendizado constante, justamente para buscar orientações, sugestões, em razão das divisões internas que têm ocorrido também em nosso Núcleo de Antioquia da Síria, nesse ponto que entendo também crucial, que é o de salvaguardar a pureza dos ensinamentos de nosso amado Yeshua.

"Aprendi que nosso Mestre nunca se preocupou com as aparências exteriores, sempre alertando para as conquistas morais por parte dos trabalhadores que pretendessem laborar na Sua Vinha. É certo que Ele não desprezou a organização das coisas, mas colocou acima de todas a necessidade diária de fazermos o bem, em todas as circunstâncias que envolvam nossa existência.

"Ocorre, irmãos, que há criaturas que querem se adornar com poderes unicamente para satisfação pessoal, e desse modo substituir suas frustações, razão pela qual atropelam a ética e ferem dignidades, tudo a pretexto de se acharem escolhidos do Senhor.

"Ledo engano. Pensam ajuntar tesouros, quando, na verdade, assim agindo, amontoam pedras.

"Então pergunto-lhe, bom João, o que fazer com essas pessoas?

João, após refletir por alguns instantes, olhando para Inácio com a ternura de pai e depois para Timóteo, falou:

– Queridos Timóteo e Inácio, os problemas têm sido os mesmos. Nestes tempos difíceis, em que vários apóstolos e discípulos do Mestre já pereceram na luta por amor à Boa Nova, é nos exemplos de Yeshua e deles que haveremos de encontrar as respostas de que precisamos.

"Nesse ponto crucial da questão, não há outro caminho a não ser o de relembrar os ensinamentos de Yeshua sobre os falsos profetas, quando Ele disse:

"Tende cuidado para que alguém não vos seduza, porque muitos virão em meu nome, dizendo: 'Eu sou o Cristo, e seduzirão a muitos'.

"Levantar-se-ão muitos falsos profetas que seduzirão a muitas pessoas, e porque abundará a iniquidade, a caridade de muitos esfriará. Mas aquele que perseverar até o fim, se salvará.

"Então, se alguém vos disser: 'Eis aqui o Cristo!' ou: 'Ei-lo aí!' não acrediteis, absolutamente, porquanto falsos cristos e falsos profetas se levantarão e farão grandes prodígios e coisas de espantar, a ponto de seduzirem, se fosse possível, os próprios escolhidos.

"Diante da justeza desses ensinamentos, penso que talvez não tenhamos compreendido muito bem essas lições do Messias, muito embora sempre as tenhamos lido. Vejo, irmãos, com profundo pesar em minha alma, que os que dizem seguir o Mestre, infelizmente, em grande número, têm mergulhado nas mesmas posições farisaicas de nosso povo, não admitindo a existência de outras verdades, aliás, sequer, da verdade.

"Se tem buscado transformar a crença em degrau na direção do orgulho. Se apresentam como conhecedores dos ensinamentos de Yeshua e se arvoram em orientadores do rebanho, contudo, caminham sobre o terreno lodoso dos interesses mesquinhos.

"Iludem a muitos, e, o que é mais grave, iludem a si próprios. Postam-se como amigos, mas à menor contrariedade, transferem seus desagrados para os ombros dos que trabalham, e postam-se como vestais da verdade, como cruéis julgadores. Querem destacar um erro aqui outro acolá, sem jamais medir os acertos daqueles que efetivamente se dedicam em favor da nova fé. Esquecem-se, com isso, de olhar para dentro de suas almas, onde vige a podridão da maldade.

"Apresentam-se como novos apóstolos, como aqueles que têm a solução para todas as coisas, porém, sustentados pela falsidade, se transformam em reis da perfídia, verdugos da nova fé, falsos profetas.

"Assusta-me, caros amigos, uma espécie de certeza, a de que a doutrina de Yeshua e os seus mais fiéis e puros seguidores sofrerão duros golpes, presentes e futuros, em razão das perseguições exteriores, porém, também assim sofrerão no interior dos Núcleos.

"Espero que o árduo trabalho de Paulo e dos demais companheiros exemplares na fé não seja esquecido, pois o risco de esquecimento é grandioso.

"Eu soube, como os irmãos devem saber, que nosso irmão Lucas estava para comunicar a todos nós suas anotações sobre a trajetória de Yeshua.

"Faço-vos, esta noite, aqui em Éfeso, sob a inspiração da mãe Maria, uma confidência: Também estou já há um bom tempo compondo minhas anotações sobre a tarefa e a vida de Yeshua, para poder, um dia, que não sei ainda quando, legar a todos os fiéis, quem sabe, mais um ângulo sobre a presença do Messias Amado na Terra e sobre os seus valorosos ensinamentos.

"Tenho a impressão que todos os irmãos citados deverão anotar, no que se refere ao assunto que estamos debatendo hoje, as mesmas impressões. Além disto, sobre tudo o que estamos conversando, não podemos deixar de lado a força insuperável da oração. Por essa razão, confiemos que haveremos de superar esses graves problemas de distorção da mensagem lúcida de nosso Yeshua."

A hora já se fazia alta. João, após fazer uma pausa na sua fala, propôs:

– Irmãos, precisamos de repouso. Deixemos para continuar amanhã nossa conversação, a partir do ponto em que a interrompemos. Recolhamo-nos.

Após sorverem delicioso chá de romã preparado por Léa, João pediu a Inácio que fizesse a oração para ganharem o repouso.

Inácio fechou os olhos. Pareceu-lhe naquele instante ver a fisionomia grave e preocupada de Yeshua, e orou:

– *Oh! Amado Yahweh, luz de nossas vidas, aqui estamos, na casa onde tua filha amada Maria aguardou a chegada de Yeshua, para, nos Seus braços, retornar a Ti.*

"Sentimo-nos órfãos da presença da mãe augusta e orientadora, mas nunca nos sentimos órfãos de Tua excelsa bondade e do carinho e amor de Yeshua.

"Bem sabemos que todas as delícias do mundo são vãs e que somente as do espírito são suaves e honestas, eis que nascidas das virtudes infundidas por Ti em nossas almas.

"Auxilia-nos, nestes momentos difíceis, a superar os obstáculos que se apresentam. Infunde-nos os dons da Tua presença e dos Teus sublimes mensageiros, para que nos entreguemos a Ti, em caráter de totalidade, e nos desembaracemos dos impedimentos deste mundo.

"Assiste-nos, oh! Yahweh, em todo lugar e todo tempo, para que a Verdade resplandeça. Abençoa-nos. Assim seja."

Após a sentida prece proferida por Inácio, recolheram-se ao leito.

VIII

A Cidade da Fé

A Cidade da Fé se traduzia em uma cidade situada na ionosfera terrena, local de beleza contagiante. As construções da cidade lembravam algumas casas da antiga Jerusalém, sustentadas por amplas colunatas com traços gregos e romanos.

As ruas largas tinham um colorido que lembrava o cinza.

Possuía seus templos com torres altas, construídas em círculo, como anéis sobrepostos e de um colorido azulado.

A cidade, que fica no Mundo Espiritual, já pelo período de mais de cem anos era governada por Acádio, Espírito amoroso e portador de firmeza nas análises de interesse da cidade e dos Espíritos que por ela transitavam, fossem desencarnados ou encarnados.

Foi nessa cidade que o apóstolo Paulo, depois da sua desencarnação, pediu a Yeshua para ficar, embora tivesse sido convidado pelo Messias para habitar morada celeste superior àquela, entretanto, Paulo se candidatou a continuar trabalhando no projeto de implantação definitiva da mensagem de Yeshua na Terra.

Na casinha pequena, porém de profunda vibração, nem bem tinham adormecido, João, Timóteo e Inácio desdobraram-se do corpo físico, aliás, desdobrar-se do corpo físico não era mais novidade para os três.

Tão logo se viram desdobrados, viram chegar Estêvão, que saudou João e Timóteo, dando mostras de que já mantinha contatos espirituais frequentes com eles. A seguir olhou para Inácio, com sorriso cândido, ao que João se apressou a falar:

– Estêvão, sei que já deves conhecer Inácio, contudo, formalmente o apresento. Trata-se de um verdadeiro filho meu pelos laços espirituais e também assim o é da amada mãe Maria, e que está engajado, já há algum tempo, na tarefa de divulgação e afirmação da mensagem de nosso Yeshua na Terra.

"Também, como já sabes, viveu comigo e com a mãe Maria, nesta casa, por quase vinte anos consecutivos e recém mudou-se para Antioquia da Síria, onde está integrado no Núcleo dos Seguidores de Yeshua daquela comunidade, por nossa recomendação."

Estêvão, olhando para Inácio, aproximou-se dele, abraçou-o e falou:

– Caro amigo e irmão Inácio, já o conheço desta e de outras vidas e também de várias conversações travadas na Cidade da Fé a seu respeito. Sei de sua ligação com nosso João e com nossa mãe Maria e fico muito feliz por vê-lo ativo nas lides do Cordeiro Divino.

Inácio correspondeu ao abraço, contudo, assaltado pela timidez diante daquela alma bela e benfazeja, nada respondeu.

A seguir, Estêvão, voltando-se para João, disse:

– Queridos irmãos, venho da parte do Governador Acádio, pedir vossas presenças na Cidade da Fé, pois ele pretende manter com os irmãos uma breve reunião de trabalho que segundo ele é muito importante e me autorizou a dizer-vos que nessa reunião deverá também participar o irmão Paulo de Tarso, que, após retornar à Casa do Pai Celestial, está plenamente integrado na continuidade do trabalho que ele iniciou na Terra, relativamente ao Projeto de Implantação definitiva dos ensinamentos de Yeshua, e que, pela sua grandeza, exigirá sacrifícios de todos os que nele se envolverem, desencarnados ou encarnados.

Ao ouvir a notícia de Estêvão, Timóteo não coube em si de contentamento, pois nutria intenso desejo de encontrar-se espiritualmente, de maneira mais demorada, com o amigo de tantas lutas, que sempre se afigurou como um pai espiritual para ele.

Aquiesceram ao convite, singraram o espaço e em breve tempo lá chegaram. Dirigiram-se ao prédio da Administração Central e foram gentilmente conduzidos por dois Espíritos que os saudaram: Samuel e Eliodora, que os conduziram à sala do Governador Acádio, que já os esperava.

Ao ver os visitantes, Acádio apressou-se em levantar-se e foi saudá-los:

– Olá, queridos amigos João e Timóteo!

E olhando na direção de Inácio, disse:

– Olá, querido irmão Inácio! Tenho recebido ótimas notícias da nobre tarefa que estás desempenhando no Núcleo de Antioquia da Síria.

Após abraçá-los, falou:

– Antes de prosseguirmos em conversação, peço licença ao amigo Timóteo para dizer aos amigos João e Inácio que sou portador de um recado direto de nossa alcandorada mãe Maria de Nazareth, que desfruta de Morada Celeste Superior e que sabendo de vossa visita à Cidade da Fé, envia caloroso abraço aos três e pede que diga a João e a Inácio o seguinte:

– *Agradeço-te, bondoso e querido João, o teu carinho extremado para comigo; o socorro sempre presente, de filho da alma, e o amor que me dispensaste e que me ofertas sempre, nos refolhos da tua alma. Deixaste tudo para trás, em Jerusalém. Renunciaste à mocidade, à família e a ti mesmo para ofertar-me guarida, apoio, cuidados e zelo desmedido.*

"Sempre contarás com minha gratidão e participarás do meu amor. Onde fores, onde estiveres, lembra-te que eu sempre estarei a interceder por ti, junto a Yahweh e ao meu amado filho Yeshua.

"Em ti, querido Inácio, relembro o filho querido que preencheu meus dias de amarguras pela ausência do Di-

vino Filho, o que muito me fez bem. Agradeço-te o amor filial e as alegrias do tempo juntos vivido; nossos colóquios de alegria e paz.

"Pedi ao meu amado Yeshua, lhes conceda sempre amparo, forças e coragem para que prossigam em suas vidas, amando e servindo à causa da Boa Nova.

"Sempre estarei onde estiver o meu pensamento, e onde estiver o meu pensamento, por certo, estarão os irmãos queridos da alma.

"Beijo-vos com a ternura de mãe"

Sob o impacto do amoroso recado, João e Inácio não puderam conter as lágrimas de emoção e contentamento, que rolaram por suas faces.

Passado o momento de extraordinárias vibrações, Acádio, que tinha os olhos marejados, falou:

— Queridos amigos, fostes trazidos aqui, nesta noite, para que possamos estabelecer diálogos imprescindíveis, relativamente ao planejamento que está em curso quanto à continuidade da Boa Nova na Terra, já que estais assinalados como trabalhadores dos primeiros momentos, com quem contamos também para o êxito da nobre tarefa.

"Se avizinham períodos difíceis, pois ondas mentais desequilibrantes, já de algum tempo, têm sido continuamente emitidas por Espíritos inferiores e têm encontrado guarida nas mentes encarnadas e desencarnadas daqueles que não aceitam que Yeshua é o Messias enviado por Yahweh.

"Nossos irmãos, apóstolos e discípulos de Yeshua, que já retornaram às moradas do Pai Celestial, também estão todos envolvidos na continuidade das ações para que o Reino de Yahweh se estabeleça em definitivo na criatura humana, e estão albergados em nossa Cidade.

"A breve tempo nos encontraremos todos, para uma grande primeira reunião, onde serão fixados os pontos principais para o trabalho de implantação de ações futuras nesse desiderato, e então podereis interagir com todos eles.

"De momento, a orientação é para que, cientes do que estamos conversando, vos empenheis no sentido de pacificar os Núcleos de Antioquia da Síria e de Éfeso, os quais têm apresentado dificuldades quanto à fixação do verdadeiro objetivo da Mensagem de Yeshua.

"Temos notícias de que outras ações que deverão auxiliar no Grande Projeto estão em pleno curso na Terra, e em breve se concretizarão. Dentre elas, para o próximo ano terreno, haverão de ser entregues por nosso amigo Lucas as anotações por ele feitas sobre a vida e trajetória de Yeshua, seus ensinamentos e vivências.

"Nesse sentido, temos registrado na Terra o aumento no progresso das criaturas quanto ao entendimento da mensagem de Yeshua, quando nosso João Marcos trouxe a público suas anotações. Assim, em breve, agora com as novas anotações produzidas por Lucas, ele que andou mais próximo ao nosso apóstolo Pedro e também com do nosso amigo Paulo, as pessoas terão uma visão a mais sobre a vida e obra de Yeshua.

Testemunho pelo Cristo

"Desse modo, diante destas notícias, desejo que continuem esforçando-se em favor da Boa Nova, sempre, e gostaria que levassem nosso abraço e o desejo de que continuem servindo à causa de Yeshua, com destemor."

Após o Governador Acádio ter-se calado, João disse que estava radiante com o convite e com o projeto. Falou que as lutas, principalmente após a desencarnação do Mestre Inesquecível, tinham se avolumado, e tinha, agora, depois de trinta e quatro para trinta e cinco anos passados, a compreensão que julgava madura, de um ensino do Mestre quando Ele disse que Sua estada na Terra era para causar a divisão e que para esse fim Ele trazia a espada, e mais, que tinha vindo para atear fogo à Terra, e o que Ele mais queria é que esse fogo se acendesse.

João disse que em meio a tantos embates, entendia melhor agora as defecções humanas, que traduzem o atraso espiritual que toma conta da maioria das criaturas terrenas. Aproveitou para relembrar, naquele instante, que conviver com Maria de Nazareth representou para ele a quase continuidade da convivência diária que tinha com o Mestre Galileu, porque em tudo o que ela falava, via, vivia e sentia, havia a continuação, por assim dizer, das valorosas lições de amor e de misericórdia que Yeshua tão sublimemente traduziu na Terra, a mando de Yahweh.

Manifestou que sempre se preocupou com a continuidade da divulgação dos ensinamentos de Yeshua, e que em Jerusalém foi testemunha dos vários esforços efetuados pelos membros da Casa do Caminho, para que a doutrina do Mestre não perecesse ante o trabalho de abafamento pretendido pelos judeus do Sanhedrin, principalmente pelos membros da Gerousia, razão pela qual, durante algum tempo, ele não era bem-visto pelos judeus tradicionalistas.

Finalizando, disse que nutria a certeza de que Yeshua estava atento a todas essas situações e, portanto, estava no leme do navio da divulgação de Sua sã doutrina.

João calou-se, porque ligeira batida na porta da sala do Governador se fez ouvir, e logo a porta se abriu. Ao se abrir, todos ficaram em expectativa. Foi quando adentraram a sala do Governador, Paulo de Tarso e uma senhora, e dirigiram-se ao grupo.

O Governador adiantou-se e saudou-os:

– Olá, querido irmão Paulo; olá querida irmã Loide, a alegria em recebê-los é grandiosa.

Nesse instante, profundamente emocionado, Timóteo começou a chorar. Não cabia em si de tamanha alegria. Eram lágrimas de emoção pura e benfazeja, pois revia seu grande amigo da alma, irmão e pai espiritual, e também sua avó querida, que já havia retornado de suas lides terrenas.

Paulo, também emocionado, cumprimentou a todos e depois falou:

– Querido amigo e irmão Timóteo, enorme é meu contentamento em ver-te aqui nesta Cidade da Fé. Pedi a Yeshua me oportunizasse de forma breve este encontro, para que eu pudesse eliminar um pouco das saudades que tenho sentido do amigo.

"Tenho acompanhado daqui os teus progressos constantes e me enleva a alma verificar as tuas lutas destemidas por amor à causa de Yeshua. Trago-te a companhia de nossa Loide, tua avó, que também te acompanha espiritualmente e tem-se alegrado com teus esforços e conduta em favor da continuidade na divulgação da Boa Nova e principalmente em favor dos menos favorecidos pela vida."

Timóteo ainda estava chorando, e, mesmo em lágrimas, acercou-se primeiro de Loide, deu-lhe um abraço demorado, beijando-lhe a face, e após, foi na direção do amigo Paulo e o abraçou, também de forma demorada, como que encantado com o acontecimento.

Após abraçar Loide e Paulo, ainda soluçando, disse:

– Sou grato ao Pai Celestial e ao nosso Mestre Yeshua pela alegria e pelos sentimentos que me permitem experimentar neste instante.

"Depois do retorno de minha avó e do dileto e querido amigo às paragens dos Céus, embora mamãe Eunice ainda esteja na Terra, contudo, separada de mim pela distância física, eis que ela continua em Listra, me sentia muito só, e um certo desanimo me assaltou a alma, o que prontamente busquei repelir, com a ajuda de vários amigos, dando-me conta de que Yeshua contava comigo.

"As lembranças de nossas viagens, de nossos diálogos, bondoso Paulo, e dos Núcleos em que estivemos juntos, me serviram de estímulo para não esmorecer e sim continuar. Hoje, aqui, na tua companhia e de vovó, fico a me perguntar: O que mais poderei desejar como comprovação da bondade do Mestre?

"Então, renovo-me, neste instante, e me realimento para continuar servindo ao Cristo Yeshua."

Timóteo, ainda sob o impacto da forte emoção que sentia, calou-se.

O Cireneu de Tarso, então, lhe disse:

— *Amigo da alma, sempre me alegrei contigo. Acompanhei tua dedicação, teu progresso em serviço em favor da causa de Yeshua, e tendo-te na condição de filho na fé, rendi graças a Yahweh por permitir-me ter convivido com tua alma tão generosa.*

"Yahweh sempre prepara o banquete de núpcias aos seus fiéis trabalhadores e os convida para a festa, entretanto, bem já sabemos que é preciso nos aparamentarmos com a túnica nupcial, que é tecida pelos fios inquebrantáveis do amor em ação.

"Continua, pois, esforçando-te para que adquiras sempre as consolações espirituais, pois estas excedem todas as delícias deste mundo.

"Procura sempre, Timóteo, dar a Deus o que é de Deus.

"Agradece sempre os menores benefícios espirituais.

"Serve com denodo; nada lamentes, e maiores benefícios receberás. Considera como muito o pouco, e receberás o menor dom com alegria.

TESTEMUNHO PELO CRISTO

"Se considerarmos a grandeza de Yahweh e de Yeshua, não haverá dom pequeno ou de pouco valor, porque não são pequenas as dádivas que nos vêm do Senhor da Vida.

"Ainda que tenhamos que sofrer; que ofertar os testemunhos devidos em razão de nossos erros ou por amor à causa do Pai Celestial, e mesmo as ofensas de toda ordem, as opressões morais e físicas, ou até a morte, a Ele devemos agradecer, porque tudo será para nosso progresso.

"Continua, irmão, tua luta pela unidade do Núcleo e por sua expansão, em honra a Yeshua e a Yahweh, e tudo o que necessitares ser-te-á dado, para continuares servindo ao teu próximo."

Paulo calou-se, contudo, sem tirar o olhar compassivo que dirigia ao "filho na fé".

João e Inácio, em razão do magnífico ensinamento ditado por Paulo, estavam também emocionados, ao que João disse:

– Amigo Paulo, não podes imaginar meu contentamento ao ver-te continuar a trabalhar na obra de implantação da Boa Nova na Terra. Eu, particularmente, nunca nutri em meu coração qualquer surpresa em relação ao teu caráter, tua intensa luta, tua mudança, e sempre te considerei um grande servidor de Yeshua, de que nos deste mostras pela vida de esforço, sacrifício e abnegação, quando estavas entre nós na Terra, e principalmente pela renúncia aos postulados que de certa forma te haviam encantado a alma antes de seres chamado por Nosso Yeshua.

"Retornarei às lides terrenas com o coração em alegria plena, por ver-te, em tão breve tempo, novamente nas lutas por Yeshua e por Yahweh."

Após, aproximou-se de Paulo e lhe deu demorado abraço.

A cena era de uma beleza altamente comovedora.

Acádio dirigiu-se a João, Timóteo e Inácio, para as despedidas, o que fizeram também Paulo e Loide. Após Acádio abraçar João e Timóteo, acercou-se de Inácio e o abraçou efusivamente. Puxando-o para o lado, olhou-o detidamente e disse:

– Querido Inácio, a mãe Maria pede que eu te diga, em particular, que Yeshua tem uma grande tarefa a te designar, porém, no tempo certo, saberás qual.

Timóteo conversava com Loide, abraçando-a pelo ombro.

Depois de João agradecer, em nome do grupo, ao Governador Acádio e a Paulo de Tarso, olhou para Estêvão, que a tudo assistira sem nada falar, e disse:

– Querido Estêvão, estamos a teu dispor para o retorno.

Estêvão agradeceu. Em seguida, dirigindo-se ao irmão Acádio e olhando com ternura para o Cireneu de Tarso e Loide, pediu permissão para que os visitantes, na sua companhia, pudessem voltar à Terra, o que foi consentido. Abraçou Paulo e, juntamente com João, Timóteo e Inácio, iniciaram o retorno. A breve tempo estavam em casa, em Éfeso.

Estêvão os abraçou, mencionando a enorme alegria de poder ter estado com eles, dizendo-lhes que se reuniriam novamente, nas necessidades de trabalhos futuros. A seguir, os três servidores de Yeshua voltaram para o corpo físico.

IX

Os sábios conselhos de João

Amanheceu em Éfeso. Na Colina do Rouxinol, o dia estava magnífico. Era um daqueles dias em que o astro-rei parecia estar mais perto da Terra. A aragem que soprava do planalto na direção do Mar Egeu trazia ainda um pouco do frio noturno, que fora forte.

Pássaros diversos, com suas plumagens de cores variadas, cantavam, em homenagem à vida.

Na casa de João, já tinha sido servido o repasto matinal, que naquela manhã se traduzia em broa com mel, suco de amora, leite de cabra e queijo.

Léa estava entretida com os afazeres da cozinha, quando viu Inácio entrar. Estranhou que ele viera de fora e antes mesmo que perguntasse, Inácio lhe falou:

– Boa Léa, não se espante. Levantei-me bem cedo, ainda estava um pouco escuro, e fui até o penhasco. Sempre adorei fazer isto quando aqui morava, e novamente revi, pela memória, os dias e anos que aqui vivi com o bondoso João e com a mãe Maria. Essas lembranças me comovem, e sinto uma saudade imensa, que me aperta o coração.

A serviçal olhou-o sorridente e percebeu nos olhos de Inácio a presença das lágrimas que vertiam do rio da saudade. Então falou:

– Sim, bom Inácio, compreendo teu estado d'alma. Eu mesma, que me afeiçoei tanto à mãe Maria, não esqueço do sorriso dela e muitas e muitas vezes parece-me mesmo revê-la nesta casa. Nessas ocasiões, sinto um suave perfume de nardo, que ela adorava. Ela mesma fazia a essência. Colhia as folhas bem cedo, antes da presença do sol. Nesses instantes, parece que ela se faz presente. A casa também parece mais iluminada. Os pássaros que ela alimentava, depois de sua partida para a Casa de Yahweh, todos os dias fazem uma verdadeira homenagem a ela com seus cantos maravilhosos.

O diálogo seguiu-se no ritmo das amorosas lembranças, quando foram interrompidos por João e Timóteo, que chegavam à cozinha.

Após os cumprimentos, João disse:

– Ora, vejo que nosso Inácio e nossa Léa trocavam lembranças de nossa amada mãe. Que ótimo! Eu quero dizer que isto é maravilhoso. Eu mesmo tenho sonhado muito com ela. Quando isso ocorre, parece que me ausento de casa, vou até onde ela está e nesses momentos a vejo, com o mesmo olhar de alegria e de bondade que sempre me encantou a existência.

Acomodaram-se para o repasto.

Indicado por João, através de gesto gentil, Timóteo pôs-se a orar:

– Oh! Amado Pai, Senhor de nossas vidas, que outra coisa esperas de nós senão que entreguemos nossa vida a Ti, sem reservas, sem medo e sob dedicação infinita?

"A Ti nos oferecemos e empregamos nossos esforços para amar-Te sobre todas as coisas. Dispõe de nossa vontade. Na singeleza de nossos corações, ofertamos-Te nosso sacrifício espontâneo, que carrega com ele a certeza da imortalidade e a vontade inabalável de servir na Tua Vinha.

"Guia-nos, pelos conselhos de Yeshua, Teu Filho Amado.

"Perdoa nossas faltas, nossos equívocos, e nesta hora em que a companhia de dois dos teus augustos trabalhadores alimenta-nos o espírito, vibramos para que possamos todos, em razão de Tua misericórdia, prosseguir na tarefa daqueles outros valorosos servidores do Teu exército de Amor e tudo fazer para que resplandeça Tua glória, através dos ensinamentos da Boa Nova, cantada pelo Teu Divino Cantor.

"Abençoa-nos hoje e sempre! E abençoa esta casa, outrora da augusta mãe, que prossegue albergando Teu abnegado servidor João.

"Assim seja."

Timóteo calou-se. Uma paz repentina aquietou todo o bulício do ambiente e, vinda de fora, os três ouviram a mais maravilhosa voz que já tinham ouvido, a dizer:

– São felizes e agradáveis ao Meu Pai aqueles que vivem para amar a Ele e ao próximo.

"Em verdade, sois, dentre aqueles que chamei, os que escolhi. Eu que vos mandei vir. Suprirei o que vos falta para que prossigais anunciando na Terra a Verdade Celestial.

"Sou Eu Aquele a quem vos deveis entregar, com todo o coração e sem reservas, de modo que não vivais em vós, mas em Mim, em honra e glória de Nosso Pai."

O ambiente espiritual daquela casa, que continuava impregnado com o suave perfume de Maria de Nazareth, era magnífico. Após alguns instantes, João, então, induziu os demais ao repasto matinal. Faziam o repasto quietos, mudos, experimentando o silêncio, que era renovador, e que lhes trazia, a mancheias, energias altamente benfazejas do Mundo Espiritual.

Inácio, então, quebrou o encanto do momento e reabriu a conversa do ponto em que havia sido encerrada na noite anterior, dizendo:

– Caro pai João! Na complementação de nosso diálogo de ontem, haja vista que as dificuldades que estamos enfrentando são as mesmas, necessito de tua orientação quanto ao que fazer para impedir que uma falsa doutrina que se diz ser de Yeshua, quando não é, seja propalada em nosso Núcleo e nos demais, e com forma distante da pureza e da simplicidade de que se reveste a Boa Nova.

"Será que estamos falhando em algum ponto, para que essas coisas aconteçam?

"Reconheço que os esforços de Pedro e de Evódio, nosso atual líder, que foram empregados em nosso

Núcleo de Antioquia da Síria, foram enormes e de muita utilidade, para que não houvessem desvios doutrinários.

"Porém, há uma espécie de névoa que parece querer encobrir a verdade, espalhada por membros que não querem ler e debater os escritos de Levi com a profundidade necessária e agora colocam dúvidas nos escritos e João Marcos. Preferem dizer que são ensinamentos notáveis, contudo, pouco sabem ou buscam interpretar do seu conteúdo e resolvem alardear conceitos e interpretações falsas. E, o que é mais grave, põem-se a criar sistemas e celebrações externas; a fazer julgamentos apressados, criando com isso uma doutrina estranha e mística. Chegam, inclusive, a alardear que o que Yeshua ensinou não é em nada diferente do que já está na Lei Antiga, utilizando esse ponto para estabelecer uma contenda perigosa, porque se dissermos que é, nos acusarão de blasfêmia contra a Lei Antiga e se dissermos que de fato não é, continuarão o discurso de que, não sendo em nada diferente, não precisamos da nova doutrina.

"Então, bondoso pai João – Inácio assim chamava João, porque a partir de seus oito anos de idade, foi criado por João e por Maria de Nazareth – ante tudo o que li e aprendi contigo e com nossa amada e inesquecível mãe, relativamente às anotações de Mateus Levi a respeito de nosso Mestre Amado, não consigo aceitar a situação de tentativa de desvirtuamento da Boa Nova, que tem se agravado. Inclusive, nosso bom Evódio está muito adoentado e se ressente de toda a situação.

"Com base nisto tudo, venho rogar tuas orientações, teus sábios conselhos, eis que deténs autoridade moral indiscutível, pois conviveste diretamente com o Mestre Yeshua e por certo tens a visão clara dos objetivos d'Ele, portanto, dos Seus ensinamentos.

"Pelo que ouvi ontem à noite, o que me disseres, com certeza, aproveitará também ao irmão Timóteo, na sua luta aqui em Éfeso."

João olhou para Inácio com os olhos da ternura, o mesmo fazendo na direção de Timóteo, e após refletir alguns instantes, parecendo traduzir o que lhe falavam aos ouvidos da alma, disse:

– Bondosos e queridos Inácio e Timóteo! Estarmos juntos neste momento é dádiva que precisamos agradecer a Yeshua.

"Em razão do que está disposto, penso que não deve haver raciocínio nem discussão qualquer que possam alcançar os desígnios de Yahweh, sem que tenhamos exercido o primado da compreensão, da paciência e da tolerância.

"Entretanto, quanto àquelas criaturas que estão buscando trazer para o seio da Boa Nova introjeções e intromissões que se apartam da realidade dos objetivos da mesma e procuram criar interpretações falsas, tendes que perguntar-lhes: – Sois justos? Os vossos juízos são retos? São honestos?

"Entendo que não devemos estabelecer disputas sobre os méritos; sobre qual é maior ou melhor doutrina;

a maior ou melhor obra; a maior ou melhor forma de interpretação, pois daí nascem muitas controvérsias e contendas inúteis que nutrem a soberba e a vanglória, donde procedem a inveja e a discórdia, porquanto isto não traz proveito algum, antes desagrada a Yahweh e a Yeshua.

"A esse propósito, lembro-me bem da primeira carta que nosso amado Paulo enviou ao Núcleo de Corinto, no qual estavam à época nosso irmão Timóteo, aqui presente, e nosso irmão Lucas, buscando pacificar questão quase igual à que propões, Inácio. Então ele disse, na carta, referindo-se a Yahweh: *Eu não sou Deus de discórdia e sim da paz.*'

"Essa paz, irmãos, penso, consiste antes no exercício constante da verdadeira humildade, e não da própria exaltação.

"Desse modo, nestas situações, precisamos agir com prudência e sensatez; não entrar em inquirição e disputas doutrinárias, porque em muitos que estão nos Núcleos e mesmo até em muitos que virão, no futuro, ainda a ignorância e o interesse pessoal serão as marcas vivas de seu comportamento, a nos proporcionar a certeza da enorme luta que devemos continuar travando para que os verdadeiros ensinamentos de Yeshua prevaleçam e se tornem cada vez mais conhecidos, pois não devemos esquecer que nosso Yeshua disse que não veio para os sãos e sim para os doentes, tanto do corpo quanto do espírito.

"Nesse aspecto, nos servem de orientação as palavras do profeta Jeremias, na Lei Antiga, quando vaticinou:

"*Eis o que diz o Senhor dos Exércitos: 'Não escuteis as palavras dos profetas que vos profetizam e que vos enganam. Eles publicam as visões de seus corações e não o que aprenderam da boca do Senhor'. Dizem aos que de mim blasfemam: O Senhor disse: 'Tereis paz', e a todos os que andam na corrupção de seus corações: 'Nenhum mal vos acontecerá'. Mas qual dentre eles assistiu ao conselho de Yahweh? Qual o que o viu e escutou o que Ele disse?*

"*Eu não enviava esses profetas; eles corriam por si mesmos; Eu absolutamente não lhes falava; eles profetizavam a mentira em meu nome, dizendo: 'Sonhei, sonhei.'*

"*Até quando essa imaginação estará no coração dos que profetizam a mentira e cujas profecias não são senão as seduções do coração deles? Se, pois, este povo, ou um profeta, ou um sacerdote vos interrogar e disser: 'Qual o fardo do Senhor?' Dir-lhes-eis: 'Vós mesmos sois o fardo e Eu vos lançarei bem longe de mim', diz o Senhor.*

"Essas palavras do profeta, caros Inácio e Timóteo, indicam que charlatães, impostores e fanáticos, infelizmente, surgem e surgirão, infiltrando-se em nossos Núcleos. Empregam, inicialmente, meios para adquirir a confiança dos demais dirigentes e depois põem-se a interpretar a Boa Nova de forma apartada da própria verdade que ela encerra em sua pureza e alardeiam falsidades, inclusive pondo-se como intérpretes de Espíritos levianos, que visam enfraquecer a doutrina de nosso Mestre Amado.

"Em razão disto, amigos e irmãos da alma, eu vos digo, para que não esqueçais em nenhum momento: *'Não acrediteis em todo Espírito; experimentai se os Espíritos são de Yahweh',* porque tanto em meio às criaturas humanas como aos invisíveis, há os que se comprazem em iludir.

"Com esse pensamento, inegável a grandeza do ensino, tanto que nosso Mestre o repete, de forma categórica, como anotou nosso Levi:

"Guardai-vos dos falsos profetas que vêm ter convosco cobertos de pele de ovelha e que por dentro são lobos rapaces. Conhecê-los-eis pelos seus frutos.

"Podem colher-se uvas nos espinheiros ou figos nas sarças?

"Assim, toda árvore boa produz bons frutos e toda árvore má produz maus frutos.

"Uma árvore boa não pode produzir frutos maus e uma árvore má não pode produzir frutos bons. Toda árvore que não produz bons frutos será cortada e lançada no fogo. Conhecê-los-eis, pois, pelos seus frutos.

"Precisamos, pois, irmãos, estar atentos o máximo possível, em razão de que muitos se apresentarão em nome de Yeshua, mas sua intenção será mesmo a de seduzir, e após, produzir a frieza que abala os corações e destrói o projeto do amor e da caridade, noções vivas da lição de nosso Mestre."

João calou-se. Inácio e Timóteo estavam sensibilizados com a orientação do Apóstolo. Tudo o que ele dissera trazia no seu bojo uma necessidade permanente de cuidados que se deveria ter em face da proteção à doutrina de Yeshua.

Compreenderam que esses cuidados sempre estariam a merecer ação de vigilância vigorosa, para que a Boa Nova não fosse desfigurada, o que proporcionaria uma confusão nos fiéis novos, ainda sem muita base de sustentação e, portanto, constituindo contingente que facilmente poderia ser manobrado pelos falsos profetas, que lhes administrariam uma falsa doutrina.

Inácio, tomando da palavra, disse a João que compreendera a sábia orientação; que enquanto João falava, lembrava das discussões que foram travadas no Núcleo de Antioquia da Síria sobre a necessidade ou não da circunscrição dos gentios e que, além de Pedro, Paulo e Tiago Maior, participaram daquele debate os irmãos Barnabé, Evódio, Nicanor, Timão, Parmenas e Judas Barsabá, todos trabalhadores do Núcleo.

Lembrou, também, que a decisão ali tomada foi a de defender a desnecessidade da circuncisão dos gentios e que Paulo, Barnabé e Judas Barsabá foram encarregados de ir a Jerusalém para levar aos irmãos do Núcleo de lá o resultado das conversações feitas em Antioquia da Síria.

Disse, a seguir, que o risco que a doutrina do Messias corria, no seu entendimento, era a mistura equivocada que se fazia, com falsas interpretações da Lei Antiga, sem permitir-se a intepretação cuidadosa, ofertando ponto de desequilíbrio, de modo que com o tempo a Boa Nova poderia ser engolida pelos velhos textos da Torá.

Timóteo usou da palavra e manifestou concordância com as sábias orientações de João e com os valorosos conceitos emitidos por Inácio, acrescentando que ao retornar à reunião do Núcleo, daria a conhecer a Áquila, Priscila e Tíquico, membros mais destacados do Núcleo de Éfeso, aquele valoroso diálogo que estavam tendo.

Os três ainda entreteceram novas conversações, todas na direção da vigilância para que a Boa Nova fosse protegida e não sofresse tantos ataques como os que já estavam existindo.

Inácio e Timóteo ficaram com João por mais quatro dias, que foram sempre de animada conversação sobre a Boa Nova. Ao final do quarto dia, reunidos bem cedo, no repasto matinal, havia no ar a presença da antecipada saudade, eis que Inácio estava para retornar a Antioquia da Síria. Tomaria novamente o navio no porto de Éfeso. Timóteo retornaria ao Núcleo de Éfeso, empenhado em transmitir as orientações do apóstolo João a toda a comunidade do Núcleo, ao passo que João tinha viagem programada para o Núcleo de Jerusalém, para estimular os irmãos de lá e dirimir as dúvidas que sempre surgiam dentre os líderes do Núcleo, quanto aos ensinamentos de Yeshua, em relação à Lei Antiga.

Após o repasto matinal, despediram-se, invocando Yahweh e Yeshua e pedindo forças para que não esmorecessem nunca e tivessem sempre a proteção divina.

Os abraços foram efusivos. A vida seguiria seu curso.

X

OS ESCRITOS DE MARCOS E DE LUCAS

Os escritos sobre a vida de Yeshua, sob a visão de João Marcos, foram entregues à comunidade dos Seguidores do Homem do Caminho, no final do ano 66 d.C. para o início do ano 67 d.C.

Marcos fez o relato mais primitivo, mais simples e mais breve sobre o Messias.

Embora os escritos de Mateus Levi há vários anos orientassem os fiéis da Boa Nova, a situação vivencial dos Núcleos que haviam sido fundados por Paulo de Tarso estavam se modificando em virtude de alguma confusão no campo de sua interpretação.

As testemunhas oculares do Ministério de Yeshua estavam, com o passar dos anos, retornando ao mundo espiritual. Os novos convertidos desejavam mais informações sobre a vida terrestre de Yeshua, em meio a essas contendas domésticas que já surgiam e à opressão, ainda existente, do Sanhedrin sobre a nova crença, e de Roma sobre os judeus. Continuavam, também, e de maneira mais acentuada, as perseguições de Roma, que haviam sido iniciadas pelo Imperador Nero, aos seguidores do Homem do Caminho.

147

Em meio a essas dificuldades, e conhecendo a mensagem de Yeshua pregada diretamente por Ele, e ainda a real situação em que os seguidores do Messias se encontravam, Marcos, nos seus escritos, vai procurar fortalecer a fé de seus irmãos, explicando como a Boa Nova se iniciou.

Ao assim fazer, de forma organizada e com uma sequência quase totalmente cronológica, Marcos produziu algo novo, o que se poderia chamar de um conjunto de ensinos evangelizadores que registravam as palavras, os atos e as experiências cruciais de Yeshua.

É Marcos quem vai dar o devido destaque à chamada paixão do primeiro mártir e vai enfatizar que os seus discípulos devem estar preparados para segui-Lo, no caminho da cruz.

Além da adoração que tinha por Yeshua; das experiências que colecionou participando de uma viagem com Paulo de Tarso e Barnabé e de seu trabalho junto aos Núcleos de Jerusalém e de Antioquia da Síria, Marcos foi um dileto discípulo de Pedro e baseou seus escritos também nas experiências e na pregação desse apóstolo.

Fruto dessas vivências, Marcos redigiu os textos direcionando-os aos gentios e mais especificamente aos romanos.

Tratou de explicar os rituais judeus; traduziu inúmeros textos hebraicos e aramaicos e explicou termos gregos, adaptando-os à língua de Roma.

TESTEMUNHO PELO CRISTO

Dá mostras claras de que, em suas anotações, está se dirigindo a todos os Núcleos gentios.

Outro ponto importante é que ele organizou seus escritos geograficamente. Para Marcos, Yeshua inicia seu ministério na Galileia e caminha para Jerusalém. Lá, então, relata a saga do Messias, sua resistência e morte.

Marcos destacou com mais afinco os eventos públicos ocorridos com o Mestre: os milagres, Sua pregação e principalmente os eventos dos últimos dias de Yeshua na Terra.

O manuscrito de Marcos não vai contemplar as aparições de Yeshua após sua morte. Terminam com o relato do túmulo vazio, embora vão surgir acréscimos, posteriormente, que não foram por ele colocados e que falarão das aparições.

O ponto central destacado por Marcos vai ser o anúncio que Yeshua fez de que o Reino de Yahweh está presente nas criaturas.

É ele que vai registrar que Yeshua é filho de Yahweh, como no relato da transfiguração no Monte Tabor: *"Este é Meu Filho Amado; a Ele ouvi."*

Marcos apresentou Yeshua como um ser humano, como Filho do Homem e, de maneira semelhante a Paulo de Tarso, vai destacar a inclusão dos gentios na salvação do servo, declamada por Yeshua.

O ano de 68 d.C. chegou, e com ele, para ainda mais sedimentar a nova verdade trazida para a Terra, numa tarde de shabat do mês de março do ano de 68 d.C., no Núcleo de Éfeso, na companhia de Timóteo, outro discípulo valoroso do Mestre, Lucas vai dar a conhecer os seus escritos sobre a vida e a obra do Messias, que, quais as anotações de Mateus Levi e de Marcos, embora estas não tivessem sido organizadas sequencialmente, vão refletir também positivamente em todos os Núcleos cristãos.

Lucas redigiu seus escritos com base em entrevistas com todos aqueles que conviveram de perto com o Mestre Yeshua, e, em caráter especial, pelas entrevistas que fez com Maria de Nazareth.

Grande parte desses escritos foi redigida na Acaia, em meio às viagens e andanças que fez com Paulo de Tarso, Silas e o próprio Timóteo.

Em seus escritos, Lucas vai dar destaque à proposta de libertação feita pelo Mestre; vai revelar um Yeshua compassivo e misericordioso, curador de todas as doenças; acolhedor amoroso das mulheres; e talvez por ele, Lucas, por ser médico, vai denominar o Mestre como o Grande Médico das Almas.

Em suas narrativas, relata sobre a vida doméstica de Yeshua; sobre Seus pais, José e Maria e sobre seu primo Yohanan. Relata a viagem de José e Maria para Belém, e de maneira poética e maravilhosa, faz o relato de todo o ministério público de Yeshua, revelando a perfeita compaixão e amor de que o Mestre era portador. Vai dar destaque aos ensinamentos sobre o amor, a caridade e o perdão, como, por exemplo, através das narrativas do

Testemunho pelo Cristo

filho pródigo, do homem rico, de Lázaro e do bom samaritano.

Por ser gentio, as referências de Lucas aos textos da Lei Antiga foram poucas. Ofertou belíssimo retrato de Yeshua. Iniciou sua narrativa em alusão ao Templo de Jerusalém, e vai terminá-la também em Jerusalém. Detém-se nos traços pessoais e delicados da alma de Yeshua, transformando seus escritos em substancioso alimento para a vida espiritual de todos.

Suas anotações espalharam-se rapidamente e emocionaram todos os fiéis seguidores de Yeshua, por sua beleza extraordinária, tanto que os trabalhadores do Mestre entenderam que as anotações de Lucas não se distanciavam dos escritos de Mateus Levi e não contrariavam os escritos de Marcos. Na verdade, as engalanavam, e revestiam com intenso brilho a presença, na Terra, do Mestre dos Mestres, que viera para encaminhar o rebanho à Casa de Yahweh.

151

XI

A TAREFA DE INÁCIO

Inácio havia retornado de Éfeso para Antioquia da Síria. Trazia o coração ainda premido pelas saudades que sempre sentia e haveria de sentir, de Maria de Nazareth. Era mesmo um sentimento quase que incontido e que o colocava muitas vezes em estado de profunda reflexão. Também já se ressentia das saudades de João, mas não saberia dizer por que era uma saudade que parecia diferente, talvez porque João continuasse encarnado. Talvez fosse isso.

Nesses momentos de recolhimento interior e profundas reflexões, na sua intimidade, lhe ocorria, dentre tantos pensamentos, um no sentido de que Yeshua talvez lhe tivesse mesmo reservado uma tarefa na Sua Vinha. Não saberia dizer ao certo qual poderia ser, e nessas cogitações jamais conseguira esquecer o encontro que teve com o Mestre, quando tinha quatro anos de idade, nem do que Ele falara baixinho, quando o pegou no colo: *"Olá, amigo da alma, como vais? Que bom que retornaste!"*

Sempre haveria de lembrar essas palavras de Yeshua. Nas suas lembranças, uma dúvida lhe assaltava a mente. Por que o Mestre lhe falara em "retorno"?

Absorto em seus pensamentos – eis que residia em uma casa nos fundos do local onde ficava o Núcleo – preparava-se para a reunião de logo mais à noite, ocasião em que relataria aos membros da congregação as orientações ofertadas por João, quando Evódio adentrou a sala da pequena casa e o cumprimentou:

– Olá, caro irmão Inácio, que bom que já voltaste de tua viagem. Fui informado disto por Nicanor. Como foi tua entrevista com nosso amado João? Estou muito curioso por saber o que ele falou a propósito da problemática que com certeza lhe expuseste.

Inácio, olhando para o amigo Evódio, que era o chefe do Núcleo, depois de o abraçar, direcionou-se para a janela que dava para pequeno pátio e respondeu:

– Ah! Irmão Evódio, a viagem foi muito boa, embora cansativa, e quando cheguei a Éfeso, na casa do amado João, tive a alegria de encontrar lá nosso irmão Timóteo, que é a principal liderança do Núcleo de lá.

"Nosso João, como sempre, foi o carinho em pessoa, atencioso, gentil e bondoso como sempre. Tivemos com ele diálogos maravilhosos sobre os ensinamentos do Mestre, e ele pôde nos ofertar, a mim e a Timóteo, uma vez que os problemas que lhe relatamos coincidiam, sábios conselhos e recomendações que, se me permitires, darei conhecimento a todos, na reunião de nosso grupo logo mais à noite.

E antes que Evódio falasse alguma coisa, disse:

– Ah! Tanto João como Timóteo me pediram para ser portador de abraços a todos os irmãos de nosso Núcleo e em especial ao irmão.

Evódio agradeceu a lembrança e o abraço recomendado, com um leve sorriso. Inácio percebeu que Evódio ficou preocupado e meio ensimesmado com a sua resposta e que trazia o semblante triste. Inácio viu preocupação na face do amigo, que andava muito doente, mas não quis lhe perguntar nada.

Porém, foi Evódio quem falou:

– Caro amigo e irmão, sabes da minha admiração por ti. Louvo teu esforço e tua dedicação em prol da disseminação da Boa Nova, entretanto, gostaria de preparar teu espírito para a reunião da noite, porque há alguns membros do Grupo que, ao saber da missão que te reservei, torceram o nariz e passaram a comentar em absoluta falta de caridade. Dizem que tenho concedido a ti, privilégios em relação aos demais, porque foste acabado de criar por nosso irmão João e por nossa Maria e que em razão de ter convivido com eles, tu te achas privilegiado e acima das pessoas, e tens agido, no Núcleo, como se tivesses sido escolhido diretamente por Yeshua.

Dizendo isso, Evódio calou-se.

Inácio, surpreendido com aquela revelação, imediatamente passou em revista o seu íntimo e não conseguiu localizar qualquer atitude sua que pudesse, de alguma maneira, sustentar ou alimentar aquelas falsas interpretações. Sentiu de repente uma dor profunda a lhe invadir a alma e, não saberia definir por que, naquele instante, uma súbita e imensa saudade de Maria de Na-zareth.

Olhou para Evódio e falou:

– Meu amigo, agradeço-te a narrativa e a preo-cupação. Confesso que estou surpreso com o comporta-mento dos irmãos. Nunca deixei de tratá-los com o mais absoluto respeito e com amizade sincera. Dói-me na alma a alusão sem sentido perpetrada por eles.

"Mas, apesar disto, investigando meu interior ante o impacto da notícia que me trazes, vejo que não nu-tro em relação a eles qualquer sentimento de contrarieda-de e até me parece que eles têm razão em assim proceder. Se assim falam, deve ser para que eu jamais duvide dos valorosos ensinamentos de Yeshua, que recomenda que quem quiser vir após Ele deve tomar a Sua cruz e segui-lo.

Totalmente refeito da fala de Evódio, Inácio lhe disse:

– Então, meu amigo, vamos para a reunião? O início está próximo.

Evódio concordou e antes de saírem na direção do salão do Núcleo, não pôde deixar de perceber que os olhos de Inácio estavam marejados de lágrimas. A breve tempo adentraram no salão principal do Núcleo, que já se achava quase que tomado pelo público. A reunião da-quela noite seria dirigida por Nicolau.

Sentaram-se, os dois, na fileira da frente, e Nico-lau, que já se achava nos preparativos do início da reunião, chegou perto deles e cumprimentou Inácio, dizendo:

Testemunho pelo Cristo

– Olá, irmão Inácio, soubemos do seu retorno. Foi tudo bem em Éfeso?

Inácio, correspondendo ao abraço, respondeu que sim.

Então, Nicolau, ainda falando baixo aos dois, disse:

– Irmãos, acabamos de receber um mensageiro que veio da região da Anatólia, chamado Calístenes, que nos trouxe a triste notícia de que o apóstolo Bartolomeu, que lá estava há muitos anos pregando os ensinamentos de Yeshua por toda a Síria e a Anatólia, foi preso na Anatólia, agredido e crucificado de cabeça para baixo. A notícia é mesmo muito dolorosa e nos oferta mais preocupações.

Inácio acolheu tristemente a notícia, e o mesmo se deu com Evódio, que já estava abatido em razão de estar adoentado.

Após a prece inicial feita por Nicolau, este convidou Inácio para que fizesse um relato aos membros e frequentadores do Núcleo sobre as conversas que teve com o apóstolo João, em Éfeso.

Inácio levantou-se, saudou todos os presentes e disse que fora a Éfeso a pedido de Evódio para expor ao apóstolo João uma preocupação que já se espalhava por diversos Núcleos cristãos, em razão não somente da influência judia nas tarefas e práticas nos Núcleos, como também no que se refere aos desentendimentos vários que já havia entre os próprios membros dos Núcleos, que se relacionavam com a interpretação dos escritos de Mateus

Levi, e agora de Marcos, destacando que alguns membros das comunidades já não aceitavam na totalidade esses escritos e estavam alardeando que muito do que está escrito contraria a Lei Antiga de Moshe, o que entendiam que não deveria ocorrer.

Disse que as divergências se avolumavam entre os ensinamentos e a prática, porque não se pode admitir que ideias vindas da filosofia grega e do gnosticismo façam morada em nossos Núcleos, como se fossem superiores aos ensinamentos de Yeshua.

João lhe disse, e a Timóteo, que muitos enganadores têm saído a perambular pelos Núcleos, e que eles se distanciam dos veros ensinos de Yeshua; que se assemelham a falsos profetas. Deixou claro que todo aquele que ultrapasse os escritos de Mateus e de Marcos sobre os ensinamentos de Yeshua e que nesses ensinamentos não permaneça, não tem Yahweh no coração.

– Orientou-nos no sentido de que sejamos cuidadosos em não oferecer a tribuna, nos Núcleos, a quem não quer permanecer sob a doutrina da Boa Nova e se recusa a seguir a doutrina de Yeshua. Que esses falsos profetas não sejam recebidos. Orientou-nos ainda que não devemos dar crédito a qualquer Espírito, e sim antes provar se os espíritos procedem de Yahweh. Que é preciso, pois, tomar cuidado com a recepção desses falsos profetas.

A, e seguir, repetiu a orientação do Apóstolo:

"Se alguém bate à porta desejando ensinar doutrinas falsas, é errado aceitá-lo e permitir divulgue uma falsa

doutrina, pois isso dividirá o grupo e o enfraquecerá. Devemos demonstrar a convicção de ficar, a todo custo, ao lado de Yeshua e defender a verdade.

Inácio calou-se e percebeu, pelos olhares de alguns membros do Núcleo, que nem todos ficaram satisfeitos com sua fala e com absoluta confiança na advertência de João. Em seguida, acrescentou:

– Quero dizer-vos, irmãos, que concordo plenamente com o apóstolo João. Precisamos tomar muito cuidado para que a doutrina de Yeshua não sofra a indesejável presença de ideias contrárias e de contendas ou disputas religiosas inúteis. Penso que aqui em nosso Núcleo, como em outros, precisamos fazer enorme esforço de proteção à Boa Nova, como também necessitamos velar para que os outros Núcleos criados por nosso inesquecível Paulo de Tarso possam caminhar conosco nesse sentido.

A seguir, deu sua fala por encerrada. Evódio levantou-se, com certa dificuldade, agradeceu a Inácio e orou:

"Oh! Amado Yahweh, quem será tão sábio, que possa saber tudo completamente?

"Auxilia-nos a não confiarmos demasiadamente em nosso juízo e a termos a mente voltada para Ti e para o nosso Amado Yeshua.

"Que possamos estar sempre alertas sobre as tentações que almejam distorcer a fé nova.

"Bem sabemos que para vencer as tentações não basta a fuga, e que é preciso verdadeira paciência e humilda-

de. Haveremos de vencê-las, com Teu amoroso auxílio, pouco a pouco, com paciência e resignação.

"Não devemos perder a confiança, quando tentados pelas falsas doutrinas e doutrinadores; antes pedir-Te com mais fervor, que Te dignes a ajudar-nos nas tribulações, nos fornecendo os meios de enfrentá-las com galhardia e calma.

"Auxilia-nos, todos, a sedimentar nossa fé. Assim seja!"

Nicolau deu a reunião por encerrada.

Após as despedidas, todos se retiraram para suas casas. Nicolau, juntamente com Nicanor, Evódio e Inácio, puseram-se a conversar ainda mais um pouco sobre o momento de dificuldades pelo qual a doutrina de Yeshua estava passando.

XII

A MORTE DE EVÓDIO E A ASCENSÃO DE INÁCIO

O ano de 68 d.C. caminhava.

A doutrina do Cristo Yeshua, como a denominou Lucas, nas suas anotações que havia trazido a público no Núcleo de Éfeso, na companhia de Timóteo, continuava de maneira mais firme, embora timidamente, a expandir-se.

Roma, pela força de seu Império, era a dominadora de quase todo o mundo conhecido, apesar da terrível presença de Nero e de um governo nefasto e corrupto, onde a vilania e a traição eram companheiras inseparáveis de parte das autoridades romanas.

Israel continuava sob domínio romano, entretanto, naquele ano, organizou-se de forma a lançar um combate visando libertar-se do jugo da águia dominadora. Iniciou-se, então, no final do primeiro semestre, a primeira guerra romano-judaica.

O Império destacou, para liderar as tropas romanas, o General Tito Flávio Sabino Vespasiano, que, comandando as tropas, já havia estabelecido o domínio de Roma na Britânia. Vespasiano então seguiu para a Judeia e cercou Jerusalém. Ofereceu anistia a todo judeu que se entregasse, entretanto não teve êxito na proposta, porque muitos e muitos judeus preferiram lutar e outros preferiram cometer suicídio.

Vespasiano cercou Jerusalém, mas determinou às suas tropas que não destruíssem nada.

Na ocasião, recebeu a notícia, por mensageiros, de que as legiões romanas estabelecidas em Roma, sob a ação do Senado Romano, já haviam decretado que o Imperador Nero era inimigo público de Roma; que as imensas tropas lideradas pelo general Sérvio Sulpício Galba, Procônsul e Governador da Província da Hispânia, haviam marchado sobre Roma e que o Senado, através de um Édito, reconhecera publicamente Sérvio Sulpício Galba como novo Imperador. Foi então decretada a prisão de Nero. Este, contudo, fugiu, porém, foi perseguido pela guarda pretoriana e, sem saída possível, preferiu suicidar-se.

Vespasiano, após ler a mensagem, pediu aos mensageiros que descansassem por dois dias, e após levassem ao Imperador Galba o seu apoio.

Iniciava-se o segundo semestre de 68 d.C. e o líder da Igreja de Antioquia da Síria, acamado há alguns dias, eis que já tinha idade avançada, pediu a seu irmão Elián, que era mais novo, e com quem vivia, que chamasse Inácio, pois queria conversar com ele.

Tão depressa quanto pôde, Elián foi até Inácio e deu o recado. Inácio apressou-se a ir até a casa de Evódio.

Lá chegando, foi encaminhado até o quarto onde Evódio parecia iniciar sua despedida da vida física. Quando Inácio entrou, Evódio olhou-o e pediu que sentasse ao pé da cama. Fitando-o com certa compaixão, falou:

– Querido Inácio, para todos nós, um dia chegará o momento de retornar à casa de Yahweh, que, segundo nosso Yeshua, possui muitas moradas. Espero que possa merecer uma morada alegre, em que a paz esteja presente.

Evódio falava com dificuldade, com palavras entrecortadas com manifesta falta de ar.

– Pedi tua presença porque, por imperativo de consciência, preciso dizer-te que já conversei com os demais integrantes do Núcleo sobre o desejo a mim manifestado, já há algum tempo, pelo apóstolo Pedro, no sentido de que deves ser meu substituto à frente de todas as tarefas do Núcleo. Digo-te ainda que a aceitação foi quase unânime, mas recomendo que não te preocupes em demasia em relação àqueles que não aprovaram a ideia, que foram poucos.

"Tenho pedido aos nossos amados Yahweh e Yeshua, que possam abençoar-te sempre, na difícil tarefa de fazer o grupo se solidificar cada vez mais, sob a bandeira dos ensinamentos da Boa Nova."

Evódio calou-se, porquanto suas últimas palavras já tinham sido muito difíceis de articular. Estendeu a mão esquerda na direção de Inácio, que a ficou segurando. Após o esforço do velho amigo, Inácio viu que este estava desprendendo-se da matéria física, para alçar voo, logo mais, às paragens espirituais.

Inácio cerrou os olhos do grande trabalhador. O irmão de Evódio, que estava do outro lado da cama, segurou a outra mão do velho trabalhador, e ouvindo o que ele dizia a Inácio, naquele momento, com a outra mão, segurou a mão de Inácio. As lágrimas foram abundantes.

Após os funerais de Evódio, Inácio reuniu os trabalhadores do Núcleo de Antioquia da Síria e deu a conhecer, novamente, o desejo de Evódio. Falou a todos que ali estava para servir e não para ser servido, convidando a todos para que se unissem em favor da causa de Yeshua, para que ela não fosse desfigurada.

As tardes e noites frias se sucederam em Antioquia da Síria. O mês de dezembro findava e trazia consigo as expectativas de uma melhor disseminação da Boa Nova. O ano de 69 d.C. chegara.

Os esforços ingentes e as cartas orientadoras remetidas por Paulo de Tarso aos Núcleos, embora tivessem produzido trabalho de solidificação parcial, pareciam não ser suficientes, porque as divergências se avolumavam, até o ponto de buscarem intrigas onde não haviam, ou seja, nas divergências de intepretações que faziam a respeito dos escritos de Mateus, de Marcos e agora de Lucas (em 68 d.C.).

Em Roma, no início do ano, eclodiu uma guerra civil, que surgiu em face do assassinato do Imperador Galba.

O General Tito Flávio Sabino Vespasiano havia sido deslocado para Alexandria, no Egito, a fim de conter uma revolta judaica que tinha eclodido contra Roma e deixara o comando do cerco que estabelecera sobre Jerusalém para seu filho Tito Flávio Vespasiano Augusto. Recebeu apoio das legiões do Egito, da Síria e da Judeia, caminhou para Roma e derrotou as forças do Governador Vitélio. O Senado Romano lhe delegou, então, poderes excepcionais e Vespasiano foi aclamado Imperador de Roma.

XIII

O Núcleo Central da Divulgação da Boa Nova

Antioquia ficava à margem do Rio Orontes. Era a capital da Província Romana da Síria.

O Núcleo cristão de Antioquia da Síria, que fora fundado pelos Seguidores de Yeshua, dentre eles o apóstolo Pedro, era um Núcleo muito ativo. Foi em Antioquia da Síria que Paulo de Tarso fez o seu primeiro discurso público, falando agora com conhecimento de causa, em uma sinagoga, sobre a mensagem da Boa Nova.

Foi também em Antioquia da Síria que o discípulo Lucas conviveu algum tempo no Núcleo dos Seguidores do Homem do Caminho, e onde, por sua criação e sugestão, Yeshua passaria a ser chamado o Cristo e os seguidores da Boa Nova seriam chamados cristãos.

Com as tarefas e as pregações de Inácio, o Núcleo de Antioquia da Síria houvera se transformado num grande Núcleo de divulgação da mensagem de Yeshua. Crescera a tal ponto que tanto os membros do Núcleo de Jerusalém, muito embora fosse ainda o Núcleo Central, como os membros do Núcleo de Éfeso se direcionavam ao Núcleo dirigido por Inácio, cuja direção era justa, harmoniosa e saudável.

Começavam a chegar, para Inácio, inúmeros pedidos de auxílio, no esclarecimento dos equívocos que já estavam se perpetrando nos Núcleos, em grande quantidade, e que colocavam em risco a sobrevivência da doutrina de Yeshua.

À época, participavam da direção do Núcleo, com Inácio, os trabalhadores Nicolau, Filipe, Teófilo, Timão, Lúcio e Manoem. Estes se reuniam sempre com Inácio, para analisar as dificuldades apresentadas e os pedidos de socorro de outros Núcleos.

Numa noite de fevereiro de 69 d.C., o grupo de trabalhadores reuniu-se para analisar o que poderia ser feito para atender a tantos pedidos de ajuda que chegavam.

Inácio, abrindo a reunião, pôs-se a orar:

"Amado Yahweh, na singeleza de nosso coração, oferecemo-nos a Ti como servos perpétuos e rendemos graças a Yeshua, a Luz do Mundo, por nos ter escolhido para a continuidade do ministério da Sua mensagem.

"Assiste-nos com Tuas graças, para que os que assumimos esse ministério possamos servir-Te digna e devotadamente, na pureza das atitudes e na construção da boa consciência.

"Auxilia-nos, Oh! Sublime Cordeiro de Yahweh, para que não nos equivoquemos mais.

"Concede-nos a graça de chorar sinceramente, em razão das eventuais faltas que porventura tenhamos cometido e que nos revistamos do espírito de humildade, solidifi-

cando nosso propósito de servir, hoje e sempre, nas fileiras de Teu sublime amor.

"Conheces nossas fraquezas e necessidades. Concede-nos, pois, o bálsamo que há de sanar nossas imperfeições, mesmo que nos provoque dores e lágrimas.

"Sê conosco, agora e sempre. Assim seja."

Após a prece, Inácio noticiou que entre tantos pedidos de auxílio que chegavam, queria destacar, em especial, o pedido de diversos trabalhadores do Núcleo de Jerusalém, que lhe enviaram informações sobre uma reunião, um Concílio lá realizado que tinha por objetivo implementar uma maior ação para a divulgação da Boa Nova.

Que nesse Concílio, a influência do Sanhedrin judeu se fez de forma clara e agressiva até, pois vários judeus que se diziam convertidos, na realidade impunham ao Núcleo a obrigatoriedade de estudar permanentemente a Torá em detrimento dos escritos de Mateus Levi, no que estavam sendo atendidos pelo judeu Simeão, sucessor de Tiago, o Justo. Assim, os demais membros do Núcleo, não tendo a quem recorrer, apelaram aos irmãos de Antioquia da Síria, na figura de Inácio.

Até Inácio ter assumido a liderança do Núcleo de Antioquia da Síria, qualquer disputa que surgisse em Antioquia era levada ao Concílio de Jerusalém. Inácio disse aos membros da reunião que aquela decisão, para ele, era inaceitável e relembrou o que Paulo de Tarso tinha dito aos efésios, quando de sua última visita àquela cidade:

"Cuidai, pois, de vossas almas e de todo o rebanho para o qual Yahweh vos constituiu supervisores, para apascentardes as almas que vierem até Yeshua. Eu sei que depois de minha partida entrarão no meio de vós lobos cruéis que não terão pena do rebanho, e que dentre vós mesmos se levantarão homens falando coisas perversas para desviar dos ensinos de Yeshua e para que os sigais."

Inácio comentou que Paulo estava indicando, com aquela manifestação, que após a sua morte, líderes começariam a se levantar dentre os supervisores, em seu lugar, e levariam pessoas a os seguirem e a se afastarem dos ensinamentos de Yeshua.

Então, disse que pretendia ir a Jerusalém para dialogar com os membros do Núcleo de lá, para buscar um consenso sobre os verdadeiros interesses da Boa Nova.

Colocada a questão, foi Nicolau quem falou:

– Inácio, eu penso que seria muito importante e até vital que buscássemos uma unidade com os demais Núcleos, principalmente com o Núcleo de Jerusalém, que é o primeiro oásis da mensagem iluminadora de Yeshua. Assim, proponho que possas mesmo ir até os companheiros e dialogar com eles, para cujo compromisso me coloco à disposição para acompanhá-lo.

Inácio esperou a manifestação dos demais, e como houve concordância geral, estabeleceu a viagem para dali a dois dias, dizendo que deveriam tomar todo o cuidado possível, pois Jerusalém continuava sitiada, agora pelo filho do Imperador Vespasiano, o General Tito

Flávio Vespasiano Augusto, e as relações entre os romanos e os judeus estavam totalmente estremecidas. Conforme notícias que chegavam, os judeus estavam novamente provocando revoltas e bolsões de luta.

Dali a dois dias, Inácio e Nicolau, com o auxílio de dois serviçais do Núcleo de Antioquia, se puseram na estrada no rumo de Jerusalém.

A viagem foi difícil. Permaneceram vários dias ao relento, no trajeto de Antioquia para Cesareia de Filipe. Nesses momentos, Inácio ia comentando as ingentes lutas de Paulo de Tarso; as dificuldades de suas viagens, e pensava que os trabalhadores de Yeshua tinham mesmo que testemunhar seus esforços em favor do Mestre, sem nada reclamar.

Ao cabo de seis dias de viagem, chegaram próximo a Jerusalém, porém, sabiam que antes teriam que passar pelas tropas romanas que continuavam sitiando a cidade.

Alguns soldados romanos que vigiavam a retaguarda viram o grupo de viajantes se aproximar e os cercaram a cavalo e deram-lhes a voz de comando:

– Alto lá, quem sois? Precisam se identificar primeiro antes de obter permissão para adentrar a cidade.

Quem falara era o chefe da guarda pretoriana, o centurião Silvius Justus.

Inácio, olhando para o oficial romano, disse-lhe:

– Nobre oficial, somos viajantes que viemos de Antioquia da Síria, e os dois outros que viajam conosco, são nossos amigos serviçais. Estamos a caminho de Jerusalém para visitar o Núcleo dos Seguidores do Homem do Caminho, mais conhecido por Yeshua. Somos religiosos, não somos guerreiros. Nossa única arma é a paz e nosso desejo é a prática do bem em favor de quem dele necessite, seja pobre, seja rico, seja poderoso ou não. Como vês, não temos condições nem interesse em guerrear com quem quer que seja. Desse modo, pedimos que consintas que ingressemos na cidade.

A voz de Inácio estava revestida de intenso magnetismo e energia de paz, que ao ouvi-la, o oficial romano sentiu-se envolver naquele olhar de tranquilidade e então, olhando para os demais soldados, ordenou:

– Deixem os quatro passarem. Não são guerreiros nem espiões, e não representam perigo.

Inácio agradeceu fazendo uma mensura e prosseguiu com os demais, logo penetrando o portão do primeiro muro que dava acesso a Jerusalém. Lá também tiveram que esperar a decisão da guarda judia, que igualmente os interceptou e tomou conhecimento de quem se tratava.

Após as explicações de Inácio, tiveram permissão para ingressar na cidade passando o primeiro, depois o segundo e o terceiro muros. Encaminharam-se, então, para a saída sul, onde ficava o Núcleo de Jerusalém, no início da estrada que vai de Jerusalém para Jope.

Era fim da tarde. Inácio e Nicolau já haviam percebido que o ar da cidade estava pesado, pois havia uma agitação nervosa. A vida em Jerusalém estava tumultua-

TESTEMUNHO PELO CRISTO

da. O cerco dos romanos impedia um completo abastecimento de alimentos.

Passaram por várias esquinas onde viram grupos de soldados judeus, ou mesmo mercenários que se ajuntavam a eles com o objetivo de combater os romanos. Inácio estava um pouco apreensivo, mas pensava que ao chegarem ao Núcleo de Jerusalém se sentiriam mais seguros. Caminharam naquela direção, devagar e com cautela.

Depois de algum tempo, chegaram ao destino e bateram à porta. Após alguns instantes a porta se abriu e um servidor de nome Alon os recebeu e lhes perguntou o nome e o que desejavam. Inácio, identificando todos, pediu para falar com Simeão bar Cleófas, pois estavam chegando naquele instante, de cansativa viagem de Antioquia da Síria e pretendiam ser recebidos pelos irmãos de Jerusalém.

O serviçal pediu que aguardassem em uma pequena antessala onde havia vários bancos feitos de pedaços de árvores descascadas. Inácio, Nicolau e os dois servidores se sentaram para um breve descanso e espera. Após alguns instantes, Alon retornou e pediu que o acompanhassem. Logo mais chegaram a uma sala maior, onde Simeão bar Cleófas, Matias, Judas, irmão de Tiago Menor e Justus estavam para recebê-los.

Após os abraços e cumprimentos, Simeão tratou de os acomodar. Pediu a Alon que encaminhasse os dois serviçais que viajavam com Inácio para os cômodos próprios, o mesmo fazendo com relação a Inácio e Nicolau. Sugeriu que Inácio e os demais descansassem um pouco

173

da viagem e disse que se encontrariam para a ceia noturna, após o que, se reuniriam para tratar dos assuntos necessários.

Acomodados em um quarto, Inácio e Nicolau buscaram descansar. Deitaram-se para dormir um pouco a fim de se refazerem melhor. Após orarem, começaram a ressonar. Nem bem dormiram, Inácio viu-se saído do corpo, e o mesmo se deu com Nicolau. Os dois olharam na direção da porta de entrada do quarto e viram se aproximar um Espírito que não identificaram. O Espírito se aproximou de ambos. Trazia um franco sorriso na face, e seu semblante irradiava serenidade.

Levantando a mão direita para eles, em sinal de cumprimento, o Espírito disse:

– Olá, irmãos em Yeshua, sei que não me identificaram, contudo, antes de retornar à morada de Yahweh, não nos conhecíamos. Quanto ao irmão Inácio, creio que na época deveria ter uns quinze anos de idade, talvez. Quanto ao irmão Nicolau, talvez uns vinte e cinco, mas o fato é que não nos conhecíamos. Sou o irmão Tiago, que era chamado de Tiago Maior para diferenciar de outro Tiago, que passou a ser chamado de Tiago Menor e também de Tiago "o Justo".

Enquanto Tiago falava, logo chegaram ao recinto mais três Espíritos: Estêvão, a quem Inácio já conhecera e que Nicolau também tivera oportunidade de conhecer, em desdobramento, e os irmãos Joel e Elad, todos prontamente anunciados por Tiago.

TESTEMUNHO PELO CRISTO

Estêvão, os saudando, fez a apresentação de Joel e Elad e disse que estavam em tarefa de vigilância e guarda do ambiente externo, para que aquela pequena reunião não fosse interrompida. A seguir disse:

– Podes prosseguir na conversação, irmão Tiago.

Tiago, então, retomando o assunto, continuou:

– Pois bem, caros irmãos Inácio e Nicolau. Acompanhamos, da Cidade da Fé, as vossas deslocações pelo caminho e o objetivo traçado que vos conduziu até o Núcleo de Jerusalém. Por decisão de nosso Governador Acádio, e contando com a colaboração efetiva de Paulo de Tarso e de nosso irmão Pedro, foram analisados os diversos aspectos relativos à situação quanto à divulgação da Boa Nova na Terra.

"Apesar dos esforços que muitos de nós empregamos aqui no Núcleo de Jerusalém, e igualmente no Núcleo de Antioquia da Síria, principalmente por nosso irmão Pedro, e, somado a isto, o trabalho incomparável efetuado por nosso irmão Paulo, temos acompanhado, com certa tristeza, as ocorrências em relação à divulgação dos valorosos ensinamentos de Yeshua, notadamente as influências até certo ponto prejudiciais à expansão da Doutrina do Mestre, que têm ocorrido principalmente aqui em Jerusalém, por parte do Sanhedrin e de irmãos judeus que se dizem convertidos à nova fé.

"É certo que quando estava entre vós na Terra, eu também entendia que se não tivéssemos relações amistosas com o Sanhedrin, nosso Núcleo seria facilmente abafado e correria o risco de desaparecer. O mesmo se deu depois com Tiago Menor, que acabou há quase dois anos retornando à Casa de Yahweh e está também integrado ao grande grupo de trabalhadores espirituais engajado no projeto de cuidados e afirmação da Boa Nova na Terra. Contudo, confesso que em algum ponto eu devo ter me equivocado, pois valorizei muito essa relação e permiti-mos, o que era natural, que, em nossas prédicas, a Torá fosse incorporada, ao lado dos escritos de Mateus Levi, fato esse que se estendeu pelos Núcleos de Antioquia da Síria e pelos demais Núcleos fundados por Paulo de Tar-so.

"Lembro-me muito bem que quando Paulo se apresentou em nosso Núcleo de Jerusalém pela vez primeira, todos nos assustamos, e imaginamos, no início, que o Sanhedrin estava utilizando-se de uma armadilha, de um ardil para desbaratar nosso Núcleo.

"Depois, com o passar do tempo, fomos colhendo as informações quanto à intensa luta pessoal que era travada pelo Cireneu de Tarso, tendo notícias de seu maravilhoso trabalho de divulgação. Percebemos, também, que, de maneira hábil e inteligente, Paulo não desprezou a Torá. Fazia sempre referências à Lei Antiga, mas não recomendava que ela fosse base principal a ser utilizada nos Núcleos, e sim que ela fosse base acessória. O ensino principal deveria ser sempre baseado nas anotações de Mateus Levi, que retratavam a vida extraordinária de Yeshua, seus ensinamentos, seus exemplos e uma noção completamente diferente sobre Yahweh.

"Todas essas situações, irmãos Inácio e Nicolau, têm sido alvo de amplos debates na Cidade da Fé, a ponto de, sob a inspiração de nosso Yeshua, ter sido formado um grupo de fiéis trabalhadores, capitaneados por nossos Simão bar Jonas e Paulo de Tarso, com a presença de nossos irmãos Estêvão, Filipe, Mateus, André, Tiago Menor, Barnabé, Alfeu, e nossa presença e de mais alguns irmãos, com o claro objetivo de vigiar e ofertar todas as condições para que a renovadora mensagem da Boa Nova não sofra as dificuldades e o desentendimento que tem havido entre os membros de diversos Núcleos, correndo sério risco de abafamento completo.

"Nesse desiderato, irmãos, estamos cientes e monitoraremos as conversações que logo mais tereis com os irmãos de Jerusalém, mais precisamente com Simeão bar Cleófas, sucessor de nosso Tiago Menor, no que se refere à obrigação que o Núcleo de Jerusalém tem imposto no sentido de se ter que ler a Torá em todas as reuniões dos Núcleos de Seguidores de Yeshua, e a imposição do respeito ao Shabat, além de outras práticas judias. Procuraremos inspirá-los no sentido de que sejam preservados sempre, em primeiro lugar, os ensinamentos de Yeshua, evitando-se que voltemos à vala comum do Deus cruel e vingativo."

Tiago fez mais algumas considerações e a seguir todos abraçaram Inácio e Nicolau e se despediram, desejando que as bênçãos de Yeshua estivessem com eles e que Yahweh também abençoasse a reunião de logo mais.

Retornando ao corpo, logo mais Inácio e Nicolau acordaram, se compuseram, fizeram a higiene das mãos em bacia com água em tosca mesa pequena que havia no quarto, e puseram-se a conversar até que chegasse a hora do chamado para a refeição noturna.

Inácio então falou a Nicolau que estava preocupado com o que viu quando chegaram a Jerusalém. Por certo que eles tinham notícia daquela primeira insurreição dos judeus contra Roma e sabiam que o general romano Vespasiano tinha sitiado Jerusalém. Refletiu que o cerco feito por Roma, impedindo a entrada e saída de qualquer pessoa que não fosse identificada, era mesmo uma situação caótica, no seu modo de ver.

De fato, a situação era muito delicada, e não somente para os judeus, mas também para os seguidores de Yeshua, tendo em vista a dura perseguição outrora imposta pelo Imperador Nero, porquanto, muito embora tivessem notícias da queda de Nero e da ascensão de Vespasiano como Imperador, este nomeara seu filho Tito Flávio Vespasiano Augusto como general e o deixara tomando conta do cerco a Jerusalém.

Nicolau interrompeu Inácio e aduziu que tivera informação de que o filho de Vespasiano não era portador da mesma astúcia e paciência do pai e que começava a apertar ainda mais o comando sobre Jerusalém.

– Pois é, irmão Nicolau, daí o meu temor – disse Inácio – Nós também estamos sob a vigilância de Roma, tenho certeza disso.

Conversaram por mais um tempo, reflexionando sobre o momento difícil pelo qual passava Jerusalém e os Núcleos de difusão da Boa Nova. Passado algum tempo, bateram à porta. Inácio foi abri-la e identificou o servidor Alon, que vinha chamá-los para a refeição.

Acompanharam o servidor até o local das refeições, no Núcleo, e quando lá chegaram, foram tomados de enorme e agradável surpresa. Além de Simeão bar Cleófas, de Matias, de Judas, de Justus e de Lino, ali se encontrava também o apóstolo João. Inácio não cabia em si de contentamento, pois não imaginava que seu querido amigo, a quem carinhosamente chamava de "pai João" ali estivesse. Nicolau também demonstrou vivo contentamento.

Abraçaram-se todos, e foi João quem falou:

– Queridos Inácio e Nicolau, que bom encontrá-los. Fui gentilmente avisado pelo nosso amigo Simeão, da chegada de vocês. Já estou por aqui há algum tempo. Não sei se está lembrado, Inácio, mas quando me visitou pela última vez em Éfeso, eu lhe confidenciei que viajaria para Jerusalém e daqui pretendo ir a outros Núcleos fundados por nosso Paulo de Tarso.

Após os efusivos cumprimentos, sentaram-se todos para a ceia, ao que, instado por Simeão, João orou aos céus:

– *Oh! Amado Yahweh, reunidos no Teu ministério de amor, nos encontramos na Casa de Yeshua, para poder receber as energias benéficas de que somos todos necessitados.*

"Viajantes de várias quadras, ajuntamo-nos sob o Teu beneplácito, para entretecermos as necessárias e sadias conversações em torno da Tua Lei e dos ensinamentos que enviaste, por nosso amado Messias.

"Nas tarefas de espalhamento dessa mensagem renovadora, temos, é certo, encontrado dificuldades pelo caminho, muitas delas provocadas por nossos inimigos teimosos, o orgulho e o egoísmo, quando não o azorrague dos adversários de Yeshua, nos dois planos da existência, a espalhar intriga e descompasso nos Núcleos da divulgação da mensagem renovadora.

"Porém, mesmo em razão de tantas lutas, rogamos a Tua misericórdia e a de Yeshua, para que não desfaleçamos no sagrado objetivo de tornar a Tua Lei de Amor, cada vez mais conhecida pelos homens, através do sacrifício inigualável de Yeshua.

"Rogamos que veleis por todos nós, sempre renovando as oportunidades de serviço.

"Assim seja."

Após a oração, todos passaram a cear, sendo que a conversação então girou em torno da alteração de ânimo que existia entre os judeus e os romanos.

XIV

REUNIÃO NO NÚCLEO DE JERUSALÉM

Terminada a refeição, se dirigiram para a sala de estudos, de culto e exposição da nova mensagem, para a conversação referente aos assuntos que Inácio e Nicolau vieram tratar, agora acompanhados de João, que já há vários dias se reunia com os pares da igreja de Jerusalém. Aberta a reunião, desta feita com prece proferida pelo apóstolo Matias, Simeão disse a Inácio que estavam à disposição para ouvi-lo e a Nicolau e que a presença de João seria de vital importância, nas tratativas que teriam a seguir.

Inácio, agradecendo a Simeão e fazendo reverência aos demais, disse:

– Por dever de respeito e gratidão, permito-me agradecer a acolhida de que fomos alvo neste augusto Núcleo primeiro de nossa fé. A seguir, não posso esquecer de manifestar a gratidão pela presença de nosso amado apóstolo João.

Então continuou:

– Irmãos, viemos até aqui para tratar de questões que infelizmente já não são novas, eis que têm imperado em nossos Núcleos de divulgação da Boa Nova intensos debates e lutas em torno dos ensinamentos de Yeshua.

"A realidade é que, talvez pela influência dos nossos irmãos e trabalhadores deste Núcleo de Jerusalém, nossos trabalhos nos demais Núcleos têm sofrido forte influência da Lei Antiga, a ponto de se deixar um pouco de lado as anotações de Mateus, agora acrescidas das anotações de nossos Marcos e Lucas.

"Ademais, tenho percebido que não há entre nós hierarquia segura, o que vem em detrimento da unidade de fé nova, por assim dizer. O que tenho constatado é que em nossos Núcleos se tem procurado agradar aos homens, em detrimento de agradar a Yeshua e a Yahweh.

"Percebo – e falo com o mais profundo respeito que este Núcleo de Jerusalém merece – que vós, ultimamente, tendes dado um tratamento diferente a essas questões, impondo, inclusive, a necessidade de continuar a divulgação da Torá nos Núcleos, até em detrimento da divulgação da sublime e renovadora mensagem trazida por Yeshua.

"Talvez não vos tenhais apercebido que o que está escrito na Lei Antiga, de fundo divino, está perfeitamente escrito nas sábias palavras de Yeshua, e que é preciso renovar nossos conceitos de acordo com os tempos e o progresso da atividade humana. A continuar as questões como estão, tememos por todo o trabalho desenvolvido por nossos inesquecíveis Pedro e principalmente Paulo de Tarso.

TESTEMUNHO PELO CRISTO

"Aliás, neste estado de coisas, gostaria de lembrar, para alimentar nosso debate, uma manifestação que nosso amado Paulo fez a nosso irmão Timóteo, nosso líder do Núcleo de Éfeso, e que entendo se encaixar perfeitamente no quadro que anunciamos, quando ele disse:

" *'Cuidai, pois, de suas almas e de todo o rebanho do qual Yahweh nos constituiu superiores, para apascentarmos as criaturas de Elohim. Eu sei que depois da minha partida entrarão no meio de vós lobos cruéis que não terão pena do rebanho, e que dentre vós mesmos se levantarão homens falando coisas perversas para desviar-vos de Yeshua, para que os sigais.'*

"Assim, irmãos em Yahweh e Yeshua, finalizo minhas colocações, trazendo essas questões de vital importância na continuidade da ação divulgadora da Boa Nova, aqui, para o Núcleo de Jerusalém, para onde todas as questões que suscitam dúvidas têm sido trazidas, a exemplo do tema da circuncisão, outrora aqui debatido em instância final por nossos inesquecíveis Pedro, Paulo e Tiago Maior.

"Desta forma, neste nosso diálogo, aguardo as vossas manifestações, não sem antes dizer-vos que não fiz colocação de ordem pessoal e que os amados irmãos me são caros ao coração."

Inácio silenciou.

Simeão cofiou a espessa barba, de que era portador, olhou para Matias, para João e para os demais, e quando todos esperavam pelo seu pronunciamento, surpreendendo Inácio e Nicolau, disse:

183

– Queridos irmãos, antes que nos permitamos comentar os pontos aqui levantados por nosso Inácio, permito-me invocar a opinião de nosso digno João, a quem somos devedores, em razão de sua dedicação à Doutrina de Yeshua, para que ele possa se pronunciar sobre tudo o que nos falou Inácio.

A seguir, olhou para João, o qual correspondeu ao olhar.

Breve silêncio se fez presente.

O momento era mesmo muito delicado.

João então falou:

– Caros amigos em Yeshua! Ante tudo o que nos foi exposto por nosso bom Inácio, tenho percebido, visto e vivido, nas minhas andanças em visitação aos Núcleos Cristãos, como designou nosso bom Lucas, com profundo pesar no coração, a enorme mistura que tem sido feita em razão dos estudos equivocados sobre os ensinamentos de nosso inesquecível Yeshua.

"Entendo que é um equívoco judaizar a Boa Nova, pois esta não abraçou o judaísmo, razão pela qual o desafio tem sido enorme no sentido de não se permitir esse erro.

"Tenho para mim que nosso amado Paulo de Tarso, antes de retornar à Casa de Yahweh, indicou para todos nós os riscos e perigos que a mensagem iluminadora do Messias estava correndo, tendo recomendado, principalmente, que passássemos a viver conforme as regras da Boa Nova, sem, é claro, desprezar o lado moral da Lei Antiga, mas que buscássemos, na Torá, apenas o auxílio no sentido de melhor esclarecer-nos quanto aos propósitos de Yahweh e, a partir desse ponto, somar a isso a nova visão da vida, sabiamente a nós ofertada por nosso Libertador.

"Entendo que para esse mister, não nos devemos preocupar em agradar aos homens, mas sim em agradar a Yahweh e a Yeshua. Por isto, penso que é necessário estabelecermos urgente ação no campo da união entre os Núcleos, para que todos tenham uma orientação central única, agora que a questão da circuncisão não mais afeta os grupos.

"Também penso que precisamos alardear mais os valorosos ensinos de Yeshua, pois sem dúvida oferecem ao homem a possibilidade de ele modificar o seu destino segundo o seu próprio pensamento e vivência. Assim, vejo que nosso amado Paulo tem perfeita razão ao afirmar que Yeshua não somente veio completar os ensinamentos da Lei Antiga, mas dar impulso a novas revelações de Yahweh.

"Talvez não tenhamos ainda compreendido que o Reino anunciado por Ele jamais foi ou será estabelecido pela força, mas será estabelecido pelo serviço amoroso, razão pela qual, mesmo tendo nossas eventuais diferenças, precisamos nos entender, nos amar e buscar, por todos os meios, deter uma melhor compreensão de Sua iluminadora mensagem, sua profundidade e simplicidade. Assim, nos dedicando com todas as forças de nossa alma e do nosso coração, para que não permitamos que a Boa Nova venha sofrer o perigo do esquecimento.

"Não creio que hoje haja intenção deliberada de irmãos, em nossos Núcleos, de fazer essa mistura, e, por via de consequências, de se deter mais no estudo da Lei Antiga em detrimento dos ensinamentos de Yeshua, porém, não devemos ficar à margem dos esclarecimentos necessários, quando sentirmos com clareza que esteja havendo a supremacia dos interesses pessoais, visando sobrepujar a verdade.

"Diante de tudo isto, compreendemos bem as preocupações ora manifestadas por nossos irmãos Inácio e Nicolau, como também entendemos a enorme dificuldade que sempre enfrentou e enfrenta o Núcleo de Jerusalém, em razão da vigilância severa do Sanhedrin e de Roma.

"Temo a infiltração das ideias concebidas no sentido de que a Torá tenha que ser o livro base em nossas reuniões. Penso também que já é hora de afirmarmos nossa fé em Yeshua e nos organizarmos melhor e, se possível, estabelecermos um comando, a fim de que possamo-nos entender melhor.

"Extraí dos escritos de nosso Lucas a lembrança da advertência de Yeshua relacionada com a nova fé, quando Ele nos disse:

"*Quem vos ouve, a mim ouve; e quem vos rejeita, a mim rejeita; e, quem me rejeita, rejeita aquele que me enviou.*

"Neste momento em que me pedem opinar sobre tão grave questão, além do que já vos disse, gostaria de lembrar um recado que nosso inesquecível Paulo de Tarso enviou ao Núcleo de Corinto, direcionado ao irmão Apolo:

"Pois acerca de vós, irmãos meus, fui informado pelos que são da casa de Cloé, que há contendas entre vós. Refiro-me ao fato de que entre vós se usa esta linguagem: 'Eu sou discípulo de Paulo; eu de Apolo; eu de Cefas; eu de Yeshua.'

"Pois quem é Apolo e quem é Paulo? Simples servos, por cujo intermédio abraçastes a fé, e isto conforme a medida que o Senhor repartiu a cada um deles; eu plantei, Apolo regou, mas foi Yahweh que fez crescer.

"Para finalizar minha fala, a fim de que possa contribuir para as análises que estamos fazendo, a pedido de nosso Simeão, queria também lembrar ainda outra orientação do amado Paulo, que assim se expressou:

"Ninguém ponha a sua glória nos homens. Tudo é vosso: Paulo, Apolo, Cefas (Pedro), o mundo, a vida, a morte, o presente e o futuro. Tudo é vosso! Mas vós sois de Yeshua, e Yeshua é de Yahweh. Que os homens nos considerem, pois, como simples operários de Yeshua e administradores dos mistérios de Yahweh.

"Em razão desses fatos, penso que precisamos estar atentos e ter coragem para proteger os ensinamentos de Yeshua das investidas das falsas interpretações e buscar nos unirmos cada vez mais em torno da Boa Nova."

João, então, calou-se. Como levantara para dirigir-se aos amigos, sentou-se.

Simeão e os demais estavam atentos. Esboçaram leve sorriso e a seguir Simeão falou:

– Caros Inácio e Nicolau, em primeiro lugar agradeço vossa preocupação e vosso deslocamento até nosso Núcleo, embora tenham chegado com inúmeras interrogações. Não por opinião pessoal e sim em razão do posicionamento da maioria dos trabalhadores de nosso Núcleo, tememos discordar um pouco delas.

"Em nosso Núcleo de Jerusalém, a batalha pelos ensinamentos de Yeshua têm sido muito dura. Não fossem as ações de nossos Tiago Maior e Menor em dialogar com o Sanhedrin, e este Núcleo não teria sequer sobrevivido e a doutrina de Yeshua teria sido esquecida.

"É certo que precisamos nos afastar das interpretações estéreis que se fazem sobre a Boa Nova, mas comungo em seguir a opinião da maioria dos membros deste Núcleo de que para a boa convivência com os judeus do Sanhedrin, que sabemos foram os responsáveis diretos pela eliminação física de Yeshua, precisamos continuar estudando a Torá, porque Yeshua não negou a Lei Antiga e até disse que veio para cumpri-la. Por esta razão, não vemos as coisas com a preocupação que vós vedes, no entanto, assinalo a palavra aos companheiros do Núcleo.

Lino, membro ativo do Núcleo, tomando a palavra, disse:

Testemunho pelo Cristo

– A palavra de Yahweh é como um rio que possui a sua nascente, e essa nascente, para nós, é a Torá. Assim, não podemos desprezá-la e sim respeitá-la, mesmo em nossos Núcleos de Yeshua. Assim quer Yahweh. Ademais, precisamos seguir a tradição de guardar o Shabat, para que não sejamos aquelas criaturas apenas admoestadoras e contrárias às anunciações dos profetas.

Nada mais falou.

O silêncio se fez presente. Nenhum outro membro do Núcleo quis se manifestar. O momento era delicado.

Então, Inácio levantou-se, caminhou na direção de pequena janela que havia no aposento, sondou o reflexo da noite escura em contraste com os candeeiros acesos, passou a mão pelos cabelos e com o canto dos olhos surpreendeu o olhar de João sobre ele. Então disse:

– Irmãos, enquanto nosso estimado apóstolo João falava, eu fui tendo a certeza da enorme dificuldade que todos nós temos ainda quanto à compreensão dos ensinamentos da Boa Nova. Parece mesmo que damos importância relativa a ela. Jamais dissemos ou mesmo demos a impressão de que não se deve estudar a Torá, que, aliás, os judeus que frequentam os Núcleos estudavam e conheciam, mas, sim, que não façamos disso a principal fonte de estudos em nossos Núcleos.

"Vejo que as vossas impressões não carregam ânimo de perseverança pela Boa Nova em primeiro lugar, e que continuais a vos submeter à influência do Sanhedrin.

"Não posso e não devo condená-los por isso. Ouvi suas razões próprias, contudo, me permito não concordar com elas, apesar de não deixar de ser a forma de pensar de vosso Núcleo.

"Nossa discordância não tem o objetivo de causar dissensão em nossos conhecimentos, mas traz com ela a possibilidade de livre exame que cada um pode fazer sobre o que lhe convém ou não, em matéria de fé.

"Não queremos modificar vossa maneira de pensar. Respeitamo-la, como por certo os irmãos respeitarão a nossa.

"Retornaremos ao nosso Núcleo de Antioquia sem qualquer ponta de contrariedade, porém, nos reservamos o direito de lá seguirmos e divulgarmos a Boa Nova que Yeshua nos trouxe, sem atavios nem desvios.

"Agradecemos a paciência e a tolerância em nos receberdes e dar-nos guarida, e vos convido à oração para encerrarmos nossa reunião, pois nutro o desejo de juntamente com Nicolau partimos de regresso a Antioquia ainda amanhã, pela manhã."

A seguir, sem esperar, ele próprio iniciou a oração:

"Oh! Amado Yeshua, Tu que nos disseste: 'Eu sou o caminho que deveis seguir, a verdade em que deveis crer e a vida que deveis esperar.'

"Auxilia-nos a caminhar na direção da sabedoria, para que não creiamos sem discernimento.

"Concede, oh! amoroso Yeshua, que a Tua graça esteja conosco e persevere conosco até o fim. Que possamos refrear as nossas distrações, para que tenhamos condição de dissipar nossas dúvidas quanto ao papel dos Teus sublimes ensinamentos.

"Envia-nos Tua luz e Tua verdade, sempre.

"Assim seja."

A noite já se fazia alta. Embora a divisão de entendimentos, não havia expressão de contrariedades no ambiente. Abraçaram-se e iniciaram a retirada para os seus leitos. João, antes de sair, foi abraçar Inácio e Nicolau e lhes disse que havia falado com Simeão, pois já estava no momento de retornar a Éfeso, então comunicou que viajaria com eles, se assim consentissem.

Inácio estampou largo sorriso na face e disse:

– Claro "meu pai João", ficamos imensamente felizes por viajares conosco. Que Yahweh nos ilumine o trajeto. Todos se abraçaram e se retiraram para o repouso reparador.

Após sete dias de viagem, chegaram a Antioquia da Síria, onde João pretendia ficar com Inácio e Nicolau por um bom tempo.

XV

A QUEDA DE JERUSALÉM

O ano 70 d. C. se iniciara sob os rumores do recrudescimento da guerra romano-judaica.

Reunidos no Núcleo de Antioquia da Síria, Inácio, João, Nicolau e Manaém conversavam sobre o cerco romano à cidade de Jerusalém, que já durava quase dois anos.

A manhã estava radiosa. Estavam fazendo o repasto matinal, quando Inácio falou sobre a preocupação que alimentava, em razão do cerco romano, e que em função disso temia até pela vida dos irmãos do Núcleo de lá.

Nicolau, usando a palavra, disse que tinha tido, na noite anterior, um sonho não muito bom. Via muitas pessoas chorando e implorando socorro. Acordou sobressaltado e procurou orar a Yeshua e a Yahweh, pedindo por toda a comunidade dos Núcleos e também pelos judeus que se achavam cercados pelo exército romano. Que após acalmar-se, voltou a dormir.

Na manhã seguinte, acordara lembrando de uma previsão do profeta Daniel, na Lei Antiga, quando disse:

"Setenta semanas estão determinadas sobre o teu povo, e sobre a tua santa cidade, para cessar a transgressão, e para dar fim aos pecados, e para expiar a iniquidade, e trazer a justiça eterna, e selar a visão e a profecia, e para ungir o Santíssimo. Sabe e entende: desde a saída da ordem para restaurar, e para edificar Jerusalém, até ao Messias, o Príncipe, haverá sete semanas, e sessenta e duas semanas, as ruas e o muro se reedificarão, mas em tempos angustiosos. E depois das sessenta e duas semanas será cortado o que há de vir, destruirá a cidade e o Santuário, e sobre as asas das abominações virá o assolador, e isso até a consumação; e o que está determinado será derramado sobre o assolador."

Acrescentou que temia que os romanos fossem os instrumentos dessa profecia, o que muito o deixava apreensivo, dizendo que na ocasião dessas impressões, pedira em prece a Yeshua que intercedesse junto a Yahweh para que os judeus fossem amparados pela Misericórdia Divina.

Inácio, após ouvir a manifestação de Nicolau, acrescentou que também se mostrava um tanto aflito com a situação.

O apóstolo João, que estava quieto, observou que ante o impacto das observações que os irmãos faziam, lembrava-se de que o Amado Messias fizera um vaticínio sobre Jerusalém, recitando, a seguir, o que ouvira do Mestre:

"Oh! Jerusalém, Jerusalém, que matas os profetas e apedrejas os que te são enviados! Quantas vezes quis Eu ajuntar os teus filhos, como a galinha ajunta os seus pintai-

nhos debaixo das asas, e tu não quiseste! Eis que a tua casa ficará deserta. Porque eu te digo que, desde agora, não me verás mais, até que digas: Bendito o que vem em nome do Senhor!"

Lembrou também que numa ocasião, quando Yeshua ia saindo do Templo, os discípulos se aproximaram e começaram a mostrar para Ele a estrutura física do Templo. Foi quando o Mestre lhes disse: *"Não vedes tudo isto? Em verdade vos digo que não ficará aqui pedra sobre pedra que não seja derribada".*

A seguir, falou que já por vários meses vinha tendo pensamentos na direção da invasão romana; que certa noite, no Núcleo de Jerusalém, nem bem adormecera e vira-se saindo do corpo e se dirigindo à Cidade da Fé, tendo colhido, na sua incursão, a informação sobre a eclosão da guerra final. Pediu e tem pedido a Yahweh, que amenize as dores dos que porventura se envolvam no litígio insano.

Mas o que poderia ter ocorrido para dar razão àquele estado de coisas?

O que ocorrera já remontava há vários anos. Tivera início com as ações de brutalidade dos antigos procuradores romanos que haviam sido nomeados por Roma. Albino, que governou Jerusalém do ano 62 a 64 d.C. e Géssio Floro, que governou nos anos de 64 a 66 d.C.

Os judeus, esgotados pela imposição do tributo, e agora marcados pela violência dos procuradores romanos, incitados pelos zelotes, grupo judaico determinado que havia se formado com o objetivo de dar fim ao mando de Roma, haviam se rebelado. As agitações se deram em Cesareia de Filipe e Jerusalém. Em Jerusalém, os judeus revoltosos tomaram de assalto e incendiaram o Palácio de Herodes e a fortaleza Antônia, reduto romano, e suas guarnições foram massacradas pelos zelotes.

A partir de então, ataques às mais diferentes guarnições romanas foram realizados em toda a Palestina, ante a ofensiva dos zelotes, que teve seu ápice nos anos de 66 e 67 d.C.

Roma, então, tratou de reprimir a revolta judaica. Doze legiões que estavam lotadas na Assíria foram movidas para investir contra Jerusalém. Elas se deslocaram pela costa mediterrânea e chegaram até os muros de Jerusalém, mas foram derrotadas. A vitória exaltou ainda mais o ânimo dos judeus, que chegaram a cunhar moedas de prata com a data do que chamaram *"o primeiro ano de liberdade"* em Israel.

Ante o insucesso das legiões, no ano de 67 d.C., o Imperador Nero enviou o general Tito Flávio Sabino Vespasiano com um exército de sessenta mil soldados, para colocar um fim à revolta dos judeus. Vespasiano, na sua caminhada na direção de Jerusalém, devastou a Galileia, mas ao chegar à região montanhosa do país, sofreu muitas baixas, contudo estabeleceu um cerco total a Jerusalém.

Quando fazia planos e reorganizava as forças do seu exército para invadir a Cidade, Vespasiano foi convocado às pressas por Roma, pelo Senado da República,

Testemunho pelo Cristo

onde logo depois seria aclamado Imperador. Vespasiano, quando de sua retirada para Roma, transferiu a missão relativa ao cerco de Jerusalém a um dos seus filhos, Tito Flávio Vespasiano Augusto, a quem promovera, com anuência do Senado, ao cargo de general.

A estratégia adotada por Vespasiano, de cortar a possibilidade de renovação do alimento e víveres para a cidade, foi aperfeiçoada por seu filho Tito Flávio, e Jerusalém começou a ficar acuada. O fantasma da fome apareceu.

Os líderes dos judeus, comandados por Eleazar Ben Jair, e sob a influência do Sanhedrin, convocaram as demais lideranças para análise da situação difícil em que se encontravam, contudo, as facções internas da cidade se desentendiam com relação às estratégias de defesa e sobre a eventual possibilidade de rendição total aos romanos.

O cerco se prolongava e as pessoas começavam a morrer de fome e por várias doenças. A situação era mesmo muito difícil, a ponto de a esposa do sumo-sacerdote de Israel, outrora cercada de luxo e regalias, passar a revirar as lixeiras da cidade em busca de alimento. Enquanto isso ocorria, os romanos se serviam de máquinas para arremessar pedras contra os muros da cidade. Aríetes forçavam as muralhas das fortificações.

Os defensores judeus lutavam durante o dia e tentavam reconstruir as muralhas à noite. Por fim, os romanos irromperam pelo muro exterior, depois pelo segundo muro, chegando finalmente ao terceiro muro. Os judeus, no entanto, continuaram lutando. Correram para o Templo e lá fizeram a sua última linha de defesa. Isso foi o fim para a maioria dos bravos guerreiros judeus e também para o Templo.

O general Tito Flávio até tentou manter o Templo preservado, porém, os soldados romanos estavam tão irados com a resistência dos oponentes que terminaram por arrasar a cidade quase por completo e por fim destruíram completamente o Templo, além de queimá-lo.

Escombros e horror. Era somente isso que se avistava. O sol incendiado que o crepúsculo oferecia, com angustiante evidência, havia apagado a imagem mental da cidade.

Do alto de um monte, antes da descida para a cidade, José bar Cleófas via que uma interminável abundância de edifícios, circunscrita e subdividida por imponentes muralhas e torreões sobranceiros a íngremes penhascos e dominados pelo altiplano do Templo, cujos revestimentos de ouro e prata refletiam fulgores ofuscantes, jaziam em escombros.

Mesmo a outrora poderosa fortaleza Antônia, cujas quatro torres angulares se protendiam rumo ao céu sobrepujando a área do Templo de Jerusalém, estava derribada e em chamas. Os viçosos arredores, os ricos vales entrecortados por muretas, sebes, árvores, bosques e jardins, tudo ardia sob o fogo que teimava em continuar.

José bar Cleófas buscava desesperadamente, com os olhos, algo familiar. Vasculhava a lúgubre paisagem para desencavar os testemunhos do passado e o motivo que o induzira a retornar à cidade, vindo de Cafarnaum para o reencontro com seu irmão Simeão bar Cleófas.

Ao longo das encostas do monte Scopus, ao qual ele subira para ter uma visão do conjunto de Jerusalém, não tinha divisado uma só árvore que não tivesse sido queimada, nos baixios. No entanto, recordava que justamente a densa presença de árvores naquele local era sempre um deleite para o olhar. Uma vez no topo, seus pés tinham percorrido um terreno plano, batido por solas militares, nivelado pelos aquartelamentos que durante muito tempo três legiões romanas haviam mantido sobre a colina, antes de deslocar-se para o lado oposto.

Procurou, com o olhar, ver o Templo dos judeus. Mas, no lugar dele, no monte que o acolhera por seis séculos, havia um acúmulo disforme de detritos negros. Somente alguns pedaços da arcada do magnífico pórtico ainda estavam de pé, tornando mais angustiante a lembrança da imponência do edifício. José bar Cleófas, mesmo não o frequentando, se habituara a considerá-lo imponente, e nunca teria pensado que ele pudesse ser totalmente destruído.

Buscou com o olhar a Torre Antônia, sem ver nada além de uma esplanada irregular no ponto para onde o instinto havia guiado seus olhos. Tentou reconstituir a aparência da cidade, da qual recordava a harmoniosa alternância entre as elevações e as baixadas que separavam uma área da outra. Procurou as três muralhas que ao norte haviam encerrado a cidade nova, mas a fortificação mais externa tinha desaparecido, assim como o casario que antes povoava o Campo dos Assírios.

Viu que ali os romanos haviam montado um de seus acampamentos. Agora, em contraposição, o acampamento mais consistente deles ficava no lado oposto, no ângulo ocidental, e parecia a única área organizada naquele caos completo.

Olhou para a densa área povoada da Cidade Baixa, feita de terraços muito próximos e vielas estreitas, mas, em vez disso, viu uma sombria alternância de escombros ainda fumegantes, clareiras e habitações ainda intactas. Mas só quando ele focalizou a circunvalação de toda a cidade foi que seus olhos foram invadidos pelo horror. Um manto lúgubre encobria os sinais da operosidade dos habitantes, que durante séculos tinham esculpido a terra com suas obras. As ravinas e as encostas da vertente oriental da cidade, ao longo do vale de Josafá, estavam cheias de corpos jogados sobre o terreno. Entre as pilhas de cadáveres se erguiam centenas de cruzes, das quais pendiam inertes os corpos já putrefatos dos rebeldes judeus.

O verdadeiro problema, pensou, era o fosso que cingia a cidade. Se conseguisse ultrapassá-lo, penetrar além das muralhas não seria impossível. Quem quer que tivesse vivido e visitado Jerusalém, conhecia os túneis e as galerias que corriam por baixo das construções. Se não tivessem sido todos descobertos e obstruídos, ainda haveria como chegar à cidade. Temia pelo que ele encontraria. Esperava que seu irmão Simeão bar Cleófas e os demais companheiros do Núcleo dos Seguidores do Homem do

TESTEMUNHO PELO CRISTO

Caminho ainda estivessem vivos. Caminhou algum tempo por entre aquela paisagem terrível na direção do Núcleo que ficava na saída da cidade em direção a Jope.

Viu, com alegria, que a casa estava intacta, porém acometida de um silêncio aterrador. Bateu à porta e um serviçal de nome Alon veio atender e ao vê-lo, acenou que entrasse rapidamente e mais rápido ainda fechou a porta. Ao ser indagado pelo visitante, Alon disse que sim, seu irmão estava ali, com os demais membros do Núcleo, que evitavam abrir a porta e mesmo sair porta afora em razão do furioso ataque romano à cidade.

A queda de Jerusalém e a destruição do Templo pôs fim à revolta. Os judeus foram quase totalmente dizimados, muitos capturados e vendidos como escravos.

A destruição do Templo pôs fim ao sistema de crença judeu, no sentido de que deviam se sacrificar pelo Templo e os forçou a contar, dali para diante, apenas com as Sinagogas, que passariam a crescer muito em importância na vida daquela nação.

A revolta dos judeus contra os romanos marcou o fim do Estado Judeu.

Depois de terem fugido de Jerusalém, após a invasão romana, os revolucionários judeus dividiram-se em dois grupos. Um avançou sobre a fortaleza de Herodium e o outro sobre a de Macareos. Ambas tinham pouca guarnição. O maior grupo de zelotes havia mesmo se refugiado em Massada. Quase mil judeus para lá foram, muitos deles mulheres e crianças.

201

Os guerreiros judeus que haviam fugido da luta final em Jerusalém, retiraram-se e se aglutinaram nas montanhas de Massada, liderados por Eleazar Ben Jair.

Massada era um imponente planalto escarpado, situado no litoral sudoeste do Mar Morto.

O local se traduzia numa fortaleza natural, com penhascos íngremes e terreno acidentado. Na parte leste, a face do penhasco se eleva duzentos estádios acima da planície circundante. O acesso só era possível através de uma trilha que serpenteava pela montanha.

As vertentes norte e sul são igualmente escarpadas, mas o lado oeste é um pouco mais fácil de atingir. Ali, embora a montanha ainda se eleve a mais de cinquenta estádios de altitude, o terreno possui acentuada inclinação.

O platô de Massada tinha seiscentos estádios de cumprimento e trezentos estádios na parte mais larga. Durante o ano 37 d.C., Herodes tinha mandado construir ali uma dupla muralha de pedra com cento e cinquenta estádios de extensão. A muralha tinha quatro portões e mais trinta torres. Herodes também havia construído dois palácios, com todo conforto. Mandou plantar hortaliças e grãos da montanha e construiu enormes cisternas encravadas na pedra para coletar água da chuva. Havia lá uma guarnição romana. Contudo, em 66 d.C., um grupo de rebeldes zelotes, liderados por Manaém, entrou furtivamente na fortaleza de Massada, dizimou a guarnição romana ali aquartelada e apoderou-se da fortaleza.

Testemunho pelo Cristo

O líder dos zelotes, após ter saqueado Massada e o seu arsenal de armas, seguiu em direção a Jerusalém e inicialmente liderou a revolta contra Roma, porém, dada a sua crueldade até para com os próprios judeus, após deliberação de outros irmãos, foi preso e executado. Logo após, se dera o cerco romano à cidade e Eleazar Ben Jair fora eleito líder pelos zelotes, sendo que após a invasão da cidade por Roma, os que fugiram o fizeram na direção de Massada.

Embora Roma tivesse obtido vitória quase total e tivesse suprimido a rebelião em Jerusalém e outras pequenas localidades, isso não foi suficiente para o Imperador Vespasiano, que visava esmagar a oposição a Roma, portanto Massada deveria ser retirada das mãos dos zelotes a todo custo.

Coube então ao recém nomeado procurador da Judeia, Lúcio Flávio Silva, que tinha sob seu comando a X Legião do Exército Romano e mais as suas unidades auxiliares, que compunham um contingente de 7.000 homens, muitos deles experimentados no cerco a Jerusalém e hábeis na utilização de máquinas, retomar as fortalezas de Herodium e Macareos, o que fizeram sem encontrar muita resistência, e depois avançar sobre Massada, estabelecendo sobre ela um grande cerco com o objetivo final de, assim que possível, tomar o platô de assalto e eliminar o último foco de resistência judia.

203

XVI

O PERIGO DA INFLUÊNCIA JUDAICA SOBRE OS NÚCLEOS CRISTÃOS

Aproximava-se o final do ano de 70 d.C., e os seguidores de Yeshua, em todos os Núcleos, receberam nova triste notícia, eis que o apóstolo Tadeu, que havia iniciado trabalho missionário na Mesopotâmia, em Edessa, na Síria e na Pérsia, foi, juntamente com Simão, o Zelote, martirizado na Pérsia. O apóstolo Matias recebeu o mesmo destino em Jerusalém. Retornavam desse modo à pátria espiritual, entregando suas vidas por amor a Yeshua e ao Misericordioso Yahweh.

O novo golpe foi sentido, mas ressaltava a lembrança do Amado Yeshua, que ensinara que por amor a Yahweh, quem quisesse salvar a sua vida, perdê-la-ia.

Com a destruição quase que completa de Jerusalém, o Núcleo local dos Seguidores de Yeshua sofrera duro impacto, mas prosseguiu, e agora, em razão de o Templo ter sido destruído, passou a receber um maior número de judeus que de certa maneira, meio desorientados, passaram a frequentar o Núcleo e, infelizmente, ainda apegados à tradição da Lei Antiga, sugestionavam cada vez mais o Núcleo, no estabelecimento da leitura da Torá, quase que exclusivamente.

Os líderes do Núcleo, Simeão bar Cleófas, Matias, Zebedeu, Timão, Justus, Lino, e Parmenas, este muito ligado ao apóstolo João, acabaram por permitir, de certa forma, que a influência judaica sobre o Núcleo aumentasse a olhos vistos.

A notícia da destruição de Jerusalém e do Templo espalhara-se por todos os Núcleos fundados pelo Cireneu de Tarso e pelos demais Núcleos já existentes, principalmente em Antioquia e Éfeso, que na época eram os dois maiores Núcleos que existiam, eis que o de Jerusalém era considerado o primeiro.

Reunidos em Antioquia, Inácio, Nicolau, Teófilo, Lúcio, Manoem e Zation, na companhia do apóstolo João, debatiam sobre o destino dos ensinamentos de Yeshua.

Inácio relatou que em razão da influência judaica que ocorria no Núcleo de Jerusalém, temia que acontecesse a completa desfiguração da Boa Nova, cantada e vivida na Terra pelo Messias Inesquecível, e temia que o esforço extraordinário realizado por Paulo de Tarso viesse a ser esquecido, proporcionando, com isso, também o esquecimento da Doutrina de Yeshua.

Comentou que quando da reunião realizada no ano anterior, em Jerusalém, da qual o apóstolo João participara, o que foi debatido, para ele, Inácio, não trouxera muito significado, porque percebera nos irmãos de Jerusalém a disposição de juntarem-se no estudo da Lei Antiga e a ela dar preferência, aceitando todos os judeus que acorressem para o Núcleo, fossem escribas, fossem levitas, fossem saduceus, fossem fariseus.

Lembrou até da manifestação da maioria dos membros do Núcleo de Jerusalém, que afirmaram que os seguidores de Yeshua deveriam, entre outras coisas, guardar o Shabat e fazer as oferendas exclusivamente a Yahweh.

Disse que percebeu um movimento mudo para reconhecer Yeshua apenas como mais um dos profetas da Torá, o que, para ele, era por demais inconcebível, pois, praticamente educado por Maria de Nazareth, a alma maravilhosa que gerara o corpo do Messias, e igualmente pelo apóstolo João, que tivera a alegria indescritível de conviver com o Mestre dos Mestres, não poderia nutrir nenhuma dúvida que Yeshua era o Sublime Libertador e que as convenções tradicionais dos judeus haviam recebido a possibilidade de nova visão, nova luz, mas os judeus demonstravam assim não entender e aceitar.

A seguir, acrescentou que tinha pensado num plano que ele julgava de defesa dos postulados de Yeshua e que para colocar esse plano em prática, pretendia sair em viagem para conversar com todos os irmãos seguidores do Mestre, mesmo os gentios, em todos os Núcleos, para reavivar a nova fé nos ensinamentos de Yeshua, sobretudo os ancorando nas anotações de Paulo de Tarso.

Manifestou que para ele, o que se estava praticando no Núcleo de Jerusalém representava sério perigo de desunião entre os seguidores do Mestre da Galileia e com certeza distanciaria as pessoas dos Seus renovadores ensinamentos, principalmente quanto à orientação de como e onde se poderia encontrar o verdadeiro Reino de Yahweh. Nesse ponto, invocou trecho de uma passagem dos escritos de Lucas, quando assim o Messias ensinou:

"Sendo interrogado pelos fariseus sobre quando viria o Reino de Yahweh, O Mestre lhes respondeu: 'O Reino de Yahweh não virá com sinais que se possam observar, nem de que se possa dizer: 'Ei-lo aqui' ou 'Ei-lo ali!', pois o Reino de Yahweh está dentro de vós."

Ora, se os irmãos de Jerusalém pretendiam colocar como ponto principal do Núcleo o estudo e leitura da Torá, por certo que o Reino de Yahweh continuaria a ser confundido e permaneceria sendo um reino que se conquista pela espada, pela força, pelas guerras, pela supremacia da raça, o que estava muito distante do desejo do Mestre, que nunca distinguiu supremacia alguma, e também distante do Reino de Amor e de Misericórdia por Ele anunciado.

Acrescentou ainda que as ideias adotadas pelos irmãos de Jerusalém traziam desunião e grave risco à sobrevivência da nova fé.

O irmão Teófilo pediu a palavra e manifestou que a seu ver era preciso um entendimento único entre os Núcleos, evitando-se assim descompasso de ações em favor da boa divulgação dos ensinamentos de Yeshua; que agora os Núcleos já tinham três relatos sobre a extraordinária vida e obra de Yeshua, ofertados pelos irmãos Mateus, Marcos e Lucas e não necessitariam mais ficar atrelados somente à Lei Antiga, que de fato auxiliou a Nação, mas que se apresentava incapaz de desapegar a criatura da face de um Yahweh cruel e atemorizador.

Aludiu que quando o Messias Amado demonstrou que essa interpretação estava totalmente apartada da realidade, deixou antever que o verdadeiro Yahweh é a essência divina do amor por excelência. Continuando, ainda disse:

– Penso que sobre esse propósito, não devemos esquecer o que nosso irmão Paulo escreveu ao Núcleo de Corinto, na segunda orientação que enviou para os irmãos de lá: *"Yahweh é Pai de Misericórdia e Deus de toda a consolação; Ele é a nossa glória e júbilo. Nossa esperança, nosso refúgio para os dias de adversidade."*

Manoem, tomando a palavra, disse que ao fazer aquela afirmação, o irmão Teófilo estava inspirado pelos Espíritos do Senhor. Que pensava na mesma direção, entendendo ainda que a gravidade da questão merecia do grupo de Antioquia, reflexão profunda sobre aquele estado de coisas que também entendia minarem as forças dos Núcleos criados pelo Cireneu de Tarso e dos outros Núcleos que haviam sido fundados com o objetivo de expandir os ensinamentos da Boa Nova. Que se algo não fosse feito o mais rápido possível, em razão daquela orientação do Núcleo de Jerusalém, que entendia um tanto desastrada, havia grave risco de, em pouco tempo, a Boa Nova desaparecer da Terra.

O clima de preocupação que tomava conta da reunião foi endossado pelos irmãos Lúcio e Zation.

Após alguns instantes de silêncio, próprio a se poder captar a inspiração dos mensageiros divinos, Inácio, inspirado por Estêvão e Joel, que, a pedido do Governador Acádio, compareciam à reunião, falou aos presentes:

– Amados irmãos em Yeshua!

"Aprecio em lhes dizer que o Yahweh que conheço desde a minha infância em Cafarnaum e das felizes oportunidades que tive de acompanhar a multidão que se deslocava na busca do Mestre Amado, que eu seguia, à época, é claro que sem o entendimento que hoje tenho, é um Senhor totalmente distinto do que os judeus apregoam. Lembro-me, porque não me saiu da memória, que em certa ocasião, nosso Amado Yeshua disse à turba que estava reunida para ouvi-lo:

"Não duvideis do que digo. São chegados os tempos em que as profecias haverão de se cumprir e será celebrada a glória da Casa de Meu Pai e Vosso Pai.

"Yahweh consola os humildes e sustenta os aflitos, em sua misericórdia. Para cada lágrima de dor ou sofrimento, Ele espalha um bálsamo que cura e consola".

"Essas palavras, queridos amigos, trago como que incrustadas em minha alma, apesar da idade, à época, por algo estranho que ainda não logrei decifrar.

"Penso que esse Pai misericordioso, amoroso, que foi revelado por Yeshua, precisa ser conhecido por todas as gentes e também pelo coração dos próprios judeus. Entretanto, vejo, talvez com os olhos do futuro, que esta percepção e entendimento pela Casa de Israel não será fácil de ser assimilada e poderá durar anos sem conta.

"Isto não acontecerá facilmente, em razão de que há muito tempo, na vastidão dos anos que se sucederam, os judeus se tornaram impermeáveis às mudanças de interpretação dos paradigmas em que se assentaram sobre a Lei Antiga.

"Alimento a certeza de que não deveremos ficar inertes, esperando que as dificuldades sejam somadas por si. É chegada a hora da transformação, e disto nosso Paulo tinha perfeita lucidez, quando assim afirmava.

"Concito-vos a cerrarmos forças para juntos, aproveitando-nos de nosso amado apóstolo João, estabelecermos um forte trabalho de união entre os seguidores de Yeshua, criando uma barreira que impeça que as pessoas esqueçam os verdadeiros propósitos de Sua Doutrina.

"Neste desiderato, tenho a intuição de que devemos mesmo visitar todos os Núcleos, o quanto antes possível, para dialogarmos sobre os eventuais problemas que têm surgido, buscando solução conjunta e apropriada.

"Imagino que devamos enviar mensageiros aos demais Núcleos, mesmo os distantes, para, dentro de um prazo razoável, reunirmos a maior quantidade possível de irmãos para os debates e análises indispensáveis. O que acham da ideia?"

O apóstolo João, que ouvia as demais impressões, em clima de concentração, levantou a mão direita, como a pedir vez, e ante o silêncio dos demais, falou:

– Caros irmãos, analisando toda a situação e vossas impressões, entendo ser muito útil e necessária essa reunião.

"Sugiro que iniciemos o trabalho convocando todos os representantes dos Núcleos que quiserem vir a uma reunião inicial aqui em Antioquia, inclusive os irmãos do Núcleo de Jerusalém. Também devemos, por imperativo, convocar nossos demais irmãos: Filipe, Lucas, Silas e Timóteo, procurando saber de seus paradeiros e os convocando para estarem aqui em Antioquia da Síria, a fim de provocarmos uma ampla conciliação, permitindo que todos informem de suas atividades e manifestem sua impressão quanto ao futuro da Boa Nova."

Todos os presentes concordaram com a sugestão do Apóstolo, pois o tinham na conta de um orientador sábio e, a pedido dele, Manoem encerrou a reunião com sentida prece.

– Oh! Divino Criador, a Ti oferecemos nossa disposição de trabalho na Tua vinha. Nos impregnamos, nesta hora, do desejo único de servir, ofertando nossos esforços para que a Tua mensagem de amor seja conhecida por todas as criaturas.

"Compadece-te, Senhor, daqueles que, como nós, imploram a Tua misericórdia. Auxilia-nos a nos tornarmos dignos de gozar os Teus dons, para que nos aparamentemos do traje necessário para sermos admitidos em vosso banquete, onde nos será dado alimentarmo-nos com o alimento que fortalecerá nossas almas.

Testemunho pelo Cristo

"Que tenhamos em permanente lembrança as recomendações de Teu Filho Yeshua, para que, confortados no exemplo de Nosso Libertador, caminhemos na direção da luz de nossa fé.

"Abençoa-nos uma vez mais.

"Assim seja."

Os judeus da Jerusalém agora destruída, na sua maioria, dela se evadiam. A debandada atingiu o Núcleo dos seguidores de Yeshua, e apesar dos esforços de seus membros, dentre eles Simeão, Justus, Procópio e Parmenas, começaram a sentir, não somente as dificuldades para a manutenção do Núcleo, como também a intromissão, às claras, da influência do antigo Sanhedrin, eis que o Templo não mais existia.

No Núcleo de Antioquia da Síria, sob a liderança de Inácio, o grupo passara a debater a importância da queda de Jerusalém, bem como a intensa influência de que o Núcleo de Jerusalém passou a ser alvo por parte dos líderes do antigo Sanhedrin. Muitos deles, sem ter um local para suas reuniões e adorações, buscaram se aproximar do Núcleo cristão, e nele penetraram sob a desculpa de querer conhecer a doutrina daquele que era aclamado como Messias.

Sob essa argumentação, dentro de pouco tempo passaram a influenciar diretamente os trabalhos e estudos, e logo a Lei Antiga passou a dominar o *officium* religioso no Núcleo.

Inácio pensava ter chegado o momento de debater a questão de forma enérgica, sem conivência, daí

213

por que dera a ideia da reunião com os líderes dos demais Núcleos cristãos.

Mais algum tempo depois, em uma noite de Nissan, reunido em assembleia o Núcleo de Antioquia, Inácio fez a prece de abertura das atividades, evocando fossem auxiliados nas análises que deveriam adotar:

— Oh! Amado Yahweh, aqui estamos nós, reunidos sob o beneplácito do Teu amor, para debatermos graves questões por amor a Teus ensinamentos valorosos.

"Apreendemos que sabedoria é não crer sem discernimento em tudo o que dizem os homens, nem encher os ouvidos alheios do que ouvimos ou acreditamos.

"A aflição e as contrariedades, frequentemente, fazem o homem refletir.

"Podemos encontrar, às vezes, contradições, e ainda que nossas obras sejam boas, isto nos conduz à humildade e nos preserva da soberba.

"Auxilia-nos, oh! Pai Celestial, para que apoiados pelo amor incondicional de Yeshua, tenhamos discernimento e sejamos prudentes e providenciais.

"Abençoa-nos, pois, a todos.

"Assim seja!"

A seguir, Inácio deixou a palavra livre aos membros, dentre eles Nicolau, Lúcio, Teófilo, Manoem, acompanhados pelo apóstolo João, que havia retornado de longa viagem.

O Apóstolo iniciou as falas e pediu que todos refletissem com cuidado sobre eventuais deliberações mais aguerridas, pois todos somos irmãos em Yeshua.

Falou ainda que na sua última viagem estivera na província de Acaia, mais precisamente em Corinto, onde o irmão Silas, companheiro de Paulo de Tarso, estava estabelecido como líder do Núcleo local e lembrou que Silas era um grande amigo que tinha convivido com ele e os irmãos Pedro, Nicolau e Inácio, ali no Núcleo de Antioquia, dando valioso contributo ao Núcleo.

Tivera longas conversações com Silas a respeito do grave momento em que eram uma realidade as distorções que se praticavam nos Núcleos, desprezando os escritos de Mateus Levi e servindo-se apenas da Torá.

Por fim, trazia de Silas um grande abraço a todos os irmãos de Antioquia, em especial a Inácio.

Comovido, Inácio lembrou repentinamente dos diálogos com Silas, de quem, após apresentado, passara a gostar muito, dado o seu temperamento tranquilo, e em razão das revelações que Silas lhe fizera sobre as viagens com Paulo de Tarso.

Feitas essas observações, Inácio ponderou que outrora todas as questões que surgiram nos Núcleos cristãos, e que derivavam para disputas, eram levadas para decisão final ao Núcleo de Jerusalém, entretanto, com a queda de Jerusalém, julgava que isto já não fazia mais sentido, pois, inclusive, ante a queda do Templo, a influência judaica no grupo era cada vez maior, e, a partir disto, faltaria autoridade moral para que aquele Núcleo continuasse a deliberar sobre as questões que envolviam os demais Núcleos cristãos.

Então, propunha aos presentes, se fizesse brando rompimento com o Núcleo de Jerusalém e que as questões encaminhadas pelos demais Núcleos, visando aconselhamentos e ou orientações, não mais fossem encaminhadas para lá, mas fossem debatidas e analisadas, em instância final, no Núcleo de Antioquia da Síria.

A seguir, apresentou ao grupo o plano de ação ao qual já tinha se referido, visando facilitar as decisões para as problemáticas que surgissem nos Núcleos.

O plano consistia em eleger-se, nos Núcleos, aquele que de fato exercia o papel de líder máximo e principal trabalhador, como Supervisor que guiasse todos os trabalhadores do Núcleo e que poderia ser chamado de *episkopos*, como os gregos denominavam os supervisores das ideias, ou mesmo de presbíteros.

O *episkopos*, ou bispo, seria uma espécie de Supervisor, que passaria a ter absoluta autoridade sobre a assembleia do Núcleo, autoridade antes moral, e que granjeava para o escolhido, no seu entendimento, a simpatia dos bons Espíritos que atuavam no Núcleo, e que seria auxiliado por um *diákono*. Com isso, também seria criada uma hierarquia nos Núcleos, possibilitando-se que se lutasse pelo ponto primordial, que entendia ser a Unidade da Fé.

XVII

Na Cidade da Fé

Na Cidade da Fé, os acontecimentos terrenos sempre eram acompanhados.

O Governador Acádio estava à frente da grande equipe espiritual encarregada de fazer solidificar o quanto possível o conhecimento da Boa Nova na Terra.

A equipe, por deliberação direta de Yeshua, havia, nos últimos tempos, recebido consideráveis reforços, dentre eles a presença do apóstolo Pedro e do amado e fiel discípulo Paulo de Tarso, além de almas que há anos vinham por estabelecer o intercâmbio necessário com os servidores do Mestre, e que ainda se achavam no corpo físico.

Já estavam na Cidade da Fé, dentre os membros da referida equipe: Estêvão, Abigail, Joel, Simão (o Zelote), os apóstolos Tiago Maior, filho de Zebedeu e irmão do apóstolo João Bartolomeu; Tiago Menor, o Justo; André, Filipe, Mateus, Marcos, Judas Tadeu, Matias e Tomé e os discípulos Ananias de Damasco e Barnabé.

Tudo era analisado. As ações dos judeus, no que se referia à afirmação da Lei Antiga; o advento maior, que foi a presença de Yeshua sobre a Terra; o poderio romano e as dificuldades que se abatiam sobre outros povos.

Numa noite de outono do ano 70 d.C., por determinação de Yeshua, reuniu-se, no anfiteatro da Cidade da Fé, grande contingente de Espíritos, para ouvir quais eram as recentes orientações e observações que chegavam, por determinação de Yeshua, sobre o estágio de assimilação, por parte da Humanidade, dos ensinamentos da Boa Nova.

Na mesa principal das atividades se achavam o Governador Acádio, o apóstolo Pedro e Paulo de Tarso.

O Governador, saudando todos os presentes, pediu a Estêvão que fizesse a oração de abertura da reunião. Estêvão, emocionado, pôs-se a orar:

— *Amado Yahweh,*

"Reunidos no Teu Núcleo de Amor Divino, aqui se encontram aqueles que queremos caminhar sempre resolutos na direção do Teu Reino.

"Invade-nos a alma imensa alegria e júbilo, pois estamos sempre arregimentando forças maiores, pela presença de Teus emissários, para que possamos enfrentar as intempéries morais e os obstáculos que Espíritos infelicitados por suas próprias escolhas infelizes pretendem colocar como empecilho à disseminação de Tua Mensagem de Amor cantada por nosso Amado e Inesquecível Yeshua.

"Rogamos-Te, neste instante importante e alegre, quando estamos entre irmãos de ideal, que não nos faltem Tuas sublimes orientações, permitindo-nos renovar nossas vontades de sempre servir-Te, em qualquer circunstância de nossas vidas.

TESTEMUNHO PELO CRISTO

"Assim seja."

A seguir, o Governador Acádio iniciou sua fala:

— *Irmãos queridos, sede todos bem-vindos, em nome d'Aquele que é a Luz do Mundo.*

"Cada um de vós, fostes e sois almas valorosas na senda do estabelecimento da iluminadora mensagem da verdade, levada à Terra por nosso amado Yeshua.

"Muitos de vós que aqui estais, tivestes a honra de receber, conhecer e estar com o Divino Enviado de Yahweh, o que significa que sois portadores de créditos e merecimentos espirituais que vós mesmos conquistastes.

"Todos temos tido a oportunidade de acompanhar, aqui de nossa cidade, o desenrolar dos acontecimentos, após o retorno de Yeshua à morada Celeste; de Maria de Nazareth e de todos vós que aqui aportastes, sob o indicativo de nosso Senhor Yahweh.

"Podemos ver e sentir o estranho comportamento daqueles que receberam em seu seio a manifestação de Yahweh como Deus Único e que em razão disso passaram a se reconhecer como o povo escolhido, eis que entronizaram na Terra um Deus apartado do amor para com todos os seus filhos.

"Sobre essa premissa, o tempo caminhou para que o progresso se fizesse e o homem viesse a ter as possibilidades de apreender a verdade, em razão do inato desejo de evoluir e ser feliz.

"Contudo, para que não houvesse desvio de rota, numa atitude de defesa, não compreendeu a existência do hálito divino amoroso, e equivocadamente apegou-se à imagem de um Deus cruel e vingativo: o Senhor da Guerra.

"Essa crença, esse modo de ver, entretanto, encastelou-se sobre a Terra por séculos, e se transformou no ponto principal da crença dos hebreus e dos judeus, e sob essa visão, impuseram a crença cega e aprisionaram o amor.

"Verificou-se, com o advento do Messias, a chegada de uma mensagem oposta ao temor, e isto provocou e provoca profunda desconfiança nos seguidores da Lei Antiga, que não aceitaram nem aceitam rever seus postulados de existência.

"Não satisfeitos com seus vaticínios, houveram por não aceitar sequer a ideia do surgimento de um Yahweh que não fosse cruel e que não mandasse odiar o inimigo, e têm-se negado a reformular o conceito de vida de muitos séculos, que vige no seio do povo.

"A realidade é que o Libertador chegou para a Terra e modificou toda a paisagem humana, ensinando a amar o inimigo; a servi-lo; a não retribuir ofensa com ofensa; a não desejar o infortúnio ao irmão, o que tem sido demasiado difícil de aceitar.

"Nesse comenos, acabaram por crucificar o Mestre dos Mestres, aquele que trouxe o amor e distribuiu a caridade, excelências do Pai Celestial, para a Terra.

"Ante a expectativa de encobrimento e esquecimento dos ensinamentos da Boa Nova, nosso estimado Paulo de Tarso foi chamado diretamente por Yeshua para o seu minis-

TESTEMUNHO PELO CRISTO

tério de difusão, para, deixando a defesa fanática da Lei de Moshe, cuja ação tendia a relegar a Doutrina de Yeshua ao abandono total, doar o resto de sua existência física, promovendo o até aqui mais belo trabalho de divulgação das novas verdades.

"Nesse passo, não esquecemos que o trabalho de arregimentação de fiéis para a nova crença foi iniciado por nosso amado irmão Simão Pedro, que atendendo a deliberação do Mestre, pregou primeiro às ovelhas da Casa de Israel, e mesmo ante essa enorme dificuldade, foi o grande apascentador das novas ovelhas do Messias Enviado.

"Acompanhamos a superação daquela que podemos chamar como sendo a primeira grande crise sobre a doutrina da Boa Nova, quando o amado Pedro foi o pacificador da estéril questão da circuncisão dos gentios, situação que nos legou também a oportunidade de conhecermos a firmeza de caráter do irmão Paulo e os esforços grandiosos dos irmãos Barnabé e Tiago.

"Ocorre, entretanto, amados irmãos, que, passados mais de trinta anos do retorno de Yeshua à morada celestial, o momento da Terra oferta sensível preocupação, pois mesmo dentro do Núcleo de Jerusalém, sinaliza-se o perigo de desvirtuamento da nova fé.

"Tem surgido, em Jerusalém, em pleno Núcleo, um grupo de irmãos que se identifica como judaizante, que mesmo ultrapassada a questão da circuncisão dos gentios, se acha preso às antigas formas e cerimoniais egressas do Sanhedrin, que teima em distorcer os ensinamentos de Yeshua e impor a fixação maior na Lei Antiga, chegando a dizer que antes

221

de um gentio se tornar seguidor de Yeshua, precisa primeiro observar a Lei de Moshe.

"Para os desse grupo, que nem por isso deixam de ser irmãos nossos, o equívoco se faz presente, e olham com preocupação o crescimento do Núcleo de Antioquia e a extraordinária implantação de vários Núcleos na Ásia Menor, pelo ministério de Paulo. Temem que com isso os gentios venham a controlar os Núcleos todos e imponham o banimento da influência judaica, e, mais que isso, que possam representar um atentado às suas crenças e tradições.

"Também acompanhamos as duras batalhas de nosso Paulo, quando na Terra, e buscamos, em grupo, inspirá-lo. Se a chamada salvação do espírito se desse mediante as obras da Lei Antiga, porém, mantendo um coração duro, por certo que a morte do Justo na cruz do desequilíbrio humano teria sido desprezada e ignorada, e o poder da Boa Nova se perderia, tornando a nova fé uma falácia.

"A nova fé não seria, então, uma religião que liga a criatura ao Criador, voltada para todas as nações, e não passaria de uma seita judaica.

"Sob a inspiração e inteligência própria, nosso Cireneu de Tarso bem resistiu às tentativas de submeter os gentios à Lei de Moshe, como meio de salvação da alma. Muito embora ele tenha desejado cooperar com os grupos de judeus que se convertiam à doutrina do Homem do Caminho, sabia, no íntimo, que estes tratariam de impedir a todo custo o crescimento da doutrina de Yeshua. Daí o entendimento que teve, a partir de um diálogo com seu amigo e irmão Silas,

quando da segunda viagem, de que ele teria que transplantar a Boa Nova do terreno judeu para o terreno dos gentios.

"Em razão dessas magnas questões, precisamo-nos unir cada vez mais, possibilitando, pela intuição e inspiração, sugerir àqueles que têm lutado para manter incólumes os ensinamentos de Yeshua, as estratégias elaboradas em nossas atividades espirituais, para que os gentios fiquem isentos de obedecer aos costumes judaicos e para que a nova fé não fique abafada, o que não significa estarem livres para a prática do mal.

"Também vimos e acompanhamos a queda do Templo poderoso e a dispersão dos judeus. Mas crede, Yahweh nunca quis o sofrimento de seus filhos, antes os quer no caminho do bem. Entretanto, Ele não fez nem faz leis para atendimento de interesses. Muito embora seja a expressão máxima da misericórdia, sua soberana legislação demarcará a necessidade de correção de rumo da diligente nação que fez jorrar sem comiseração o sangue de muitos gentios filisteus.

"Nessa mesma linha se encontram aqueles de nós que hoje testemunhamos e amanhã haveremos de testemunhar as perseguições mais vis, cujos elos se encontram não só no passado de suas vidas, mas agora na ação destemida e na coragem de testemunhar Yeshua, sem receio.

"Nisto Roma tem sido e será o chicote do tempo, a dobrar os espíritos duros de outrora, e mesmo aqueles que, em missão, se sacrificam pela Verdade, e que terão a oportunidade de servir a Yahweh, o que não significa dizer que se endosse os excessos, totalmente desnecessários, pois nosso Libertador já nos orientou: 'Ai daqueles que são motivo de escândalo'.

"As perseguições já vieram e virão, e para que os Núcleos ofertem de fato o testemunho pela nova fé, os seus membros deverão agir sempre com amor para com todas as criaturas. Precisarão preservar Yeshua a todo custo, porque sem Ele não conseguirão chegar até Yahweh.

"Ante todas estas questões, se torna preponderante que nos associemos tanto à inspiração quanto à proteção e cuidados com os Núcleos, evitando o desvio de curso.

"Nesta noite, estais todos sendo convidados a vos manifestardes em relação ao projeto, pelo que rogo, para todos vós, a inspiração direta de Yeshua."

Após a prédica, o Governador Acádio sentou-se.

Reinava na assembleia um clima de alegria e paz.

Simão bar Jonas, levantando-se, tomou da palavra e disse:

— *Amigos desta maravilhosa cidade! Amigos e companheiros com os quais jornadeamos na Terra!*

"Bendita é a glória de Yahweh e bendito é o nosso Luzeiro e Sublime Orientador Yeshua, os quais amamos com as fibras mais intensas de nossas almas.

"Sou agradecido a Yeshua por dispor deste Espírito ainda tosco e sem muito burilamento, na continuidade dos trabalhos de instauração total da Boa Nova na Terra.

"Amadurecido, um tanto quanto, pela dor da saudade da convivência com o Messias e demais irmãos a caminho da evolução, lembro dos dias e momentos que passamos

juntos, nas lutas e refregas, para defender nosso Libertador a todo custo, e mesmo tendo entregue minha vida física por amor ao Sublime Nazareno, não deixei de ter em algum ponto claudicado.

"Alguns padecem graves tentações da alma ainda em conflito e podem agir contra a fé. Isto falo a quem tudo sabe, a quem são manifestos todos os meus segredos e é o único que pode nos socorrer e perfeitamente nos consolar.

"Eu fraquejei na fé, neguei o Amigo de todos, porém, Ele não permitiu que me transformasse em pomo de amargura, antes, compareceu no terreno de minha insignificância e ergueu meu coração a Ele e a Yahweh.

"Agora busco um coração puro e vejo que aí é o lugar do meu descanso. Então, busquei purificar o pensamento; dele extraí o fermento velho, que atirei na masmorra do esquecimento e limpei, para Ele, a morada do meu coração.

"Convido-vos a somarem todas as forças possíveis, como eu, para que a luminosidade do pensamento de nosso Yeshua abrase toda a Terra, possibilitando àqueles de boa vontade receber as Suas sublimes orientações.

Agradecido, rogo bênçãos divinas para todos nós."

Emocionado, calou-se.

O silêncio, no local, era a companhia desejada.

Mais alguns instantes se passaram, quando o Gigante de Tarso levantou-se, cumprimentou a todos e disse:

— *Salve, amigos da alma e do coração!*

"Em primeiro lugar, manifesto minha gratidão a Yeshua, por permitir-me participar desta reunião e continuar a trabalhar no projeto magnânimo de implantação definitiva da Boa Nova na Terra.

"Sem dúvida, sinto saudades da minha última etapa terrena, que foi para o meu Espírito o marco decisivo para o restabelecimento do rumo, do norte, para ir ao encontro de Yahweh, através do Sublime Yeshua.

"Tenho procurado servir, a todo custo, à causa de disseminação da mensagem libertadora de nosso Messias. Esse desejo se me despertou de maneira mais intensa, desde a minha primeira viagem a favor da nova mensagem, pois, nessa ocasião, já levava comigo a certeza de que Yeshua era mesmo o Messias esperado pelo povo.

"Foram dias e dias, anos e anos, que foram cumulando em minha alma a justeza dos ensinamentos do Christo, a ponto de cada vez mais envergonhar-me de falar sobre meu nebuloso passado de perseguidor da nova crença.

"Quando palmilhamos as estradas dos erros, e nelas nos locupletamos, sem dúvida estamos apartados do Pai Celestial e de todos aqueles que lutam pelo bem das pessoas.

"Pude aprender que nosso amado Elohim permite a todos os Seus filhos que nas suas caminhadas no reino da evolução porventura tenham tomado os atalhos dos equívocos, oportunidades benditas de arrependimento e de recomeço, para que corrijam suas rotas na direção do Reino de Amor e Justiça.

Testemunho pelo Cristo

"*Temos, é claro, acompanhado as dificuldades que se têm abatido sobre os Núcleos que tivemos a alegria e oportunidade de fundar, na companhia de outros valorosos trabalhadores de Yeshua, e nos demais Núcleos que almas valorosas fundaram.*

"*É com certa tristeza que tenho visto as querelas surgirem; o viço das contendas inúteis; as manifestações negativas de vaidade e orgulho daqueles que se adornam da condição de comando, sem que tenham em si o cultivo permanente das virtudes de servir sem esperar retribuição; de ofertar a força do trabalho sem aguardar recompensas e, por fim, o coroamento do egoísmo, que divide, que separa.*

"*Todas essas situações têm ocorrido em razão da falta de cuidados, o que permite as intromissões indesejadas, pois ainda o homem cuida demasiadamente das próprias paixões, das coisas transitórias, e não se inflama do desejo de progredir a cada dia. Vestimo-nos da frieza e nos tornamos tíbios e fracos, deixando de defender a verdade.*

"*Devemos, pois, estar sempre alertas e nesse sentido inspirar todos os trabalhadores que se dedicam à causa de Yeshua, para que nos precatemos das tentações que visam o desvio de solidificação da nova fé. A causa de todas as tentações perigosas é a inconstância e a falta de confiança em Yahweh. O ferro é passado pelo fogo; o justo, pelas tentações.*

"*Humilhemos, pois, nossas almas debaixo das mãos de Yahweh, em qualquer tribulação, porque Ele salva e engradece os humildes de coração.*

"Yeshua, amados, conta com todos nós, e espera que enfrentemos, com galhardia, com coragem, os ventos que pretendem derribar a verdade. Ela não será derribada, porém, os ventos poderão causar estragos, destruição e desânimo. Contudo, nunca esmorecer, por isso devemos ter paciência e confiar na Misericórdia Divina até que passem as iniquidades e o que é imortal seja absorvido pela vida."

Também visivelmente emocionado, o Cireneu de Tarso calou-se e tomou assento no lugar onde estava. Ouvia-se, no anfiteatro, melodia suave e maravilhosa. Parecia mesmo que Yeshua se fazia presente.

Ninguém ousava falar.

No silêncio dos corações que ali se achavam, rebrotava a certeza de que eles eram os trabalhadores escolhidos para que, sob quaisquer esforços necessários, não permitissem jamais o desaparecimento do Sublime Mensagem Renovadora de Yeshua.

De repente, a música foi engrossada por um coro de muitas vozes, e no tablado central do anfiteatro, à direita da mesa onde estavam acomodados o Governador Acádio, Pedro e Paulo, se fez intensa luz prateada-azulada. O perfume de nardo inundou o ambiente e aos poucos foi-se formando a silhueta de uma jovem senhora. A cada momento em que mais se completava o processo de aparição, todos no ambiente ficaram extasiados e emocionados, pois ali se apresentava, linda como as flores da manhã mais bela, os cabelos repartidos ao meio, os olhos de um suave azul celeste, revestidos da mais meiga candura, aquela que fora na Terra a mãe do Mestre Inesquecível: Maria de Nazareth.

As lágrimas de todos pareciam provocar uma enchente de alegria, e quando ela falou, parecia mesmo que sua voz embalava a todos na suave candura de sua alma:

– Queridos filhos da alma. Nutro amor por todos.

"Não tenho como traduzir-vos as alegrias que tenho vivido, na companhia espiritual de todos vós, e em especial do meu amado filho Yeshua.

"Venturas tenho colhido e me sinto uma bem-aventurada por compreender e amar cada vez mais a Yeshua. Quando Ele está presente, tudo é suave e nada é difícil.

"Quem encontrou o meu filho amado, encontrou o precioso tesouro do amor, o bem superior a todo bem, mas para encontrá-lo é preciso que sejamos humildes, pacíficos, porque é preferível ter o mundo como adversário do que ofender a Yeshua.

"Aqui venho, em nome do Seu amor infinito pela Humanidade, para dar o testemunho da recompensa divina àqueles que tomaram sua própria cruz e O seguiram.

"Neste momento grave, em que reunidos traçais os planos para a glorificação dos ensinamentos que meu filho espalhou pela Terra, venho vos falar que na cruz das dificuldades, que Ele venceu galhardamente; aí está o significado do progresso dos Espíritos.

"Nela está a vida, o amparo contra aqueles que ainda se revestem como adversários do bem, a abundância da suavidade divina, a perfeição, a sublimação, e isso se confirma porque nela Ele pereceu por amor, pois é morrendo que renascemos na Casa de Yahweh.

"Felizes serão aqueles que se entregam a Yahweh, pelos caminhos traçados por Yeshua, pois as palavras d'Ele são Luz e Força, Espírito e Vida.

"Guardai em conta que o Amor tende sempre para as alturas e não vos deixeis prender pelas coisas inferiores. Colecionai dádivas, pois o amor não conhece limites. Seu ardor excede todas as medidas; é capaz de tudo; está sempre vigilante; nenhuma fadiga o cansa; nenhuma angústia o aflige, e qual ardente chama e cintilante labareda, irrompe para o alto e avança sempre, sem obstáculos.

"Retornai para vossas tarefas, aqueles de vós que ainda labutais nas lides terrenas, com a certeza de que todos nós, que somos discípulos de Yeshua, cantaremos sempre o cântico do amor, pois Ele é o Amor pronto e sincero, piedoso e alegre, afável, forte, prudente e magnânimo.

"Conservai firme o propósito de servir ao próximo, antes de tudo, pois isto será servir a Yahweh.

"Amo-vos com todo o ardor de minha alma. Deixo-vos o beijo reconhecido de quem foi amada e, com a compreensão de todos, digo aos queridos João e Inácio que eles sempre estarão comigo, gravados em meu coração.

"Desejo que o Senhor da Vida vos conserve junto d'Ele."

Com um sorriso que mais parecia um oásis de verdadeira paz, seu Espírito foi como que se desfazendo, não sem antes encaminhar suave aceno na direção de João e de Inácio.

As lágrimas, que eram verdadeiras bailarinas nas retinas dos olhos de todos ali presentes, continuaram a dançar, e a euforia íntima produzia em cada um, verdadeiro bálsamo renovador.

De propósito, o Governador Acádio esperou mais algum tempo. Após, levantou-se, dizendo:

– Irmãos do coração, recebemos, pelo amor incomensurável de Yahweh e de Yeshua, a suave, desejada e bela visita da meiga e suave Maria de Nazareth.

"Com nossos corações em júbilo, conclamo o final de nossa reunião. Fica acertado que acompanharemos a primeira reunião de trabalhadores que nosso Inácio realizará no Núcleo de Antioquia, quando para lá acorrerão os representantes dos demais Núcleos. Até lá, e na ocasião, procuraremos incutir em vossas almas, as inspirações necessárias a permitir que a Mensagem Iluminada de nosso Amado Messias não desfaleça de forma alguma, nem caia nos despenhadeiros do interesse, do orgulho e do egoísmo.

"Peço a gentileza a nosso irmão Estêvão, que nos conduza em uma prece."

Estêvão, muito emocionado, como todos, iniciou a orar:

– *Oh! Amado Yeshua. Tu és o caminho que devemos seguir, a verdade que devemos crer.*

"*Queremos sempre ser Teus discípulos, por isto haveremos de sempre renunciar a nós mesmos.*

"Abençoa e santifica nossas almas com as bênçãos celestes, para que seja a Tua Morada, que é a Morada de Yahweh, a nossa morada, logo mais, para que possamos viver em Tua eterna glória.

"A Ti, Mestre e Senhor, levantamos nossos olhos. Em Ti confiamos e no Pai de Misericórdia.

"Faça-se em nós segundo a Tua palavra e vontade, hoje e sempre.

"Assim seja."

Logo mais, todos estavam de volta aos seus afazeres.

XVIII

As iniciativas do Núcleo de Antioquia da Síria para a preservação da mensagem da Boa Nova

O tempo foi passando. No mês de novembro do ano 72 d.C. Inácio conseguira reunir em Antioquia, quase a totalidade dos Núcleos cristãos que, atendendo ao convite, enviaram representantes à reunião.

Dentre os representados, estavam presentes: Timóteo, acompanhado de Onésimo, pelo Núcleo de Éfeso; Policarpo, que era muito amigo de Inácio, representando o Núcleo de Esmirna; Damas, representante do Núcleo de Magnésia; Apolo, do Núcleo de Cesareia; Antemas, do Núcleo de Listra; Crespo, do Núcleo de Calcedônia; Tito, do Núcleo de Creta; Silas, representando os Núcleo de Corinto e Tessalônica; Políbio, representando o Núcleo de Trália; Filon, do Núcleo da Cilícia; Aulus, do Núcleo de Filipos; Filemon, do Núcleo de Gaza; Narciso, do Núcleo de Atenas; Tíquico, do Núcleo de Cólofon; Marcos, primo de Barnabé, representando o Núcleo de Apolônia; Asnar, do Núcleo de Antioquia da Psídia; Carpo, representando os Núcleos de Trôade e da Trácia; Epeneto, representando o Núcleo de Cartago e Aniano, representando o Núcleo de Alexandria.

Ainda se faziam presentes os líderes do próprio Núcleo de Antioquia da Síria, dentre eles Nicolau, Lúcio, Manoem e Zation e os representantes dos Núcleos de Jerusalém: Simeão bar Cleófas e Justus, e ainda o apóstolo João.

Após todos acomodados no Núcleo, Inácio pediu a João que fizesse a oração para a abertura das atividades.

João levantou-se e também saudando a todos convidou-os a orar:

– *Oh! Amado Yahweh, em Vós nos unimos, para poder gozar de Vosso dom sagrado e regozijar-nos em Vosso banquete, que em Vossa ternura preparastes para todos nós.*

"Vós sois a nossa direção, redenção, esperança e fortaleza, honra e glória.

"Alegramo-nos todos os que aqui estamos reunidos em Vosso augusto nome e em nome daquele que é o Vosso Cordeiro. Nossas almas anelam por Vós e por Ele. Desejamos hospedar-nos em Vossa Casa de Amor e Luz.

"Visitai-nos nesta hora, com Vossa graça e presença, para que possamos estar tutelados com Vossa suavidade. Iluminai nossos caminhos para que possamos vencer os vícios, reprimir as paixões desordenadas, vencer as tentações com fé fortalecida e esperança inflamada.

"Oh! Yeshua, esplendor de nossas almas, consolo de nossas fraquezas, aqui nos tendes, porque nos chamastes. Fazei-nos compreender a Vossa vontade, para que possamos servir-vos sem queixas e com humildade e singeleza d'alma.

"Derramai sobre nós a Vossa graça e banhai nosso coração com o orvalho de nosso Pai celestial. Assim seja."

João calou-se. Toda a assembleia estava emocionada.

Depois de alguns instantes, Inácio fez a saudação inicial.

– Amados irmãos, acolhamos nossos sentimentos em Yahweh. Rejubilemo-nos porque nossos elos devem estar fundados na rocha inabalável de nossa fé.

Após, começou a declinar os fundamentos da reunião.

– Tomamos a dianteira em convocá-los para este nosso encontro, e rogo que possamos nele, em nome de Yeshua, ser todos ungidos pela fé, pela paciência, e que sejamos humildes em nossos diálogos, a fim de sermos inspirados pela Divindade.

"O objetivo principal de nossas conversações deverá se dar em torno de quatro situações que julgamos capazes de produzir nefastas consequências sobre a Doutrina de Yeshua.

"A primeira delas se refere aos ardis perniciosos daqueles que em nossos grupos de trabalho utilizam o nome de Yahweh, pronunciando-o a todos como a afirmação máxima da virtude, mas que praticam coisas indignas de nosso Pai Celestial.

"A segunda se refere a pessoas que utilizam de nossos Núcleos cristãos para espalhar falsas doutrinas, opostas à Mensagem Renovadora de nosso Mestre.

"A terceira delas é debatermos a falta de unidade que existe dentro dos Núcleos e entre eles, pelo que, vejo como necessidade a criação de uma organização mínima nos Núcleos, uma hierarquia, possibilitando criarmos ação cooperadora entre todos, de modo a não permitir o enfraquecimento da extraordinária doutrina do Mestre Amado.

"A quarta situação se refere a dar tratamento cuidadoso à relação entre os integrantes dos Núcleos, evitando-se intrigas e maledicência, tendo consciência de que precisamos viver segundo a Doutrina de Yahweh e Yeshua.

"Quanto à primeira situação, caros irmãos, temos constado, em diversos Núcleos, a presença de irmãos – ao menos assim se apresentam – que na realidade têm praticado coisas contrárias até ao que está escrito na Lei Antiga, por conseguinte, também adotam essas práticas contra a Doutrina de Yeshua. Penso que precisamos estar muito vigilantes para que falsos profetas, como já nos alertou o Mestre Inesquecível, não possam ganhar terreno em suas pretensões.

"Julgo que devamos evitá-los, como se evita um animal selvagem, pois realmente se assemelham a lobos vorazes que mordem traiçoeiramente. É preciso precavermo-nos contra as suas mordeduras, que são difíceis de curar.

"Diante de suas explosões de cólera, deveis ser mansos; diante de sua presunção, sede humildes; diante de suas blasfêmias, ofertai vossas orações; diante dos erros deles, precisamos manter-nos firmes na fé. Sede pacíficos sem procurar imitá-los. Que nos encontrem como irmãos pela bondade, mas que não ofertemos aval a seus comportamentos e erros.

"Quanto à segunda questão, é imperioso que não permitamos, em nossos Núcleos, que aqueles que não compreendem os verdadeiros objetivos das palavras e ensinamentos de Yeshua utilizem a tribuna para espalhar falsas doutrinas, pois há os que, mesmo falando em Yeshua, têm deturpado Sua nobre mensagem.

"É preciso que tapemos os ouvidos e não ofertemos condições para dar acolhimento às más sementes por eles espalhadas, pois somos, todos, pedras do Templo Universal de Yahweh, alçadas às alturas pela alavanca de Yeshua, alavanca essa que simboliza a cruz do sacrifício pela verdade, que não devemos em hipótese alguma ver obscurecida.

"Não esqueçamos que a fé e a caridade são critérios indispensáveis ao verdadeiro discípulo do Mestre, pois representam o começo e o fim. O começo é a fé e o fim é a caridade. Ambas reunidas são o corolário do Amor a Yahweh. Tudo o mais é consequência, para a perfeição humana.

"Ninguém peca enquanto professa a fé com boas obras e ninguém odeia quando vive em caridade. Por isto é que nosso Amado Mestre nos indicou que *conhece-se a árvore pelo fruto*. Assim, os que professam ser de Yeshua, verdadeiramente serão reconhecidos, muito pelo que falem, mas principalmente pela caridade que pratiquem.

237

"É preciso, pois, nos precatarmos contra os falsos profetas, pois é melhor calar-se e ser do que falar e não ser. Maravilhoso é ensinar quando se faz o que se diz. Assim é que reconhecemos Yeshua, que 'falou e tudo fez', e mesmo o que Ele realizou em silêncio, foi digno do Pai Celestial.

"Quem de fato possui a palavra de Yeshua, pode até ouvi-lo em silêncio, para ser perfeito, para agir pelo que fala e ser reconhecido pelo que cala. Nada escapa a Yahweh, antes, o que é segredo para nós, está perto d'Ele.

"Façamos tudo como se Ele em nós morasse, para sermos seus templos de virtudes.

"Não nos iludamos, porquanto os corruptos da palavra divina não herdarão o Reino dos Céus, pois, se perecem os que praticam tais coisas segundo a carne, quanto mais os que pervertem a fé em Yahweh e em Yeshua, ensinando doutrinas más. Assim agindo, estes se tornarão impuros, marchando para o sofrimento, podendo levar também aqueles que os escutam a sofrer, pois não irão compreender.

"Zelar pela tribuna dos nossos Núcleos é dever moral com Yeshua e com Yahweh.

"Quanto à falta de unidade de nossos Núcleos, a presença de tantos irmãos nesta simbólica e importantíssima reunião nos dá alento para que ela possa vir ser alcançada.

"Nesse ponto, não devemos esquecer os esforços quase desumanos que foram dispendidos por nosso inesquecível Cireneu de Tarso. A ele, por primeiro, devemos a unidade que temos. Se ela não é ainda a ideal, aqui estamos reunidos para alcançar esse desiderato.

"Não estou a falar aqui como a dar ordens a alguém, pois mesmo que eu carregasse inúmeras ou incontáveis virtudes, ainda assim não chegaria sequer próximo a Yeshua, pois agora é que estou começando a instruir-me e vos falo, nesta noite, como falando aos meus condiscípulos, pois eu é que de fato deveria ser ungido por vós, com vossa fé.

"Mas como a caridade não me permite calar-me sobre vós, pelas vossas virtudes, tomo a dianteira para exortar-vos a caminharmos juntos com o pensamento de Yeshua, na direção de Yahweh.

"Segue daí que convém que todos avancemos juntos, de acordo com o pensamento do Messias, pois um por um formaremos uma aliança inquebrantável, trabalhando em harmonia, acertando o tom de nossas ações a fim de que o Messias declamado aqui, seja o mesmo ali e acolá, e que sua mensagem renovadora seja a mesma a ser espalhada.

"Não pode haver unidade sem esforço e sem entendimento.

"É preciso renunciar a opiniões que não ajuntam, mas que, ao contrário, dividem.

"Unidade não quer dizer imposição, daí precisarmos correr para atender ao desejo da maioria, se essa maioria caminha na direção de Yeshua e de Yahweh.

"Não se iluda ninguém, pois aquele que vem e se revela orgulhoso, já se julgou a si próprio, pois está escrito: *'Yahweh se opõe aos orgulhosos',* por conseguinte, cuidemos de nos dar as mãos, mesmo que nossa opinião não prevaleça.

"Além disso, outra unidade há, que se deve preservar a todo custo. A unidade da doutrina de Yeshua. Suas palavras devem ser, para nós, Espírito e Vida, Esperança e Fé. Tudo o que Ele ensinou nos remete ao encontro da Casa do Pai, razão pela qual precisamos viver na fé da unidade da reveladora mensagem do Mestre.

"Cuidemos de ouvir a voz e os conselhos dos mais antigos dos presbíteros, pois são dotados do dom da sabedoria. Então, nos transformemos em servidores, em diákonos, a serviço da unidade da lúcida mensagem da Boa Nova.

"Quanto ao surgimento da maledicência e intrigas em nossos Núcleos, temos chegado envergonhados aos últimos tempos. É preciso, de maneira urgente, que olhemos para nosso interior, com a coragem necessária, pois continuamos cuidando do exterior e mantemos a casa íntima cheia de iniquidades. É adequado sermos chamados de cristãos e depois fazermos todas as coisas contrárias aos conselhos do Cristo?

"As pessoas que espalham intriga e maledicência nos Núcleos são desprovidas de boa consciência, visto que não agem em conformidade com os ensinamentos de Yeshua.

"Todas as coisas têm um fim, e todos encontrarão seu próprio lugar. Os que assim agem procuram as moedas do mundo em detrimento das moedas de Yahweh. Conforme vivem, estamparão nelas suas características, suas faces.

"Não se pode observar nessas pessoas nem fé verdadeira nem amor.

"É preciso fazer tudo imitando a conduta divina; mantendo o respeito um pelo outro; não olhando para seu próximo segundo a carne, mas amando-o continuamente em Yeshua. Que nada possa existir entre nós causando divisão.

"Irmãos em Yeshua, a par dessas quatro graves questões, há outra, por fim, que ainda não enumeramos e que reputo seja a questão mais delicada a tratarmos em nossa reunião, ao menos neste momento. Trata-se das influências doutrinárias outras que têm sido exercidas nos Núcleos, a partir do Núcleo de Jerusalém, observação que faço com muito respeito aos irmãos lutadores daquele Núcleo, aqui presentes, e que bem sabemos têm se esforçado sobremaneira para manter a fidelidade à Boa Nova.

"Mas um fato é um fato. Não há como sonegarmos a verdade.

"Há, pois, no momento, não somente em Jerusalém, como em diversos Núcleos cristãos, a intromissão de doutrinas adulteradas a gosto dos que adoram o poder, além do que, há o objetivo de se transformar a nova fé em mero ramo da Lei Antiga.

"Há informações seguras do desejo de imposição da preferência à Torá nos nossos trabalhos, e mais, que cultivemos nos Núcleos todas as tradições da Lei Antiga, consagrando neles a circuncisão, o Shabat, e que se reverencie Moshe como guia superior a Yeshua.

"Sob a tutela do mais absoluto respeito, manifesto que, se porventura teimarmos em viver segundo a lei dos judeus, por certo ainda não teremos alcançado a compreensão e o entendimento da doutrina de amor a nós trazida pelas excelências de Yeshua.

"Ora, mesmo os profetas da Lei Antiga vieram e viveram para orientar novos rumos, novo progresso, nova visão, e anunciaram o Messias como libertador das iniquidades, vencedor do orgulho e do egoísmo e artífice da implantação do Reino de Yahweh na Terra.

"Conseguiram o êxito de convencer o povo da existência de um único Yahweh ou Elohim, mesmo os descrentes de sua nação, mas nem por isso deixaram de ser perseguidos.

"Assim, hoje se está a perseguir a Boa Nova, pois aqueles que foram educados na Lei Antiga e que têm aportado em nossos Núcleos, têm buscado se apossar da nova esperança, pretendendo impor a ela o tacão dos sacerdotes israelitas que, obtusos e fanatizados, não conseguem enxergar o novo tempo.

"Digo-vos essas coisas, amados irmãos, para vos prevenir a fim de que não sejais fisgados pelo anzol de passadas e vãs doutrinas, mas para que possais conquistar a segurança plena a respeito da vida e obra do Messias.

"Portanto, devemo-nos dedicar para nos mantermos na Doutrina de Yeshua, para que todas as coisas que fizermos possam prosperar tanto na carne quanto no espírito, na fé e no amor, no Pai e no Filho.

"Se alguém vier com interpretações unicamente judaizantes, não lhe deis ouvidos. Fugi das artimanhas e tramoias, para que possais guardar fé inabalável em Yeshua, e unidos a Ele nos tornemos dignos de amor e admiração, sendo classificados como trabalhadores do Evangelho da esperança.

"Eu, por minha parte, tenho me esforçado para cumprir o meu dever, agindo como homem destinado a unir. Yahweh não mora onde há desunião e ira. Exorto-vos a nada praticar em espírito de dissenção, mas unicamente de acordo com a Boa Nova.

"Yeshua é a porta para o Pai, pela qual entraram Abraão, Isaac, Jacó, os profetas, os apóstolos e os discípulos que doaram suas vidas pelo Mestre de Nazareth. Tudo isto nos leva a compreender o Deus Amor que foi apresentado por nosso Amado Messias.

"Procuremos Yeshua como fonte perene de vida em abundância e cuidemos em não permitir os desvios desnecessários, pois pelas pegadas do mestre encontraremos e estaremos com Yahweh.

"Amados irmãos, diante de tudo isto que vos falei, acrescento que pelas nossas escolhas nos candidatamos a nos tornarmos filhos da luz da verdade. Para alcançar esse objetivo precisamos unir nossos propósitos em face da Boa Nova, mantendo o máximo zelo para com todo o seu conteúdo, aplicando nossos esforços diários para fugirmos das más doutrinas.

"Muitos lobos aparentemente dignos de fé buscam lugar entre nós, mas visam imiscuir situações e interpretações que não guardam relação com o pensamento libertador do Mestre Galileu e ora representam a erva daninha que o Mestre não cultivou, por ainda não serem da plantação de Yahweh.

"Não vos deixeis iludir, meus irmãos. Se alguém seguir um desses cismáticos, não herdará o reino de Yahweh. Se alguém se guiar por doutrina alheia, não se conformará com o sacrifício de Yeshua e não poderá ir até Yahweh.

"Meus irmãos, transbordo, neste instante, de alegria, por ver esta reunião com tantos valorosos trabalhadores da Vinha do Senhor. Em meu júbilo, procuro o caminho que nos una mais, transformando-nos, de maneira segura, em herdeiros da nova fé e continuadores dos seus mais puros predicados.

"Em qualquer circunstância negativa e infeliz que porventura formos surpreendidos na existência, já sabemos que para encontrar o equilíbrio e a paz, precisaremos buscar refúgio na mensagem luminosa de nosso Messias, que é a mensagem enviada diretamente por Yahweh. Não digo, com isto, que devamos desprezar os profetas, porque eles foram anunciadores do Mestre e da Mensagem. Eles O esperavam, O aguardavam e foram aprovados pelos testemunhos dados por Yeshua.

"Somos todos membros de um Núcleo cristão central que se espraia pela Terra. A todos nós e àqueles que já ofertaram suas vidas pela nova fé, Yeshua confiou as excelências da Sua revelação e nos exortou a não praticarmos dissenção, mas sim a agirmos em conformidade com a lei de Yahweh, observando seus ensinamentos.

"Já ouvistes alguns dizerem que temos que dar preferência aos documentos antigos e que se não fizermos dessa maneira, cometeremos anátema e praticaremos heresia em razão da Boa Nova. Ora, para nós, os documentos antigos se traduzem na mensagem de Yeshua, verdadeira documentação inviolável, e também se constituem na cruz da sua vil morte física e, acima de tudo, na sua ressurreição gloriosa.

"O Núcleo de Antioquia está em paz. Convém, portanto, que vós, como Núcleos de Yahweh e de Yeshua, escolhais um diákono para presidir a embaixada de Yahweh e glorificar seu nome. Felicito em Yeshua aquele que for achado digno desse ministério, porque receberá a glória de Yahweh como galardão."

Após breve pausa, Inácio calou-se e tomou o assento.

Todos os que ali estavam, tudo ouviram com serenidade. O silêncio que se fazia no ambiente era próprio a prenunciar a presença espiritual de Entidades Venerandas, entre elas os apóstolos Pedro e Paulo, o Governador Acádio, Estêvão e o irmão Barnabé.

A seguir, quebrando o silêncio, Silas levantou-se e iniciou a falar.

– Caros irmãos de fé em Yeshua! Após ter ouvido nosso irmão Inácio, confesso que fiquei muito feliz. Essa felicidade se explica facilmente, a meu ver.

"Todos aqui sabem do apreço, carinho e até veneração que nutri e dediquei ao irmão e amigo, inesquecível para mim, Paulo de Tarso. Quando da maravilhosa oportunidade que tive de andar pelos caminhos íngremes e acidentados de lugares distantes e desconhecidos, nas viagens, nas pregações, foi mesmo na segunda viagem missionária do Cireneu, que a ele me ajuntei, em que, confesso-vos, se porventura eu tinha alguma dúvida sobre a grandeza e divindade de Yeshua, elas se dissiparam completamente.

"Pude, ao longo da convivência com o amado amigo, conhecer um Messias jamais inteiramente suspeitado e que o gigante das lutas pela divulgação da Sua mensagem mostrou-me com uma profundidade espantosa, não somente por palavras, porque palavras o vento leva, mas pelos mais profundos sentimentos e exemplos que nossa imaculada convivência permitiu-me o Yeshua da verdadeira libertação, da paz interior, do amor incondicional e em pleno movimento, transparente, o irmão divino, rico de fraternidade e de compaixão.

"Muitos foram os diálogos que trocamos, buscando o aprimoramento da tarefa de divulgação dos ensinamentos do Mestre de Nazareth.

"Lembro-me bem de certo dia, na cidade de Tessalônica, quando estávamos hospedados na casa de um amigo de nome Jason, ocasião em que o amado Paulo, com feição um tanto preocupada, como se buscasse desatrelar-se de fardo muito pesado, apresentou-me grave questão que se resumia na dúvida atroz que ele carregava e que se traduzia em uma pergunta que ele se fazia, a respeito da divulgação da Boa Nova, consubstanciada no seguinte: A tarefa dele era falar às ovelhas da Casa de Israel ou aos gentios?

"Também me lembro que opinei a ele que no meu modo de ver a situação, Yeshua o tinha escolhido para espalhar os seus ensinamentos a todas as gentes, o que não impedia que ele falasse das excelências da Boa Nova aos judeus tradicionalmente apegados à Lei Antiga, mas que isso não fosse o seu objetivo principal, e assim procedesse quando houvesse possibilidades naturais.

"Fiquei imensamente feliz com aquele nosso diálogo, porque o amigo de Yeshua passou a assim agir, desde então.

"Ante essas lembranças, que me são muito caras, amados irmãos que compõem esta augusta assembleia, hoje podemos aquilatar o acerto da ação do Cireneu, pela obra maravilhosa que ele construiu e, sem sombra de dúvida, devemos a ele estarmos reunidos aqui em Antioquia da Síria neste instante, para nossas conversações e entendimentos que julgo indispensáveis para o crescimento da divulgação da Nova Fé.

"Por que lhes falei isso?

"Respondo: Porque vejo na ação corajosa de nosso irmão Inácio, como que o revigoramento das ações do Cireneu de Tarso, visando proteger a sã doutrina de Yeshua.

"Assim me expresso porque não é novidade para todos nós que aqui estamos, das mais diferentes cidades, quanto aos ataques que a Doutrina do Mestre tem sofrido em toda parte, como se os seus maravilhosos ensinamentos fossem desagregadores e, portanto, causadores de divisões.

"Não, em absoluto! Não são os ensinamentos da Boa Nova que causam divisões, dissenções e separações, ao contrário, os que professam a fé antiga, pouco ou nada se entenderam e se entendem até os nossos dias, daí terem surgido várias correntes de interpretação, cada uma visando manter supremacia sobre a outra, acabando por se transformarem em crentes obscurecidos, pois, imaginando deter a luz do conhecimento, são verdadeiros cegos à verdade.

"Ante o que ouvimos de nosso Inácio, imagino que precisamos todos firmar posição nesta assembleia, transformando a mesma no ponto principal de tomada de posição em defesa da Boa Nova, a não permitir que ela seja desfigurada e se transforme em letra morta em futuro não distante.

"Adianto a todos – e em especial aos nossos amigos da alma, Inácio e João, que reverencio como sublime orientador – falando pelos Núcleos de Corinto e de Tessalônica, pelos quais estou investido de autoridade, que aprovamos todas as propostas de nosso Inácio. Espero que todos cheguemos a um consenso para que preservemos, sob todas as hipóteses, a simplicidade e pureza dos extraordinários ensinamentos de nosso adorado Yeshua."

Silas calou-se e lançando o olhar para todos, tomou acento em seu lugar.

Inácio ia anunciar que a palavra estava livre a quem dela quisesse fazer uso, quando, antes, Timóteo levantou-se e iniciou a falar.

– Irmãos em Yeshua, é em nome de nosso alcandorado Messias que saúdo a todos, e com a permissão dos irmãos, em especial de nosso João, que foi companheiro de lutas de nosso Mestre, e de Inácio, nosso anfitrião, que como eu, gozamos dos arroubos de sermos um tanto mais jovens e, portanto, fiéis aprendizes de todos os que aqui se encontram nesta valiosa assembleia.

"Cada um de nós já possui uma experiência a contar, que marcou sua existência. A experiência feliz que gerou-me extraordinário aprendizado, marcando minha existência – grande parte dos irmãos aqui reunidos já sabem – foi minha convivência com o amado discípulo de Yeshua, o amigo e irmão Paulo de Tarso.

"A ele rendo graças pela oportunidade concedida de fixar-me no trabalho em prol da divulgação da Boa Nova, no Núcleo de Éfeso, onde continuei aprendendo com os conselheiros mais velhos e sábios, inclusive com nosso amado João, a quem devo muito reconhecimento, em razão do aprendizado constante.

"Gostaria de dizer aos irmãos que convivi com Paulo e com João, e isto me constituiu dádiva inimaginável. Da convivência, dos diálogos e do aprendizado constante com Paulo de Tarso, muitas orientações não mais me saem da lembrança, pois estão de tal forma impregnadas em meu espírito que já não vivo sem elas.

"Ainda ressoa em meus ouvidos a narrativa do Cireneu de Tarso, feita em minha residência, em Listra, durante a primeira viagem missionária que ele fez, e quando pude também conhecer seu companheiro Barnabé, que se me tornou também um grande amigo. Naquela noite inesquecível – porque eles tinham chegado no final da tarde – após cearmos, ele nos reuniu, a mim, minha mãe Eunice e minha avó Loide, juntamente com Barnabé, e falou-nos com incomum encantamento sobre a maravilhosa experiência da aparição de Yeshua a ele às portas da cidade de Damasco, na Síria.

"Narrou, na ocasião, que além de ter perguntado a ele por que O perseguia e ter dito que ele não devia recalcitrar contra os aguilhões, Yeshua também lhe dissera: *'Levanta-te e põe-te de pé, pois eu te apareci para te fazer ministro e testemunha das coisas que viste e de outras para as quais hei de manifestar-me a ti'.*

"Essa revelação do amigo de Tarso tem-me acompanhado a existência, e por muitas vezes peguei-me questionando: Como poderia ter sido daquela forma, ou seja, como um perseguidor, por vezes insano, como Paulo, poderia, de repente, se tornar ministro e testemunha de Yeshua, quando havia por certo muitas outras criaturas que já O serviam? Não teria sido mais fácil que o Mestre escolhesse alguém que tinha se aninhado em Seu coração, como nosso João, por exemplo?

"Eu era muito jovem para compreender ou mesmo para analisar outros pontos da questão.

"Quando da segunda viagem do Cireneu, invadiu-me enorme alegria pela sua hospedagem novamente em minha casa, e esse fato foi muito significativo, pois o Paulo que revi era muito diferente do Paulo que eu havia conhecido na primeira viagem, eis que demonstrava uma segurança não vista na primeira ocasião.

"Percebi que naquela ocasião ele trazia no seu olhar um brilho que eu não havia visto quando de sua primeira visita, além do que, já mostrava as faces marcadas pelas intempéries, a demonstrar as dificuldades, as agruras, as perseguições, os vis ataques da incompreensão de que muitas vezes fora vítima até ali.

"Emocionei-me sobremaneira quando, certo dia, antes de recolher-me ao leito, o surpreendi, na área de fora de nossa casa, e ao ver-me, embora disfarçado pela luz de maravilhoso luar, não pude deixar de ver as suas faces banhadas pelas lágrimas, que eram abundantes.

"Fiquei em silêncio. Nada lhe perguntei, nada falei, até porque muito jovem, as asas do respeito me impediam de assim proceder. Entretanto, sem que eu nada falasse e como que a me responder – estávamos debaixo de árvore copada que meu pai, que havia falecido, plantara – o inesquecível Cireneu assim me falou:

"*Bom menino Timóteo, não te espantes por me ver chorar.*

Francisco Ferraz Batista

"A tradição de nosso povo pouco compreende que os homens chorem. Assim agem porque ainda não entenderam que as lágrimas são amigas e bálsamos da dor, como são amigas da felicidade que nesta terra é ainda fugidia e passageira.

"Tenho chorado muitas vezes, porque as lembranças são como pássaros que vão e vêm e que também fazem rasantes em nossa alma e a cada rasante aperta-se o cerco ao nosso coração, nos deixando eufóricos ou alegres, ou acabrunhados e tristes.

"Hoje, neste instante, eu estava lembrando de minha amada mãe e do meu amado pai terrenos. São lembranças carregadas de emoção.

"Por minha mãe, querido Timóteo, sempre tive completa veneração.

"Eu saí da casa de meus pais muito cedo, após completar doze anos, quando fui encaminhado para a escola rabínica do Sanhedrin, em Jerusalém, e após isto minha convivência com eles foi pouca, porque se dava quando ia visitá-los ao final de cada ano e com eles podia conviver uns quarenta dias.

"Apesar disto, como não lembrar de minha mãe? Ela, que me foi o arrimo total na infância, me ensinava os primeiros passos na lei de Moshe. Sempre continuou sendo o anjo dos meus dias. Quando da minha última estada na casa de meu pai, minha mãe já havia entregue sua alma a Yahweh, e isto para mim foi um duro golpe, que me amorteceu na saudade que ora ainda me aperta o coração.

Testemunho pelo Cristo

"*Depois, Timóteo, a lembrança do último triste diálogo com meu pai, também sempre me tem confrangido a alma. Ver na minha memória o seu semblante de decepção para comigo é uma imagem que carregarei tempos afora. Ao me expulsar da sua, que era nossa casa, ele pareceu-me sofrer por um ponto muito, mas muito pequeno, talvez: o abandono de que nosso Mestre foi vítima, de tudo e de todos, excetuando a companhia das mulheres que o acompanharam até o final do dia fatídico e, como soube, de João, o jovem discípulo, que se traduz hoje em um grande amigo de minha alma dorida.*

"*Mas hoje, bom rapaz, percebo que o amor a Yeshua vai muito além de simples palavras que articulamos às vezes sem sentir a razão, o motivo e o objetivo.*

"*Diante deste céu de mundos que ao olhar me deslumbro a cada dia mais, uma certeza inabalável tem movido o meu ser, e quero dividi-la contigo, neste momento, e espero que um dia te sirva de lembrança em alguma situação de tua existência: 'Aqueles que têm a oportunidade de conhecer Yeshua e sua doutrina e que experimentam vivê-la, nunca mais serão as mesmas pessoas, pois se convencerão de que sobre Sua doutrina não se admite tergiversações, e muito menos confusão ou misturas quaisquer.'*

"*Essa visão, Timóteo, exigirá daqueles que se arvorarem em divulgadores ou defensores dos seus ensinamentos, a firmeza de decisões e o cuidado para que não se permitam as indevidas intromissões no bojo da Boa Nova.*

"*Nesses momentos, porém, agir na defesa dos postulados de Yeshua não exigirá somente falácias, mas sim, esfor-*

ços que serão cada vez maiores, sacrifícios soezes, que poderão deixar-nos marcas profundas na alma.

"Assim, quando, futuramente, estiveres no ministério da divulgação dos ensinos do Mestre, para o qual pretendo convidar-te a seguir-me, em qualquer época ou circunstância de tua vida, não esqueças disto, e quando fores chamado a decidir ou a te posicionares sobre por qual lado deves optar ou qual estrada deves seguir, toma Yeshua por guia infalível, segue a estrada que Ele apontou e continua a apontar.

"Lembro-me, ainda, que enquanto Paulo me falava tudo isso, continuava a deixar descerem lágrimas que teimavam em não desaparecer das suas faces.

"Então, queridos irmãos de todos os lugares, que aqui estais, que são lugares de Yahweh, vos afirmo que sob o peso e estigma destas lembranças que sempre me sulcam a alma, com as fibras mais sutis da emoção, tenho pautado minhas decisões e ações no que se refere à tarefa de divulgação da Boa Nova.

"Tomei a liberdade de vos narrar tudo isto, nesta abençoada reunião, para que sob o estigma da interpretação do que podeis ter tido a oportunidade de ouvir, é que vos digo, em meu nome e em nome do Núcleo de Éfeso, que aqui estou para apoiar as ideias e propostas de nosso Inácio, a quem conheço desde sua infância e em quem vejo lampejos profundos de nosso amado Cireneu, pelo seu conhecimento, pela sua garra, pela sua dedicação e por entregar a sua juventude, a sua vida em favor da Doutrina de Yeshua, sem recuos e com muita coragem, e que sei estar muito preocupado com a unidade de todos os

Núcleos e com a divulgação séria e límpida da mensagem do Mestre Nazareno.

"Espero sinceramente que logo mais haveremos de chegar a bom termo e que encontraremos solução ideal e pacífica para nossas eventuais diferenças, sempre procurando viver Yeshua em todas as nossas ações.

"Agradeço a todos e oferto-me, em serviço, a Yeshua."

Timóteo, sob o peso da emotividade, quando finalizava sua fala, começara a chorar. Seu olhar vago e direcionado ao fundo do recinto, parecia ver alguma coisa que os demais não viam.

De fato, ao fundo da sala, se encontravam presentes o Cireneu de Tarso, Estêvão, Pedro, Barnabé e o Governador Acádio, agora com a presença de Abigail, que assistiam à reunião. Sorridentes, ofertaram energias de bondade e refazimento àquela augusta reunião, o que faziam em seu próprio nome, mas principalmente em nome de Yeshua.

A manifestação de Timóteo era extremamente apropriada às intenções que eram cultivadas por Inácio, que também emocionado ante as colocações do amigo, sentia no íntimo uma força como a lhe impelir para frente.

Tito, o líder do Núcleo de Creta, pediu a palavra, que lhe foi concedida. Então disse:

– Caros irmãos do caminho, também saúdo a todos em nome de nosso Messias.

"Como nosso irmão Inácio e nosso irmão Timóteo, somos, os três, os mais jovens desta assembleia e também como eles, sou um aprendiz. Igual a Timóteo e a Inácio, pude também conviver com o amigo e irmão Paulo de Tarso.

"Bem sei que o objetivo desta reunião não é o de ficarmos desfilando pontos de nossa convivência com o amado Cireneu da Boa Nova, mas, como falou nosso Timóteo, penso que, em relação aos assuntos que estamos tratando, a lembrança das orientações que recebemos dele têm o condão de nos ser muito útil aos debates.

"De antemão, lembro que quanto à questão de circuncisão dos gentios, ele certa vez disse-me que Yahweh é o Pai Amoroso que provocou milagres mesmo entre os gentios, sem exigir que eles fossem circuncidados sob a lei de Moshe, e que assim Yahweh testificou e os aceitou em seu coração.

"Desta forma, a mim parece inegável que Yahweh não constituiu diferenças entre os povos, entre as nações, logo, também penso que não se pode exigir dos seguidores de Yeshua que eles sigam o que o Mestre não orientou. Ele respeitava a Lei Antiga, porém, trouxe uma nova mensagem.

"Sob os enfoques deste encontro, como fez lembrar nosso irmão Timóteo, eu também gostaria de deixar algumas lembranças de diálogos maravilhosos e orientações que tive do valoroso amigo de Tarso.

"Paulo me pediu que eu ficasse em Creta, para cuidar do Núcleo e do rebanho lá constituído, e não se cansou de me instruir e incentivar no desenvolvimento de novos líderes dentro do Núcleo, tendo ofertado sugestões para que assim pudesse fazer.

"Houve uma ocasião em que enviou um mensageiro para convidar-me a um encontro com ele em Nicópolis, onde me disse várias coisas. Lembro que nesse dia ele assim falou:

"*Filho querido na fé, a razão de tê-lo deixado em Creta foi para que você pudesse colocar em ordem o que ainda faltava colocar e constituísse presbíteros que pudessem auxiliá-lo. Toma cuidado com aqueles que se apresentam no Núcleo e nas cidades vizinhas anunciando desvios em relação à mensagem de nosso Messias.*

"*Eles afirmam que conhecem Deus, mas por seus atos o negam. São, por isso, detestáveis, desobedientes e desqualificados para qualquer boa obra.*

"*É isso que você deve ensinar, exortando-os e repreendendo-os com toda a autoridade.*

"*Houve tempo em que nós também éramos insensatos e desobedientes. Vivíamos enganados e escravizados por toda espécie de paixões e prazeres. Vivíamos na maldade e na inveja, sendo detestáveis e odiando-nos uns aos outros. Mas quando se manifestaram a bondade e o amor pelos homens, da parte de Yeshua, nosso Salvador, não por causa de atos de justiça por nós praticados, mas devido a Sua misericórdia, Ele nos salvou pelo lavar regenerador e renovador do Espírito divino que derramou sobre nós generosamente.*

"Depois, mesmo distante, recebi dele carta orientadora a respeito de quais as qualificações eu deveria buscar na escolha desses líderes, chegando até a me alertar sobre a reputação daqueles que viviam na ilha de Creta, recomendando que eu tivesse cuidado com os judaizantes, ou seja, aqueles que tentavam adicionar obras estranhas ao dom da graça que produz a salvação.

"Ele advertiu-me contra aqueles que eram enganadores rebeldes, especialmente os que continuavam afirmando que a circuncisão e adesão aos rituais e cerimônias da lei mosaica ainda eram necessárias.

"Em razão dessas considerações, vejo que a melhor maneira para que possamos esclarecer as diferenças de opinião é ter os mal-entendidos dissipados e utilizar o padrão de harmonia em nossas conversações para que o caminho fique claro para todos.

"Por final, gostaria de lembrar a todos que estamos num Núcleo que foi fundado pelo apóstolo Pedro e que albergou os irmãos Paulo e Barnabé, homens que expuseram suas vidas pela mensagem libertadora do Mestre Galileu; que a verdadeira fé sempre nos conclama a aceitarmos o risco de uma vida de dedicação, razão mais do que suficiente para lembrar que em qualquer circunstância ficarei ao lado de Yeshua."

O silêncio antecedia e precedia a todas as manifestações, e se fez instantâneo após a fala de Tito.

Policarpo, que era muito ligado a Inácio, pediu a palavra, que lhe foi consentida e iniciou a dizer:

– Amigos, que Yeshua seja nosso guia permanente.

"Como companheiro de nosso Inácio, tenho convivido mais amiúde com ele, e tenho testemunhado o seu esforço pela preservação da Boa Nova.

"Ao exortar-nos à união com Yahweh através de Yeshua, entendo que nosso Inácio alimenta o desejo ardente de imitar Paulo e o Mestre.

"Precisamos estar unidos para enfrentar o vendaval que tem assolado nossos Núcleos, ainda mais após a destruição do poder central dos judeus do Sanhedrin, com a destruição de Jerusalém.

"Concito todos os irmãos presentes a esta reunião, que nos unamos com laços inquebrantáveis na direção de solidificar a pureza da mensagem do nosso Enviado, não permitindo, a todo custo, sua deterioração.

"Que nosso Yeshua amado nos dê lucidez!"

Dizendo isto, calou-se.

A seguir, Carpo, líder do Núcleo de Trôade, que na reunião também representava o Núcleo da Trácia, solicitou permissão para falar. Inácio concedeu.

Carpo levantou-se e saudou os demais integrantes da reunião.

– Amados companheiros de ideal, Yeshua nos abençoe os propósitos de bem servir.

"Fiquei muito feliz ao poder ouvir as narrativas dos amigos Timóteo e Tito.

"Avoco, neste momento, que não percamos de vista a seriedade dos assuntos a que somos chamados a decidir. Temos todos, no Núcleo de Trôade, encetado intensa luta na divulgação da renovadora mensagem de Yeshua, que vem abalar as estruturas judaizantes da fé.

"Não há como deixar de dizer que também fomos aquinhoados com a convivência amiga, fraterna e instruidora de Paulo de Tarso, e invoco a lembrança de uma de suas posições manifestada em Trôade:

"Irmãos, ontem críamos num Yahweh poderoso a tal ponto de ser mais temido do que amado, não que o poder não seja a sua virtude, mas o poder a nós ensinado era irascível e prepotente, porque era enunciado também como patrimônio de uma raça exclusiva.

"Com o advento do Messias aguardado, toda a estrutura da crença então existente foi abalada.

"Esse abalo não foi sensível e sim profundo, pois estabeleceu um novo patamar de entendimento sobre a Divindade, desfazendo as estruturas da crença autoritária e insensível e edificando em seu lugar as novas estruturas de uma crença erigida no amor do Pai Celeste para com todos os seus filhos.

"Agora não mais se tem que crer sem saber, mas é preciso saber para crer.

"Temos pregado em nossos Núcleos uma nova visão, lúcida, de Yahweh, e não podemos retornar a um passado que negue que Ele seja pai de todos, inclusive dos gentios.

"Não somos contrários aos ditames da Lei Antiga, porém, somos partidários de que Yahweh sempre nos envia novas revelações, o que já é praticado pelos profetas há muito tempo.

"Por essas insuspeitas razões ditas por nosso Cireneu, nós, do Núcleo de Trôade e também da Trácia, não concordamos com o objetivo que já vem sendo praticado em alguns Núcleos, que é o de dar grau de importância superior à Torá, em detrimento dos escritos de Mateus Levi sobre a missão desempenhada por nosso Yeshua na Terra.

"Também não temos aceitado as interferências oportunistas daqueles que teimam em reduzir Yeshua a mais um dos profetas da Torá. Jamais poderemos concordar com essa alusão, que entendemos feita com o propósito de causar confusão, indiferença e esquecimento da Boa Nova.

"Pedimos a todos os presentes a necessária ponderação, para que logo mais saiamos desta assembleia ainda mais fortalecidos na fé, como asseverava o inesquecível amigo da alma, Paulo de Tarso."

Com sensível emoção, Carpo finalizou sua manifestação:

"Agradeço-vos. E que Yeshua nos abençoe a todos."

Inácio, retomando a palavra, disse que em razão do tempo, já poderiam colocar em discussão, para decisão, diversas moções que seriam propostas em relação ao estado atual de divulgação da mensagem de Yeshua e da frequência nos Núcleos e, bem assim, um projeto de união. Entretanto, sob o espírito de fraternidade, Inácio aduziu aos presentes:

– Queridos irmãos. Antes que ultimemos nossa reunião, pondero se há algum representante dos Núcleos que queira utilizar-se da palavra.

Simeão, líder do Núcleo de Jerusalém, solicitou a palavra, que lhe foi de imediato cedida. Então iniciou sua manifestação:

– Irmãos em Yahweh, que o Pai nos abençoe. Julgo importante e necessário fazer alguns esclarecimentos sobre os fundamentos deste nosso encontro ao qual acorremos com o dever de solidariedade entre nossos Núcleos, e dizer que em nosso Núcleo praticamos sim os ensinamentos de Yeshua.

"Pelo que posso antever claramente, existe um ponto central que está sendo motivo de análise e debate nesta reunião. Este ponto é, pelo que ouvi da manifestação de nosso irmão Inácio, a possibilidade de imposição, em alguns Núcleos, notadamente no Núcleo de Jerusalém, da obrigatoriedade de estudo e divulgação da Torá em nossos trabalhos, bem como a intromissão de falsas doutrinas e falsos profetas em nosso meio.

"Evidente que comungo das mesmas preocupações manifestadas pelo irmão Inácio, com exceção apenas da primeira, e, em razão desta minha posição, julgo-me no direito de apresentar minha opinião.

"Para esse fim preciso, resumidamente, quero dizer que desde a fundação do Núcleo de Jerusalém, por nossos inesquecíveis irmãos Pedro, Tiago Maior e Barnabé, a trajetória do Núcleo sempre foi em defesa dos postulados da Boa Nova.

"Entretanto, não é segredo para os irmãos que conhecem a luta em favor de Yeshua, as enormes dificuldades que o Núcleo de Jerusalém enfrentou ao longo de toda a sua existência, pois sempre caminhou espremido por uma estrada estreita, com os judeus e o Sanhedrin de um lado, e de outro, Roma.

"Por essa situação, é bem verdade que muitos os que frequentavam nosso Núcleo haveriam de sugerir convivência amistosa com essas duas autoridades, sob pena de o Núcleo já ter sido extinto há muito tempo ou desde o seu nascedouro, pelas intrigas judaicas ou pela força romana.

"Além disso, muitos outros embates se deram, e um dos que mais ofertou análise acurada foi o fator da necessidade ou não da circuncisão dos gentios que se convertessem ao Cristianismo, tudo isto relatado por aqueles que nos antecederam e que sacrificaram suas vidas pelo Mestre Yeshua.

"De nossa parte, quando assumimos a direção do Núcleo, após a morte vil de nosso irmão Tiago Menor, o Justo, pela brutalidade e sanha cruel de Roma, procuramos manter esse quadro de boa convivência sob o peso de se assim não fosse, já termos sido eliminados há tempo, porém, nem por isso deixamos de divulgar os ensinamentos de Yeshua.

"Nesse aluvião de coisas, é profundamente natural que os irmãos judeus que se converteram e têm se convertido à nossa crença, que denominamos Boa Nova, cheguem em grande número para o nosso Núcleo, principalmente após a queda de Jerusalém, e que tragam com eles as tradições da Lei Antiga arraigadas em suas almas, da prática do estudo e debates da Torá, porque o argumento deles, que entendo não estar incorreto, é que tudo começou na Torá: os profetas, os anunciadores do Messias, a própria presença do Libertador, está tudo na Torá, razão pela qual os fundamentos da Boa Nova estão todos eles na Torá, e sendo a Torá o ensino principal, em primeiro lugar temos que estudá-la para vivê-la, sobretudo porque não existe Yeshua sem a Torá.

"Dessa maneira, pondero que tenhamos muito cuidado sobre o que iremos decidir, para que não deixemos a doutrina de Yeshua sem a escora, sem o fundamento necessário, pelo que concito todos a apurada análise quanto às propostas que forem apresentadas nesta assembleia.

"Não tenho mais outro argumento qualquer, e já sabeis agora a minha posição, que é a posição de nosso Núcleo de Jerusalém, atualmente. Agradeço a todos e os recomendo a Yahweh."

Simeão calou-se.

Inácio indagou dos demais irmãos se alguém que ainda não falara queria fazer uso da palavra. Como não houve manifestação, continuou:

– Amados irmãos, agradeço a todos os que trouxeram suas considerações.

"Como organizador desta reunião, avoco a autoridade moral de nosso amado João e propomos, em nome do Núcleo de Antioquia da Síria e também de Éfeso, sob a concessão de nosso irmão Timóteo, as sugestões que entendemos indispensáveis e necessárias a todos os nossos Núcleos, em razão do momento, e que se traduzem nas seguintes:

"Propomos a escolha de um *Episcopus* (Bispo) para todos os Núcleos cristãos, sobre quem deverão ficar centradas as decisões finais em matéria de fé e divulgação, devendo ser ele a figura principal do Núcleo, cuja escolha, penso, deva recair no mais sábio e experiente.

"Propomos a escolha de um *Diákono*, que deverá assessorar o Episcopus e lhe ser imediato e servidor.

"Com isso, penso que devemos estabelecer firme hierarquia em nossos Núcleos de trabalho, evitando-se o descompasso de decisões dúbias e conflitantes, em desfavor do Núcleo e da divulgação da Boa Nova.

"Propomos que as questões internas, porventura conflitantes, e que gerem nos Núcleos dificuldades que precisem ser sanadas através de consultas e, portanto, submetidas a um Núcleo Central para apreciação e deliberação, não mais sejam encaminhadas para o Núcleo de Jerusalém. Isto propomos em razão de visível enfraquecimento desse Núcleo, eis que já faz dois anos que Jerusalém foi arrasada por Roma e o Templo dos judeus destruído, tendo de lá para cá havido uma verdadeira enxurrada de judeus como frequentadores do Núcleo, o que tem enfraquecido a capacidade de organização dos irmãos desse Núcleo, apesar dos seus enormes esforços, dentre eles o esforço extraordinário do irmão Simeão, aqui presente, e seus pares.

"Por essa forma, até pela augusta presença de João, que tem se dividido entre Éfeso e Antioquia da Síria, propomos que nosso Núcleo de Antioquia, que os recebe neste dia, com gratidão, seja a partir de hoje considerado o Núcleo Cristão Central e, em grau segundo, o Núcleo de Éfeso.

"Em razão da necessidade de urgente preservação dos lídimos ensinamentos de Yeshua, propomos que a Torá seja abolida de todos os Núcleos cristãos, para que não sejamos enganados por fábulas antigas, pois se continuarmos a viver conforme a lei judaica, estaremos confessando que não recebemos a graça de Yeshua.

"Propomos que não devamos mais observar o Shabat, e que, ao invés disto, adoremos Yeshua em nossas orações no dia de domingo, para que a nossa vida floresça n'Ele, através do seu sacrifício por toda a Humanidade, desapegando-se da imposição judaica de nada fazer no Shabat, nem que seja o bem.

"Lembro que nosso irmão Lucas já tinha sugerido, o que foi aceito por Paulo de Tarso e pelas comunidades, que chamássemos nosso Yeshua de Christo, e todos nós que professamos os seus ensinamentos, de cristãos.

Em atitude que julgo importantíssima para darmos uma definição além da já utilizada como sendo a Boa Nova, propomos que daqui por diante denominemos os ensinamentos de Yeshua, o Christo, como sendo o Cristianismo.

"Por final, propomos que não mais deve haver reunião de concílio entre os cristãos em Jerusalém, mas somente em Antioquia da Síria.

"Ainda, por final, gostaria de recomendar a todos os presentes que para decidirmos essas graves questões, o façamos sem qualquer sentimento de vaidade, egoísmo ou orgulho, ou com outra finalidade qualquer que não seja a da preservação da Doutrina de Yeshua."

Inácio calou-se.

Havia uma grande expectativa em toda a plateia. Alguns membros dos Núcleos passaram a cochichar, outros a buscar conversas. Simeão bar Cleófas, do Núcleo de Jerusalém, demonstrava serenidade, ao passo que seu companheiro Justus visivelmente demonstrava certo desconforto.

Quebrando novamente o meio silêncio que se fizera, Inácio falou:

– Irmãos, vamos suspender a reunião por algum tempo, para que haja a necessária troca de conversação entre todos. Logo mais a retomaremos para nossa decisão final.

Todos se levantaram e se puseram a conversar entre si, estabelecendo diálogos sobre todas as propostas.

Algum tempo depois, Inácio reiniciou a reunião.

Todos estavam circunspectos. O silêncio nem precisou ser solicitado.

Ninguém ousava falar, em razão da gravidade daquele momento, que se mostraria crucial na história do Cristianismo. Ressalvando-se as devidas proporções em comparação à tarefa inigualável de Paulo, representaria também passo decisivo a permitir, ao menos por aquele tempo, um maior cuidado e zelo pela Doutrina do Mestre.

Foi João que interrompeu o mutismo de todos, inclusive de Inácio. Levantou-se e dirigindo-se mais à frente disse:

– Amados irmãos e amigos em Yeshua!

"Invoco a felicidade que senti e sinto perene em minha alma, por ter convivido, amado, sentido e apreendido com o Divino Enviado de Yahweh.

"Revelo-vos, neste momento, que entendo importantíssimo para a preservação da unidade da Nova Fé, que o plano de nosso amado Mestre, desde o começo de sua missão, era o de vencer o mundo, não pela força, mas unicamente pelo amor. É o amor entre nós que deve prevalecer, seja qual for a decisão que tomemos.

"Tendo amado a todos os seus discípulos, e mesmo todos os que estavam no mundo, Yeshua os amou até o fim e continua a amar.

"Por esse modo, irmãos, o Mestre, que fez do seu verbo a plena vivência do amor de Yahweh, dobrou os

Testemunho pelo Cristo

seus joelhos e permitiu que o peso dos pecados do mundo fosse aliviado, para que todos nós nos liberássemos dos erros e tivéssemos a oportunidade de acordar do sono letárgico do egoísmo e do orgulho avassaladores e impedidores do voo de nossa alma na direção da luz divina, e, para nos ajudar a vencer o mundo, disse-nos que o fardo d'Ele é leve e o jugo d'Ele é suave.

"Yeshua, irmãos, é nosso abrigo e nosso refúgio, e mesmo quando achamos que Ele não esteja por perto, o certo é que Ele estará sempre a uma distância alcançável. Está conosco e sabe de todas as coisas que estão por vir.

"Ele é o consolo dos fracos e dos humildes e está presente nos momentos de alegria como da mais profunda tristeza, pois seus braços são fortes o suficiente para nos manter fortes.

"Ante os debates e proposições de nosso Inácio, nós queríamos lembrar de tudo isto que vos falamos, e registrar, sob o prisma de minha consciência, que o que Yeshua nos propõe única e simplesmente é segui-lo até Yahweh, por isso nos disse que Ele é o Caminho, a Verdade e a Vida e que para irmos à Casa do Pai, somente conseguiremos fazê-lo através d'Ele.

"Por isto, irmãos, em seus ensinamentos propõe-nos uma transformação radical em nossas vidas, na maneira como pensamos e na maneira como vivemos.

"Neste instante, apelo para vossas consciências, sobre o passo decisivo que deveis tomar logo mais. É certo de Yeshua nos disse para vivermos atentos aos rigores da lei, contudo Ele não se referiu à lei que manda odiar o inimigo e combatê-lo, pois nisto estaria clara uma intromissão humana na lei divina.

"A lei que Ele sugere é a Lei de Amor, que é para todos, indistintamente.

"Então me pergunto: Como poderemos viver nessa demanda impossível? De um lado, o olho por olho, o dente por dente, e de outro, a prática do amor sem esperar retribuição; a prática da caridade que não deve ser ignorada?

"Entendo também que a escolha para dirimir essa demanda deve ser feita agora, ao opinarmos para decidir acerca das proposições apresentadas, pois vejo e acompanho os graves desvios que se estão fazendo em face da Boa Nova. Não há como aceitar as indesejáveis adulterações que se propõem à mensagem do Cristo.

"Por amor a Yeshua e a seus ensinamentos – confesso que deles tenho feito anotações, à minha maneira – lembro, com alegria no coração, do dia em que Ele, na casa dos amigos Lázaro, Marta e Maria, chamou-me e falou:

"João, você ainda me ama? Você depositará toda a sua vida na fenda da rocha e deixará que lá Eu seja o seu abrigo? O vento ainda açoitará e a noite ainda será escura, mas Eu, nunca, jamais o deixarei. Esta é a minha promessa para você, e até que consiga chegar em sua casa, Eu a serei. Serei o seu abrigo.

"Jamais esqueci e jamais esquecerei desse momento. Todos os dias de minha vida renovo sempre meu preito de amor ao Mestre e sei que escolhi viver por Ele e por Yahweh, pois sei que vale a pena.

"Então, amados irmãos, é movido por esses sentimentos, por essa certeza, que eu penso e manifesto minha concordância com as proposições de nosso estimado filho adotivo Inácio, a quem desde pequeno amei e amo, com as fibras de pai da alma.

"Rogo que em vossas análises tomeis por final a certeza de que devemos manter a unidade da Boa Nova tal como nos ofertou Yeshua e como manteve nosso inesquecível Paulo de Tarso. Por esta razão, entendo que também em nossas mãos está o futuro dessa crença nova, que veio minar pela base as velhas estruturas do passado.

"Erguei a vossa fronte, porque sobre ela está para ser colocada a coroa da Nova Fé.

"Ele retornou à Casa de Yahweh e assim fez para preparar-nos o lugar. Esta é a gloriosa dádiva do Seu Evangelho de Amor.

"Sirvamo-Lo com coragem, com dedicação, e não permitamos que seus ensinamentos sejam modificados ao prazer de um reino de facilidades que não existe.

"Que Ele nos abençoe e inspire."

Quando o apóstolo João finalizou sua fala, trazia os olhos banhados pelas lágrimas de saudade. Enquanto falava, revia na sua mente vários momentos e passagens de sua convivência com o Messias Inesquecível, lembranças que lhe produziam alta carga de emotividade.

Não havia no ambiente quem não estivesse sensibilizado.

Os presentes, em poucos instantes, passaram a sentir maravilhoso perfume, a lembrar as flores das encostas do monte onde o Sublime Nazareno declamava o hino da esperança, quando falou das bem-aventuranças.

Se entre os presentes na reunião, no campo físico, a alegria experimentava júbilo, ainda mais na esfera espiritual, ante a presença, no recinto, dos amigos de Yeshua.

Após mais algum tempo, em que os membros daquela assembleia bebiam o licor que lhes produzia sentimentos de otimismo, paz e renovadas forças para continuarem lutando pelo Cristo, Inácio reiniciou a falar:

– Amigos do coração. Regozijo-me ante a manifestação de nosso irmão João, que representa para mim muito mais do que um pai, com quem convivi desde meus oito anos de idade e que me preparou para a vida, ensinando-me a descobrir o caminho na direção de Yeshua, sempre me alertando que viver pelo Messias exige muitos sacrifícios, mas que a recompensa para quem assim age é inimaginável. Recordo que ele sempre me falou que o Mestre foi para a Casa do Pai, para nos preparar o lugar.

"Muitos que serviram diretamente nosso amado Messias já retornaram aos Céus, e tenho absoluta certeza do que aprendi com o amado João e a amada Maria de Nazareth: que eles já estão integrados ao grande contingente de Espíritos que se dedicam em trabalhar pelo progresso da Boa Nova na Terra.

Testemunho pelo Cristo

"Como eles estão integrados a esse trabalho divino, também nutro a certeza de que contam com todos nós para que, ajuntando-nos a eles, pelos nossos esforços, contribuamos para a afirmação cada vez maior dos ensinamentos de Yeshua neste mundo.

"Por isto aqui estamos para tomar as decisões que nos permitam levar adiante nossos compromissos assumidos com o Cristo; para que Sua mensagem libertadora penetre nos lares, no âmago das famílias, no coração dos religiosos e na mente dos poderosos, nos corredores da descrença, nos desfiladeiros da indiferença, nos altos e nas baixadas, nos locais de dor e de saudade, de fome e desespero, de solidão e de amargura, na direção dos que sofrem os mais variados desequilíbrios da alma, eis que Ele veio para todos os que de alguma forma se acham adoentados do corpo e da alma, para ofertar-lhes a ajuda e o amparo necessários e apontar a todos o rumo da Casa do Pai Celestial.

"Repousa sobre nossos ombros a grave responsabilidade de cuidar, zelar e pregar a mensagem que Ele nos legou e levá-la ao conhecimento de todas as criaturas, para que ela possa ir abrasando a Terra.

"Com estas palavras, pedimos a Yeshua, nosso Mestre, e a todas as almas daqueles que já retornaram para as Moradas do Pai Celestial, notadamente aos nossos venerandos Simão bar Jonas e Paulo de Tarso, como pedimos também à amada e inesquecível Maria de Nazareth, a proteção e bênçãos a todos os presentes, ao colocar em votação as proposições que trouxemos.

"Faço antes uma comunicação indispensável. Como há Núcleos que enviaram mais de um representante, apenas o líder principal terá direito a votar, e aqueles que representarem mais do que um Núcleo, farão uma observação a respeito dos votos.

"Desse modo, peço que aqueles que forem favoráveis a todas as proposições apresentadas, levantem uma das mãos, alertando que os que não concordarem e não aprovarem, aguardem para suas manifestações posteriores, se desejarem fazer uso da palavra."

Inácio calou-se.

Todos os membros da reunião, inclusive Simeão, pelo Núcleo de Jerusalém, levantaram as mãos. As proposições foram aprovadas por unanimidade.

Começaria ali o retorno dos Núcleos ao cumprimento das recomendações do Apóstolo dos Gentios:

- A escolha de um *Episcopus* (Bispo) e de um *Diákono* para todos os Núcleos cristãos;

- A definição do Núcleo de Antioquia da Síria como o Núcleo Cristão Central e, em grau segundo, o Núcleo de Éfeso;

- O estabelecimento de maior vigilância em favor da Boa Nova;

- A abolição do estudo da Torá de todos os Núcleos Cristãos;

- A observância do domingo para a adoração, em vez do Shabat;

- Adoção do nome Christo para Yeshua e de cristãos para os profitentes da Doutrina do Christo, além do termo Cristianismo para a nova doutrina.

- Não mais deve haver reunião de concílio entre os cristãos em Jerusalém, mas somente em Antioquia da Síria.

A mensagem de Yeshua recebia o considerável reforço da união entre os Núcleos. Os sorrisos de Inácio, Timóteo e principalmente do apóstolo João eram contagiantes. Todos estavam alegres e com espírito renovado para continuarem servindo a Yeshua.

Pedro, Paulo, Estêvão, Barnabé, Abigail e o Governador da Cidade da Fé, Acádio, no outro plano da vida, também sorriam de satisfação pelo desfecho da reunião.

Já se fazia alta noite. Após os abraços de felicitações mútuas, Inácio agradeceu a presença e a atenção de todos e gentilmente solicitou a Silas, que fizera os registros escritos da reunião, fizesse a prece encerrando as atividades.

O manto do silêncio caiu sobre todos. Silas, caminhando à frente, iniciou a orar:

– *Amado e inesquecível Yeshua! Aqui estamos recorrendo à fonte de tua bondade e também à fonte da misericórdia de Yahweh.*

"Buscamos sarar nossas paixões e vícios e tornar-nos mais fortes e mais vigilantes em relação à Tua inigualável mensagem de Amor.

"Conhecemos os inimigos, que se vestem com os paramentos do orgulho, do egoísmo e da vaidade, verdadeiros instrumentos da soberba e que procuram macular Tuas sublimes orientações.

"Que possamos estar sempre iluminados pela Tua luz, e saibamos anulá-los, nos apartar e desviar deles o quanto mais, resistindo as suas investidas.

"Guia-nos, sempre, pelos conselhos das pessoas prudentes, para que possamos colocar de lado a ansiedade e os pensamentos negativos, porque são obstáculos à graça de Yahweh que matam a piedade.

"Auxilia-nos a não sermos vagarosos nem apressados, mas a caminharmos com confiança e paz, pelos caminhos que nos tens traçado, que levam a um só lugar, a Casa de nosso Pai.

"Dulcíssimo Yeshua, que delícias hão de inundar a alma fiel admitida em Teu banquete, onde se derramará Tua doce presença a nos ofertar as recompensas dos céus.

"Recebe, oh! Amado Yeshua, nossos desejos de louvar-Te e à Tua libertadora mensagem e sempre nos bendizer pela Tua inefável grandeza.

"Aparta de nossos corações toda indignação e disputa e tudo quando possa ferir a caridade e diminuir o amor ao nosso próximo.

"Tu estás em nós, e nós estamos em Ti. Faze pelo Teu amor infinito, que permaneçamos unidos na Tua Vinha e sempre possamos receber e ouvir as Tuas sublimes orientações.

"Abençoa estes Teus servidores, que lutamos para nos tornarmos teus amigos, sempre! Assim seja".

Os componentes da assembleia não podiam ver, porém o teto da construção se abrira e verdadeira chuva de flores de tonalidades variadas com perfume maravilhoso caíam sobre todos. No centro da sala, intensa luz se fez, e o Espírito de Paulo de Tarso estendia as mãos na direção de todos como que a direcionar os raios que da luz saíam.

Foram momentos de intraduzível beleza. Ninguém queria se despedir ou se retirar.

Ali, naquele instante, no Núcleo de Antioquia da Síria, o Mestre Yeshua estabelecia uma nova ponte para que sua mensagem atravessasse o rio que ameaçava soçobrá-la.

Terminada a reunião, após as despedidas, pois todos os irmãos estavam acomodados em casa de irmãos, Inácio, João e Timóteo, que estavam hospedados na residência que ficava nos fundos do terreno onde ficava o Núcleo de Antioquia, continuaram as conversações por mais algum tempo, antes de se recolherem ao leito.

As conversações giraram em torno das novas possibilidades que se estabeleciam para que a Sublime Mensagem do Mestre tomasse condições de revigoramento e fosse quanto mais ampliada possível.

Próximo à virada do dia, acomodaram-se em seus leitos para o sono reparador, não sem antes orarem em gratidão a Yeshua e a Yahweh.

Nem bem haviam começado a dormir e se viram deixando seus corpos e se dirigindo para a sala principal do Núcleo, onde fora feita a reunião. Paulo, Pedro, Acádio, Estêvão, Barnabé e Abigail lá os esperavam e agora se faziam acompanhar de Tiago Maior, Tiago Menor e Tomé.

O ambiente continuava com a vibração extraordinariamente elevada. Chegando à sala, os três viram que sob a dimensão espiritual havia uma mesa comprida, com assentos. Todos os Espíritos estavam sentados, e sobraram alguns lugares, que foram apontados por Paulo, para que os visitantes tomassem lugar.

João, Inácio e Timóteo, entre sorrisos de alegria e satisfação dos anfitriões da reunião espiritual, tomaram assento.

Paulo então lhes deu as boas-vindas e iniciou a falar:

"Amados irmãos da alma, por quem tenho gratidão e apreço perenes. Sinto-me por demais recompensado por ver principalmente os amigos Timóteo e Inácio seguirem firmes pelos caminhos que levam até nosso Amado Yeshua.

"Quanto ao amigo João, já não falo somente em gratidão, mas acrescento as dívidas que tenho para com ele, pelo carinho e atenção com que sempre me distinguiu e pelas amorosas lembranças de sua alma, de nossos diálogos maravilhosos, juntamente com nossa alcandorada mãe Maria de Nazareth, lembranças que sempre me chegam ofertando-me bálsamo refazedor.

Testemunho pelo Cristo

"Temos, sob a liderança de nosso bondoso Governador Acádio, acompanhado todos os fatos e circunstâncias que têm ocorrido na Terra, com relação à sedimentação da renovadora e maravilhosa mensagem do amigo de todos nós, o Venerando Yeshua.

"Nesse objetivo, devemos sempre ofertar nossas melhores contribuições para que a Boa Nova consiga sair ilesa do emaranhado de interesses escusos a que tem sido submetida, e, para esse fim, o Mestre conta com todos nós.

"Participamos de toda a reunião que tivestes e sentimos imensa alegria pelo resultado, contudo, a colheita do êxito nas proposições apenas nos lança à frente mais graves compromissos e responsabilidades para que nossa luta seja intensa na direção de eliminar os obstáculos que se interpõem entre os homens e a verdadeira fé.

"Para que possamos cumprir com nossos compromissos e pretender penetrar no Reino dos Céus, importa que não nos afastemos de Yeshua.

"Hoje pudestes, na companhia de muitos irmãos, dar o testemunho da fé verdadeira n'Aquele que é a luz para nossos espíritos, e para que essa luz ainda mais resplandeça, destes o testemunho dos propósitos de fidelidade e zelo para com as verdades divinas reveladas pelo Mestre.

"Tratai, pois, de cuidar do interior, como sempre, mas atentai para os cuidados que precisais ter também para com o exterior, e o exterior traz-nos à presença de nossa vida com o próximo.

"Queridos amigos e irmãos, vivei todos os dias como

se fossem os últimos de vossas existências terrenas, sem abdicar nunca de reverenciar, pelas boas obras, o Mestre Amado.

"Estaremos, no nosso posto de trabalho, vigilantes e operosos, para que nunca vos falte o apoio necessário para seguir adiante, desfraldando a bandeira da caridade, galardão máximo da Doutrina de Yeshua.

"Ajuntai-vos, reuni-vos, compreendei-vos, amai-vos e doai-vos por inteiro a Yeshua, sempre. Aqueles que se doam ao Mestre, sempre serão os vencedores e terão como prêmio o Seu amor incondicional.

"Por agora, nosso diálogo haverá de se encerrar, em razão da quadra de nossos compromissos, de maneira que em meu nome, em nome dos irmãos que me acompanham neste instante, e principalmente em nome do Príncipe da Paz, vos afirmo que sempre estaremos ao vosso lado, para servir-vos e, não esqueçais: 'Yeshua, ontem, hoje, amanhã e sempre'.

"Sob as suas bênçãos e as bênçãos de Yahweh, nos despedimos, até novo encontro."

Paulo calou-se. O ambiente era maravilhoso. As energias, sutis.

João queria falar, o mesmo se dando com Inácio e Timóteo, contudo, como que imantados por força invisível e incontrolável, foram atraídos para seus corpos físicos.

XIX

A CONTINUIDADE DAS LUTAS

Os anos foram se desdobrando, na estrada valiosa do tempo.

O Imperador Vespasiano, em Roma, continuava o seu reinado. No ano 73 d.C., o último bastião da resistência judaica ofertada pelos zelotes, a fortaleza de Massada, foi tomada de assalto pelos romanos, contudo, os judeus que faziam a resistência em Massada preferiram o suicídio a se entregarem como escravos aos romanos.

Após a queda de Jerusalém, os escribas da escola de Hillel encontraram refúgio na cidade de Yavne, e lá instalaram o Sanhedrin, inclusive sob a autorização do Imperador Vespasiano.

Yavne era uma das principais cidades antigas da planície costeira do sul da Judeia. Tratava-se de uma cidade fronteiriça entre os loteamentos tribais de Judá e de Dan. Situava-se perto de uma corrente de águas, próxima ao Mar Mediterrâneo. O seu mercado de trigo era bem conhecido, e a criação de gado e aves também.

Após a destruição do Templo de Jerusalém em 70 d.C., o Rabino Rabban Yochanan Ben Zakkai moveu o Sanhedrin para Yavne. A Cidade tornava-se então o ponto de atração dos judeus da Diáspora, uma vez que haviam se dispersado pela Mesopotâmia, pelo Egito, Chipre e Ásia Menor. Assim nascia um novo centro judaico, sob a liderança de Ben Zakkai, uma escola que herdou o legado do Sanhedrin de Jerusalém. Em seguida foi eleito como patriarca Rabban Gamaliel II.

Gamaliel II foi o sucessor de Yochanan Ben Zakkai, e deu um grande impulso para o fortalecimento e reunificação do judaísmo, que tinha perdido suas bases com a destruição do Templo, e para a recuperação de sua autonomia política. A ação de Gamaliel II também poria fim ao cisma entre os líderes espirituais que tinham visto os escribas se dividirem em duas escolas, chamadas escola de Hillel e escola de Shamai. Esse trabalho deu força para sua autoridade como presidente da Assembleia judaica mais importante.

Após a memorável reunião dos Núcleos que ocorrera em Antioquia da Síria, no início do ano 73 d.C., a tarefa de zelar pelos ensinamentos de Yeshua; de divulgá-lo quanto mais; de ampliar a penetração da Boa Nova, passou a ser liderada por Inácio.

Apesar de ser um pouco mais jovem do que Timóteo, Inácio possuía verdadeiro espírito de liderança e contava, para o desempenho de tão grave e nobre tarefa, com o seu orientador especial, o apóstolo João, e ainda com a força de trabalho do amigo Timóteo.

Inácio, além de ter sido criado por João e Maria de Nazareth, teve convívio próximo com mais dois grandes amigos de Yeshua, pois conviveu com o apóstolo

Testemunho pelo Cristo

Pedro e também com o discípulo amado de Yeshua, Paulo de Tarso.

Daí a razão de deter alta condição de conhecimento da Mensagem Iluminada de Yeshua. Antioquia da Síria assumira o papel de Núcleo Central da Boa Nova. De lá emergiam os esforços vigorosos no enfrentamento das heresias que teimavam em surgir no meio dos Núcleos Cristãos.

Inácio prosseguia em seu fervoroso empenho para manter a unidade entre os Núcleos e fazer com que ficasse sedimentada a hierarquia sugerida. Os casos de dificuldades enfrentadas por estes, em razão dos interesses estranhos à Causa de Yeshua, que era a lídima causa de Yahweh, eram sempre enviados para análise e deliberações em Antioquia da Síria.

O trabalho nessa direção era mesmo incessante.

Depois de alguns anos, mais precisamente no ano 76 d.C. chegou ao Núcleo de Antioquia grave questão de uma cisão que ameaçava ocorrer no Núcleo de Filadélfia, na Ásia, justamente em razão da permissividade com que o Núcleo ofertava possibilidades à penetração de doutrinas falsas que nada tinham de identidade com a mensagem maravilhosa de Yeshua.

Reunidos no Núcleo de Antioquia da Síria para debater a grave questão, os membros, após várias conversações, consideraram que Inácio poderia, por si próprio, orientar aquela comunidade, pois todos ali do Núcleo de Antioquia reconheciam a perfeita capacidade de interpretação de Inácio sobre a Boa Nova e por decisão unânime pediram a Inácio que assim procedesse.

Inácio ficou agradecido. Pensava em enviar um mensageiro ao Núcleo de Filadélfia para que as orientações seguramente lá chegassem. Entretanto, ficou um pouco angustiado quanto ao mensageiro ser fiel e lúcido nas orientações que pretendia enviar.

Esse pensamento o acompanhou até o término da reunião. À noite, já recolhido ao leito, Inácio orou fervorosamente a Yeshua e Yahweh e o fez também a Paulo de Tarso, pedindo inspiração para que a questão fosse resolvida a contento. Após orar, imediatamente o sono chegou. Em seguida Inácio viu-se saindo do corpo. Gentil e alegremente, Estêvão se fazia presente, e olhando para Inácio, o saudou:

– Olá, querido amigo Inácio, Yeshua ouviu tuas preces e aqui estamos a pedido de nosso Governador Acádio, da Cidade da Fé, para que possa levar-te até lá, onde estás sendo aguardado para uma reunião.

Inácio sorriu, abraçou Estêvão e se dispôs a acompanhá-lo, entretanto, antes lhe perguntou se não poderiam convidar João e Timóteo para irem com eles, ao que Estêvão respondeu:

– Amigo Inácio, os nossos dois bons amigos já nos aguardam, eis que os assuntos a serem tratados na reunião são muito importantes, como importante é todo trabalho realizado em favor da divulgação da Boa Nova.

A breve tempo lá chegaram e se dirigiram para

o prédio da Administração Central, onde foram alegremente recebidos pelos Espíritos Joel e Abigail. Após os cumprimentos e abraços, encaminharam-se para a sala do Governador.

Anunciados pela atendente Eleodora, auxiliar de Acádio, adentraram a sala. Inácio ficou surpreso e contente, porque ali estavam, além do Governador, os amigos Paulo de Tarso, Pedro, Tiago Maior, Tiago Menor, Barnabé, Mateus Levi e Marcos, e mais, é claro, João e Timóteo, que lá já se encontravam, em desdobramento do corpo físico.

Abraçado e saudado com palavras carinhosas por todos, Inácio pôs-se a ouvir o Governador Acádio, que assim lhe falou:

– Querido irmão Inácio. Manifestamos nossa alegria e gratidão por vermos que o discípulo de nosso João e Maria de Nazareth continua firme no trabalho de Yeshua, e se esforçando para que a tarefa de nosso amado Paulo de Tarso tenha continuidade. Temos sugerido as ideias que visam preservar a mensagem de Yeshua e somos gratos por acolheres nossas inspirações e pelo esforço e coragem com que tens abraçado a Nobre Causa do Messias.

"Nesse desiderato, acompanhamos também tuas preocupações em atender às demandas que os demais Núcleos têm apresentado, e vemos que por isto te angustias. De fato, tuas angústias têm fundamento, eis que apesar de toda a tarefa extraordinária de nosso Paulo, após o seu retorno entre nós, e mesmo apesar dos escritos por ele deixados na Terra, parece que as pessoas se esqueceram facilmente dos compromissos assumidos; perderam a concentração na defesa dos postulados do Messias e entraram a falar e debater, nos Núcleos, assuntos dispersivos, além de dar vazão a certas tradições da Lei Antiga, que ao invés de unir, separam.

"Então, foste aqui chamado para que possamos todos conversar a respeito. Nesse aspecto, nosso Paulo de Tarso vai informar-te sobre pontos importantes relativos a nosso planejamento em defesa da Boa Nova e quanto às necessárias ações na continuidade de sua divulgação."

Dizendo isto, fez leve aceno para Paulo.

Paulo iniciou dizendo a Inácio que recordava com muito carinho dos poucos encontros que eles tiveram em Éfeso, quando se achava no corpo físico, e que nesses encontros ele pôde observar a grande capacidade e talento de que Inácio era possuidor, não somente em relação ao seu comportamento como cristão, como também em ser ele um erudito em relação à Boa Nova.

Manifestou que se recordava das excelentes conversações que tiveram, das perguntas, dos diálogos, além das impressões e da forma como Inácio tudo apreciava, absorvia e de como se encantava.

A seguir disse a Inácio que quando ele estava em pleno trabalho de divulgação da Boa Nova – Boa Nova que se espalhava por inúmeros Núcleos que ele tivera a imensa alegria de fundar, ora com Barnabé, ora com Silas e Timóteo, ora com outros valorosos companheiros de Yeshua e em outros demais Núcleos que já se encontravam instalados – houve um momento em que começou também a se angustiar com as querelas que iam surgindo aqui e ali e que isso o punha muito preocupado, pois gostaria de estar orientando pessoalmente todos os Núcleos, mas isso lhe era impossível.

Disse também que foi nessa época que teve a alegria de receber a orientação divina, que Yeshua lhe fez chegar através de grandes amigos da alma, tendo ele sido despertado no sentido de que poderia e deveria escrever as inspirações que certamente receberia a respeito da Doutrina de Yeshua, enviando-as para todos os Núcleos ou Comunidades.

Que a partir dessa inspiração, tudo ocorreu como uma bênção permanente do Messias, pois passou a ter a oportunidade de orientar todos os irmãos para o cuidado permanente com o comportamento de cada um e com a Nova Fé, recomendando as ações que entendia serem necessárias para a preservação e ampliação do conhecimento da Sublime Mensagem do Nazareno.

Desse modo, sugeria a Inácio sempre reavivar a Boa Nova e servir-se à vontade de seus escritos próprios, se eles fossem úteis, escritos que na realidade não eram seus, e também a dar de si, do seu conhecimento àqueles Núcleos que estavam enfrentando decisivas dificuldades, e a não dispensar as experiências de João, de Timóteo e de Silas, que ainda estavam encarnados na Terra.

A partir disto, Paulo tratou de falar sobre a grave questão do Núcleo de Filadélfia, que era também acompanhado na Cidade da Fé e deu a Inácio inúmeras orientações para ele repassar ao referido Núcleo. Após esse encontro maravilhoso, onde interagiram todos, ainda mais algum tempo, em animadas e sublimes conversações em torno dos ensinamentos de Yeshua, Inácio foi levado de volta ao corpo e à sua faina diária, não sem antes todos os demais integrantes o abraçarem e estimularem também.

Inácio acordou. O dia amanhecera ensolarado. Estava um pouco frio. Agasalhou-se e apresentou-se ao repasto matinal, que era preparado por Anísia, antiga serviçal do Núcleo de Antioquia da Síria.

Após o desjejum, recolheu-se e examinou as suas anotações. Checou quais seriam as atividades do dia, no Núcleo, e a seguir, como sentia um impulso para escrever, preparou-se para esse fim. Recolhido em seu quarto, começou a escrever aos amigos do Núcleo de Filadélfia, eis que trazia impregnados em sua mente os diálogos havidos no plano espiritual, na noite que se findara.

Iniciou, então, a escrita:

De Inácio, do Núcleo de Yeshua de Antioquia da Síria, para os irmãos do Núcleo de Filadélfia, Ásia.

Saúdo-vos em nome de nosso Messias, pois Ele é nossa perene e constante alegria.

Estimo que continuais unidos, desde o episkopo aos presbíteros e aos diákonos, segundo o plano de Yeshua.

Na caridade de Yahweh, tenho a incumbência de estar a serviço da nossa comunidade cristã como um todo, por isto minha alma se engrandece e trago a mente voltada para o Mestre, mas precisamos todos uns dos outros, razão pela qual devemos dividir o trabalho e buscar cada dia mais engrandecê-lo em Yahweh.

A respeito de vossa carta, em que expondes o grave problema de provável cisão em vosso grupo, tendo em vista que, segundo informais, há entre vós aqueles que se denominam como judeus-cristãos e que defendem que a Lei Antiga é a única expressão da vontade de Yahweh e concitam a cantar os salmos nas atividades do Núcleo e dispensar atenção única à Torá, e ainda pregam ensinamentos que não estão na lei de Moshe e muito menos na mensagem da Boa Nova, tenho a vos dizer que, como filhos da luz, deveis fugir das más doutrinas. Onde estiver o Pastor de Yahweh, segui-o quais ovelhas, pois muitos lobos, que aparentam ser dignos de fé, apanham, através dos maus prazeres, os seguidores de Yahweh. Se, porém, permanecerdes unidos, eles não acharão lugar entre vós.

Apartai-vos das ervas daninhas que Yeshua não cultiva, por não serem da plantação de nosso Pai Celestial. Não que tenha encontrado em vosso meio discórdias, pelo contrário, encontrei um povo purificado. Os que são submissos a Yahweh e a Yeshua podem encontrar a verdade, e aqueles que se converterem e voltarem à unidade do Núcleo, pertencerão também a Yahweh, para terem uma vida segundo Yeshua. Não vos deixeis iludir, meus irmãos, porquanto, se alguém seguir um cismático, não herdará o reino de Yahweh; se alguém se guia por doutrina alheia, não se conformará com Yeshua.

Mas, irmãos, transbordo de amor para convosco. Em meu júbilo, procuro confortar-vos. Não eu, mas Yeshua, nosso Cristo. Estando preso, pelo ideal, ao Seu nome, temo tanto achar-me ainda imperfeito! No entanto, como a prece me aperfeiçoa em Yahweh, esforço-me no objetivo de conseguir a herança da qual obtive misericórdia, buscando refúgio na Boa Nova.

É certo que devemos amar também os profetas, por terem também eles anunciado a vinda do Messias, nosso Libertador e terem se tornado dignos de nossa admiração e amor, aprovados que foram pela vida e testemunho de Yeshua, sendo eles também enumerados na mensagem da comum esperança.

Se, no entanto, alguém vier com interpretações judaizantes, não lhe deis ouvidos. É melhor ouvir a doutrina cristã dos lábios de um homem circuncidado do que a doutrina judaica de um homem não circuncidado. Se, porém, ambos não falarem de Yeshua, tende-os em conta de colunas sepulcrais e mesmo de sepulcros, sobre os quais estão escritos apenas nomes em vão.

Fugi, pois, das artimanhas e tramoias, para que não venhais a esmorecer no amor. Uni-vos em um só coração indiviso.

Agradeço a Yahweh, porque gozo de consciência tranquila a vosso respeito e porque não há motivo de alguém gloriar-se, nem oculta nem publicamente, por lhes ter sido eu algum problema.

Alguns, de fato, desejaram enganar-me, mas o Espírito, que é de Yahweh, não se deixa enganar, pois ele sabe donde vem e para onde vai e revela os segredos.

Clamei, quando estive entre vós, e o disse alto e bom som, na voz de Yahweh: "Apegai-vos à ordem". Exorto-vos a nada praticardes em espírito de dissenção, mas sim em conformidade com os ensinamentos de Yeshua, unidos e resistentes, pelas ações de fraternidade e paz.

Convém estejais sempre de acordo com o modo de vosso episkopos. Por outro lado, já o estais, pois vosso presbítero é digno de Yahweh e sintonizado com Yeshua, da mesma forma que as cordas de uma harpa.

Com vossos sentimentos unânimes e na harmonia da caridade, cada um se constituirá num canto de alegria a Yeshua. Mas também cada um deve formar, juntamente com os outros, um coro. A concórdia fará com que sejais uníssonos. A unidade vos fará tomar o dom de Yahweh, e podereis cantar, a uma só voz, a Yeshua e ao Pai. Eles escutar-vos-ão e reconhecerão, por vossas obras, que sois dignos de Suas Moradas.

Assim, unidos numa mesma fé, tanto mais forte será a oração. Confio-vos a Yeshua, e vos conclamo à união com Ele. Peço, para vós, as bênçãos de Yahweh.

Aquela primeira carta que Inácio escreveu trouxe-lhe energias renovadas. Percebeu ele que o Núcleo de Antioquia da Síria poderia dar a contribuição que dele se esperava. Poderia liderar o trabalho de proteção à Doutrina do Messias Amado e por conseguinte continuar, de certo modo, o trabalho incansável que Paulo de Tarso fizera para que a Boa Nova fosse integralmente conhecida e aceita por todos os gentios. Isso era o que Inácio pretendia fazer a todo custo, pois entendia que sem o trabalho extraordinário de Paulo de Tarso, os cristãos estariam todos desarvorados e desunidos. Desse modo, ele seria guardião da mensagem do Sublime Nazareno e igualmente guardião da enorme tarefa do amigo de Tarso.

Naquele dia, à noite, na reunião do Núcleo, após o atendimento ao público, Inácio reuniu-se com Nicolau, Lúcio, Manoem e Zation e expôs-lhes que tinha um plano que nem de longe era ambicioso tal qual as ações de Paulo de Tarso, mas comungava que quanto aos Núcleos Cristãos que apresentassem problemas graves de assimilação e divulgação da Mensagem de Yeshua e que procurassem o Núcleo de Antioquia da Síria, ele próprio, Inácio, gostaria de visitar esses Núcleos, e quando não fosse possível, em comum acordo com os amigos, ele responderia às questões propostas pelos Núcleos, mediante missivas aos trabalhadores, servindo-se das orientações de Paulo de Tarso, revivendo-as e procurando dar a elas um melhor entendimento.

Nicolau, na ocasião, aduziu que, na opinião dele, isto seria muito interessante e útil, mas que eles não deveriam perder de vista que a unidade é uma conjugação de esforços, razão pela qual recomendava a Inácio, utilizar de muita paciência e cuidado, e que tomasse precauções para não passar a exigir e determinar comportamentos que viessem na direção do afastamento das pessoas dos Núcleos, em vez de somente orientar. Disse ainda a Inácio:

Testemunho pelo Cristo

– Meu bom amigo, é certo que precisamos ser cuidadosos, exigentes até, mas que não percamos a ternura, que caminha pela estrada da compreensão.

Inácio agradeceu sobremaneira a intervenção do irmão Nicolau, a quem fizera diákono do Núcleo da Antioquia, por quem tinha enorme consideração, dado seu conhecimento, experiência e sabedoria, dizendo-lhe, inclusive, que ele estava inspirado pelos espíritos de Yahweh ao assim lhe recomendar.

Encerrando a reunião, Inácio convidou Nicolau e o irmão Lúcio a acompanhá-lo, se assim o desejassem, em viagem que pensava programar para visitar o irmão Timóteo e o amado João, em Éfeso. Deixariam Manoem e Zation cuidando do Núcleo e de suas atividades e poderiam perfeitamente se deslocar até lá. Nicolau e Lúcio aceitaram prontamente o convite e a viagem foi preparada para dali a dois meses, eis que ainda estavam no primeiro mês do inverno, que já se mostrava rigoroso em Antioquia da Síria.

Inácio estava feliz com a aceitação do convite pelos irmãos. Pretendia, ao fazer a caminhada para Éfeso, iniciá-la por Tarso, em homenagem ao amigo de Yeshua, e de lá, atravessando o território da Cilícia, pretendia seguir pela Lídia até Éfeso. Era uma jornada para aproximadamente cinco a seis meses de caminhadas e deslocamentos, por isso teriam que viajar com muitas provisões.

293

XX

A VIAGEM PARA ÉFESO

Numa manhã ainda um pouco fria, pois o inverno ensaiava sua despedida, Inácio, acompanhado de Nicolau e Lúcio, tendo com eles Mical e Uriel, dois auxiliares do Núcleo de Antioquia, que eram judeus convertidos, muito prestativos e que desempenhavam no Núcleo de Antioquia vários trabalhos de reformas e cuidados, munidos com o máximo de provisões e levando três cavalos que carregavam nos embornais alimentos em grãos, roupa e mantas para se aquecerem nas noites frias que provavelmente enfrentariam ao dormirem ao relento, puseram-se na estrada, após as despedidas dos demais membros do Núcleo, que em número de aproximadamente quarenta foram abraçá-los e desejar boa viagem, rogando para eles a proteção de Yahweh e de Yeshua.

Inácio não cabia em si de contente. Naquele instante, lembrava dos diálogos maravilhosos que tivera com Maria de Nazareth, a respeito das deslocações da Caravana do Filho Amado e lembrava, também – e não havia como deixar de lembrar – das inúmeras viagens e do trabalho extraordinário de Paulo de Tarso. Poderiam, agora, experimentar como as viagens eram desenvolvidas.

Tão logo feitas as despedidas e antes mesmo de ganharem a saída para a estrada, como estavam reunidos no Núcleo, Inácio pediu silêncio a todos e fez uma oração para demarcar o início da viagem:

– *Divino Pai Celestial e Amado Yeshua.*

"Nossos corações vibram numa só canção, que entoam nesta ocasião, na direção de vossas augustas moradas.

"Ensaiamos, neste instante, oh! Messias de todos nós, os passos, embora pequenos, para nos colocar na estrada dos compromissos que os Teus desbravadores de ontem abriram e construíram para nós. Objetivamos ofertar grau de zelo máximo às orientações sublimes que Tu e eles nos legaram.

"Nossos corações exultam na lembrança das viagens do apóstolo de todas as gentes, que plantou na alma de muitas criaturas o Teu verbo de Amor e Esperança, deixando claro que existe um só rebanho e um só pastor, sob o peso de muita luta, muitas agruras, muito esforço.

"Não temos, é claro, a força inquebrantável do amado Paulo, porquanto sua força para nós é inimitável, mas nutrimos o desejo, mesmo que simples, de servir, a todo custo, como ele galhardamente o fez.

"Também não pretendemos tomar para nós a iniciativa de visitação aos Núcleos, que é inigualavelmente patrimônio único do Cireneu de Tarso, antes, pretendemos que ele seja, em Teu nome, nosso inspirador e protetor em nosso trajeto.

"Dispõe de nós, e ordena aos Teus anjos tutelares, que nos auxiliem pelo caminho e que fortaleçamos, a cada passo, nossa fé, no primado do Teu amor incondicional.

TESTEMUNHO PELO CRISTO

"Que possamos andar diante de Ti, em verdade, e procurar-Te sempre com simplicidade de coração, para que caminhando na Tua direção, sejamos livres dos ataques da murmuração dos maus.

"Que nossos irmãos que ficam, também sejam revestidos da Tua proteção. Assim seja."

Abraços finais, e a caravana tomou o rumo da estrada para Tarso.

Conforme houvera programado, Inácio se sentia muito alegre, pois retornar a Éfeso era para ele uma enorme e incontida satisfação. Jamais esquecera – nem esqueceria – aqueles sítios que enchiam sempre sua mente de muitas recordações e onde vivera boa parte de sua infância, sua adolescência e alguns anos de sua juventude, sempre ao amparo de João e de Maria de Nazareth.

Como haviam convencionado, iriam fazer da viagem um enorme desafio, pois pretendiam viajar pelos territórios, fugindo do mar, o que seria mais difícil, porém, alguma coisa em seu coração, impulsionava Inácio a assim fazer. Então iniciaram a viagem pelo território da Cilícia, na direção de Tarso. A caminhada era muito acidentada. No começo, teriam que margear o mar. Tarso ficava numa região costeira e possuía um ótimo porto marítimo.

Em meio ao caminho, Inácio por tudo se fascinava. Caminhavam vagarosamente, enfrentando de dia o calor e de noite a temperatura que caía um pouco.

297

Não tinha como não se lembrar do amigo Paulo de Tarso. Lembrava também que estavam viajando com destino final a Éfeso, e tudo isto lhe trazia à memória o que ele imaginava ter sido uma grande alegria para Timóteo, ou seja, ter viajado e desfrutado da companhia e dos ensinamentos do Gigante de Tarso.

Ao cair da noite, no primeiro dia de viagem, estavam numa região um pouco deserta. Os cavalos iam à frente, com os embornais onde estavam depositados os víveres e demais mantimentos. Como a viagem era longa, não podiam prescindir dos animais.

De repente escutaram um relincho forte do cavalo que ia à frente, que empinou e tombou ao chão. Mical, que segurava pelas rédeas os demais animais, teve que se esforçar para que eles não debandassem, pois recuaram e ameaçaram disparar.

Uriel aproximou-se do cavalo e viu que sob o dorso traseiro do animal havia uma marca de sangue. Ato contínuo, tentou levantar um pouco as ancas do animal, quando sentiu uma forte fisgada no seu braço esquerdo. Instintiva e rapidamente puxou o braço e gritou:

– É uma cobra, cuidado!

Ao dizer isso, começou a sentir suas vistas se turvarem e perdeu os sentidos.

Mical, percebendo o perigo e o que poderia ter acontecido, rapidamente pediu a Lúcio que segurasse os demais cavalos e foi em socorro de Uriel. Com muito cuidado, teve tempo de ver o réptil sair debaixo do dorso

TESTEMUNHO PELO CRISTO

traseiro do cavalo e se evadir agilmente por alguns casca-
lhos, ganhando a ravina próxima.

Inácio e Nicolau ficaram paralisados e deram-se
conta de que a situação era difícil e grave. O animal se
debatia com espasmos compassados e Uriel estava des-
maiado. Duas vidas corriam iminente perigo.

Mais do que depressa, Mical rasgou parte das
vestes de Uriel, enrolou o seu braço, quase no ombro, e
apertou. Em seguida, tomou uma pequena faca, fez um
corte onde estava o sinal da picada do réptil e começou
a sugar e cuspir o sangue que lhe vinha à boca. Fez essa
operação umas dez vezes. Após, rasgou outro pano e enrolou o ferimento. A seguir, correu na direção do animal,
e como a picada do réptil era na parte final das ancas, fez
a mesma coisa, sugando por igual número de vezes o sangue que saía pelo corte, que era abundante.

Puxou Uriel para mais perto do cavalo e colocando panos sob sua cabeça, a levantou um pouco, abriu
o olho direito de Uriel e viu que ele começava a esbran-
quiçar como se uma camada de névoa iniciasse a cobri-lo.
Respirou, olhou na direção de Inácio, Nicolau e Lúcio,
que estavam por demais apreensivos, e falou:

– Senhores, eles foram picados por um réptil
muito venenoso, próprio destas bandas. Fiz o que pude.
Agora somente resta orarmos para que eles resistam ao
veneno, o que entendo será muito difícil. Imagino que
se não houver reação em pouco tempo, será sinal que o
veneno atingiu-lhes o coração, e com certeza morrerão.

Apreensivo, Inácio falou:

– Irmãos, nosso único recurso e remédio é a oração. Como fazia o Mestre Yeshua e também nossos Pedro e Paulo, e como faz nosso amado João, vamos os quatro impor as mãos sobre Uriel e o animal e doemos nossas melhores energias.

Aproximaram-se, tomaram posição e enquanto impunham as mãos, Inácio orou:

"Oh! Yahweh, eis-nos aqui, em meio a esta amplidão, carregando nossas dificuldades. Precisamos de Ti. Não há melhor remédio do que a Tua presença divina e a presença de Teu Divino Filho.

"Necessitamos, neste grave momento, de misericórdia para que estes teus filhos da criação, nosso amado Uriel e o animal prestativo resistam às dificuldades que se lhes acometeu.

"Bem sabemos que, em todas as circunstâncias da vida, devemos confiar nos Teus desígnios, mas esperamos que em relação a este quadro difícil possamos contar com Tua ação curadora a permitir que tanto nosso Uriel como o animal recebam as energias de que necessitam para sobreviver".

Enquanto impunham as mãos, luzes, que não eram vistas, em tonalidades branca, azul e amarela, saíam das mãos de todos, num contraste impressionante: Das mãos de Inácio se desprendia luz azul; das mãos de Nicolau, branca, e das mãos de Lúcio, amarela. Essas luzes foram penetrando ao mesmo tempo nos corpos que jaziam no chão. Naquele instante, na outra esfera da vida, o Governador Acádio, Paulo de Tarso e Barnabé impunham suas mãos nas cabeças de Inácio, Nicolau e Lúcio.

Após assim agirem por algum tempo, Inácio e os demais começaram a tomar providências para acampar no local. De imediato, Mical amarrou as rédeas dos demais animais nas rédeas do cavalo picado pela cobra. Todos saíram pela região colhendo gravetos e galhos secos, sendo que a concentração deles estava mais próxima à ravina.

Alguns momentos depois, pois já iniciava a escurecer, acenderam uma pequena fogueira. Após terem aceso o fogo, e como o local se iluminasse um pouco com a claridade que vinha das chamas, viram que Uriel abriu os olhos e balbuciou duas palavras:

— Tenho sede!

Imediatamente, Lúcio lhe serviu água, que Uriel tomou vagarosamente.

Sugestionado pela fala de Uriel, Mical aproximou o cantil com água do focinho do cavalo, que permanecia no chão, embora com os olhos abertos, e fê-lo beber um pouco.

A seguir, Uriel adormeceu. Inácio então disse:

— Irmãos, tudo o que podíamos fazer, fizemos. Agora vamos confiar e esperar pela misericórdia de Yahweh, e que nosso amado Yeshua ampare essas vidas. Tratemos de fazer nossa ceia, reforçar o fogo e, se possível, também dormir, um pouco que seja.

Mical deitou-se próximo ao amigo Uriel, por quem tinha grande estima. Inácio, Nicolau e Lúcio, mais próximos ao animal. Os demais cavalos, alimentados com sal, grãos e um pouco de água, estavam presos pelas rédeas.

Deitados e olhando para o céu estrelado, Inácio, para afugentar a preocupação, fez breve narrativa aos demais, dos fatos que lhe agasalharam a infância: O encontro com Yeshua, em Cafarnaum, quando ele tinha quatro anos; o diálogo do Mestre; o abraço d'Ele e o colo divino que lhe ofertou. Depois, a tristeza em razão da sua morte; o encontro com João e com Maria de Nazareth; a mudança para Éfeso; a educação e os cuidados que recebeu da divina mãe e do pai adotivo João, pois assim o chamava.

Após terminar a narrativa que encantou a todos, e como estavam cansados e esgotados pela tensão que os fatos provocaram, Mical examinou a respiração de Uriel e do animal e disse aos demais que ambos dormiam tranquilamente. Isto os relaxou.

Mical providenciou mais pedaços de lenha para fogo e a seguir todos adormeceram.

O vento da noite fustigava a vegetação esparsa. A pequena caravana estava acampada próximo a uma ravina que se erguia em pequena elevação de nível e que auxiliava para que a temperatura não caísse demais, pois constituía-se em pequena barreira natural que auxiliava para que o vento sul fosse abrandado e não apagasse a fogueira.

O estrilar de grilos, alguns barulhos de pequenos

animais roedores das planícies e do deserto contrastavam com a batida das patas dos cavalos que de quando em quando se repetia e que servia para espantar esses pequenos animais e mesmo algum réptil.

A madrugada ia alta, quando Mical acordou, levantou a cabeça, verificou que os amigos Inácio, Nicolau e Lúcio dormiam, levantou-se e em silêncio dirigiu-se até Uriel, que dormia profundamente, na mesma posição em que o colocara. Tocou-lhe levemente na testa para conferir a temperatura e observou que estava normal. Conferiu com cuidado o ferimento no braço e notou que o sangue secara, fazendo como que um tampão. Não quis mexer no amigo. Após, dirigiu-se ao animal ferido, conferiu também que o ferimento tinha criado leve crosta. O animal estava quieto, mas Mical pôde sentir o barulho de sua respiração. Tudo isso fizera com um galho de árvore aceso, que retirara do fogo.

Mical colocou mais lenha no fogo e sentou-se. Jogou uma pequena manta sobre os ombros e olhando para as chamas pôs-se a ouvir o crepitar do fogo e logo seu pensamento voou para longe. Começou a lembrar dos acontecimentos últimos e de vários outros, de sua vida.

É fato que ele prestava serviços no Núcleo de Antioquia da Síria, e recebia pagamento pelos serviços que lá fazia, até porque era sua profissão. Como consertador de coisas, quase tudo consertava. Era também construtor de casas. Vivia dessa profissão, em Antioquia da Síria, onde angariava o suficiente para viver dignamente. Morava em uma pequena casa junto com o amigo Uriel.

Ambos eram oriundos da cidade de Tiro. Contava com trinta e cinco anos de idade e, apesar do amigo, era uma pessoa solitária. Os pais tinham falecido há dez anos, na cidade de Tiro, acometidos por uma espécie de peste não identificada. Era filho único, e seus avós também já tinham morrido. Casara ainda muito cedo, com a jovem Agar, num casamento acertado por seu pai Ofer.

Mical vivera com Agar, em Tiro, por dez anos, um amor inesquecível e que foi desabrochando, sendo regado todos os dias. Ele era um jovem muito respeitoso e educado. Foram anos de sadio relacionamento que Mical jamais esqueceria, porque aprendeu a amar muito a esposa e a felicidade era plena ao ver-se correspondido. Ao lembrar de Agar, as lágrimas compareceram nos seus olhos, em abundância.

Lembrou que seu pai, Ofer, sempre lhe dizia: "Meu filho, estou casado com sua mãe já por quase trinta e cinco anos. O tempo na união de duas pessoas é o amigo mudo que tudo vê, tudo ouve, tudo presencia com paciência divina, pois é o companheiro que nos conduz a experiências diversas. Porém, Mical, ele precisa ser aproveitado para que nele se construa o castelo do amor perene e sadio, sobre a rocha, pois com certeza que virão as chuvas, as trovoadas íntimas, as tempestades da alma, quais ondas do mar que batem nos recifes. Se o casamento tiver forte edificação no bem, essas ondas retornarão e não conseguirão soçobrar a nau da união fraterna. Assim, meu filho, não se iluda. Às vezes poderão advir pensamentos de desânimo, de solidão, desencontrados,

TESTEMUNHO PELO CRISTO

de expectativas e de arrependimento qualquer, porém, é mesmo nessas horas que tu deves te apegar a Yahweh, que tudo vê e provê, sempre pedindo-lhe forças para corrigir o que em ti precisará ser corrigido e também forças para compreender que cada ser tem sua própria experiência, opinião e caráter. Nessas horas, a companhia ideal é a serenidade. Mical, seja qual for a circunstância que te agasalhar alguma dificuldade no casamento, entrega as dores a Yahweh e nunca exijas da companheira o que ela não pode dar. Ama-a sob quaisquer circunstâncias, mesmo que para isto tenhas que renunciar."

Como lhe faziam bem aquelas lembranças. Foram dez anos de aprendizado, de algumas dores, mas, a maior parte do tempo, de alegria e amor. Entretanto, o destino, que vamos construindo passo a passo, se nos apresenta como um ilustre desconhecido que vai aos poucos chegando.

Ao atingirem dez anos de feliz união, Agar foi acometida por grave doença que lhe fez definhar, sem que os médicos judeus e mesmo romanos pudessem debelar o quadro. Após algum tempo, ela morreria.

Mical continuava olhando para as chamas da fogueira e chorava de saudade. Um pensamento, contudo, lhe aflorava, nessas horas da dor: Nunca perdera a confiança em Yahweh.

Lembrou do dia em que compareceu por primeira vez no Núcleo de Antioquia. Era naqueles dias em que as lembranças apertavam seu coração dorido. Para lá havia se dirigido a fim de ouvir as prédicas de Inácio,

305

que haviam se tornado famosas na cidade e na redondeza. Desde a primeira vez que lá foi, encantou-se por conhecer a mensagem consoladora de Yeshua e de lá nunca mais saiu, nem pretendia sair.

Preso àquelas lembranças, Mical nem notara que o dia começava a amanhecer. As primeiras vagas da claridade visitavam o local, embora ainda houvesse um pouco de penumbra.

De repente, viu um movimento próximo ao animal adoentado e observou que o amigo Uriel tinha acordado, havia sentado e passava as mãos pelo ferimento coberto com panos. Mical foi até ele, que olhou indagativo e falou:

– Amigo Mical, o que ocorreu? Não estou lembrando de nada e vejo esta ferida em meu braço. Por acaso caí e me machuquei? O local está muito dolorido.

Mical, então, lhe avivou a memória, fazendo breve relato do que ocorrera e, ao terminar, perguntou:

– Como estás te sentindo, meu amigo?

Uriel respondeu que se sentia bem. Apenas sentia um pouco de dor no braço, porém, sentia muita sede, arrematando que ante o que Mical lhe falara, não sabia como estava vivo. Mical deu-lhe de beber e pediu que dormisse um pouco mais, até que o dia amanhecesse totalmente, pois os outros estavam dormindo e ele estava em vigília. Uriel deitou-se novamente e Mical cobriu-o com a manta que já o tinha agasalhado durante a noite.

Novo barulho e Mical viu o animal pondo-se em pé. Aproximou-se com cuidado, passou a mão abaixo de seus olhos, acariciou e a seguir providenciou um pouco de grãos com sal e deu ao animal, que pôs-se a comer. Depois voltou a sentar-se próximo ao fogo. Inácio, Nicolau e Lúcio ainda dormiam.

Então, Mical refletiu na cura que presenciara, tanto do amigo como do animal. Estava perplexo. Conhecia aquele réptil, que era possuidor de um veneno letal, fato que omitira de Inácio e dos demais, pois sabia que ninguém escapava daquele veneno, porém, estavam vivos e Mical não agasalhava dúvidas que só poderia ter sido uma ação direta de Yeshua, através de Inácio, Nicolau e Lúcio, quando os viu imporem as mãos sobre Uriel e o animal.

Mais algum tempo e o dia se apresentava integral. O astro rei, na cor alaranjada, despontava quase na linha do horizonte, quando Inácio e os demais acordaram, inclusive Uriel. Todos então se levantaram, exceto Uriel. Inácio e os demais estavam surpresos e felizes por ver Uriel vivo e curado. Assim também relativamente ao animal.

Mical, aproveitando o fogo, preparou um delicioso chá de folhas de romã, estendeu um pano sobre o chão e então fizeram o desjejum, com broa de trigo e mel. Todos se serviram e Mical gentilmente serviu Uriel. Antes que iniciassem o desjejum, Inácio pediu a Lúcio que orasse por todos em gratidão a Yahweh e Yeshua, pelas curas alcançadas, o que este assim fez:

– *Oh! Poderoso Yahweh. Nossos corações abrasam-se neste momento, invadidos pela alegria diante de Ti e dos Teus Mensageiros que com certeza destacastes para o socorro a nosso irmão Uriel e ao animal que nos serve.*

"Que nossos olhos, que Te contemplam nas regiões dos Céus, possam ver-Te as mãos operosas do amor.

"Compreendemos que as curas ocorreram para que a Tua glória seja reconhecida e o serviço de Teu Enviado continue a espalhar-se pela Terra.

"Com devoção e ardente amor, com todo o afeto e fervor de nossos corações, desejamos, Yahweh, agradecer-Te e a Yeshua e pedir que nos promovas a renovação de nossas forças para seguirmos adiante, sem olhar para trás.

"Abençoa-nos sempre. Assim seja."

Após, iniciaram a comer, em silêncio. Algum tempo depois, Inácio, olhando para Mical, lhe disse:

– Querido amigo Mical, não temos como agradecer tua agilidade, tuas atitudes prestativas, sem as quais, sem dúvida, nosso Uriel e o animal não teriam sobrevivido. Peço a Yeshua que te retribua esse gesto tão prestativo em que se materializa a caridade ensinada e praticada por Ele e também pelo Cireneu de Tarso.

"Gostaria de dizer-te que enquanto meu corpo repousava, meu Espírito viajou para longe daqui e no lugar em que eu estava, fui procurado por três pessoas. Duas disseram chamar-se Ofer e Edith, que se identificaram como teus pais, e a outra, uma linda jovem que disse se chamar Agar, que pediu-me para te dizer do intenso amor que tem por ti e que sempre que possível está junto contigo. Eles pediram-me, Mical, para te dizer que sentem muitas saudades de ti e que estão felizes porque encontraste Yeshua. Orientam para que a todo custo não saias de perto do Mestre. Disseram ainda que estarão sempre acompanhando teus passos na Terra."

Inácio calou-se. Mical estava profundamente impactado e começou a chorar. Nunca falara a ninguém sobre seus pais e sobre sua esposa, pois a morte deles acontecera em Tiro. Como negar a verdade? Seus pais e a esposa continuavam vivos e olhavam por ele, diretamente dos Céus. Num gesto espontâneo, colocou-se genuflexo, orando em gratidão a Yahweh. Depois, agradeceu a Inácio e disse-lhe que sentia e sabia que Inácio tinha parte direta com Yahweh e com Yeshua, narrando a todos alguns aspectos de sua existência, confirmando a presença de seus pais e daquela que fora sua amada e inesquecível esposa.

Após o desjejum, ajeitaram os mantimentos nos animais, certificaram-se que Uriel e o animal que fora ferido estavam bem e a seguir pegaram a estrada, no rumo a Tarso.

XXI

A PASSAGEM POR TARSO. A CURA DO MENINO LIOR. BREVE ESTADIA EM ANTIOQUIA DA PSÍDIA

Após mais um dia de viagem, chegaram a Tarso.

Ao chegar, Inácio disse que se informariam quanto ao endereço correto e iriam diretamente para o Núcleo cristão, pois estava anoitecendo. Lá chegaram e foram recebidos com viva satisfação por Amós, a quem Inácio conhecera certa vez em Antioquia, quando este acompanhara Paulo de Tarso até lá, por ocasião da última estada dele. Isto já fazia alguns anos.

Ali Inácio e o grupo permaneceram cinco dias. As conversações giraram todas em torno da necessidade de preservar os postulados da Boa Nova e também do permanente estudo dos ensinamentos do Mestre.

Saídos de Tarso, iriam direto para Antioquia da Psídia, já fora do território da Cilícia. Pelo plano, desviariam as cidades de Derbe, Listra e Icônio, pois caminhariam margeando-as. Seriam muitos e muitos dias sem contato com as cidades. Encontrariam por certo muitas caravanas, nas quais pretendiam se abastecer.

311

Já tinham viajado quinze dias, entre muitas conversações, sob sol causticante, sob algumas chuvas, quando certa tarde divisaram uma caravana de comerciantes de tapetes da Pérsia. Aproximaram-se e foram recebidos pelo batedor que se identificou como Yesher. Pediram pouso. Yesher pediu que aguardassem e logo após voltou consentindo, pois o chefe da caravana, de nome Gilad, assim permitira, porém recomendando as cautelas de sempre.

Acomodados em uma tenda, cearam, esticaram um pouco os corpos, quando lá chegou Yesher e os convidou à tenda principal, pois o chefe Gilad queria conhecê-los e falar com eles. Chegados à tenda principal, foram acomodados, os cinco.

Gilad era judeu, de mediana estatura e um tanto robusto, com longa cabeleira partida ao meio, à moda dos nazarenos, e barba rala. Possuía dois grandes olhos meio acinzentados. Apressou-se a saudar os visitantes:

– Amigos, espero que estejam confortáveis em minha caravana. Os recebo em nome de Yahweh.

A seguir perguntou:

– Com que fim andam por estas paragens tão distantes? Para onde estão indo?

Inácio respondeu:

– Nobre senhor, saímos de Antioquia da Síria e estamos a caminho de Éfeso, que fica na Lídia.

– E o que fazem? – Insistiu Gilad.

Foi Nicolau que adiantou-se e falou:

– Bom senhor, somos membros de um Núcleo dos Seguidores do Homem do Caminho, chamado e conhecido por Yeshua de Nazareth.

Gilad, ao ouvir a informação, não conseguiu disfarçar certo desconforto e falou:

– Então não frequentam as sinagogas e não professam a Lei de Yahweh?

Inácio percebeu a delicadeza do momento e inspirado por Estêvão, que ali se fazia presente, na outra dimensão da vida, respondeu:

– Senhor Gilad, não frequentamos as sinagogas, mas não deixamos de praticar a Lei Antiga e de crer em Yahweh, a quem procuramos nos manter fiéis. Nunca negamos os seus dons. Se hoje seguimos aquele que para nós representa o Messias esperado por nosso povo, conforme asseverou nosso profeta Isaías, não cultivamos diferenças porque entendemos que todos somos filhos do mesmo Pai Celestial.

"Respeitamos a Lei e os rituais, mas a nossa ritualística agora é outra, pois gostamos de praticar a caridade, essa sublime virtude cuja prática ofertará o ingresso da criatura na Casa do Pai, sem sombra de dúvidas.

"Reunidos no amor que emana de Yeshua, vemos em todos os judeus o enorme valor que eles têm como desbravadores da fé e reveladores da Lei e ainda a grande experiência que nos ofertam, pois há muita coisa que um aprende com o outro. É sob a autoridade da Lei de Moshe que também vivemos e construímos a existência, que agora se abranda para nós, na descoberta do amor incondicional que deve viger entre todas as criaturas da Terra. Dessa forma, somos teus irmãos, e és para nós um irmão em Yahweh."

Inácio calou-se.

Vivamente impressionado com a manifestação de Inácio, Gilad refletiu por instantes, depois falou:

– Amigo, o que disseste penetrou muito bem em meu coração e não posso discordar de tuas palavras, no entanto, quero lhes dizer que sou natural de Jerusalém e desde muito jovem tenho me dedicado aos serviços de viagens. Muitas vezes me ausentei da cidade, contudo, num dos retornos de uma viagem, tive a oportunidade de ouvir de meus pais o relato da crucificação desse vosso Yeshua, que se considerava como Messias aguardado por nossa gente e confesso, pelo que os meus pais falaram, pois sou apegado à tradição, que esse Messias era tido por nosso povo como um impostor, pois dizia ser filho de Deus, o que nosso povo não aceitava nem aceita.

"Respeito o que disseste, mas não comungo com tua fala final em dizer que Ele é o Enviado, o Messias que nosso povo aguardava e ainda aguarda. Contudo, estás aqui não para discutirmos nossas diferenças religiosas. Podeis todos desfrutar do pouso e se quiserem se integrar à nossa caravana, estamos indo para Antioquia da Psídia."

Inácio agradeceu e disse que aceitariam, sim, a oferta, pois estavam indo justamente para lá. Após o primeiro pernoite com a caravana de Gilad, Inácio e os demais utilizaram a caminhada conjunta do dia seguinte para darem-se a conhecer aos demais companheiros.

Inácio, em respeito ao modo de pensar do chefe caravaneiro, evitou falar-lhe sobre o Messias. Só conversavam sobre Ele e os seus ensinamentos quando estava reunido somente o grupo de Antioquia da Síria.

Viajava junto com Gilad um menino que contava dez anos de idade, cujo nome era Lior. Era filho adotivo do chefe da caravana, que passara a criar o menino, que era seu sobrinho, pois a mãe, que se chamava Lia, havia falecido no parto, e o pai, que era irmão de Gilad e se chamava Ephraim, faleceu quando o menino contava com três anos de idade, também vitimado por misteriosa doença.

Haviam se passado quatro dias de viagem. Certo dia, quando amanhecia no lugar que haviam acampado, que ficava na direção da cidade de Derbe, um caravaneiro foi correndo à tenda do chefe e avisou-lhe que o menino Lior ardia em febre e estava muito mal. Temia que pudesse acontecer algo pior. Gilad, sobressaltado e muito preocupado, mandou imediatamente chamar o médico da caravana, Hamed, um sírio, natural de Damasco.

Hamed rapidamente se dirigiu à tenda onde estava Lior. Encontrou-o abatido, o corpo avermelhado, ardendo em febre. Após examinar detidamente o menino, o médico não conseguiu identificar o mal que o acometia. Fez que trouxessem água e pediu que banhassem a criança para ver se a febre cedia. Esse procedimento de nada adiantou. A seguir, o médico disse a Gilad que talvez um corte em um braço do menino, permitindo o sangue escorrer um pouco, poderia ajudar, e pediu a Gilad autorização para assim proceder.

Desesperado, pois amava muito o sobrinho, Gilad mandou que chamassem imediatamente Inácio, Nicolau e Lúcio.

Estes, lá chegando, viram o que estava ocorrendo. Então ouviram do chefe caravaneiro o apelo para que, se pudessem ou conhecessem alguma coisa daquela febre que tomava conta do menino, que a essa altura já falava palavras desconexas demonstrando delírio febril, ajudassem-no, pois seria uma excelente oportunidade para demonstrarem a força daquele que eles denominavam como sendo o Messias, o Filho de Yahweh.

Falou que lhes pedia isso em razão de ter reparado que eles se reuniam todos os dias ao cair da tarde e oravam para o tal Yeshua e até mesmo a Yahweh. Pedia, então, que utilizassem todos os conhecimentos que porventura possuíssem e mesmo orações para salvar o menino, afirmando por fim que se conseguissem auxiliá-lo se converteria aos ensinamentos do Yeshua que eles representavam.

Inácio não era habituado a procurar curar quem quer que fosse. Seu trabalho sempre fora o de divulgação da mensagem do Messias, de maneira que estava um pouco aflito dentro das possibilidades que o momento ofertava. Avaliou o quadro e temeu também que se não alcançasse resultado, ficaria em situação difícil, ante um provável descontrole de Gilad e suas possíveis consequências. Aproximou-se da criança, que ante a febre intensa sequer abria os olhos. Ajoelhou-se ao lado dela, o mesmo fazendo Nicolau e Lúcio, e então começou a orar em voz alta:

— *Yahweh Todo Poderoso, criador de tudo, nossas vidas sempre estão em tuas mãos.*

"Sabemos que Tu não estabeleceste contenda nem disputas, mormente de conteúdo da crença, e que és o Pai Eterno de todos.

"Neste momento em que este Teu pequeno servo sente as chamas do desconforto arderem em seu corpo, Te manifestamos que confiamos na grandeza do Teu amado Filho Yeshua, a quem recomendamos nesta hora esta criança.

"Assim, oh! Yeshua, Tu que ensinaste que deveríamos deixar irem a Ti as criancinhas, pois que delas é o reino dos Céus, encaminhamos nosso pequeno Lior aos Teus braços, para que o recebas e possas afagar seus cabelos, direcionando a energia e força do Teu incomensurável amor sobre ele, e pela Tua sabedoria e a sabedoria de Yahweh, possa permitir a esta criança se desvencilhar das garras da morte física.

"Aqui, na vastidão destas paragens terrenas, sem recursos que protejam a vida física de nosso irmãozinho, temos os maiores e mais sagrados recursos que são a Tua bondade e misericórdia infinitas.

"Já sabemos que quem anda contigo, não anda em trevas.

"Suplicamos, por final, sustentados no Teu amor, que possas fazer chegar ao nosso irmãozinho a ajuda espi-

ritual de que ele necessita e bem assim o restabelecimento físico, através da presença dos teus divinos mensageiros.

"Seja feita a vontade de nosso Pai e também a Tua amorosa vontade."

A seguir, Inácio impôs as mãos sobre a cabeça da criança, no que foi imitado por Nicolau e Lúcio.

Enquanto os amigos de Yeshua impunham as mãos sobre a criança, o Governador Acádio e Paulo de Tarso se fizeram presentes e ambos, também orando ao Mestre, levantaram as mãos na direção de Inácio, Nicolau e Lúcio. Sem que os trabalhadores de Yeshua pudessem ver, uma luz intensa se tornou cada vez mais ampliada. Penetrando pela cabeça dos três, a luz saía pela extremidade das mãos dos mesmos e penetrava na cabeça e no corpo do menino, espalhando energias restauradoras.

Alguns instantes se passaram. Lior continuava com os olhos fechados, porém a febre foi cedendo lentamente, para logo depois ceder por completo. O menino abriu os olhos e vagarosamente sentou-se e sorriu para Gilad. Parecia ter acordado de um sono profundo. Estranhou um pouco todas aquelas pessoas na sua tenda, em volta dele, porém, como seu tio ali estava, manteve-se calmo.

Gilad sorriu e em seu semblante instalou-se a confiança. Então, voltando-se para Inácio, disse:

– Meu amigo, sou um homem de palavra e confirmo a cura de meu filho. Tens autorização para, a cada final de tarde, reunir todos os membros da caravana. Estarei presente, para que nos fales sobre esse Yeshua de Nazareth, de cujo poder tivemos a confirmação.

Assim ocorreu. Na tarde do dia seguinte, a uma ordem de Gilad, bem ao crepúsculo, quando as lamparinas do acampamento estavam se iniciando a acender, todos se reuniram próximo à tenda principal. Então o caravaneiro pediu a Inácio que falasse sobre Yeshua.

Inácio levantou-se e falou:

Caros amigos e caros irmãos em Yahweh.

Vosso chefe solicita que eu vos fale sobre Yeshua de Nazareth, nascido sob o estigma da Lei Antiga, portanto sob a Casa de Yahweh, pois que veio da parte d'Ele.

Ele veio até nós, e mesmo tendo sido injustamente crucificado, não deixou de ser o Salvador do Mundo. Sofreu na cruz para que todos nós fôssemos salvos. Não sofreu por aparências e morreu segundo a Lei.

Muitos o renegaram e assim o fizeram e ainda fazem, presas da mais absoluta ignorância. Não foram persuadidos nem pelas profecias nem pela Lei de Moshe.

Sendo verdadeiramente o Messias Enviado por Yahweh, Yeshua trouxe para a Terra a mais completa orientação divina. Ensinou que o Pai Celestial não quer que seus filhos se digladiem, se aniquilem, e sim que se amem sob o estigma da prática da caridade e que Ele não estabeleceu diferenças de raça nem distribuiu privilégios porque o privilégio não está descrito no código da sua Soberana Lei.

Diante dos sublimes ensinamentos do Messias, descobrimos que em nossa vida, amigos e irmãos, não devemos ter a preocupação de agradar aos homens, mas sim que agrademos a Yahweh.

Todos caminhamos para a felicidade. Trabalhamos para que tenhamos digna sobrevivência do corpo, mas cada ação nossa de benemerência em favor dos que são necessitados, vibra em nossa direção como um potente facho de luz a clarear a estrada de nossa redenção.

Para que nos tornemos luz no mundo, o Cordeiro de Yahweh nos ensinou que é preciso lutar contra os estigmas do orgulho, do egoísmo, da inveja, da vaidade e da cobiça, combatendo sempre os pensamentos malsãos.

Nosso povo tem lutado muito para encontrar a paz que desde os tempos de Abrão e de Moshe não se tem alcançado. Contudo, temos procurado a paz fora, nos aparatos e aparências exteriores, esquecidos que se não a encontramos em nosso interior, não a encontraremos no exterior.

Temos lavados as mãos, mas ainda não somos capazes de lavar as nossas mentes e corações para torná-los limpos das iniquidades.

Se efetivamente empregarmos todos os esforços necessários para a extirpação dos vícios morais e implantação das virtudes, não mais nos entregaremos aos escândalos e aos males, nem haverá mais desordem no seio do povo de Yahweh.

Devemos buscar a companhia dos humildes e simples e agir para com todos sob a ação da caridade e humildade.

Lutemos todos os dias para vencer as dificuldades que intimamente apresentamos, modificando nossa conduta para melhor a fim de nos transformarmos em servos fiéis e prestativos de Yahweh, pelos caminhos indicados por Yeshua.

Yeshua é o nosso Cordeiro Divino, o Enviado, que veio, habitou entre nós e nos ensinou que em tudo devemos agir com misericórdia, para que sejamos bem-aventurados de nosso Pai Celestial.

Ele nos ensinou a perdoar, a sermos indulgentes, tolerantes, compreensivos, pacientes e resignados, para que consigamos conquistar a paz íntima, agindo na direção de nosso próximo, sob a prática do amor desinteressado, que deve ser o motivo de nossa luta diária.

Yeshua nos ensinou: 'Se teu irmão pecou contra ti, não o condenes. Antes lhe faça compreender o erro, em particular, utilizando-te de fraternidade para com ele. Se conseguires isto terás ganho o teu irmão.'

Não devemos, pois, condenar, principalmente o que não conhecemos. Não devemos recriminar as dificuldades alheias. Todos somos aprendizes das leis e passíveis do erro.

Se teu adversário exigir que caminhes mil passos com ele, caminha dois mil. Se ele te pedir tua túnica, dá-lhe também tua capa.

Vive, pois, sob o zelo do amor e pelo amor e sempre serás bendito de Yahweh e preferido de Yeshua.

Se quiseres fazer a tua oferenda a Yahweh, deixa-a, vá ao encontro daquele a quem feriste ou por quem foste ferido. Reconcilia-te com ele e a seguir vem e entrega tua oferenda a Yahweh e a Yeshua.

*Recomendando-vos, filhos de Yahweh, ao amor e
ternura de Yeshua, desejo-vos alegria e paz.*

Inácio calou-se.

Havia em torno de quarenta caravaneiros e todos haviam demonstrado vivo interesse nas palavras de
Inácio, tanto que alguns estavam com os olhos marejados
d'água.

Enquanto Inácio falava, do outro lado da vida,
ali naquele local, se somavam à companhia de Acádio e
Paulo o discípulo Barnabé, juntamente com Estêvão, que
acompanharam a prédica.

Demonstravam alegria pelas palavras de Inácio,
que enquanto falava tinha sido inspirado pelo Cireneu de
Tarso. Paulo, por sua vez, trazia incrustadas na sua memória espiritual as lembranças das inúmeras viagens que
fez com os amigos da alma e ao tempo em que inspirava
Inácio, também movimentava o pensamento de gratidão
a Yeshua pelas oportunidades de trabalho continuado no
espalhamento de seus sublimes ensinamentos.

Breve silêncio, onde a harmonia daquele ambiente era altamente acolhedora e promotora de intensa
paz. Gilad, vivamente tocado pelas palavras de Inácio,
não escondeu a emoção e pediu a Nicolau, que acompanhava Inácio, que fizesse uma oração por todos.

Nicolau agradeceu o convite e iniciou a orar:

*— Oh! Yahweh, é com devoção, ardente amor e todo
o afeto de nossos corações que Te agradecemos pela dádiva de
nossas vidas.*

Testemunho pelo Cristo

"Te oferecemos a cada dia e a cada momento, nossa fidelidade aos Teus propósitos divinos, ofertando-Te nossa disposição de trabalho, acalentados pelo vigor do Teu amor, para que disponhas destes Teus servos, outrora infelizes e deserdados, mas que agora caminham na Tua direção.

"Estamos na companhia de homens bons e praticantes da Tua Lei. Ajuda-nos e a eles a nos transformarmos em serviçais da caridade, que Tu bem anunciaste, para que possamos estar em Ti, e Tu neles e em nós.

"Compadece-Te dos que imploram a Tua misericórdia e concede a Tua graça a quem dela necessita.

"Ampara a todos nós, hoje e sempre!"

Mais alguns dias de viagem e a caravana alcançou a cidade de Antioquia de Psídia. Até lá chegar, todos os dias Inácio ia recitando os ensinamentos de Yeshua e os interpretando, para todos os membros da caravana.

Lá chegando, Inácio e os demais agradeceram a Gilad o apoio e a atenção desvelada que este colocou à disposição do grupo, dizendo, por final, que ele sentia, no íntimo, que não seria aquele o último encontro entre eles. Abraçaram-se em nome de Yahweh, e foram para os seus destinos.

Já estava próximo o cair da noite, então Inácio sugeriu que descansassem um pouco sob uma árvore e tão logo iniciasse a anoitecer, seguiriam para o Núcleo Cristão de Antioquia de Psídia, não sem antes terem se informado do endereço correto do local.

Logo mais, chegavam a uma pequena casa na saída sul da cidade. Fora da casa havia archotes iluminando a entrada. Viram pessoas que para lá se dirigiam, e então, juntamente com os que chegavam, adentraram o recinto. Foram recebidos de forma gentil pelo anfitrião, um ancião de cabelos encanecidos que se deslocava vagarosamente e que se identificou pelo nome de Tobias e lhes perguntou:

– Amigos, pelo que vejo não são destas paragens. Acaso são de longe? Vi que chegaram com animais e provisões. Estão em viagem? São cristãos?

Desta vez, foi Lúcio que tomou a frente e respondeu às indagações de Tobias.

– Sim, caro irmão, não somos da região. Viemos de longe e vamos para longe. Temos planos de ir até Éfeso, por isso carregamos provisões. Somos todos cristãos, e estes que me acompanham são os amigos Mical e Uriel – disse apontando para os serviçais da pequena caravana.

A seguir disse:

– Este é nosso irmão Nicolau, diákono de nosso Núcleo dos seguidores do Homem do Caminho de Antioquia da Síria, e este outro – disse apontando para Inácio – é nosso Episkopo, já conhecido em nosso meio cristão como Inácio de Antioquia.

Tobias fez ar de espanto e falou:

– Ora, ora, se não é o grande líder cristão do Núcleo de Antioquia da Síria – disse, olhando para Inácio com curiosidade. – Já o conhecemos de nome. Conhecemos sua fama e não poderíamos imaginar que nesta noite estivesse entre nós. Em breve deverá chegar nosso irmão Asnar, que é o nosso organizador, portanto, conforme a disposição que informam, nosso Episkopo. Ele com certeza já vos conhece, pois esteve em vosso Núcleo em reunião convocada por vós. Ficai à vontade, que a casa é de todos.

Inácio falou:

— Irmão Tobias, somos nós que manifestamos alegria por estarmos neste Núcleo que foi fundado por nosso inesquecível Paulo de Tarso. Apraz-nos sobremaneira poder estabelecer contato e diálogo direto com os trabalhadores de Yeshua.

"Estamos a caminho de Éfeso, onde pretendemos reencontrar o irmão Timóteo, que sei por aqui passou acompanhando o Cireneu da Boa Nova, e rever nosso amado João. Já tinha conhecimento, pelo amigo Asnar, que esteve conosco na reunião que realizamos em Antioquia da Síria, com os representantes dos Núcleos que aceitaram nosso convite e para lá se dirigiram para estabelecermos diálogo franco a respeito da boa e correta divulgação dos ensinamentos de nosso Messias, de algumas dificuldades e desvios que se têm perpetrado em alguns Núcleos, relativamente à precisão e justeza do conteúdo da iluminadora mensagem do Mestre.

"Pretendemos, se for possível, ficar por alguns dias ao albergue dos queridos irmãos de Antioquia da Psídia, para termos oportunidade de travarmos mais conversações a respeito."

Tobias então falou a Inácio da alegria que causava a sua visita ao Núcleo, e acrescentou que já tinha informações quanto ao trabalho por ele realizado à frente do Núcleo de Antioquia da Síria, concluindo que as ações levadas a efeito por Inácio junto àquele Núcleo, juntamente com o amigo e irmão Timóteo, que representava o Núcleo de Éfeso, e ainda com o apoio do apóstolo João, já haviam repercutido positivamente nos demais Núcleos de divulgação da mensagem de Yeshua.

A seguir acrescentou:

– Amigo Inácio, aqui nós estamos procurando fazer nosso trabalho de divulgação da forma mais segura possível, procurando por todos os meios ao nosso alcance, não nos desviarmos do reto caminho apontado pelo Messias Amado. Quando sentimos, ora e vez, alguma dificuldade, alguns desencontros de posições, temos buscado também nas orientações de nosso amado Paulo de Tarso, a quem não somente temos profundo respeito, mas temos na conta daquele a quem devemos o reconhecimento de ter divulgado os ensinamentos do Mestre a todas as gentes, as orientações seguras e a resposta para as dúvidas que às vezes nos assaltam o pensamento.

"Além disso, recebemos, através de nosso companheiro Asnar, o comunicado das decisões e resoluções que foram tomadas e adotadas naquela que foi, na história de nossas atividades, a primeira reunião de todos os Núcleos de divulgação dos ensinamentos de Yeshua, e que teve o objetivo de lembrar, reordenar e recomendar aos representantes dos Núcleos que se fizeram presentes, os cuidados sempre permanentes que todos devemos ter com relação a estudarmos e divulgarmos com a maior fidelidade possível os ensinamentos do nosso Cristo, como definiu o amigo Lucas, que por aqui passou na companhia de nosso Paulo.

"Em razão disto tudo, caro Inácio, queremos dizer-lhe que estamos todos de acordo com todas as decisões que foram adotados na reunião a que já nos referimos, e pensamos que Antioquia da Síria é mesmo o Núcleo que pode e deve liderar esse trabalho de zelo com a mensagem de libertação que a Terra recebeu, eis que, além do ensino renovador do Mestre e das lembranças do extraordinário trabalho de divulgação do amigo dos gentios, as criaturas parecem, muitas delas, que estão frequentando os Núcleos um pouco desfocadas da lúcida mensagem que verteu de Yeshua. Por essa razão, louvamos o seu trabalho nesse sentido, do qual temos alvissareiras notícias, e estarmos aqui, em sua companhia e na companhia dos irmãos Nicolau e Lúcio, que acabamos de conhecer, bem como na dos irmãos que os acompanham, é para todos nós motivo mesmo de imensa alegria, desejando que todos os irmãos sejam bem-vindos e se sintam em meio a amigos."

Tobias calou-se. No exato instante em que estava terminando sua fala, adentrou o recinto do Núcleo o irmão Asnar. Este, acercando-se de todos, apressou-se a ir na direção de Inácio, Nicolau e Lúcio, eis que os tinha conhecido em Antioquia da Síria, os abraçou todos, detendo-se por último junto a Inácio, ocasião em que disse:

– Queridos amigos Inácio, Nicolau e Lúcio. Meu coração se inunda de alegria pelo feliz reencontro, sob as vibrações amorosas do Mestre Yeshua, aqui em nosso grupo de trabalho. Sua estada conosco se constitui numa grande e grata surpresa.

"Tenham a certeza de que suas presenças nos infundem mais otimismo e renovam nossas forças para a continuidade de nossas tarefas diárias. Estimamos que possam ficar conosco algum tempo. Posso ofertar-lhes pouso em minha casa. Espero que aceitem."

Após a manifestação de Asnar e a recepção de Tobias, que foram além das expectativas e feitas sob o clima da mais absoluta irmandade, Inácio disse:

– Irmãos Tobias e Asnar. Somos agradecidos por tanta gentileza que emana dos vossos corações e nos sentimos verdadeiramente alegres por ver que os trabalhadores deste Núcleo estão alinhados com o pensamento de Yeshua e com os pensamentos de nosso Paulo de Tarso.

"De fato, não há muito, propusemos aos amigos que nos acompanham, esta viagem, cujo objetivo central é fazer um retorno aos ensinamentos puros e simples do Rabi da Galileia. Como já dissemos a outros irmãos, aceitamos a oferta que o irmão Asnar nos faz e com certeza teremos tempo para conversarmos sobre a situação da mensagem da Boa Nova, nos tempos atuais."

A seguir, Asnar os convidou para assistirem à prédica da noite, que seria feita por Tobias. Após Asnar cumprimentar todos os presentes, rogou a assistência de

Yeshua e abriu a leitura de um texto das anotações de Lucas, que já estava de posse do Núcleo e leu:

"Se somente amardes os que vos amam, que mérito se vos reconhecerá, uma vez que as pessoas de má vida também amam os que as amam? Se o bem somente o fizerdes aos que vo-lo fazem, que mérito se vos reconhecerá, desde que o mesmo faz a gente de má vida? Se só emprestardes àqueles de quem possais esperar o mesmo favor, que mérito se vos reconhecerá, quando as pessoas de má vida se entreajudam dessa maneira, para auferir a mesma vantagem? Pelo que vos toca, amai os vossos inimigos, fazei o bem a todos e auxiliai sem esperar coisa alguma. Então, muito grande será a vossa recompensa e sereis filhos do Altíssimo, que é bom para os ingratos e até para os maus. Sede, pois, cheios de misericórdia, como cheio de misericórdia é o vosso Deus."

Após a leitura, o velho asmoneu Tobias levantou-se, dirigiu-se à frente e iniciou a falar.

– Queridos irmãos em Yeshua que nos dão a honra da presença em nosso Núcleo, esta noite, com a licença dos senhores e senhoras que já são frequentadores assíduos, gostaria de informar que temos a grande satisfação de receber a visita de valorosos irmãos do Núcleo de Antioquia da Síria, na pessoa de nossos amigos Inácio, Nicolau, Lúcio, Mical e Uriel.

"Cabe-me a honra de fazer os comentários sobre a lição valorosa do Mestre Yeshua, lida por nosso irmão Asnar e que foi anotada por nosso irmão Lucas, valoroso trabalhador do Cristo a quem tivemos a alegria e prazer de conhecer aqui em nosso Núcleo, quando de sua rápida visita, por ocasião da terceira viagem de nosso saudoso Paulo de Tarso.

"Contudo, hoje estamos recebendo visitas ilustres desses trabalhadores de Yeshua que citamos. Em razão disto, declino do comentário e peço a gentileza de que o nosso irmão Inácio, em nome do Messias, faça-nos ele os comentários sobre essa valorosa lição do Mestre da Galileia."

Surpreendido, Inácio levantou-se, dirigiu-se também à frente das pessoas e iniciou os seus comentários, eis que nunca deixou de atender aos convites para falar sobre Yeshua:

— *Irmãos deste valoroso Núcleo, saudamos, em nome de nosso Mestre Yeshua, a todos os presentes, pedindo a Ele que possamos ser orientados por seus divinos trabalhadores, sempre.*

"Nesta valorosa lição lida nesta noite, o Mestre exalta-nos a agir com amor na direção de todas as criaturas, estabelecendo um paradigma, ou seja, que o amor não escolhe condição pessoal nem coletiva.

"Produz um chamamento à necessidade que todos temos de irmos além da simples ação de gostarmos ou amarmos somente aquelas criaturas que estão mais próximas, portanto, ao nosso alcance de convivência diária, mas para efetivamente amar as criaturas que nos magoam, que nos ferem e que nos testam a resistência moral e os sentimentos.

"Ao nominar a existência de pessoas de má vida, o Mestre não fez, em relação a elas, juízo de valor ou jul-

gamentos, porque Ele já ensinou que não veio à Terra para curar as pessoas boas e sãs, mas veio principalmente para as que sofrem e para as que são doentes da alma e do corpo, porque as doenças do corpo são consequências das doenças da alma.

"Nesse passo, concita, por essa razão de insuperável verdade, ao dever de praticar o amor e auxiliar as criaturas diariamente, sem que se deva esperar da parte delas qualquer retribuição.

"É bem verdade que o Pai Celestial é bom para todos os espíritos, todas as almas, e não faz distinção entre elas. A distinção é feita pelas criaturas que, ao desobedecerem aos preceitos morais dos ensinamentos da Lei de Yahweh, recapitulados por Yeshua, caminham no sentido contrário à vontade do Pai.

"Assim, ao ensinar que ao invés de odiar os inimigos, devemos amá-los, por certo que nosso Libertador vem renovar os pensamentos antigos a respeito do que seja o amor.

"O Amor é aquela manifestação íntima da alma, que traz com ela os predicados do socorro e da caridade e estabelece uma ponte de ligação entre o discípulo e Yeshua, diretamente, pois o Mestre vive naqueles que amam e servem sem buscar recompensa.

"Muito temos que progredir. Muito temos que aprender. Muito temos que amar o próximo, para que se sobrepuje a excelência dos ensinamentos valorosos do Messias, que estabeleceu parâmetros de sacrifícios a permitir o bom combate às próprias deficiências de nossa alma, permitindo

que consigamos sair do estado de imobilidade em que às vezes nos colocamos e que lancemos mão do arado e da charrua na direção de aparar as ervas daninhas que porventura cresçam em nossos corações.

"Então, irmãos, amar o próximo significa renascer para Yeshua e ser agradável a Yahweh. Isto nos permite prosseguir nossas lutas, sob o império da retificação de nossa conduta, para melhor.

"Quando Yeshua está presente em nossas vidas, tudo nos é suave, porém, se Yeshua não estiver presente, tudo se tornará penoso, pois quando o Mestre não fala em nossos corações, nenhuma consolação tem valor. Entretanto, se Yeshua nos disser uma só palavra, sentiremos grande alívio.

"Que seja, pois, Yeshua o nosso modelo a seguir. Então, amemos além dos interesses; além do egoísmo e do orgulho. Sejamos humildes e pacíficos, fazendo sempre o bem em qualquer circunstância, e Yeshua permanecerá conosco.

"Assim seja para todos nós, queridos irmãos."

Inácio calou-se e sentou.

Tobias, emocionado, levantou-se e buscando encerrar a atividade, acrescentou:

— Amigo Inácio, não temos palavras para agradecer-te por tão profundos comentários. Enquanto falavas, confesso que minha alma viajou pela amplidão dos céus à procura de nosso amado Paulo de Tarso, eis que teus comentários em muito aos dele se assemelham. Isto é sinal que o legado do apóstolo de todos as gentes não desaparecerá da Terra, restando demonstrado nesta noite que ele deixou discípulos que continuarão o seu extraordinário trabalho de divulgação da Boa Nova. Tuas alusões foram irretocáveis, pelo que te saudamos e a todos os amigos, recomendando-vos à proteção soberana de Yeshua.

A seguir, Tobias pediu a outro integrante do grupo de Inácio, Lúcio, que fizesse uma prece para todos, a fim de encerrarem as atividades. Lúcio, que era uma alma sensível e boa, orou:

— *Amado Yeshua.*

"Colhidos pela bondade e carinho dos irmãos deste Núcleo, os nossos corações transbordam de alegria e vibram no compasso da paz, não da paz do mundo, porém de Tua Paz, que inunda nossas almas de otimismo e esperança.

"Aqui estamos reunidos, parte do exército de Teus trabalhadores, que movidos pelo ideal de amor que exemplificaste, não possuem dúvidas e temores quanto à continuidade do extenso trabalho de espalhar aos quatro cantos desta Terra, que é uma das moradas do Pai Celestial, como Tu já nos ensinastes, a Tua maravilhosa mensagem.

"Não te pedimos, Mestre, por facilidades, antes, te pedimos força e coragem sempre renovadas, a fim de que o imenso amor que nos legaste seja apreendido e vivido, todos os dias de nossa existência.

"Caminhantes pela vida, experimentamos muitas vezes a companhia do erro, entretanto, dia já veio em que, alertados pelos Teus sublimes ensinamentos, acordamos da paralisia que nos impunha odiar a quem nos feria, e convencidos de que amar promove e liberta, ensaiamos os passos

*rumo à liberdade de nossas almas, sem fronteiras e aprisio-
namentos.*

*"Unidos nesta casa de luz e amparo, sejam nossos
pensamentos finais os de gratidão perene a Ti e a nosso Pai
Yahweh, eis que Ele, apiedando-se de nossos erros e conflitos,
nos enviou o dileto Filho do coração, para que nos abraçasse
as dores da alma e cantasse em nossos ouvidos as bem-aventuranças que nos embalam os sonhos futuros.*

*"Sob a rogativa de tuas bênçãos, esteja sempre co-
nosco, este o nosso desejo. Assim seja".*

As vibrações que tomavam conta do ambiente,
impregnado com delicioso perfume de tâmara, promo-
viam uma indescritível euforia.

Asnar levantou-se, agradeceu a todos e deu a reunião por terminada, despedindo os presentes, não sem
antes recomendar todos a Yahweh e a Yeshua. Após todos se retirarem, Tobias, Inácio, Nicolau, Lúcio e os dois
queridos servidores Mical e Uriel, dirigiram-se para a residência de Asnar.

A conversação pelo caminho era animada e gira-
va em torno do crescimento da Boa Nova, principalmente após a queda de Jerusalém e a destruição do Templo,
anos atrás, ocasião em que vários irmãos judeus acabaram
se convertendo ao Cristianismo. Aduzia Inácio que isto
por um lado era bom, mas que o aporte de inúmeros judeus aos Núcleos de Yeshua tinha trazido e continuava
trazendo confusões e clara distorção dos ensinamentos do
Mestre. Era preciso, portanto, sempre orientar para que a
mensagem não fosse modificada.

A breve tempo chegaram à residência de Asnar. Após o asseio necessário, o anfitrião os acomodou em dois quartos.

Asnar morava com a mãe. Não se casara. Atuava no comércio artesanal e de temperos e residia com sua genitora e uma serviçal. Foi esta que preparou-lhes o repasto noturno. Após cearem, ao saborearem delicioso chá de amora, reiniciaram as conversações.

Asnar disse a Inácio que a repercussão da reunião de todos os Núcleos cristãos em Antioquia da Síria tinha sido muito grande. Narrou que soube por um grande amigo, Festus, um romano que frequentava o Núcleo, que os romanos, através da intendência que ali existia, haviam-no convocado para que ele informasse o que sabia sobre aquela reunião de representantes de várias regiões em Antioquia da Síria, pois havia chegado aos ouvidos de Roma que os cristãos estavam se reunindo para promover um levante contra o Império.

Disse que Festus informou o quanto sabia, ou seja, que a reunião fora liderada por um membro cristão da cidade de Antioquia da Síria, de nome Inácio, mas que na referida reunião, nada se tratou em relação a Roma, e sim apenas quanto à organização e ao crescimento dos Núcleos que divulgam os ensinamentos daquele que eles consideravam como sendo o Libertador e denominavam como Messias, o Enviado de Yahweh, que é o Deus dos judeus.

Acrescentou que durante o diálogo com a autoridade romana, Festus procurou de todos as formas desfazer as falsas denúncias contra os cristãos, dizendo que mesmo sendo um romano, frequentava o Núcleo dos Seguidores do Homem do Caminho e que lá nunca houve qualquer insurgência contra a autoridade romana.

Confidenciou a Inácio que a autoridade romana lhe dissera saberem de dois locais de pregação cristã que já há algum tempo estavam sendo vigiados por Roma, justamente os Núcleos de Antioquia da Síria e de Éfeso, de onde Inácio vinha e para onde se dirigia, o que exigiria de Inácio, no seu entender, redobrada atenção pelo caminho.

Inácio, Nicolau, Lúcio, Mical e Uriel ficaram em Antioquia de Psídia pelo período de dez dias. Muitas foram as reuniões e debates, fosse no Núcleo, fosse na casa de Asnar, todas muito proveitosas, nas quais sempre foram destacados os cuidados para que não se afastassem do conteúdo da Boa Nova e das orientações de Paulo de Tarso, a permitir perenidade para os ensinamentos de Yeshua, na Terra.

XXII

O DIÁLOGO DE INÁCIO COM O PROCÔNSUL DA ÁSIA MENOR E DA BITÍNIA

Numa bela manhã de sol – os ventos que sopravam das estepes ao sul da cidade pareciam reverenciar a estação das flores, muitas das quais já anunciavam sua presença nas árvores que enfeitavam a cidade, em cujos galhos os pássaros mais diferentes compunham, com seus trinados, homenagens a Yahweh – Inácio, Nicolau, Lúcio e os dois amigos, munidos de mantimentos e víveres e dos animais, se despediram dos amigos Asnar e Tobias e iniciariam a caminhada, que seria muito longa, em direção a Éfeso.

Os companheiros do Cristo os haviam acompanhado até a saída da cidade, e lá, ao abraçar Inácio e os amigos de Antioquia da Síria, Asnar e Tobias disseram que aquela cena estava incrustada na lembrança deles, pois também daquela forma, por três vezes, se despediram do Cireneu de Tarso, que se fazia acompanhar, na primeira vez, pelo amigo Barnabé; na segunda vez por Silas e Timóteo e na terceira vez por Timóteo e o amigo Gaio, da cidade de Derbe.

337

Após os abraços e despedidas, quando os viajantes tomavam o rumo da estrada, um tropel de cavalos que vinha na direção deles se fez ouvir. Estacaram o passo e esperaram.

Logo estava diante deles um destacamento militar romano, com dez soldados, que tinha à frente o oficial romano Quinto Macio Andrônico. O oficial, estacando o animal e dando ordens aos demais soldados a fazê-lo, disse bem alto:

– Salve Roma, salve César! Em nome do Imperador Tito Flávio Sabino Vespasiano e do Procônsul Aulus Caecina Alienus, há alguém no grupo que se chama Inácio de Antioquia?

Inácio deu um passo à frente e se identificou. Então o oficial disse:

– Deveis interromper vossa viagem, porquanto o Procônsul determina que vos conduzamos até ele. Podeis acompanhar-nos – disse apontando para um cavalo sem cavaleiro, que era conduzido pelos soldados.

Após refazer-se da surpresa, Inácio disse aos irmãos que estavam com ele e aos demais irmãos de Antioquia da Psídia:

– Queridos irmãos, não temais nada. Se Roma nos chama, atenderemos, embora não nos vejamos em grau de importância para o Império.

Olhando para o oficial, perguntou:

– Acaso sabes a que título o Procônsul pede minha presença?

O oficial respondeu:

– Não. E mesmo que soubesse, não diria. Apenas determino que me acompanhe, e rápido, antes que eu seja forçado a levá-lo mesmo a contragosto.

Inácio, dirigindo-se aos amigos Asnar e Tobias e aos demais companheiros de viagem, falou:

– Amados irmãos, não fiquemos assustados. Ficamos por dez dias na casa de nosso bom amigo Asnar, frequentamos o Núcleo e em nenhum desses dias Roma nos procurou. Mesmo sem saber a razão para isto, seguirei os conselhos de Yeshua, que nos ensinou que se nos pedirem para caminharmos mil passos, caminhemos dois mil.

Voltando-se para o Oficial romano, acrescentou:

– Estou à sua disposição, nobre oficial.

Este acenou com a mão novamente, indicando o cavalo sem cavaleiro.

Inácio então abraçou Nicolau, Lúcio, Mical e Uriel, dizendo:

– Irmãos, peço aguardar-me algum tempo, e se por acaso eu não voltar, sigam adiante e procurem auxiliar sempre, para que a mensagem de nosso Yeshua cada vez mais resplandeça entre os homens.

Abraçou Asnar e Tobias e, auxiliado por um soldado, montou no cavalo e acompanhou o destacamento romano que fez meia volta e tomou o rumo da Intendência Romana.

Nicolau, Lúcio e os demais, passada a surpresa, estavam um pouco desorientados. Asnar, percebendo isso, disse a eles:

– Irmãos, aguardemos por aqui, por um pouco, e tenhamos fé que nada acontecerá a nosso amigo Inácio. Não podemos saber a que título efetivamente ele foi obrigado a ir até a Intendência Romana, porém, as coisas por aqui mudaram muito. Anteriormente, o Procônsul de Roma em nossa cidade se chamava Cneo Domicius Corbolo. Era um general romano de grande firmeza, conhecimento e humanidade. Foi amigo de Paulo de Tarso, que quando aqui esteve, na sua segunda viagem missionária, curou-lhe a mulher de uma doença de pele, razão pela qual o Procônsul era agradecido e ofertava proteção de Roma a todos os Núcleos Cristãos da sua jurisdição.

"Ocorreu, entretanto, que ainda ao tempo do Imperador Nero, descontente com a tirania e maldade do Imperador, o Procônsul Domicius Corbolo participou de um plano, juntamente com o Senador Lúcio Anio Viciano, para derrubar o Imperador. Contudo, o plano foi descoberto e Nero mandou prendê-lo, levando-o para Roma e lá o obrigou a cometer suicídio."

Disse que o Imperador Vespasiano Sabino nomeara como Procônsul, para a região, Aulus Caecina Alienus, que era também general de Roma e que respondia pelo território da Ásia Menor e também da Bitínia, província romana situada no norte da Ásia Menor, ao longo do Mar Euxino ou mar Negro, contudo, esse procônsul era o oposto do antigo, uma pessoa dura e tirana. Acrescentou, entretanto:

– Sejamos otimistas. Comungo que se Inácio demorar a retornar, voltaremos à minha residência e buscaremos fazer alguns contatos visando inteirar-nos de toda essa nova situação. Até lá, irmãos, proponho que oremos a Yeshua, rogando proteção a nosso amigo Inácio.

Então pediu a Tobias que assim o fizesse, ao que o velho asmoneu atendeu:

– *Amado Yahweh, não temos dúvidas que é grande Tua magnanimidade e doçura que reservas aos que te amam, mas não esqueces daqueles que ainda não Te conhecem.*

"Poderosa é a Tua Misericórdia, pela qual concedes a graça que desejamos, e o que desejamos neste momento é que tomes conta de nosso amigo Inácio, que, como nós, é Teu filho e que parte no rumo daqueles que ainda não Te conhecem.

"Bem já sabemos, oh! Elohim, que ainda estamos fadados a sofrer aflições e contrariedades, porque essas dores da alma nos fazem refletir sobre a verdade, ainda mesmo quando soframos, e isto nos preserva da vaidade, nos conduzindo à necessária humildade.

"Porém, Te pedimos que voltes os Teus olhos de amor na direção de nosso irmão Inácio, que também é Teu servidor e servidor de Teu filho Yeshua.

"Permite que Teu filho e nosso Mestre ordene ao exército da bondade, que nosso irmão seja protegido, contudo, oh! Yahweh, dispõe e ordena tudo conforme a Tua Sublime Vontade. Assim seja."

Já a partir do ano 64, alguns oficiais romanos perceberam que os seguidores de Yeshua aumentavam em número a cada ano que se passava. Notaram também que o já chamado Cristianismo era uma crença muito diferente da crença dos judeus. Os judeus, embora subjugados ao Império, continuavam a fazer suas manifestações de crença, mesmo após a queda e destruição de Jerusalém e do Templo, e continuavam rejeitando o Cristianismo.

Já, anteriormente, insuflado por alguns oficiais romanos e também fruto do seu vil caráter, Nero iniciara violenta perseguição aos Seguidores do Homem do Caminho.

Contudo, Nero já havia sido deposto e estava morto. Naquele momento, no Império, comandado por Tito Flávio Sabino Vespasiano, embora os romanos aceitassem facilmente novos deuses, o Cristianismo não se coadunava com a crença tradicional judia e muito menos com o politeísmo romano, o que despertava contrariedades na sociedade romana.

Por outro lado, o espírito independente dos judeus não havia morrido. Eles, mesmo sem templo, olhavam com extremo orgulho os dias de Macabeu e do profeta Moshe, quando se haviam livrado da escravidão no Egito e na Babilônia.

Inácio, escoltado pelo oficial romano Quinto Macio Andrônico e seus soldados, deu entrada no pátio da Intendência romana. Após descer do cavalo, a um sinal, acompanhou o oficial romano até o prédio central. Após passar por três salas e dois corredores, chegaram à sala das audiências, onde havia dois soldados montando guarda. Quinto Macio fez que Inácio aguardasse e saiu por uma porta lateral. Mais alguns instantes e o oficial retornou à sala, acompanhando o Procônsul, ao que um dos guardas anunciou em voz alta:

— Em nome do Imperador Tito Flávio Sabino Vespasiano, salvem ao Procônsul Romano da Ásia Menor e da Bitínia, Aulus Caecina Alienus!

O Procônsul adentrara o recinto com passos firmes e vigorosos. Era de estatura média, um pouco gordo. Tinha cabelo vasto e dois olhos duros e frios. Sentou-se, olhou para Inácio, que nada até ali falara, e então disse:

— Tu és a pessoa a quem chamam Inácio de Antioquia?

Inácio respondeu:

— Nobre Procônsul, sim, sou eu, e estou a vossa disposição.

— Dize teu nome completo, já que Antioquia é o nome de duas cidades — falou o Procônsul, ao que Inácio respondeu:

— Nobre Procônsul, não tenho outro nome. É que quando meus pais morreram eu tinha por volta de quatro anos e não tinha parentes, então fiquei órfão e passei a ser conhecido somente por Inácio. Ocorreu de amigos da alma buscaram-me na cidade de Cafarnaum, onde nasci, e me adotarem. Fui viver então na cidade de Éfeso. De lá, fui para Antioquia da Síria e me juntei ao Núcleo dos Seguidores do Homem do Caminho, razão pela qual, algum tempo depois, passaram a chamar-me pelo meu nome, acrescido do nome da cidade, indicando onde eu moro.

O Procônsul achou interessante a explicação, então falou:

– Senhor Inácio de Antioquia, acho que já sabes, e se não sabes, restarás informado, que apesar do nobre Imperador Tito Flávio Sabino Vespasiano ter destruído Jerusalém, através da campanha de seu filho Tito Flávio Vespasiano Augusto, e desarvorado os judeus, estes se reorganizaram na cidade de Avne e lá restabeleceram o chamado Templo, em construção acanhada, sendo que o Templo de antes agora somente existe na memória deles.

"Embora nessa condição, continuaram os laços de união, e formam grande contingente sob dominação do Império. O Imperador, embora já os tenha vencido, não quer novamente guerreá-los, posição que adota em razão de questões econômicas. Entretanto, senhor Inácio, os judeus continuam a implementar grande campanha contra vós e contra vossos Núcleos, sob a continuada acusação de que vós, os chamados cristãos, sois impostores, inimigos dos judeus e inimigos de Roma.

"Comunico-te que, por questões políticas, o Imperador determinou a todos os Proconsulados onde se estabelecem Núcleos cristãos, que se faça um cadastramento de todos os cristãos e igualmente um resumo de suas atividades, para que não tragam problemas para Roma. Dentre os relatórios que foram compostos, há cinco nomes que foram relacionados à conta de líderes atuais dos cristãos: Um de nome Lino, da cidade de Roma; outros dois, que se chamam Timóteo e João, ambos da cidade de Éfeso; outro de nome Policarpo, da cidade de Esmirna; e outro és tu, de Antioquia da Síria.

O Procônsul interrompeu sua fala propositadamente e aguardou a reação de Inácio.

Embora surpreso, Inácio manteve-se sereno e firme, e como percebeu que o Procônsul fizera pausa propositada e aguardava sua fala, não se fez esperar, dizendo:

– Nobre Procônsul, compreendo a vossa narrativa e confesso estar um pouco surpreso com tudo o que falais, entretanto, é com o mais absoluto respeito que vos digo que nada temo e com certeza os companheiros citados também nada temem.

"Temos, sim, nos reunidos frequentemente em nossos Núcleos, já por mais de duas décadas, porém, nobre Procônsul, gostaria de informar-vos que nossas reuniões não analisam quaisquer questões relativas a poderes, seja políticos, seja econômicos. O que todos analisamos, debatemos e estudamos, para pôr em prática no nosso cotidiano, são unicamente os ensinamentos do judeu Yeshua, que veio dentro da nação de Israel, não para provocar qualquer levante contra os judeus ou contra Roma, mas sim para ensinar que todos temos compromissos com a paz e com a felicidade do próximo, seja qual for a origem desse próximo.

"Deste modo, nobre autoridade de Roma, cultivamos e cultuamos um Deus que para nós é o criador de tudo e de todos, que vós personificais com o nome de Júpiter. Entendemos que não importa o nome, o que importa é que esse Deus ensina o amor como predicado máximo de nossas vidas e isto significa amarmos inclusive os que não pensam como pensamos; os que são de outras raças e nações; os que se elegem na condição de nosso inimigo, e até mesmo aqueles que nos perseguem e caluniam.

"Nobre Procônsul, sob o estigma de nossa fé, que nos ensinou a repelir as eventuais agressões com amor, nada absolutamente tememos porque nada fazemos contra alguém ou alguma coisa. Aceitamos vossa autoridade e a autoridade de Roma, porque isto está nos desígnios de nosso Pai Celestial, por isto aqui estou à disposição de Roma."

O Procônsul Aulus Caecina Alienus, vivamente impressionado com a fala de Inácio, refletiu por alguns instantes sobre tudo o que ouvira e disse:

– Ora, senhor Inácio, vejo, pelo que falas, que tanto os judeus quanto os romanos contam muita mentira sobre vossos Núcleos, será isto?

Inácio percebeu a armadilha que tinha sido ardilosamente montada pelo Procônsul com aquela pergunta. Dependendo do que respondesse, poderia ali mesmo ser preso, eis que a situação no ar era mesmo preocupante. Sem saber por que, repentinamente Inácio lembrou do Cireneu de Tarso. Então mentalmente pediu a ele que lhe inspirasse na resposta.

Testemunho pelo Cristo

O Procônsul, ciente do objetivo de sua indagação, aguardou pacientemente a resposta.

Tomado de uma energia que parecia fortalecer todo o corpo, Inácio então respondeu:

— Nobre Procônsul, quanto a vossa Nação e aos governantes, não fazemos nem pretendemos fazer juízo de valor. Como judeus, que também somos, estamos submetidos politicamente à vossa autoridade, entretanto, a autoridade é concedida por Júpiter, como denomina vossa gente, ou Yahweh, como denominamos nós. Assim, não compete a nós julgar se essa autoridade é justa ou não. Na realidade, vossa Nação é poderosa e detém extensos domínios na Terra, e sob essa ação tem estabelecido relação com os outros povos e, seja mesmo sob a dominação, vós não deixais em absoluto de colaborar para o progresso de muitos e da Terra. Ainda que imponhais penalizações ou castigos, não deixais de trazer avanços, através de vossa cultura e de vossos conhecimentos.

"Se de um lado vossa Nação impõe impostos, de outro lado distribui obras que auxiliam os conquistados, como estradas, canais de irrigação, construções que facilitam a vida das pessoas, e tem ensinado a organização no que diz respeito à cidadania, à propriedade, à herança patrimonial e às leis que regulam a Sociedade. Não há como duvidar da contribuição de vossas experiências políticas, econômicas e sociais.

"Desta forma, um povo que emprega seus esforços para que a felicidade seja a meta de seus patrícios e até mesmo, pelas obras citadas, dos povos que a ele estão

347

submetidos, merece o mais elevado respeito, razão por que se torna evidente que não se pode acusar tal nação como patrona de mentiras, antes disso, pode-se até não gostar dela como um inimigo que invade a sua casa, mas se esse inimigo emprega atitudes de respeito e não de arrasamento, ele é um contendor digno e ético, ao qual a virtude da convivência exige compreender.

"Quanto aos judeus do Sanhedrin e seus pares, que ora e vez acusam os cristãos de heresias e de tramarem contra suas leis e também contra vossa autoridade, não os recriminamos, antes nos apiedamos deles. O Mestre que amamos já sabiamente separou o interior do exterior, a árvore boa da má, classificando como falsos profetas aqueles que mesmo em nome de Yahweh cuidam das aparências exteriores, classificando-os como aqueles que são limpos e caiados por fora, mas possuidores da podridão por dentro.

"Lembro-me bem, Nobre Procônsul, e ouso, na medida de vossa augusta tolerância e compreensão, que o Mestre Yeshua, a quem seguimos fervorosamente, nos avisou que toda árvore que Yahweh ou Júpiter não plantou, será arrancada, e esse juízo pertence a Ele e não a nós.

"Entretanto, bem sabemos que vossa autoridade não necessita de nossos discursos ou palavras, eis que somos súditos pela dominação política, mas permito-me, com toda a honra que vós mereceis, dizer que podeis, como de fato fazeis, dominar nossos direitos civis, privarnos da liberdade de ir e vir, mas jamais podereis dominar nossos pensamentos e consciência, porquanto esses são dons divinos que cabem somente a Yahweh ou a Júpiter.

"Vos afirmo que nunca houve, mesmo ao tempo em que nosso amado Messias viveu na Terra, e bem assim depois d'Ele, qualquer insurgência dos seus seguidores em relação a Roma, e isto também acorre em todos os Núcleos cristãos, de maneira que respeitamos vossas imposições, conscientes de que nossas vidas estão submetidas aos desígnios do Pai Celestial, seja qual for o nome pelo qual Ele seja conhecido. Não acusamos e nunca acusaremos a vós romanos, e nem mesmo aos judeus, do uso da mentira, pois aquele que julga não deve ter os defeitos de que lança mão na acusação, pois, caso contrário, acusará a si próprio."

Inácio calou-se.

O Procônsul Aulus Caecina Alienus era um homem acostumado ao mando. Não cultivava medos e não temia acusar quem quer que fosse, mesmo sem provas, vez que no uso da sua autoridade utilizava meios lícitos e ilícitos, se preciso fosse, para colocar o acusado em situação difícil, obtendo, quase todas as vezes que assim agia, respostas que se configuravam em crimes contra Roma. Assim as classificava e mandava prender aquele que entendia como agressor.

Porém, o que Inácio dissera e principalmente suas últimas palavras, se erguiam como uma barreira poderosa e de difícil transposição, mais forte que qualquer combate. Percebeu, o Procônsul, que se insistisse naquela linha de raciocínio, ficaria muito claro que sua autoridade se esfacelaria. Então disse:

– Ora, ora, senhor Inácio, ante o que nos falas, tenho que reconhecer tua condição erudita. Não imagines que tínhamos o objetivo de ferir-te nem de acusar todos os cristãos. Ante tua resposta e sob a autoridade de que estou investido, declaro que podes continuar tua viagem. Apenas peço que na cidade em que chegares, te apresentes às autoridades romanas para que Roma saiba de teu paradeiro. Ficas avisado e orientado a não intentares nada contra o Império, pois caso contrário mandaremos prender-te e poderás perder a tua vida.

Um pouco desconcertado pela fala de Inácio, o Procônsul arrematou:

– Oficial Quinto Macio Andrônico, toma do registro desta audiência e remete à corte do Imperador Tito Flávio Sabino Vespasiano, e também aos cuidados da chancelaria do Senado, e acompanha o senhor Inácio de volta aos seus pares.

"Ave César! Ave Roma!"

Dizendo isto, o Procônsul se retirou do recinto, surpreso pela manifestação de Inácio. Saiu sem olhar para trás.

O oficial romano, chefe das centúrias, deu voz de comando:

– Soldado Fulvius, acompanha o senhor Inácio ao ponto de saída da cidade e deixa-o lá. Leva mais três homens para a tarefa.

Testemunho pelo Cristo

Contrariamente ao comportamento do Procônsul, e de forma surpreendente, o oficial Quinto Macio Andrônico dirigiu-se a Inácio e lhe falou:

– Senhor Inácio, agradeço vossa colaboração. Não vejo preocupação nem revolta em vosso semblante e confesso nunca ter-me deparado com alguém que eu conduzisse à Intendência, fosse preso ou não, que tivesse a vossa altivez. Gostaria de poder conversar convosco sobre esse vosso Deus, porém, o dever me impede, contudo, estimo que sigais com o vosso dever.

Dizendo isto, lançou um olhar, que era de gratidão, para Inácio, e também saiu do recinto. Inácio então acompanhou o soldado Fulvius e os demais, e se dirigiram ao local onde os demais companheiros deveriam estar esperando.

Como o tropel dos cavalos se fez ouvir, Nicolau, Lúcio, Mical e Uriel, juntamente com Asnar e o velho Tobias, que estavam sentados sob uma árvore copada e em franca conversação, se levantaram e esperaram. Logo viram os quatro soldados romanos que escoltavam Inácio de volta. Chegando ao local, o soldado Fulvius disse:

– Senhor Inácio, cumpri a missão de trazê-lo de volta e o deixo junto a seus amigos. Ave Roma! Ave César!

Dizendo isto deram meia volta e levando a montaria que conduzira Inácio, retiraram-se às pressas.

Os amigos abraçaram Inácio. Perceberam-lhe o semblante que irradiava paz e curiosos indagaram como fora a entrevista com o Procônsul.

351

Inácio então lhes falou:

– Caros irmãos em Yeshua, embora tenha sido bem tratado, na realidade fui informado que Roma tem vigiado os passos dos cristãos já de algum tempo, portanto vigiando, mesmo à distância, as atividades de nossos Núcleos; que há também uma ação propositada dos judeus em dizer a Roma que os cristãos querem estabelecer o Reino de Yahweh na Terra, mediante a expulsão dos romanos e a tomada do poder sobre todas as nações. Há uma verdadeira rede de intrigas que mais dia menos dia visa enredar todos os cristãos, na acusação de traição a Roma.

"O Procônsul Aulus Caecina Alienus é um indivíduo duro, frio e calculista e tentou fisgar-me com maliciosa pergunta, contudo, inspirado que fui, talvez pelo inesquecível Paulo de Tarso, disse a ele, com tranquilidade d'alma, que nos submetemos a Roma, sim, porém somos livres pelo pensamento; que não almejamos o poder político, nem muito menos o econômico, e que o que objetivamos é estabelecer o Reino de Yahweh dentro de cada um de nós, pelo amor.

Inácio não registrara, mas o gigante da divulgação dos ensinos do Mestre na Terra, o Apóstolo dos Gentios, esteve presente na entrevista, como estava presente ali na saída de Antioquia da Psídia, junto com o grupo, feliz pelo desfecho das ações levadas a efeito por Inácio.

Os amigos ficaram ainda por um bom tempo dialogando. Asnar pediu a Inácio que quando chegasse a

Testemunho pelo Cristo

Éfeso levasse o fraternal abraço seu a Timóteo e ao após-tolo João, falando-lhe das saudades que sentia deles.

Tobias, então, rogou a Yahweh e a Yeshua que protegessem a pequena caravana. Os abraços foram efu-sivos e, apesar do percalço, a caravana de Inácio seguiu estrada afora, rumo a Éfeso.

XXIII

O CAMINHO PARA ÉFESO – DESDOBRAMENTOS. LEMBRANÇAS DO ENCONTRO DE INÁCIO COM YESHUA

Foram quase cinco meses de dificílimo percurso, enfrentando toda espécie de intempéries: chuva, sol causticante, frio, tensão em face de animais, principalmente aqueles de hábitos noturnos.

Durante o percurso, Nicolau foi acometido de intensa febre e indisposição, e não fosse o providencial socorro de Inácio e Lúcio, através de preces e imposição de mãos, teria desfalecido.

Certo dia, quando contornavam vagarosamente os pequenos montes que prenunciavam a proximidade de região de Éfeso, avistaram um destacamento militar romano, que se traduzia em quatro centúrias. Os soldados estavam acampados em extensa área plana, ao lado de pequena elevação. Haviam instalado ali suas tendas e agrupado os animais.

A julgar pela arrumação, haviam levantado as tendas há pouco tempo, eis que se prenunciava o crepúsculo vespertino.

Como estavam muito cansados e a preocupação com Nicolau era grande, Inácio, conversando com todos, resolveu pedir pouso no acampamento.

Aproximaram-se vagarosamente e logo foram avistados por uma sentinela que assoprou a *buccina*. Vários soldados se colocaram em prontidão e se agruparam às sentinelas.

Em pouquíssimo tempo, aproximaram-se do grupamento militar e então ouviram a voz de comando:

– Alto! Quem são? De onde vêm? Parem e se identifiquem!

A um sinal de Inácio, todos pararam. Duas sentinelas se dirigiam na direção do grupo e foi o próprio Inácio que respondeu:

– Somos viajantes. Estamos vindo de Antioquia da Síria e nosso destino é Éfeso. Somos pregadores cristãos.

Após dizer isso, calou-se.

Estrondosa gargalhada foi a resposta de uma das sentinelas, o soldado Gabinius, que olhando para o outro soldado que o acompanhava, disse:

– Ora, ora, Duilius! Vejam só. São os pregadores da discórdia, que semeiam separação entre sua própria gente. O que achas? – perguntou para outro soldado que o acompanhava. – Atendemos essa escória, mandamos seguirem viagem ou os prendemos e colocamos como escravos? Essa gente parece agora estar em todo lugar. Não se dão com os judeus, apesar de judeus, e nem com Roma. Vivem a trazer conflitos. Não se entendem. Enfim, o que faremos? Levamos eles até nosso chefe?

O soldado Duilius então disse:

– Gabinius, acho melhor que os levemos até o comandante. Não temos autoridade para os prender e muito menos para os escravizar.

Então o soldado Gabinius, olhando para Inácio e os demais, ordenou em voz forte e que transparecia contrariedade:

– Vamos, vamos, me acompanhem. Vou levá-los até o comandante Lucinius.

Caminharam por entre as tendas na direção de uma grande tenda que ficava no centro do acampamento. Lá chegando, viram mais duas sentinelas. O soldado que os acompanhava falou para uma das sentinelas:

– Soldado Gabinius se apresentando. Trago comigo cinco pessoas que se dizem pregadores de um tal messias judeu, e que são conhecidos como cristãos. Solicito anunciar-me ao nobre comandante para que ele possa recebê-los.

Uma das sentinelas entrou na tenda e logo saiu anunciando a permissão para que entrassem.

O Soldado Gabinius, então, empurrou Inácio e os demais para dentro da tenda e tomando a frente fez sinal de continência ao comandante, dizendo:

– Salve, nobre comandante Lucinius, trago a sua presença estes que chegaram até nosso acampamento e nos pedem pouso.

Dizendo isso, apontou para Inácio e os demais.

O oficial Lucinius Vero Aquilinus era o centurião que comandava as centúrias ali agrupadas juntamente com uma unidade da cavalaria romana. Era um homem de estatura alta, rosto bem afilado e cabelos encaracolados, já mostrando alguns fios brancos; tinha olhos que pareciam de águia, despejando astúcia. Algumas rugas revelavam sua vivência no exército romano. Era veterano de várias batalhas, pois participara da conquista da Bitínia e também do cerco a Jerusalém, sob o comando do general Tito Flávio Vespasiano Augusto. Era, portanto, um homem experimentado, porquanto já vivera muitas coisas, e mais, conhecia já alguns cristãos.

Como era possuidor de grande sensibilidade e astúcia, percebeu o sarcasmo e o ímpeto negativo de que era portador o soldado sentinela, então falou alto e firme:

– Soldado, deixa os visitantes em minha tenda. Seus serviços estão dispensados.

O soldado enrubesceu e mais do que depressa prestou continência ao comandante e saiu apressadamente. Então o oficial romano determinou ao grupo:

– Aproximem-se mais.

Inácio se aproximou. O oficial olhou-o firme e estudadamente e após alguns instantes disse:

Testemunho pelo Cristo

– Vejo que já caminhais há uns bons dias, pela roupa e por vossas fisionomias. Dizei-me: O que estais fazendo por este caminho?

– Nobre oficial comandante – respondeu Inácio – seria mesmo mais fácil nos termos deslocado de navio, entretanto, nosso objetivo é o de fazer essa viagem pelo centro das Províncias, à procura de novas comunidades, onde possamos instalar novos Núcleos cristãos, em nossa caminhada até Éfeso, o que nos proporcionaria ordem de crescimento dos que adotam os ensinamentos de nosso Mestre Yeshua, o Messias anunciado e esperado pelos judeus, os quais não aceitam sequer a hipótese d'Ele já ter chegado.

O Comandante Lucinius passou a mão pelos cabelos e após refletir alguns instantes disse:

– Pelo que vejo, pretendeis pouso entre nós. Estamos em campanha militar e nos deslocamos na direção de Trôade, também pelo interior, para podermos lá chegar pela retaguarda e darmos cobertura à Legião que foi destacada para combater um pequeno levante que lá se formou contra Roma. Vejo que não ofertais qualquer perigo. Podeis desfrutar de pouso em nossa tropa. Também passaremos por Éfeso e até lá podereis acompanhar a tropa.

A seguir, deu voz de comando a um soldado sentinela da tenda, que rapidamente atendeu ao comandante, que deu ordens para que os visitantes fossem acomodados da melhor maneira possível, dizendo por fim que dali a pouco seria servida a ceia e eles poderiam desfrutar da mesma.

Após alojarem os animais na companhia dos demais cavalos da tropa, foram encaminhados a uma tenda que serviu para todos. Lá deitaram-se e descansaram por um pouco, porém, logo foram chamados.

Acompanharam o soldado ordenança até enorme tenda central, onde todos ceavam. Estes, ao verem o grupo cristão entrar no local, olharam para eles com curiosidade. Inácio percebeu, pelo olhar do soldado Gabinius, que os tinha recebido por primeiro, que ele não estava gostando da presença deles ali, pois seu semblante era de muita sisudez. Contudo, mantiveram-se em silêncio.

O Comandante Lucinius ceava com três oficiais menores, que eram decuriões, e de vez em quando os espreitava.

Após a ceia, os soldados se retiraram. Ficaram no recinto o Comandante Lucinius e os decuriões Cesarinus e Petronius. O Comandante chamou Inácio e os demais para que se aproximassem. Eles se acomodaram ao lado de Lucinius e dos suboficiais romanos. Então o oficial Lucinius falou:

– Senhor Inácio, peço que me fales sobre esse que dizem se chamar Yeshua, a quem tanto reverenciam. Podes fazê-lo?

– Posso, sim – disse Inácio – e começarei dizendo que o conheci quando tinha quatro anos de idade. Naquele dia inesquecível da minha vida, eu acompanhava pequena multidão que se aglomerava na minha cidade natal, Cafarnaum.

Já fazia alguns meses que meus pais tinham adquirido uma febre terrível. Morávamos numa pequena casinha, às margens do Mar de Genesaré. Meu pai era pescador. Chamava-se Menasseh e minha mãe, Zafit, era quem cuidava da casa. Meus avós paternos e maternos já tinham morrido acometidos por misteriosa doença, de modo que éramos só nós três. Então, atingidos por uma enfermidade que parecia ser a mesma que meus avós tinham tido, meus pais pereceram dentro de poucos dias.

"A morte deles provocou uma dor tão profunda e intensa que, apesar de tão criança, chorei abraçado aos dois corpos, que pela caridade de nosso vizinho Shamir, foram enterrados.

"Shamir era pescador e amigo de meu pai. Ele pescava junto com meu pai e outros pescadores da cidade. Vivia sozinho em uma casa também pequena. Tivera uma esposa, que também morrera já há algum tempo. Era uma pessoa muito pobre, como pobres eram meus pais, e já contava com mais de cinquenta anos. Então, condoído de minha orfandade, procurou de certa forma cuidar de mim e levou-me par morar com ele, porém, quando saía mar adentro, para a pesca, eu ficava completamente sozinho.

"Foi num desses dias, que amanhecera ensolarado, em que o vento cantava nas folhas das árvores, os pássaros faziam revoadas alegrando o dia com seus trinados maravilhosos e o mar dava mostras de calmaria, que Shamir pegou o seu barco e se foi mar adentro, não sem antes me abraçar e recomendar: 'Pequeno Inácio, vou para a pesca junto com os demais pescadores. Pretendemos ficar três a quatro dias em alto mar. Peço que te cuides. Não saias muito distante de casa. Deixei alimento para esses dias. Tem várias broas, mel e temos duas cabras. Eu já te ensinei a tirar leite delas. Quando tiveres fome, tira leite e te alimenta. Recomendei-te a nosso Yahweh e a Ele pedi proteção para mim e para ti, mas, se por acaso eu não voltar, já deixei avisado a teu respeito ao velho amigo Alfeu, que mora próximo. Você já o conhece. Então ,procura por ele. Não fiques sozinho.'

"Dizendo tudo isso, ele me abraçou e me beijou. Lembro como se fosse hoje, que ao beijar-me, molhou-me o rosto com lágrimas. Era um rude pescador, mas tinha uma alma sensível, bondosa e amorosa.

"Eu era muito criança para compreender. Hoje, pelo pensamento, vejo que ele temia um dia não voltar da pesca. Assim, já fazia dois dias que o bom Shamir tinha saído para pescar. Eu sempre caminhava pela praia, pela manhã, no sol a pique e no final da tarde. Sentava na areia e ficava olhando as ondas do mar, tentando divisar os barcos dos pescadores que retornavam da pesca, ora e vez, e principalmente esperando pelo barco de Shamir.

"Foi no terceiro dia após a partida de Shamir que vi aquela pequena multidão que sempre ia para a beira -mar esperar os pescadores. Me juntei a ela, e, ao fazê-lo, O vi pela primeira vez.

"Ele tinha uma beleza impressionante. Tinha os cabelos dourados e encaracolados nas pontas, divididos ao meio; o rosto parecia de um anjo, daqueles que meu pai Menasseh dizia existirem no Céu e me descrevia com a mais bela fisionomia; os olhos, – hoje lembro cada dia com mais firmeza, – eram grandes, castanhos e lindos; a barba era integral e bem cuidada. Quando sorriu, vi seu sorriso perfeito e maravilhoso, que encantava quem olhasse. Era mais alto um pouco que as pessoas da cidade. Suas mãos eram perfeitas e lisas e era de uma elegância que nunca vi igual, ao gesticular com as mãos e braços e ao andar.

"Notei que Ele falava àquela pequena multidão. Estava recostado numa pedra próxima a pequena elevação, após terminar a areia da praia. Passando por um e outro, dei um jeito de ficar bem à frente das pessoas. Sentei-me na areia e fiquei a olhar para Ele. Nada entendia do que Ele falava, mas não conseguia tirar os olhos de seu rosto. Em meio a Sua fala, de quando em quando Ele me olhava e sorria, com um olhar intraduzível, mas que hoje eu consigo decifrar. Parecia que me conhecia e que éramos muito próximos.

"Ele parecia querer terminar a sua fala. Vi que sentou-se numa pedra menor e abriu os braços na minha direção. Ao ver aquele sorriso que nunca esquecerei e que traduzia imensa ternura, corri e me alojei nos seus braços. Após, sentou-me em seu joelho, afagando-me os cabelos. Depois falou comigo. Após algum tempo – Ele já havia terminado de falar – abraçou-me, sorriu e junto com seus amigos foi-se na direção da casa do velho Alfeu, que também era conhecido de meus pais, não sem antes me acenar à distância.

"Após aquele primeiro encontro, em que fiquei extremamente feliz, retirei-me para a casa de Shamir, não sem antes ir na direção do mar e ficar algum tempo olhando, na esperança de ver chegar o barco daquele que me cuidava, na orfandade, porém minha espera naquele dia foi inútil.

"Cheguei à casa. Como havia aprendido com meus pais, acendi a lamparina, busquei o leite para me refazer, me alimentei, limpei toda a pequena casa, como fazia todos os dias, e procurei dormir. Sentia sempre medo, principalmente à noite, em razão da solidão, mas naquela noite não sentia medo nenhum, pois os olhos e o olhar do Rabi não me saíam da mente e meu pequeno coração acelerava.

"Confortado por aquela imagem e lembrança, adormeci. Acordei com o dia já alto. Lavei minhas mãos e meu rosto, tomei leite e mel, ajeitei todas as coisas e fui na direção da praia. Lá sentei e comecei a ver vários barcos chegando. Meu coração ficou alegre. Com certeza o bom Shamir estaria de volta. Ele era tudo o que eu tinha.

"Os pescadores iam chegando e conversando entre si. Notei que eles me olhavam. Parecia um olhar de piedade, mas ninguém se aproximava para falar-me. Próximo à virada do dia, da manhã para a tarde, vi um único barco que vinha chegando. Meu coraçãozinho disparou e pensei: Lá vem ele, o meu amigo, graças a Yahweh. Mas à

TESTEMUNHO PELO CRISTO

medida que o barco se aproximava, meus olhinhos começavam a ser tomados pelo desencanto, e quando o barco chegou à praia, vi que não era o meu amigo que me cuidava e que tinha me levado para morar com ele.

"Senti meu pequeno coração como que apertar em meu peito. As lágrimas rolavam pelo meu rosto de forma automática. Não sabia o que pensar. Fiquei olhando para as ondas. Soluçava em mudo desespero. Ah! Por que meus pais tinham morrido? Por quê? – perguntava, falando alto. – E agora, por que meu amigo não voltava? Será que tinha morrido no mar?

"Olhei para a areia. Não sabia o que poderia fazer. Deu-me vontade de correr e caminhar pelo mar até que as águas cobrissem minha cabeça. Eu queria fechar os olhos e também morrer. Estava completamente sozinho. Não tinha ninguém que olhasse por mim.

"As lágrimas continuavam inundando meus pequenos olhos. Chorei, ah! como chorei! Chamava meu pai e minha mãe entre os soluços e depois chamava meu amigo. Ninguém e nada me respondia.

"Joguei-me deitado de bruços sobre a areia e entre as lágrimas e soluços que continuavam, senti que uma mão começou a me afagar as costas e os cabelos. Ainda preso das lágrimas e da dor que consumia meu coraçãozinho, virei devagar o rosto e então O vi pela segunda vez. Ali estava o Rabi, que ao pousar Seu olhar no meu, sorriu e baixinho me disse: 'Olá, meu amiguinho Inácio!'

"Então, um pouco envergonhado, sentei-me e com as costas das mãos que estavam sujas de areia procu-

365

rei secar as lágrimas. Ele sentou-se ao meu lado, abraçou-me pelos ombros, puxando-me para perto d'Ele. Com a outra mão e com a barra de sua túnica enxugou meus olhos, limpou-me a face e alisando meus cabelos, disse: 'Não precisas dizer o motivo do teu choro. Eu bem sei o motivo de tuas lágrimas e de tua dor e vim aqui para socorrer-te e para te dizer, meu querido amiguinho, que teus pais foram para a Casa de Yahweh e estão lá para um dia reencontrarem-se contigo, mas não somente eles lá te esperarão. O nosso amigo Shamir também para lá foi e também vai ficar te esperando. Eles foram para os Céus.'

"Muito embora fosse ainda uma pequena e indefesa criança, compreendi o que Ele dissera e então pus-me a chorar novamente. O que ele dizia significava que Shamir não mais voltaria da pesca. Ele deixou-me chorar. Ficou ali me consolando, alisando-me os cabelos. Após algum tempo, sentindo aquele conforto divino, fui parando de chorar e olhei para Ele, que continuava sorrindo.

"Então eu lhe disse: – E agora, Rabi, quem vai cuidar de mim? Não tenho ninguém para me olhar e me socorrer.

"Lembro nitidamente e jamais esquecerei o que Ele me falou: 'Meu pequeno Inácio, Eu te cuidarei e também nosso Pai Celestial. Tu terás sempre o meu amor e tenho pedido a Yahweh para que nunca te falte nada. Ele há de socorrer-te, sempre, pelas pessoas que fará cruzar o teu caminho. Como te disse ontem, tu és meu grande amigo do passado, que voltou a viver na Terra. No momento, não poderás entender, mas dia virá, no tempo, que lembrarás de nossos diálogos e chegará para ti o momento da compreensão, que por enquanto está muito longe.

" 'A vida na Terra, querido amiguinho, lembra-te sempre, é um dom de Yahweh e a Ele pertence. Dia virá em que teremos que devolvê-la a ele, e continuar nos Céus nossa caminhada. Foi o que aconteceu com teus pais e com o amigo Shamir.

" 'Procura sempre, em todos os teus dias da existência terrena, fazer o bem a todas as pessoas que cruzarem o teu caminho. Nunca ofendas a ninguém, sempre sorri, mesmo que, em razão dos compromissos que todos temos, estejas chorando por dentro. Sorri, sempre que possível.

" 'Embora te sintas abandonado e possas, na continuidade dos teus dias, voltar a assim te sentir, lembra-te que Eu nunca te abandonarei e muito menos nosso Pai Celestial.

" 'Sabes onde mora Alfeu, que era amigo de teus pais e de Shamir, não sabes?'

"Eu já tinha parado de chorar e me sentia melhor. Respondi que sim, então Ele me falou: 'Agora vá para a casa dele. Ele já sabe o que ocorreu e te espera para que fiques um tempo com ele. Estás melhor?'

"Eu tinha ficado em pé, e ao ouvir aquela pergunta, numa atitude própria da pouca idade, pulei sobre Ele, o abracei pelo pescoço e apertei o abraço, no que fui correspondido. Ficamos ali um bom tempo abraçados. Ele soltou-me os braços, beijou-me na testa e disse: 'Vá, vá, Alfeu te espera!'

"Eu não queria largar-me do Seu amoroso abraço, mas uma força que não compreendia me fez ir, não sem de vez em quando voltar-me para Ele, que ficou em pé me acenando.

"O tempo passou. As dores e os sofrimentos continuaram a testar-me a resistência, até que um dia o bondoso Alfeu deu-me notícias de Sua morte.

"Depois ... Depois! Eu pouco ficara com o velho Alfeu, que também pouco parava em sua casa. Acabara por ser acolhido, aqui e ali, até que um dia, também inesquecível, fui localizado na praia por um amigo, que levou-me para a casa de Alfeu, onde estava a mãe do Divino Amigo, juntamente com outro Seu amigo, de nome João. Eles me levaram para sua casa, em Éfeso, e deles me tornei filho adotivo.

"Nos anos que vivi em Éfeso, fui aprendendo tudo sobre Ele, Sua família, Sua trajetória. Sua adorada mãe se transformou em minha segunda mãe e seu amigo João, no meu segundo pai. Todos os anos que vivi com eles, nobre oficial, foram anos de alegria e de deslumbramento com a vida do Messias Yeshua e a vida de Maria de Nazareth, Sua mãe.

"Ouvi sobre todos os ensinamentos que ele pregou; sobre o atendimento caridoso a todas as pessoas que o procuravam; sobre as inúmeras curas que Ele praticou, e todo o esforço d'Ele para que as pessoas conseguissem encontrar o Reino de Yahweh dentro delas mesmas, e ainda que o Criador, não importa o nome que deem a ele, quer que todos sejam felizes e que tenham vida, e vida em abundância."

Inácio fez uma pausa mais prolongada e percebeu que o oficial romano e os dois suboficiais estavam com os olhos marejados, e o mesmo se dava com Nicolau, Lúcio e os outros dois amigos. Deu-se conta que em toda sua vida nunca contara nada daquilo a ninguém. Ao perceber isso, sentiu-se muito bem e pareceu sentir uma presença espiritual a seu lado, que não conseguiu identificar.

Como que tomado de uma força irresistível, prosseguiu:

– Houve outra ocasião em que senti uma dor profunda, igual ou maior do que aquela que senti naqueles dias que já se vão distantes. Fazia já dezessete anos que eu vivia em Éfeso, na companhia de Maria de Nazareth e do apóstolo e seguidor de Yeshua, João, quando a doce e amorosa mãe das mães, Maria de Nazareth, a mãe do suave Rabi, entregaria a sua vida a Yahweh.

"Naquele dia, muitos vieram visitá-la. Pelo cair da tarde, acomodada no leito, chamou-me e ao amoroso João, e ali, de certa forma, se despediu de nós dois. Ah! nobre oficial, que dor eu senti naquele instante. Parecia que estava me apartando dela, não somente aquela vez. As lágrimas que um dia derramara sobre a areia da praia, lá no tempo distante, agora retornaram com intensidade.

Ela beijou-me as faces molhadas, recomendou-me ser forte e disse que sempre estaria a olhar por mim.

"Foi pela manhã que eu e João, ao visitar seu leito, encontramos apenas seu corpo rijo e sem vida. As lágrimas não tinham me abandonado. Estavam apenas suspensas, então as comportas da alma se abriram e elas escorreram pelas veredas da minha existência.

"Dois dias depois que ela se foi para o Pai Celestial, eu levantei muito cedo. João ainda dormia. Como sempre gostava de fazer, e muitas vezes na companhia da mãe amada, subi mais um pouco no monte em que morávamos e que se chama Colina do Rouxinol; busquei a pedra achatada em que sempre sentava para olhar lá embaixo, o mar, as ondas, a Natureza que se travestia de intensa beleza.

"Sentado sobre a pedra, meu pensamento voava freneticamente. Ia e vinha, como um pássaro em liberdade. Revi aqueles tristes dias em que abraçava os corpos sem vida de meus pais. Lembrei do amigo Shamir, que nunca mais voltara, e lembrei d'Ele, da Sua mão afagando-me as costas e os cabelos; de Seu sorriso de beleza intraduzível; de Sua voz que era revestida de serenidade e paz, e lembrei da meiga mãe Maria.

"Com o olhar perdido na linha do mar, lá embaixo, as águas do meu peito rolaram pelas alamedas do meu coração e foram impulsionadas para os olhos que as expulsaram em lágrimas incontidas de saudades.

"Mão suave pousou-me sobre o joelho e, sentado ao meu lado, de repente, estava o maravilhoso e inesquecível Rabi Yeshua, com a mesma forma e fisionomia que eu o tinha conhecido, quando criança. O tempo não passara para Ele, que continuava no vigor da juventude, como O conhecera, com o mesmo sorriso de Cafarnaum, o mesmo olhar de ternura. Olhou-me novamente, diretamente nos olhos e falou-me:

" 'Olá! Meu amigo Inácio! Vejo-te em lágrimas, sinto tua alma pura e percebo a extensão do teu amor.

" 'Os que amam, Inácio, nunca perdem nada. Apenas ganham, e o ganho maior é o reconhecimento do Meu Pai àqueles que espalham o amor em todas as direções.

" 'Sei que choras por nossa mãe sublime, e Te digo que ela está muito bem e me pede que te diga que não te esqueceu nem te esquecerá, como Eu também não te esqueci nem te esquecerei. Um dia já te disse isto.

" 'Vim para te dizer que preciso que seques tuas lágrimas e te apresentes ao trabalho na Minha Vinha, pois preciso de ti. Quero-te perto de mim. Um dia Eu te disse que no momento certo te chamaria. Agora te chamo para que continues a obra de um grande amigo da alma. Quero que te entregues a zelar por tudo o que deixei ensinado e que esse valoroso amigo se esforçou por manter vivo.

" 'As criaturas, bom Inácio, na sua maioria, na Terra, ainda apresentam dificuldades enormes para compreender nosso Pai Celestial e mesmo aqueles que se identificam com o Pai, na nossa raça, parecem não raciocinar na direção que devem, para trilhar o caminho da tolerância, da indulgência e da vivência do amor para com todos.'

"Enquanto Ele falava, mantinha Sua mão sobre meu joelho e as energias que eu sentia ao toque de Sua mão, me infundiram um vigor que eu nunca sentira e uma euforia que eu jamais suspeitei existir, do que guardo resquícios que até hoje me ajudam.

"Ele continuou:

" 'Amigo da alma, conto contigo para que se possa evitar que minha mensagem seja adulterada. Procura imitar nosso Paulo, na firmeza, na fé e na coragem. João, que me é caro ao coração, continuará te preparando para as tarefas que deverás assumir e te orientará os passos no trabalho.

" 'Não lamentes por nossa mãe. Ela está muito bem, e estará sempre a te auxiliar.'

"Ele retirou Sua mão do meu joelho, sorriu-me novamente e ainda falou:

" 'Ah, Inácio, o nosso amigo comum, Shamir, te envia caloroso abraço. Ele está muito feliz por ver o teu progresso espiritual.'

"Sensação de incontida saudade e alegria se misturava em minha mente e coração. Força irresistível fez-me olhar o mar e quando consegui virar o rosto, não mais vi o Divino Amigo Yeshua.

"Desde aquele dia, nobre Comandante Lucinius, a vida conduziu minha alma pelos caminhos do Senhor e hoje me trouxe até aqui, não sem antes ter traçado todas as lutas possíveis, para que, como Ele disse, seguindo as pegadas daquele que foi o seu amigo, o Cireneu de Tarso, eu pudesse me encontrar nas lutas para zelar pelos ensinamentos d'Ele, como para, se preciso, morrer por Ele, o que significará morrer pelo Pai d'Ele e de todos nós, Yahweh."

Inácio respirou. Agora todos os ouvintes efetivamente choravam. Esperou um tempo e então finalizou:

– Nobre oficial, isto é uma pequeníssima parte do meu encontro com Ele e com Seus feitos. É certo que sequer falei sobre o que Ele ensinou, mas acho que as lembranças que traduzi já podem dar mostras da Sua grandeza, do Seu amor e da Sua bondade.

Inácio calou-se.

O oficial romano Lucinius Vero Aquilinus, naquele instante parecia estar em estado de verdadeira estupefação. Então falou:

– Senhor Inácio, não saberei traduzir o que sinto em meu coração em razão da narrativa que nos fazes. Apenas sinto que jamais suspeitava existir alma assim, portadora de sabedoria, amor e candura.

"Desejo mais conhecer d'Ele, o que pensava e o que falava. Pelo que narraste, a morte não eliminou a vida d'Ele e então não elimina a nossa. Ainda temos um bom tempo para chegar a Éfeso, e te confirmo que estas nossas conversas haverão de continuar. Sei que estamos todos cansados e os convido a irmos para o repouso. Reiniciaremos a caminhada amanhã bem cedo, mas logo à noite voltaremos a falar sobre esse Yeshua, por quem começo a me apaixonar."

Dizendo isto, levantou-se, no que foi acompanhado pelos suboficiais. Despediram-se e foram cada um para sua tenda.

XXIV

NOVO ENCONTRO NA CIDADE DA FÉ

A madrugada chegava vagarosamente. Acomodados na tenda que lhes fora reservada, Inácio e os amigos iniciaram o repouso. Como se achava cansado, Inácio, após prece proferida por Lúcio, a seu pedido, logo adormeceu.

Tão logo o sono chegou, Inácio foi saindo do corpo físico e olhando à sua volta viu a presença de Estêvão e de Joel, que lhe sorriram e o abraçaram. Estêvão informou que vinha a pedido do Governador Acádio para levá-lo até a Cidade da Fé, onde estava sendo realizada uma reunião com a equipe que era responsável pela continuidade das tarefas de implantação da Boa Nova na Terra, reunião essa que estava sendo dirigida por Paulo de Tarso.

Logo os três chegaram à Cidade da Fé. Inácio percebeu que a população da cidade parecia ter aumentado. Estêvão, captando seu pensamento, apressou-se a dizer que tinha sim havido aumento na população da cidade, o que ocorrera principalmente após o reinado do Imperador Nero, em Roma, ocasião em que sacrificara um número considerável de cristãos, os quais tinham mérito para serem recebidos na Cidade da Fé.

375

Atravessaram a alameda principal, entrecortada por magníficos jardins, e logo chegaram ao prédio da Administração Central. Adentraram pelo arco principal de acesso à ampla sala de entrada. Após terem subido uma escadaria de cinco lances, tomaram amplo corredor à direita. Haviam caminhado vários passos quando viram caminhando na direção deles, Eleodora, a secretária principal do Governador Acádio. Eleodora, ao vê-los, saudou rapidamente Estêvão e Joel, cuja presença era permanente na cidade e se dirigindo a Inácio, disse:

– Olá, senhor Inácio! Que ótimo que retornou à nossa cidade. É uma alegria poder revê-lo. O Governador o aguarda e também a Estêvão e Joel, contudo, a reunião não será na sala dele e sim no Grande Auditório Central. Então peço que me acompanhem, por favor. Dizendo isto fechou a porta do gabinete do Governador e convidou, com um sinal, que a seguissem.

Eleodora tomou o corredor pelo qual haviam entrado e após caminharem um bom tempo e passarem por várias portas à esquerda, que estavam fechadas, chegaram ao final do corredor que terminava justamente em outra porta. Ela deu duas leves batidas na porta, que também tinha a forma de arco e possuía duas aberturas nos lados. A porta abriu-se e outra mulher sorridente, ainda jovem, pôs-se a ouvir a informação de Eleodora. Olhou para o grupo, sorriu e pediu alguns instantes, cerrando a porta. Ficaram aguardando.

Logo a jovem retornou. Trazia com ela nada mais nada menos que o apóstolo João, acompanhado de Timóteo, que vieram recebê-los. Como havia uma pequena antecâmara, abraçaram-se todos, em clima de alegria pelo reencontro. Inácio estava muito feliz por aquele momento.

O apóstolo João apressou-se a dizer, após os abraços, que a presença de seu amado filho Inácio e dos demais irmãos ali, naquele momento, era por demais importante. A seguir, explicou a Inácio que muitos Espíritos encarnados e desencarnados haviam sido convocados para aquele encontro que se realizava sob os auspícios do Governador Acádio e de Paulo de Tarso, sob ordens diretas de Yeshua.

A seguir, João os convidou a adentrarem o auditório.

Ao abrirem a porta, notaram que o recinto estava quase que totalmente lotado. Havia poucos lugares vagos, um dos quais Inácio foi indicado a ocupar. Ao dirigir-se para o local que lhe fora apontado, Inácio viu vários amigos, a quem acenou gentilmente. Lá estavam Policarpo, de Esmirna; Simeão bar Cleófas, de Jerusalém; Prócoro, que havia saído do Núcleo de Jerusalém e tinha ido residir na cidade de Nicomédia, na Bitínia; Nicanor, Timão e Parmenas; Tito, o episkopo de Creta; Silas, amigo de Paulo e de Timóteo, que ali estava pelo Núcleo de Corinto; Lino, episkopo da cidade de Roma; Tíquico, do Núcleo do Cólofon; Carpo, o amigo da Trácia. Esses eram os que Inácio tinha visto, e havia ainda muitos outros representantes de Núcleos, que lotavam o auditório.

377

Inácio sentou-se e viu que na frente, sentados em bancos pequenos em forma de meia lua, estavam ao centro o Governador Acádio, do seu lado direito Paulo de Tarso e do lado esquerdo Simão bar Jonas (Pedro) e ainda, acompanhando-os, Barnabé, Tiago Maior, Tiago Menor e o apóstolo João, que após recepcionar Inácio tinha ido tomar acento no grupo que ia dirigir a reunião.

O ambiente era iluminado com uma luz azul clara e inundado por suave melodia que proporcionava serena audição que sensibilizava a todos. A intensidade da música foi diminuída quando o Governador Acádio levantou-se e começou a falar:

– Queridos irmãos em Yahweh! Grande é o júbilo de nosso Pai Celestial por estarmos reunidos neste instante, em nome d'Ele. É com a sublime vibração amorosa de nosso amado Yeshua, que nos inunda a alma, que vamos iniciar nossa reunião, já de há muito programada. Para que colhamos o êxito pretendido, pedimos a nosso amado amigo Barnabé que nos conduza na prece.

Barnabé levantou-se, sorriu candidamente para todos e orou:

"Oh! Senhor Yahweh, juiz justo e paciente de nossas vidas, que conheces as nossas fraquezas, nossas imperfeições, Te pedimos sempre que na alegria e na tristeza, sejas nossa fortaleza e nossa confiança.

"Tu sabes quais são os nossos propósitos e do que necessitamos. Aqui estamos desejosos de continuar trabalhando na Tua Vinha. Sob o galardão da Tua bondade, rogamos-Te

que concentres em nós a esperança de podermos continuar servindo-Te e ao Teu Filho Amado Yeshua.

"Somos aqueles que procuramos, a todo custo, tornar-Te conhecido de todos, pelos predicados do amor e não do ódio, da paz e não da guerra, e devemos isto a nosso Príncipe da Paz, Yeshua.

"Mas os homens parecem teimar em se desviar do reto caminho que conduz a Tua casa. Assim, queremos, nesta assembleia de amor, dizer-Te que estamos perfilados no exército de Tua bondade, e haveremos de não nos desviar do rumo, para sempre antes servir em honra do Teu amor e do amor de Yeshua.

"Fala aos nossos corações, pela inspiração de Teus obreiros, para que não percamos a direção que nos conduz, de forma perene, a Ti.

"Abençoa-nos e ampara-nos. Assim seja."

Após a sensível prece de Barnabé, o Governador Acádio, começou efetivamente a reunião, falando aos presentes:

"Amados irmãos em Yahweh e queridos discípulos em Yeshua.

"Nossos corações se enchem de alegria por ver que de alguma forma conseguimos chegar até aqui, mesmo sob o peso de muitas lutas e refregas, mas também de muita alegria. Os momentos que vivemos, nos dois planos da existência, atualmente, são decisivos.

"As lutas travadas para a implantação da Mensagem Renovadora do Messias na Terra, na realidade, meus irmãos, estão apenas no início.

"As grandes dificuldades encontradas para o cumprimento dessa missão grandiosa, têm-se traduzido nas escolhas infelizes que muitos irmãos têm feito, na Terra, no que se refere à observância dos predicados necessários para a aquisição segura e correta do conhecimento e aplicação das Leis de Yahweh, por parte das almas que nela transitam, sejam criaturas oriundas do próprio planeta ou oriundas de outras moradas da Casa do Pai Celestial, que se encontram no mundo, em tarefas de recuperação moral.

"Por que ocorrem escolhas infelizes sob o prisma moral? Ora, como dádiva do processo de evolução, Yahweh concedeu a cada alma o poder de por si própria construir o seu destino, concedendo-lhe o atributo que denominamos como livre-arbítrio, que se traduz na condição inalienável ao processo de escolha, de decisão, de manifestação da vontade, que é uma das prodigiosas potências que a alma possui. Sob esse apanágio, Yahweh tem acompanhado o desenvolvimento dos povos, das nações, seus projetos e ideais.

"Em razão do livre-arbítrio, os homens, em grande quantidade, ao utilizar dessa capacidade inata de forma inadequada, sem se aterem à necessária observação de que o direito de cada alma tem um limite, ou seja, o de não invadir o direito de outra, têm proporcionado consideráveis atrasos na evolução deles próprios e do meio onde vivem.

"Ocorre que agindo em desconformidade com a lei de Yahweh, o homem, em sua generalidade, tem construído

falsas premissas e falsas ilusões, eis que, em se aproveitando da bondade do Criador, ao invés de retribui-Lhe com a plantação do amor, tem dado vez a comportamentos contrários ao equilíbrio determinado pela Lei Divina, e, como cocriador, cria situações desnecessárias ao plano da evolução; se transvia das regras do amor e da caridade, presentes na Lei e relembradas por Yeshua, dando vazão a fórmulas do engano, da mentira, da sordidez, da avareza, da hipocrisia, da inveja, desequilíbrios esses que moldam duas chagas nos seus corações, que são denominadas como orgulho e egoísmo.

"Sob esse estigma, também tem criado desvios para a utilização das intensas forças da polaridade sexual que cada alma detém e que foi, pelas experiências dos milênios, desenvolvida para a perpetuação e evolução das raças, transformando essas energias, que são altamente volatizadas, em forças comprometedoras e sugestivas de prazeres ilusórios e descontrolados da carne, pervertendo a ordem segura da reprodução estabelecida na Lei, lançando-se em noite escura e dessa forma impedindo-se de ver, na escuridão moral a que se atira, uma nesga de luz, sequer, que o reconduza ao caminho certo, na direção de Yahweh.

"A par desses desequilíbrios causadores das ações que retardam o progresso do ser, muitos têm-se reunido em grupos pequenos ou grandes, em verdadeiras hordas de almas que se imolam nesses desequilíbrios, que tomam por norma de conduta natural, e têm criado organizações maléficas. Estabelecem governos e até, poderíamos dizer, nações de desequilíbrio, criando inclusive deuses próprios, relacionados com suas escolhas infelizes.

"Sob esse prisma, utilizando-se das potências da inteligência, passam a organizar pequenos comandos, cuja função é de atacar aqueles que não se submetem a eles ou a suas infelizes organizações, elegendo como inimigos da sua pátria, aqueles que não pensam como eles e que, ao contrário, cultivam ou tentam cultivar as valorosas leis de Yahweh, a quem têm na conta de uma espécie de "demônio" contra eles.

"Descobridores do processo da imortalidade e dos mecanismos de relacionamento com os encarnados, visando ampliar suas coortes, seus domínios, que se revestem de vibrações maléficas, nomeiam agentes espirituais de desestabilização de pessoas, povos, governos e, utilizando-se de táticas de açulamento do orgulho, do egoísmo, da vaidade, da ambição, da prepotência e do desejo malsão nos relacionamentos, planejam e promovem violentos ataques espirituais, inclusive ancorados nos processos expiatórios. Localizam as vítimas ou algozes que ainda porventura estejam encarnados, tentando acoplá-los aos causadores da ofensa ou desequilíbrio, impondo-lhes o falso dever de que seja encetada verdadeira perseguição e aproximação maléfica.

"Nesse aspecto, incontáveis almas que assim ora pensam e vivem, se organizam para o mal e montam seus exércitos para atacar povos e nações, objetivando dominar governantes e governados.

"Por essa razão é que a história humana tem se enlutado até aqui, em vista dessa simbiose de nutrição maléfica, e os povos entram a se conflitar de forma aguda e cruel, levando à eliminação do corpo físico e à revolta do espírito, *que, ao se ver livre, se ajunta, por afinidade mental, aos promotores do erro e do desequilíbrio que lhe causaram dor e desespero.*

"Nas suas táticas de ataque, visam a desestabilização espiritual daqueles que detêm o poder político, social e econômico e investem pesadamente contra aqueles que passam, de maneira desavisada, a se comportar como tiranos, déspotas, governantes egoístas e desequilibrados, o que a história de nossas vidas na Terra já tem demonstrado até aqui, de forma inequívoca, como, por exemplo, o ainda poderoso Império Romano.

"A missão de Roma, no concerto da criação de Yahweh, queridos irmãos, pelas informações que temos, é a de ser a promotora do progresso, porém, infelizmente, ora e vez, esse progresso tem-se dado sob o peso de muitas lágrimas e dores, derramadas e sentidas pelos justos e sofredores.

"Entretanto, o Criador nunca está inerte. Suas soberanas leis são imperativas e para que a Humanidade as conhecesse melhor, pois está escrita na consciência de todos os espíritos, o Pai Celestial lançou mão de seus extraordinários benfeitores ou anjos, e, dentre eles, o maior, Yeshua, para que assumissem a missão de organização ou reorganização dos povos na direção de Yahweh.

"Assim é que nas mais diferentes nações da Terra, de quando em quando, de época em época, Espíritos de Escol, experimentados nas lutas de autossuperação, têm vindo à Terra, para a continuidade de sua organização inteligente, mesmo e principalmente nos momentos mais difíceis do seu quadro evolutivo.

"Sob essa visão, irmãos, tenho que vos dizer que essas organizações do desequilíbrio planejam, no momento – e já lá se vão alguns anos – eliminar os seguidores de Yeshua, pois sabem que o que Ele ensinou está estabelecido sob o estigma da verdade imortal, portanto, inamovível da constelação do bem e do amor do Pai Celestial. Como não conseguiram vencer o Messias, apesar de terem concorrido por se retirar do confronto direto com Ele, planejaram e insuflaram a sua morte na cruz da ignomínia. Após isso, se julgam vencedores, sem saber que a ação do Cordeiro, ao se deixar imolar, era para acordar a Humanidade de então, para a necessidade do conhecimento e conquista da justiça e do amor.

"Tendo ciência de sua ressurreição espiritual, e não podendo sequer aproximar-se d'Ele, querem eliminar, a todo custo, aqueles que O seguem.

"Já iniciaram, após o Mestre deixar a Terra, pela desencarnação, movimento ardiloso que visa o obscurecimento total de seus valorosos e maravilhosos ensinamentos, espalhando orientações mentais para que tudo se misture, se desconfigure, e nada se tire de bom.

"Para esse fim, arrebanharam prosélitos entre os fariseus; instigam desencontros entre os seguidores de Yeshua, tática da qual não pretendem se afastar; insuflaram no Império Romano o gênio volúvel de Nero e inspiraram e inspiram sucessores terríveis e contendores contra o bem.

"Recuaram um pouco ante as felizes providências de Yahweh, no envio de alguns Imperadores justos que pudessem trazer Roma para o redil do bem.

"Em vista de tudo isto, irmãos queridos, fostes trazidos aqui, nesta noite, para que saibais que os adversários da luz planejam atualmente novas investidas, tendo como alvo os dominadores. Se hoje, Roma, que ainda domina quase a totalidade do mundo, voltou a tolerar a prática da crença de Yeshua, esses adversários do Mestre, nos seus malévolos planos, objetivam estabelecer conúbio mental com as autoridades romanas que se entregam ao exercício da autoridade sem objetivos nobres, a fim de insuflar-lhes ações nefandas que visem a queda dos Imperadores justos. Em razão disto, se avizinha para breve a assunção ao trono de novo e cruel perseguidor dos cristãos.

"Podeis cogitar: 'Mas Yahweh vai permitir isto?' Ora, caros irmãos, Ele não interfere no livre arbítrio das criaturas, como bem já sabeis, e ao promulgar sua divina Lei, como Ele é a perfeição absoluta, não tem sequer necessidade a alterá-la. Nesse passo, Ele contará, é claro, com a força de resistência possível, cedida por aqueles que já descobriram o Seu divino endereço e se esforçam todos os dias em caminhar até Ele, pelas avenidas e alamedas construídas por Yeshua, único caminho a seguir.

"Como instrumento de defesa altamente potente, Yahweh nos deu a oração para fortalecer nossa alma e abrir a via de comunicação com os integrantes do exército do Seu amor, que são inatingíveis, eis que são potentes soldados do bem.

"Caberá a cada um escolher o caminho a seguir, mas vos alerto que os dias futuros, na Terra, não serão portadores da tranquilidade e exigirão esforços redobrados dos que amam o Pai e o Filho.

"Organizai-vos, arregimentai-vos em falanges de caridade.

"Espalhar o bem e a misericórdia e praticar o amor a todo custo serão as munições das quais vos deveis servir, e confiar em Yahweh, mas fazendo a vossa parte, para que a nau da Terra não soçobre. E ela não soçobrará. Poderá enfrentar mares bravios, mas eis que o timoneiro é Yeshua.

"Reuni-vos sempre e alimentai-vos na fé. Fazei sacrifícios pela Boa Nova, pois será preciso atravessar a tormenta, mas lhes garanto que após ela, há um horizonte novo, um mundo novo que vos espera.

"Por final, irmãos queridos, amar sempre e em todas as circunstâncias é o imperativo dever daqueles que querem trabalhar na Vinha do Senhor, pois o amor é o renovador e construtor da paz.

"Entrelaçados ao pensamento e ação de Yeshua e de Yahweh, unidos haveremos de vencer todas as dificuldades.

"Ide para vossos afazeres, mas não esqueçais do Messias e de Yahweh, porquanto Eles nunca esquecerão de vós.

"Paz e alegria."

Paulo de Tarso foi convidado a fazer breve saudação aos presentes, o que fez com irrepreensível vibração da alma, estimulando todos para as lutas de afirmação da Boa Nova na Terra, encerrando ele próprio a reunião com belíssima e sentida prece. A reunião terminou em clima de alegria contagiante. Todos se abraçaram, e Inácio, que abraçou todos, ficou um bom tempo sob o amparo presencial de João, de quem sentia muitas saudades, e dos amigos Timóteo e Policarpo, e teve também a alegria de trocar longas conversações com o amigo Paulo de Tarso.

O dia amanheceu prenunciando chuva. Inácio acordou. Os companheiros continuavam dormindo na pequena tenda militar. Inácio conservava todas as lembranças do sonho que tivera. Após os amigos acordarem, tomaram as providências necessárias e começaram a se deslocar acompanhando a caravana militar.

Já no início do percurso, Inácio foi narrando aos amigos de Antioquia da Síria, com riqueza de detalhes, o sonho que tivera. Todos ficaram muito impressionados, surgindo uma tênue preocupação com o futuro dos cristãos, o que foi debatido entre eles, na extensa viagem. Além disso, Inácio continuou, nos dias seguintes, pregando ao Comandante, aos suboficiais e aos soldados que quisessem ouvir, as máximas da Boa Nova. Foram longas conversações.

Após quase três meses de deslocamento na companhia do destacamento militar romano, se aproximaram de Éfeso.

A viagem transcorrera sem outro percalço qualquer. Ao chegarem em Éfeso, como havia ali uma intendência romana, o oficial Centurião e os Decuriões vieram se despedir de Inácio e dos demais e manifestaram a alegria que tiveram por conhecê-los, prometendo que se suas vidas não fossem arrebatadas por Júpiter, nas lutas, com certeza iriam procurar os cristãos para se aproximarem daquele personagem que os encantou, principalmente em razão de Seus sublimes ensinamentos.

Inácio estava sensibilizado. Despediu-se do centurião Lucinius Vero Aquilinus e dos demais oficiais, dizendo:

– Nobre Centurião e nobres Decuriões, seguirei escravo da gratidão pelo vosso gesto de caridade em nos receber e albergar em vossa caravana. Comungo que ainda nos encontraremos. Rogo a Yahweh e a Yeshua que vos abençoem, sempre.

Os militares seguiram os seus caminhos, e Inácio, Nicolau, Lúcio, Mical e Uriel logo mais haveriam de chegar ao Núcleo de Éfeso.

XXV

Reencontro com Timóteo e o apóstolo João – Observações do futuro

Havia chegado o crepúsculo. Inácio conhecia o Núcleo de Éfeso. Estava sentindo uma euforia muito grande. Tinha muitas saudades de Timóteo e ainda mais do apóstolo João, seu querido pai adotivo, a quem não via já há bom tempo.

Logo caiu a noite, seguiram para o Núcleo. Inácio disse aos amigos que após a reunião iriam para a casa de sua recordação, na Colina do Rouxinol, onde João ainda morava. Esperava que pudessem encontrar o Apóstolo na cidade, pois ele frequentemente viajava em tarefas de pregação da Boa Nova.

Chegaram. O Núcleo estava repleto de pessoas. Era uma construção térrea e horizontal, com boa capacidade. Havia muitos bancos compridos, de madeira tosca, e na frente uma mesa com outro banco único e comprido. Quando Inácio e o grupo adentraram o recinto, iluminado por uma dúzia de lamparinas, Timóteo, que estava à frente, os viu, e mais do que depressa foi ao encontro deles, com largo sorriso de satisfação.

– Por Yahweh! Ora! Ora! Vejam senão é o nosso amigo e irmão do coração, Inácio de Antioquia e demais amigos. Por Yeshua, que bela surpresa, e quanta honra!

Timóteo e Inácio se abraçaram demoradamente.

Após apresentar Nicolau, Lúcio e os dois amigos Mical e Uriel, Inácio disse ao amigo que não via há tempos:

– Bom e querido amigo Timóteo, vejo que estás bem e com saúde. O tempo parece te proteger. Não vejo muitas rugas, que bom! A propósito, tens notícia de nosso amado João? Ele está em Éfeso?

– Querido amigo – respondeu Timóteo – quanto a estar bem, estou sim, e a saúde tenho encontrado nas tarefas e serviços de divulgação dos ensinamentos de nosso amado Rabi da Galileia. Assim, não temos tempo para pensar em coisas que não são necessárias e a alegria do trabalho incute na pessoa, também, a alegria de viver. Quanto a nosso irmão e amigo João, posso te antecipar que ele está gozando de boa saúde. Ele fez, por estes dias, uma viagem para visitar os Núcleos de Magnésia e Esmirna. Pretendia abraçar os irmãos desses Núcleos, notadamente nosso irmão e amigo em comum Policarpo. Recebi um recado, por mensageiro, que ele deveria voltar hoje. Talvez pelo cansaço da viagem não tenha vindo nesta noite ao Núcleo, mas, ante a bela surpresa que nos fizeste, confesso-te que eu já tinha a intenção de visitar João juntamente com os irmãos Áquila e Priscila, que após vários anos voltaram a morar em Éfeso e estão aqui conosco, como podes ver.

Dizendo isto, os indicou, e estes acenaram na direção do grupo.

– Assim, – continuou – com vossa presença e com a companhia de Áquila e Priscila, iremos todos até a casa da Colina do Rouxinol.

Timóteo conduziu os visitantes aos lugares que havia na frente do auditório. Após, tomou acento à mesa de direção das atividades e chamou o casal Áquila e Priscila para participarem ativamente da reunião.

Áquila cumprimentou todos, saudou os visitantes recém-chegados e, como tinha sido orientado por Timóteo, fez uma prece emotiva e a seguir abriu os escritos de Lucas e leu a temática da noite:

"Um homem rico tinha um administrador que foi denunciado por estar esbanjando os bens dele. Então o chamou e lhe disse:

"O que é isso que ouço contar de você? Presta contas da sua administração, porque senão, você não pode ser mais meu administrador.

"Então o administrador começou a refletir: 'O senhor vai tirar de mim a administração. E o que vou fazer? Para cavar, não tenho forças; de mendigar, tenho vergonha. Ah! Já sei o que vou fazer para que quando me afastares da administração tenha quem me receba na própria casa!' E começou a chamar um por um os que estavam devendo ao seu Senhor.

"Perguntou ao primeiro: – Quanto é que você deve ao patrão?

"Ele respondeu: – Cem barris de óleo.

"O administrador disse: – Pegue sua conta, sente-se depressa e escreva cinquenta.

"Depois perguntou ao outro: – E você, quanto está devendo?

"Ele respondeu: – Cem sacas de trigo.

"O administrador disse: – Pegue a sua conta, e escreva oitenta.

"E o senhor elogiou o administrador desonesto, porque ele agiu com esperteza. De fato, os que pertencem a este mundo são mais espertos com a sua gente do que aqueles que pertencem à luz.

"E eu lhes declaro: – Usem o dinheiro injusto para fazer amigos, e assim, quando o dinheiro faltar, os amigos receberão vocês nas moradas eternas. Quem é fiel nas pequenas coisas, também é fiel nas grandes; e quem é injusto nas pequenas, também é injusto nas grandes. Por isso, se vocês não são fiéis no uso do dinheiro injusto, quem lhes confiará o verdadeiro bem? E se não são fiéis no que é dos outros, quem lhes dará aquilo que é de vocês? Nenhum empregado pode servir a dois senhores, porque ou odiará um e amará o outro, ou se apegará a um e desprezará o outro. Vocês não podem servir a Deus e a Mamom."

Após a leitura, Timóteo pediu a Priscila que fizesse o comentário da noite:

A servidora de Yeshua iniciou sua análise sobre o texto lido:

– Amigos e irmãos presentes. Nessa anotação de nosso amado Lucas, sobre a trajetória e ensinamentos de Yeshua na Terra, há uma certa condição um pouco difícil de compreender.

"Por evidente que o Mestre não aprova o roubo ou a fraude. O que Ele faz é chamar a atenção para a astúcia e rápida ação do administrador diante das necessidades do futuro, pois, preocupado, o administrador percebeu a situação de risco na qual ficaria, e isso o levou a agir decididamente no presente.

"Desta maneira, Yeshua chama a atenção das criaturas para analisar como elas vivem seu tempo presente e o que estão semeando para o futuro.

"Todos temos um tempo para viver na vida, no qual construímos nosso futuro espiritual.

"Ora, então temos que nos perguntar:

"Qual é o futuro que estamos construindo para nós?

"O Messias nos alertou a não sermos servos do dinheiro. Para essa aferição, temos que perguntar: Onde está Yahweh em nossas vidas?

"Que sinais de sua presença vemos ao nosso redor?

"É possível administrar nossos bens, nossas economias, sem lesar qualquer senhor?

"Precisamos aceitar o desafio proposto pelo Messias e praticar a todo custo os atos de amor por Ele exemplificados, utilizando o que temos com a prudência necessária, não desejando o que não é nosso.

"Para que possamos ser fiéis nas pequenas coisas, é necessário que mantenhamos o coração limpo dos desejos malsãos, principalmente na direção das posses morais e mesmo materiais de nosso próximo, e viver o presente semeando todo os dias o bem, utilizando de nossos talentos para construir a fortaleza do amor e da caridade, objetivando a felicidade, programando nosso futuro, para que este venha a ser ao lado dos justos, daqueles que mesmo nada tendo, servem a Yahweh e a Yeshua, com correção.

"Não devemos esquecer que todos teremos que prestar contas dos bens colocados à nossa disposição. Somos os administradores dos bens confiados a nós, por Yahweh. Os valores e talentos que porventura enterrarmos por preguiça, por alegada falta de tempo, pela insegurança não combatida, nos serão alvo de cobrança natural pela Lei Divina.

"Diante dessas verdades, peçamos que Yahweh nos dê sempre a possibilidade de conquistarmos a sabedoria, para que transformemos nossas vidas em fidelidade ao Pai; para que sejamos fiéis a ele, sempre, nas grandes, nas médias e nas pequenas coisas.

"Que Ele e o Messias amado nos abençoem. Assim seja."

Após os comentários da excelente trabalhadora do Núcleo, Timóteo fez mais alguns poucos complementos e a seguir pediu ao visitante Inácio – anunciando aos

Testemunho pelo Cristo

presentes que ele era o líder, o episkopo do Núcleo de Antioquia da Síria e que tinha viajado vários meses para visitar os irmãos do Núcleo de Éfeso – que encerrasse os trabalhos da noite, orando ao Pai Celestial e a Yeshua.

Inácio, embora surpreso pela distinção, levantou-se, foi à frente e cumprimentou todos, dizendo que trazia o abraço da fraternidade, em nome de Yeshua, e pôs-se a orar:

"Amado e inesquecível Mestre Yeshua.

"Ajuntamo-nos novamente, para viver os Teus ensinamentos e reverenciar o Sublime Arauto direto de Yahweh. Tu que conviveste na Terra conosco, apieda-Te de nossas fraquezas, que sabes, ainda são muitas.

"Um dia nos ensinaste que forte é o amor sobre todas as coisas, o Amor ao Pai Celestial e ao próximo, que é nosso irmão, e que o Amor tem o poder de nos elevar até Yahweh e também de nos restituir o gozo de uma vida melhor.

"Animados pelo Teu exemplo de fé, de trabalho em favor de todos e de confiança em Yahweh, o Teu e nosso Pai, rogamos possamos continuar a ser fortalecidos em nossas lutas, por Tua graça e misericórdia.

"Que tenhamos sempre a coragem de todos os dias testemunharmos nossos firmes desejos de servir-Te, sejam quais forem as lutas que se nos apresentem.

"Auxilia-nos a acolher a água viva dos Teus ensinamentos, para que com ela enchamos o nosso interior, proporcionando que a terra de nossos corações fique umedecida e regada pela fonte do Teu sublime e perene amor.

"Confiamo-nos a Ti. Encomenda-nos a Yahweh.

"Entregamo-nos aos Teus cuidados. Sustenta-nos, para que possamos confiadamente dizer: 'O Senhor está em nós.'

"Que tenhamos a Tua alegria e que vivamos a Tua paz.

"Assim seja."

Terminada a reunião, após se despedirem de todos os presentes ao Núcleo, Timóteo, Áquila, Priscila, Inácio e seus companheiros de viagem rumaram na direção da casa de João.

Timóteo, ao iniciarem a pequena caminhada, confidenciou que antes do início dos trabalhos despachara um mensageiro para comunicar ao Apóstolo sobre a visita de Inácio e seus amigos.

Com o auxílio de archotes, seguiram na direção da Colina do Rouxinol, conversando pelo caminho.

Inácio, embora participasse das conversas, sentia seu pensamento voar na direção dos seus dias do passado, o que lhe era muito grato ao coração. Como não lembrar da sublime mãe, bela e amorosa, que povoou seus dias da adolescência com sublimes orientações para toda a sua futura existência!? Pelo caminho, lembrava de tantos fatos. Sentia seu coração apertado pela saudade.

E do pai adotivo, João, também quanta lembrança! Fazia já alguns anos que não o via. Esperava que pudesse encontrá-lo bem. Também dele sentia muitas saudades.

Após caminharem cerca de uma *leuga*, subindo a ladeira, viram a pálida luz que refletia da pequena casa. Silenciaram. Inácio, então, tomou a frente e se aproximando da porta bateu palmas. Instantes depois a porta se abriu, e conduzindo um candeeiro, Léa, a antiga serviçal, disse:

— Aproximai-vos.

Inácio então se aproximou e Léa disse:

— Ora, inesquecível Inácio! Estávamos te esperando. Fomos avisados de tua chegada.

Todos se aproximaram, e então a servidora disse:

— Que saudades sentimos de ti, Inácio! Há quanto tempo! Vejo que trazes contigo nossos irmãos Timóteo, Áquila, Priscila e mais amigos.

Com lágrimas nos olhos, Inácio falou:

— Oh! boa e inesquecível Léa, que bom estar novamente contigo nesta casa. Trago comigo amigos de Antioquia da Síria e o querido irmão Timóteo fez a gentileza de nos acompanhar, junto com o casal amigo.

Inácio caminhou na direção de Léa, abraçou-a demoradamente, com o abraço da saudade. Léa então convidou todos a entrarem:

— Entrem! Entrem! O Apóstolo vos espera ansioso. Ele está na companhia do amigo Hanan, que foi encaminhado pelo senhor Timóteo para avisá-lo. Está muito contente. Não vê o instante em que possa abraçar nosso Inácio.

Léa os conduziu à sala da casa, onde o Apóstolo estava sentado junto com o mensageiro. Ao ver o grupo de visitantes, João foi tomado de indizível alegria. Inácio, movido pelo ímpeto, correu na direção de João e o abraçou. Todos ficaram a ver aquele abraço de filho e pai, demorado e emotivo. Inácio e João choravam. Ninguém ousava quebrar o encanto e o silêncio. Após, sem nada falarem, João abraçou um por um e pediu que todos se acomodassem.

Feitas as acomodações, João pediu à serviçal Léa, que na realidade tinha como uma irmã espiritual, que cuidava da casa e dele há bom tempo, para que ela servisse um chá aos amigos.

Após feitas as apresentações dos amigos Mical e Uriel – os demais João já conhecia – foi o Apóstolo que falou:

– Meu filho e amigo Inácio, não sabes aquilatar a alegria que invade meu coração em ver-te, e principalmente gozando de saúde. Tenho sonhado contigo repetidas vezes, e em meus sonhos, também nossa mãe Maria de Nazareth tem comparecido. Aos amigos Timóteo, Áquila e Priscila, a quem tenho visto mais repetidamente, digo que também me agrada sobremaneira suas visitas. Quanto aos amigos Nicolau e Lúcio, já os conhecia, e quanto a Mical e Uriel, manifesto que é uma grande satisfação conhecê-los.

Após, disse:

– Imagino, Inácio, que vieste com os amigos para ficar por aqui vários dias. Então lhe comunico que nossa Léa já vos preparou os aposentos. Para mim será uma alegria conviver com todos. A casa é simples, mas o contentamento do meu coração é enorme em recebê-los e atendê-los.

Após, trocaram várias impressões sobre as viagens, tanto as de Inácio e dos demais amigos, como as de João. Conversaram um pouco mais sobre a beleza dos ensinamentos de Yeshua e, a certa altura, Timóteo agradeceu ao Apóstolo a hospitalidade e convidou Áquila e Priscila a voltarem para a cidade. Não queriam retornar muito tarde. Feitas mais algumas considerações, Timóteo e o casal se retiraram e João pediu a Inácio e aos amigos que fossem repousar, pois que teriam muito tempo para conversar.

Acomodados nos leitos para o repouso, Inácio, ouvindo o vento que fustigava as paredes da casa e o barulho das ondas do mar, que se quebravam lá embaixo, na praia, revivia todos aqueles sons. O pensamento voava ao infinito. Inácio foi ao encontro da imagem do Rabi inesquecível e amado. Tinha absoluta certeza, ante todas as lutas para que Sua mensagem prosseguisse instruindo corações para o amor, que para esse fim daria sua vida pelo Mestre.

A seguir, pareceu-lhe rever, ali naquela casa, que lhe era muito cara ao coração, a doce e amorosa mãe Maria. Quanta saudade! Inácio chegava a suspirar, e seus olhos logo se apresentaram como vertedouros d'água.

A imagem de Maria apareceu à sua frente com aquela inconfundível beleza e meiguice. Inácio agradeceu-lhe, em pensamento, como fazia quase todas as noites:

Oh! mãe sublime, agradeço-te, todos os dias, pelo carinho desmedido, o amparo e a orientação de mãe augusta e amada. Tu fizeste forte a minha fé. Por filho do teu coração, me adotaste. Muitas vezes, mãe querida, tenho me sentido só, sem teu meigo colo, para sorrir ou mesmo chorar! Quantas vezes tenho lembrado da senhora! Sinto saudades dos teus abraços. Sigo adiante, confiante no teu carinho e no carinho de Yeshua. Abençoa-me. Olha por mim. Sou necessitado do teu amor.

Nas cogitações do pensamento-prece, como estava muito cansado, Inácio acabou por adormecer.

Como sempre, o dia amanheceu engalanado, em Éfeso. Bem cedo o astro rei marcava sua presença. Inácio, como tinha o hábito de fazer quando ali morava, levantou-se bem cedo e foi para a pedra no ponto alto da colina, para olhar, lá embaixo, o mar e suas ondas que se quebravam na praia e o voo sempre renovado das gaivotas.

Olhando para a linha do horizonte, acabou entrando numa espécie de transe e viajou para longe dali. Olhou à sua volta e viu uma enorme multidão de pessoas que gritavam e aplaudiam. Via-se numa arena arredondada, misturado com muitos companheiros cristãos. De repente, viu enormes leões que foram soltos na sua direção e dos demais. A multidão urrava. Viu o rio de sangue que escorria pela arena e os corpos estraçalhados dos amigos de Yeshua. Olhou para suas vestes. Não via sangue em si nem em suas mãos. Um pouco assustado, saiu daquele torpor. Suava e tinha a respiração alterada. Ligeira vertigem o acometeu. Olhou para o mar, lá embaixo, e então chorou copiosamente, sem saber decifrar as imagens que vira. Apenas sentia uma profunda tristeza, que o levou a chorar.

O que seria aquela visão? E o que significava ele nada ter sofrido? Não encontrou resposta, por mais que pensasse. Ainda tomado de intenso desconforto, orou:

"Oh! Yahweh, Pai poderoso de nossas vidas, felicidade interminável! Desejo receber-Te com o mais ardente fervor e com a mais digna reverência.

"Nada desejo para mim, a não ser sacrificar-me a Ti e a Yeshua, espontaneamente e de todo o meu coração. Sacrificai a minha pessoa e tudo o que me pertence.

"Ainda que pudesse derramar um mar de lágrimas, nem por isso seria digno de Tua consolação. Nada mais mereço além de ser afligido e castigado. Não poupeis a mim, porque sou servo pecador. Antes, aceita meu sacrifício por Teu infinito amor.

Saído daquele estado de alma, Inácio olhou para os céus e pediu ao Rabi Amado e à sublime mãe divina, forças para os embates que porventura lhe viessem na caminhada.

Depois de ficar mais algum tempo olhando aquela paisagem que inundava parte de sua vida, retornou à casa. Lá chegando, viu que todos já haviam levantado e conversavam animadamente com o Apóstolo, que ao vê-lo, saudou:

– Olá, querido Inácio. Estava aqui contando a nossos amigos que quando vieste de Cafarnaum para morar comigo e com a mãe Maria, tu gostavas de todos os dias levantar cedo, ir para a pedra, na colina, e lá ficar olhando para o mar. Que muitas vezes fizeste isto na companhia de Maria, e algumas vezes eu os acompanhava. Mas venha, vamos ao repasto matinal.

Após o repasto, onde a conversa fora amena, deslocaram-se para a área da entrada da casa. Nesse exato instante, viram Timóteo se aproximar. Ele os saudou e disse que não poderia deixar de estar presente, para continuar partilhando da conversação sobre os assuntos de Yeshua.

Todos acomodados, João tomou da palavra e disse:

– Meus irmãos e amigos, sinto-me revigorado com a presença de todos nesta casa, onde convivi com aquela que foi o mais completo exemplo de candura, de gentileza, de amor, de pura meiguice, que é a mãe de todos os deserdados da Terra, assim naturalmente eleita, pela dor que lhe sulcou a alma, de maneira profunda, que foi acompanhar todo o sofrimento e morte do Justo, d'Aquele que nada tinha a se penitenciar diante da Lei de Yahweh.

"Confesso-vos que receber diretamente de Yeshua a honrosa e maravilhosa missão de cuidar da Sua, e por que não, da Mãe de todos nós, em razão do imenso amor que ela tinha e tem pela Humanidade, apesar do que fizeram a seu Amado Filho, constituiu-se, para mim, no roteiro indispensável de vida.

"Se ainda eu era muito jovem, isto não me impediu de compreender a grandiosidade da tarefa que herdei naquele instante, quando ouvi Sua voz entrecortada por soluços de dores, endereçar-me o pedido, pois o que vi nos Seus olhos ensanguentados, era uma ternura ainda maior do que possa alguém imaginar.

"Passados aqueles dias trágicos e extremamente difíceis, eu ficava a lembrar e a cogitar sobre todos os ensinamentos que Ele nos trouxe, ensinamentos que sempre traduzem otimismo, esperança e paz, principalmente aos que sofrem as dificuldades pessoais e do mundo.

"Tudo isto e muito mais pude conhecer e viver, e sobretudo testemunhar as verdades que Ele declamou, pois Yahweh reservou-me a alegria de poder vê-Lo novamente após Sua morte física. Ele conviveu conosco por mais quarenta dias, confirmando a continuidade da vida, e que a morte não é o fim; que todos prosseguimos nossa caminhada fora da Terra, podendo a ela voltarmos para progredirmos sempre na direção da conquista de um lugar próximo a Elohim.

"Além disto tudo, amigos do coração, também pude, ao longo da convivência com Maria, conhecer mais detalhes da intimidade familiar do Mestre de todos nós. Em razão de tudo isto e muito mais, não posso nem devo aceitar as vozes daqueles que teimam em mistificar a Boa Nova e com isso desclassificar e substituir a mensagem que nos liga diretamente a Ele, por outra qualquer."

João tomou fôlego, calando-se por instantes, porém, a atenção de todos era enorme. Sequer tiravam os olhos do Apóstolo.

Retomando a palavra, João disse:

– Quando estive em Antioquia da Síria, por ocasião da reunião que nosso amado Inácio promoveu, com inúmeros Núcleos cristãos que lá compareceram, tive a oportunidade de alertar a todos acerca daquelas criaturas que têm se aproximado de nossos Núcleos, invertendo fatos e situações e caminhando em direção contrária aos simples e puros ensinamentos do nosso Mestre Inesquecível.

"Nas minhas viagens, que por certo sequer se aproximam das lutas, refregas e vitórias do saudoso amigo Paulo de Tarso, tenho tido o desconforto e a tristeza de ver que muitos judeus, tidos na condição de mestres, e que se dizem cristãos, passaram a pregar que o sacrifício de Yeshua não era suficiente para salvar o crente, mas que para isso é necessário obedecer à Lei de Moshe, principalmente no que se refere à circuncisão.

"Ouvi, também, que o Messias não é o Verbo Divino e não é o Filho de Deus, mas apenas um homem de grande virtude que foi tomado pelo Espírito de Yahweh e se tornou seu filho adotivo.

"Enfim, tenho visto e ouvido tantas deformações sobre a doutrina de nosso Messias, que cada vez mais me convenço que tudo o que pudermos fazer para preservá-la, ainda será pouco.

"Comungo, queridos Inácio e Timóteo, que toda criatura que tem contato com a Boa Nova trazida pelo Messias e não permanece nela, não traz Yahweh no coração da forma como deveria trazer. Por essa razão, tenho dito nos Núcleos por onde tenho andado, que não devemos receber aqueles que querem anunciar e não trazem sequer fragmentos dos ensinamentos de Yeshua, pois quem saúda essas pessoas torna-se cúmplice de suas más obras.

"Precisamos, em nossas reuniões e pregações, destacar as virtudes do amor e da luz divina, do conhecimento e da vida, virtudes que o Mestre ensinou e viveu. Possuir amor pelo próximo é uma evidência clara de que a criatura se encaminha a Yeshua, que foi a personificação do amor mais poderoso que a Terra jamais viu, eis que renunciou a Si mesmo e doou Sua vida em favor da Humanidade.

"Yahweh é a luz, é a comunhão com Yeshua. Compreender isto proporciona que a criatura caminhe pela vida em verdadeira comunhão com o bem comum.

"Como sabiamente nos ensinou Yeshua, aquele que pratica a justiça é justo, porquanto aquele que não pratica a justiça e não ama seu irmão, não tem compromisso com Yahweh.

"O Mestre é contrário ao pecado e nos ensinou a combatê-lo, praticando o bem. Todos os que assim agem, são benditos do Pai Celestial.

"Através de Yeshua, Yahweh entrou completamente na vida humana, pois Ele é o nosso defensor junto ao Pai. Através d'Ele encontraremos o caminho para o Reino dos Céus.

"Infelizmente, queridos irmãos, as heresias têm atacado os Núcleos. A pretexto de que a verdade está somente com a tradição e com as leis de Moshe, muitos têm espalhado verdadeiro conflito entre a luz e as trevas, entre o amor e o ódio, enfim, entre a verdade e o erro.

"Estejamos atentos e não permitamos isso. Lutemos para difundir que não é suficiente ao cristão andar sob a luz, mas é preciso que ele ande também na verdade.

"Estamos vivendo os últimos tempos da tradição antiga. O futuro está chegando. Todos os dias ele bate à nossa porta. Uma realidade nova foi implantada, a Boa Nova do Messias.

"Embora eu não tenha dúvidas que os ensinamentos de nosso amado Yeshua já modificaram toda a paisagem da Terra, percebo que para modificar as criaturas todas, ainda levará um tempo que não podemos sequer supor.

"Muitas tribulações haverão de chegar, mas é preciso que quando elas chegarem, encontrem os discípulos em posição de firmeza e fé, pois seremos nós os agentes da mudança para o mundo novo."

João então calou-se.

O pesado silêncio que caiu sobre todos, era mesmo o silêncio da preocupação.

Inácio, Timóteo e os demais, inclusive Mical e Uriel, estavam impressionados. Inácio, assumindo a palavra, aduziu:

– Querido irmão e pai João. Somente ter ouvido tudo isto que dissestes já valeu a pena estarmos aqui. Temos-lhe na condição do nosso líder máximo.

Inácio e os demais amigos de Antioquia da Síria conviveram com o Apóstolo ainda por quase seis meses, sempre aprendendo, trocando opiniões e entendimentos a respeito da extremada necessidade de preservação dos ensinamentos de Yeshua, para que a Humanidade pudesse vir a encontrar o verdadeiro sentido dos seus ensinos reveladores, no presente e principalmente no futuro.

Ao cabo de um ano, Inácio estava de volta a Antioquia da Síria, e dali, do seu posto de trabalho, em breve passaria a ser a referência máxima na defesa dos ensinamentos do Messias, na Terra.

XXVI

A morte do Imperador Vespasiano e a ascensão de seu filho Tito

Os anos haviam corrido céleres. O reinado de Tito Flávio Sabino Vespasiano, desde o ano 70 d.C., trouxera inúmeros progressos a Roma. As fronteiras do Império foram novamente ampliadas e fortalecidas. O Imperador fez várias reformas úteis e sanou as combalidas finanças de Roma.

Roma continuava a senhora do mundo. A revolta dos judeus zelotes, no seu Império, foi esmagada. Jerusalém era apenas uma sombra do seu tempo de esplendor e fausto. O Templo judeu já não mais existia. Vespasiano determinara a destruição do Domus Áurea, construído por Nero e em seu lugar deu início às obras do Teatro Flávio.

Houvera proclamado como Cônsules e herdeiros do trono imperial, seus filhos Tito Flávio Vespasiano Augusto e Tito Flávio Domiciano.

Em junho do ano de 79 d.C., acometido de grave doença, Tito Flávio Sabino Vespasiano morreu. Assumiu então o Império, seu filho mais velho, Tito Flávio Vespasiano Augusto, que havia participado ativamente do poder imperial. Durante os dez anos de reinado de seu genitor, ocupara sete consulados e fora o Comandante Geral da Guarda Pretoriana.

O Imperador Tito, como passou a ser conhecido, embora as experimentações das guerras, próprias da nação conquistadora, era possuidor de uma alma de elevado senso de justiça e portador de franca ética. Também portador de bondade para com os menos favorecidos, principalmente durante as catástrofes, possuía uma boa preocupação com a moral e os bons costumes.

Enquanto em campanhas de conquistas romanas, obteve êxitos militares notáveis. Anexou a Bretanha ao Império, construiu uma fronteira fortificada ao longo do Danúbio e firmou uma paz vantajosa com os dácios.

No seu reinado, assumido no ano de 79 d.C., o vulcão Vesúvio entrou em extraordinária erupção e arrasou as cidades de Pompeia e Herculano. No ano de 80 d.C., um grande incêndio tomou conta de Roma. Durante essas catástrofes, o Imperador Tito deu vivas demonstrações de ajuda e proteção às vítimas e famílias que sobraram de Pompeia e Herculano e àquelas atingidas pelo incêndio de Roma.

Construiu, durante seu reinado, inúmeros edifícios públicos para atender às necessidades dos seus governados.

Gozou, durante seu curto Império, de grande prestígio popular. Era muito amado pelo povo. Estabeleceu um governo indulgente; respeitou os privilégios do

TESTEMUNHO PELO CRISTO

Senado; terminou e inaugurou a obra iniciada por seu pai, o Teatro Flávio, que passou depois a ser conhecido como Coliseu.

Entretanto, apesar dessas notáveis ações e de seu governo benevolente, o nobre Imperador também teve seu reinado marcado por certas irritações e intrigas palacianas, seja pela inveja, inclusive de muitos senadores, seja pelas ações negativas produzidas por seu irmão Tito Flávio Domiciano.

Mas o Imperador Tito era mesmo um homem diferente dos demais. Quando foi nomeado Imperador, em razão da morte de seu pai Tito Flávio Sabino Vespasiano, na realidade relutou em assumir o Império. Tinha noção das grandes dificuldades que teria que enfrentar, das quais não tinha medo, mas sabia principalmente das intrigas palacianas de que seria vítima, o que muito o aborrecia.

No dia em que Tito Flávio Vespasiano Augusto foi coroado Imperador, fez um memorável discurso no Senado, eis que, diante dos senadores, assim falou:

– Nobres Senadores de Roma, não pretendia ser Imperador. Entendo que não é esse o meu ofício. Eu gosto mesmo é das campanhas, de lutar pelos ideais de Roma.

"Sonho com uma Roma diferente, onde as pessoas possam entreajudar-se e viver em paz. Todos devemos desejar o bem para os outros. Os seres devem sempre desejar a felicidade, contudo, a felicidade deve ser o alvo a ser alcançado por todos. Não lograremos fazê-lo sob o infortúnio de nosso próximo. Então me pergunto: Por que havemos de nos odiar e nos desprezar? Por que há conquistadores e conquistados? Com que objetivo Júpiter permite isso?

"Eu sinto que o caminho da verdadeira vida é o da liberdade e da beleza, porém, dele nos temos extraviado. A cobiça e a ambição têm envenenado a alma do homem. Ele tem levantado no mundo as muralhas do ódio e do escárnio e tem-nos feito marchar aceleradamente para as misérias e os morticínios.

"Criamos os aríetes, as lanças e os escudos, mas o que precisamos é de humanidade. Precisamos cultivar em nossos corações a afeição, a doçura, pois arte e vida se misturam; fantasia e realidade se acrescentam, contudo, mais pode qualquer virtude do que a mínima ousadia.

"A sinceridade não é dizer tudo o que se pensa, mas crer em tudo o que se diz. Precisamos, pois, ser sinceros na busca das virtudes que hão de nos transformar para melhor, porque elas tornam venturosa a existência do homem.

"As desgraças que têm caído sobre Roma não são mais do que o produto da cobiça, da amargura dos homens que, julgando-se poderosos ou deuses, temem o progresso e granjeiam inimigos. Muitos morrem nos campos de batalha, mas a voz de Júpiter clama pela paz.

"Eu vos revelo que se quereis uma Roma livre e operosa, que protege seus filhos e todos aqueles que se albergam sob as asas de sua águia, não deveis odiar, pois somente odeiam aqueles que não se fazem amar.

"Governantes e soldados de Roma, não batalheis pela escravidão! Lutai pela liberdade!

"Vós, o povo de Roma, tendes na Terra, hoje, o poder de tornar a vida dos homens livre e bela, portanto, em nome dessa liberdade, usemos o poder para servir. Unamo-nos todos e lutemos por um mundo melhor. Não vos apegueis a promessas vás daqueles que governam com o tacão próprio da posse e o ódio de muitos.

"É pelas promessas irreais que governantes sem alma têm assumido o poder, contudo, somente mistificam e não cumprem o que prometem. Abarrotam os seus tesouros e escravizam o povo.

"Lutemos por um mundo melhor, onde seja colocado um basta à ganância, ao ódio, à prepotência e à corrupção. Lutemos por um mundo da razão lógica das coisas.

"Governantes e soldados de Roma, em nome da justiça e da liberdade, unamo-nos, e ao invés da guerra, espalhemos o amor.

"Salve Roma!"

O discurso pronunciado no Senado Romano espelhava a alma do grande Imperador e se transformaria num vaticínio, contudo, acometido por grave enfermidade, numa tarde morna do mês de setembro do ano 81 d.C., o notável Imperador Tito entregava sua alma aos Campos Elíseos.

XXVII

Os cristãos ao tempo de Tito Flávio Sabino Vespasiano e de seu filho Tito Flávio Vespasiano Augusto

O Cristianismo, que fora considerado como uma seita apócrifa ao tempo do Imperador Nero, no reinado de Tito Flávio Sabino Vespasiano acabou se transformando em uma religião aceita pelo Império, embora o classificassem como uma religião de pessoas iletradas, de pobres e de escravos.

Foi no seu Império que ocorreu o rompimento definitivo dos Seguidores do Homem do Caminho com o Núcleo de Jerusalém e com o Judaísmo, que ameaçava a simplicidade dos ensinamentos de Yeshua, este sob a liderança de Inácio de Antioquia.

Após a reconquista de Jerusalém pelos romanos, os seguidores de Yeshua, aos olhos do Imperador, embora aceitos, passaram a ser considerados praticantes de uma religião ilícita e suspeita e ainda algumas poucas perseguições ocorreram. Os cristãos voltaram a ser monitorados pelas autoridades romanas, que eram alvo da maledicência que continuava a ser espalhada, desta feita sob a liderança do Sanhedrin, agora estabelecido na cidade de Yavne.

Com a assunção de Tito Flávio Vespasiano Augusto ao trono do Império Romano, as perseguições cessaram, principalmente em razão do caráter benevolente do Grande Imperador.

A realidade é que milhares de gentios que viviam sob o domínio de Roma haviam sido trazidos aos Núcleos cristãos, pelo ministério de Paulo de Tarso. Esse crescimento era acompanhado por Roma. Apesar da preocupação natural, aqueles anos de 79 a 81 d.C., governados pelo Imperador Tito Flávio Vespasiano Augusto, foram anos de tolerância com as crenças dos povos sob seu domínio, aliás, seu pai, Sabino Vespasiano, havia, inclusive, reconhecido o novo Sanhedrin judeu, estabelecido em Yavne.

Quanto aos Núcleos cristãos, que eram considerados, pelos romanos, uma dissensão ou novo ramo da religião judaica, após ocorridos dez anos da nova queda de Jerusalém, Roma passou a compreender que o relacionamento entre os judeus e os cristãos estava definitivamente rompido.

Desse emaranhado de lutas e dissensões, surgiu, nesse tempo, ante a firme resistência do Núcleo de Antioquia da Síria, liderado por Inácio, um grupo contrário, que se autodenominava como judeus-cristãos, cujos profitentes passaram a ser conhecidos com a alcunha de ebionitas.

Os ebionitas eram um grupo de judeus que se diziam cristãos e que defendiam a unidade de Yahweh e de sua criação. Acreditavam que a Lei Antiga era a maior expressão da vontade de Yahweh.

Para eles, Yeshua era um homem que se tornou Messias em virtude de ter cumprido fiel e completamente a Lei de Yahweh.

Aceitavam a Lei Antiga e respeitavam os escritos de Mateus, contudo, rejeitavam totalmente os escritos de Marcos e de Lucas e a figura de Paulo de Tarso.

Alguns membros mais equilibrados da seita criam que a lei tinha autoridade somente para os judeus-cristãos e que não havia salvação fora da circuncisão e da Lei de Moshe.

Adotavam os Salmos e cantavam hinos cristãos.

Esses chamados ebionitas também eram tolerados por Roma, por essa época, e eram eles que, já em grande número, em vários Núcleos Cristãos, davam azo a divisionismos e cismas em face da mensagem libertadora de Yeshua.

XXVIII

A SEGUNDA PERSEGUIÇÃO ROMANA AOS CRISTÃOS

Após a morte do amado Imperador Tito Flávio Vespasiano Augusto, conhecido pelo diminutivo de Tito, assumiu o trono do Império seu irmão Tito Flávio Domiciano. Corria o ano de 81 d.C.

No início do seu governo, o Imperador Domiciano foi benigno com os seguidores de Yeshua, já agora conhecidos pelo nome de cristãos.

Isto não durou muito. Domiciano era um amante apaixonado das tradições de Roma, e membros de seu governo, mais próximos, lhe diziam que em várias regiões do Império havia um número muito grande de cristãos, e isto representava uma ameaça a Roma, de vez que um levante nessas regiões traria insegurança ao Império.

A Jerusalém dos judeus não mais existia, porém, os líderes judeus agora residiam em Yavne e lá haviam estabelecido um novo centro de liderança judia, um novo Sanhedrin, e sob o peso de sua influência econômica, eram ouvidos por Roma.

Domiciano, ainda em 81 d.C., fez baixar um édito que obrigava todos os judeus a enviar para o Império a oferta financeira, como era enviada anteriormente pelo Sanhedrin de Jerusalém.

Ainda não estava totalmente delimitada a relação ou a diferença entre o Judaísmo e o Cristianismo. Então, Domiciano deu ordens para que fosse feito, no Império, um levantamento da quantidade de cristãos e que fossem identificados seus principais líderes, além de passar a exigir também dos cristãos o cumprimento da oferta financeira, sob pena de prisão por insurgência contra a autoridade romana.

Estabeleceu os cultos imperiais aos deuses romanos, em praça pública. Mandava convocar todos, romanos, judeus e cristãos para que participassem desses cultos.

Os cristãos se negaram a essa imposição. Então Domiciano estabeleceu odiosa perseguição contra eles e mandou prendê-los em quantidade e jogá-los nos calabouços do circo romano. Depois, dava ao povo o triste e terrível espetáculo dos cristãos sendo martirizados e devorados pelos leões famintos, no Coliseu.

Ante tão violenta perseguição, os cristãos se viram oprimidos e obrigados a buscar proteção. Então criaram e edificaram vários subterrâneos, onde se escondiam para estudar os escritos de Mateus Levi, de Marcos e de Lucas.

Na verdade, esses subterrâneos eram as catacumbas, inúmeros cemitérios que serviram aos primeiros seguidores de Yeshua.

Passado algum tempo, o tirano Imperador recebeu uma lista dos líderes cristãos em todo o Império, elaborada por seus auxiliares mais diretos. Muitos deles tinham excelentes relações com as lideranças judias, as quais continuavam o trabalho de combater, a todo custo, o Messias e seus seguidores.

Uma situação que era discutida no Sanhedrin de Jerusalém e que preocupara muito os judeus, foi então retomada, na cidade de Yavne. Eram as notícias, que se espalhavam aos quatro cantos, sobre a chamada ressurreição do Messias e sobre o fato de ele ter convivido com os seus apóstolos por quarenta dias, após a sua morte.

Essas aparições de Yeshua significavam, para os membros do Sanhedrin, uma loucura total dos cristãos. Então, aproveitando-se desses fatos, que julgavam improváveis, e manobrando ardilosamente, insinuavam às autoridades romanas que aquelas informações significavam, na verdade, um embuste para disfarçar o claro objetivo dos cristãos que, segundo os judeus, seria o de arregimentar a maior quantidade possível de pessoas e treiná-las, de todas as formas, com o objetivo de desestabilizar o Império Romano e futuramente organizar um exército que pudesse enfrentá-lo e buscar sua independência.

Esse ardil inescrupuloso atingiu o alvo. O Imperador estabeleceu severa vigilância e a partir daí se sucederam prisões de inúmeros cristãos, e tanto havia a influência judia nas falsas denúncias, que as perseguições aos cristãos estavam ocorrendo em Roma e na Ásia Menor, além das cidades que compunham a Palestina antiga.

Além dessa grave circunstância, os judeus-cristãos, que já eram conhecidos como ebionitas, tentavam, a todo custo, espalhar-se e tomar a direção dos Núcleos cristãos, visando minar ainda mais a renovadora mensagem do Messias, eis que continuavam a apregoar a necessidade de manutenção da guarda do Shabat, a circuncisão e a supremacia, nos Núcleos, da Lei Antiga de Moshe, rejeitando a mensagem da Boa Nova de maneira quase completa. Passaram a adotar o que por eles era chamado de Evangelho dos Ebionitas.

Em razão dessas nefandas maledicências dos judeus, o Imperador Domiciano decretou, em todo o Império, a obrigatoriedade de adoração a Júpiter e aos demais deuses romanos.

Nos anos que se seguiram, durante o reinado de Domiciano, tanto os romanos quanto os judeus que não aceitavam o Messias inventavam muitas histórias para causar dano aos cristãos. Tal era o fanatismo dessas criaturas que se a fome, alguma epidemia ou terremoto assolasse uma das províncias romanas, culpava-se os cristãos.

As perseguições fizeram aumentar o número de informantes, e muitos, movidos pela cobiça, testemunhavam falsamente contra a vida de inocentes.

Ao serem levados aos tribunais romanos, os cristãos eram submetidos a um juramento. Caso se recusassem a fazê-lo, eram sentenciados à morte e caso se confessassem cristãos, a sentença era a mesma.

XXIX

ATOS DOS APÓSTOLOS E OS MÁRTIRES CRISTÃOS SOB O IMPÉRIO DE DOMICIANO

No ano 80 d.C., antes mesmo da assunção de Domiciano ao trono, ainda sob o Império de Tito Flávio Vespasiano Augusto, a comunidade dos seguidores do Messias recebeu um grande alento, um acontecimento que veio auxiliar sobremaneira a compreensão da missão do Messias, de Seus atos e de Suas andanças, e que se tornaria o registro vivo da ação dos apóstolos do Mestre.

Nesses registros, feitos pelo discípulo Lucas, ele vai mostrar, de maneira clara, a influência do Mestre na primeira comunidade de seus seguidores. Lucas registrou a história da divulgação dos maravilhosos ensinamentos de Yeshua, de Jerusalém até Roma.

Lucas anunciou que muitos dentre aqueles que serviram a Yeshua mais diretamente e entre os que se ligaram a Ele por amor à Sua lúcida e clara mensagem de libertação já se haviam dedicado ao registro de fatos ocorridos no Seu tempo; que várias informações já haviam sido transmitidas desde o início de Sua pregação, por aqueles que foram testemunhas oculares e servos diretos da palavra.

Afirmou que ele mesmo havia investigado tudo cuidadosamente, desde o começo, e que em razão disso havia resolvido escrever um relato ordenado.

Comunicou Lucas, nos seus relatos, que estava registrando tudo que Yeshua começou não só a fazer, mas principalmente a ensinar, até o dia em que Ele retornaria à Casa de Yahweh, depois de ter bem orientado os apóstolos que escolhera, para que eles continuassem a espalhar as verdades de Yahweh.

A esses escritos, Lucas deu o título de Atos dos Apóstolos, e registrou com precisão e beleza, o surgimento do primeiro Núcleo cristão sob a liderança de Simão bar Jonas, em Jerusalém; as primeiras conversões dos gentios ao ideal do Messias; o martírio do primeiro arauto da Boa Nova, Estêvão; a conversão do terrível perseguidor do Sanhedrin, Saulo de Tarso, às lides da Boa Nova; o trabalho maravilhoso e incansável do convertido de Damasco, Paulo de Tarso, suas missões pelas regiões orientais do Império Romano, mais precisamente pela Ásia Menor, pela Macedônia, pela Acaia, sua prisão, julgamento e viagem a Roma.

Registrou, também, em grande parte, o trabalho de Simão bar Jonas (Pedro); os chamados milagres e as curas efetuadas pelo pescador de almas; as últimas instruções de Yeshua aos seus apóstolos, principalmente o pedido para que eles fossem espalhar os Seus ensinamentos a todas as nações da Terra, orientando-os que servir a Yahweh está acima de todas as coisas, e que mesmo em meio às dificuldades e sofrimentos, é necessário obedecer ao Pai Celestial.

TESTEMUNHO PELO CRISTO

Relatou a escolha de Matias para que ele sucedesse Judas Iscariotes no Colégio Apostólico, naquele dia em que mais ou menos cento e vinte pessoas estavam reunidas e então Pedro falou aos irmãos que era necessário que se cumprissem as escrituras, pois no livro de Salmos estava escrito: *"Que outro receba o seu encargo."* Nessa ocasião, o apóstolo Pedro manifestou que que havia homens que os haviam acompanhado durante todo o tempo em que Yeshua esteve com eles e que era preciso que se juntassem aos apóstolos, para serem testemunhas da ressurreição. Dois discípulos se apresentaram, um chamado José, conhecido como Barsabás, que tinha o apelido de Justo, e outro chamado Matias.

Pediram, por prece, a orientação de Yeshua, e então tiraram a sorte entre os dois, e Matias foi o escolhido e acrescentado ao número dos onze apóstolos.

Esses registros auxiliavam ainda mais, no esforço enorme dos líderes dos Núcleos cristãos, daqueles que foram denominados por Inácio como *episkopos*, na tarefa de preservação e divulgação dos ensinamentos de Yeshua, sem adulteração.

Ainda no ano 80 d.C., os Núcleos cristãos se ressentiram com a notícia da morte por crucificação e apedrejamento, do apóstolo Filipe, que havia feito um excelente trabalho de divulgação da Boa Nova nas terras da Palestina antiga, da Acaia e de toda a Ásia Menor, e que em razão de intrigas de judeus conservadores, foi martirizado na cidade de Hierápolis, no território de Frígia.

As perseguições do Imperador Domiciano continuavam, implacáveis.

Por adorarem um Deus que não era visível, os cristãos foram acusados de serem ateus. Assim, na cidade de Roma, Domiciano mandou prender e sacrificar às feras do Coliseu, Nicodemos, um benevolente cristão que era um dos líderes do Núcleo cristão da cidade.

Na cidade de Milão, fez o mesmo com outros dois líderes cristãos: Protásio e Quervásio.

Mandou prender e martirizar outro líder cristão, Dionísio, o aeropagita, que era ateniense de nascimento, instruído na vasta literatura da Acaia, e que viajara ao Egito para estudar astronomia, chegando a fazer observações importantes e precisas sobre o grande eclipse natural que ocorrera no momento da crucificação de Yeshua. Era um homem bondoso e puro, de tal modo que os cristãos o designaram como episkopo de Atenas.

O mesmo ocorreu com outros líderes na tarefa de divulgação da mensagem do Mestre. Erasto, amigo de infância de Paulo de Tarso, que fora tesoureiro da cidade de Corinto; Aristarco, na Macedônia; Trófimo, auxiliar de Timóteo, em Éfeso, que fora convertido ao Cristianismo através das pregações de Paulo de Tarso e que havia se transformado em colaborador do Cireneu de Tarso e de Timóteo; José, comumente chamado de Barsabás, que disputara a indicação com Matias na escolha do décimo segundo Apóstolo. Também mandou prender e martirizar Ananias, não aquele que atendeu Paulo, mas outro líder, que era episkopo de Damasco.

TESTEMUNHO PELO CRISTO

A realidade é que o Imperador Domiciano era inclinado, por natureza, à maldade. Suspeitava-se que ele houvera eliminado seu irmão, o Imperador Tito, e que em sua fúria, mandara matar alguns senadores romanos, uns por desconfiança, outros para lhes confiscar os bens.

Uma das prisões e martírio a que o famigerado Imperador deu causa, e que abalou profundamente os Núcleos cristãos, foi a de Simeão bar Cleófas, do Núcleo de Jerusalém, que sucedera Tiago, "O Justo".

Não satisfeito em sua sanha perseguidora, o Imperador determinou que ainda mais se implementasse a perseguição aos seguidores de Yeshua. Pelos seus oficiais romanos e através dos consulados, nas províncias, mandava fiscalizar dos líderes dos Núcleos e recebia os relatos sobre aqueles que se destacavam, suas falas, seus feitos.

XXX

A PRIMEIRA PRISÃO DE INÁCIO. ORIENTAÇÕES NA CIDADE DA FÉ

Chegou ao conhecimento de Domiciano o relato de que o Núcleo cristão de Antioquia da Síria assumira papel de destaque na divulgação da mensagem daquele a quem denominavam como sendo o Messias, o Libertador. Que aquele Núcleo fazia a cada momento mais prosélitos, mais seguidores, e que eram duas pessoas que o lideravam: Inácio e João. Este último havia convivido diretamente com o referido Messias, que era conhecido pelo nome de Yeshua, e muito embora não residisse em Antioquia, era frequentemente visto por lá.

Aproximava-se o final do ano 87 d.C. Inácio estava ocupado com seus afazeres em sempre pregar com a mais límpida pureza os ensinamentos de Yeshua e de bem orientar os demais Núcleos cristãos, sempre alertando para que se evitassem indevidas intromissões nas suas atividades que viessem adulterar a Boa Nova, quando, num cair da tarde, um destacamento militar romano, tendo à frente o Centurião Gabinius, se dirigiu até o Núcleo de Antioquia.

Inácio preparava-se para logo em seguida abrir as atividades, junto com Nicolau, quando foi chamado pelo serviçal Mical, que entrou nas dependências onde residia Inácio, demonstrando estar um pouco aflito e lhe disse:

— Bondoso Inácio, venho com preocupação lhe comunicar que está aí fora um destacamento militar romano, sob o comando de um oficial que diz chamar-se Gabinius, que inclusive disse que já te conheceu há alguns anos e que pede a tua presença imediatamente.

Nicolau, que também residia nos fundos das dependências do Núcleo, juntamente com Inácio, e que estava em outro cômodo, ouviu a conversa e acorreu aflito na direção dos dois exclamando:

— Por Yahweh, bom amigo Inácio! O que será que querem de ti? Já não basta tanta perseguição? Agora querem, quem sabe, prender-te. Oh! Yahweh, Yahweh, por que permites isto aos teus seguidores fiéis? – exclamou, olhando para o alto.

Inácio, ante o inusitado da situação, refletiu por instantes e disse:

— Meus irmãos e amigos do coração, não há o que temer. Tenhamos fé e coragem. Sabemos que aqueles que lutam em favor da disseminação das verdades que nosso Amado Yeshua trouxe à Terra não são candidatos ao deleite, à inércia, à inoperância e à ociosidade. Antes disso, são aqueles que sob o peso de suas próprias dificuldades morais do presente ou das vidas que já tiveram no pretérito, têm procurado alevantarem-se do círculo dos erros e têm travado intensa e constante luta contra seus defeitos e imperfeições.

Testemunho pelo Cristo

"Se o Cordeiro Divino, que nada tinha do que se penitenciar e que foi o exemplo vivo do amor incondicional, que amou a todos indistintamente, principalmente os seus ofensores e agressores, foi imolado na cruz pela ignomínia humana, o que dir-se-á que pode vir a acontecer em relação àqueles que como nós ainda trazemos o espírito endividado e conturbado?

"Não, não devemos temer nada do que possa suceder. Somente assim se dá porque está tudo registrado nas anotações de nosso Pai Celestial, e os fatos, por certo, têm a Sua permissão, que não visa punir e sim educar nosso espírito.

Dizendo isto, acompanhado de Nicolau e Mical, Inácio foi apresentar-se ao oficial romano.

Ao chegar diante do destacamento militar, Inácio reconheceu o oficial comandante, que agora trajava vestimenta de centurião, e como era detentor de uma memória prodigiosa, falou:

– Salve, nobre oficial Gabinius! Há quantos anos? Pelo que vejo, a campanha em Trôade foi bem-sucedida, pois subiste de posto, o que muito me alegra. Caro oficial, os homens devem sempre buscar o progresso, além do mais, vejo-te bem disposto. Por que motivo tenho a honra de atender-te?

O oficial centurião Gabinius, já agora experimentado nas lutas, olhou para Inácio com o olhar que era um misto de preocupação e piedade, e disse:

– Nobre senhor Inácio de Antioquia, em primeiro lugar, tenho a dizer-te que meu íntimo revela alegria por nosso reencontro. Não esqueci dos sublimes ensinamentos que nos transmitiste sobre o teu Deus e sobre aquele a quem chamas de Yeshua. Entretanto, apesar do tempo que se foi, tenho para mim a ingrata tarefa, determinada pelo Imperador Tito Flávio Domiciano, de, em nome de Roma e de César, dar-te voz de prisão. Tenho o dever de levar-te para Roma, para que respondas a um processo sob acusação de aviltamento da crença romana. Terás que me acompanhar desde já. Partiremos ainda agora. Concedo-te tempo para apanhares roupa e pequenos pertences. A partir de agora és prisioneiro romano. Sei, pela tua índole, que não ofertarás resistência, assim, não o acorrentaremos. Oferecemos-te a possibilidade de nos acompanhares livre de amarras.

Inácio, embora surpreso com aquela acusação, ficou sensibilizado com a fala do Centurião, agradeceu-lhe o gesto amável e gentil, pediu que então o aguardassem um pouco para que preparasse os seus pertences. Dizendo isto retornou, com Nicolau e Mical, às dependências dos fundos do Núcleo.

Todos estavam tensos, menos Inácio. Após dar instruções a Nicolau e a Mical, e pedir que avisassem o amigo Lúcio e também enviassem mensageiro para avisar o apóstolo João e Timóteo, preparou seus poucos pertences e despediu-se dos amigos, dizendo:

– Meus irmãos queridos, um dia ouvi de um grande amigo de minha alma, que ele *seguia sempre na di-*

reção que Yeshua escolhia'. Então me espelho na lembrança dele, para dizer que *'seguirei pelos caminhos que Yeshua determinar'.* Além do mais, também lembro sempre que quando era criança, sentado no colo divino de Yeshua, Ele me falou ao ouvido: *'Siga, meu querido amiguinho, sempre para frente. A Misericórdia de nosso Pai Celestial o amparará em todas as dificuldades e Eu sempre estarei por perto. Mesmo que me vá, retornarei, sempre!'* Então, nada temam. Mantenham firmeza nos trabalhos do Núcleo; não permitam intromissões indesejadas e lutem sempre pela verdade. Confiemos em Yahweh e em nosso amado Yeshua.

Ao dizer isto, tinha lágrimas nos olhos. Abraçaram-se, os três, de uma vez só. Choravam, com um sentimento de profunda amizade e amor. Ficaram ali por alguns instantes, depois, Inácio, acompanhado de Nicolau e Mical, foi até os soldados.

Após Inácio montar num cavalo, o Centurião Gabinius deu ordem à tropa:

– Atenção, avante, vamos!

A seguir, o destacamento militar foi se distanciando. Inácio não olhou para trás. Orava, e um sentimento de paz lhe invadia a alma. Os amigos que ficaram, ainda choravam e aos poucos foram buscando se consolar. Inácio partiu na direção do que desconhecia.

Cavalgaram por um bom tempo, enquanto o crepúsculo permitia. Pelo caminho que haviam tomado, Inácio reconhecia que eles estavam indo na direção da

433

fronteira do território da Frígia. Cogitava que o oficial Gabinius pretendia ir até Cesareia de Felipe e tomar um navio para cruzar o Mediterrâneo. Até estranhou que a preferência da caminhada fosse por terra.

Quando começava a anoitecer, próximo a uma pequena elevação, o oficial deu voz de comando para que o destacamento parasse. A marcha não era rápida, porque além dos animais que serviam aos soldados, a tropa levava mais três parelhas de animais que levavam as provisões de água e alimentos para a caminhada, além de diversas tendas enroladas, que eram armadas com galhos das árvores que podiam ser recolhidos pelo caminho ou no local das eventuais paradas para descanso ou pernoite.

A tropa parou. Os soldados rapidamente armaram as tendas, depois, ajuntando muitos galhos de árvores, acenderam o fogo, pondo-se a preparar a alimentação, com reservas de água que tiravam de pequenos barris que eram levados pelos animais.

Estabelecida a primeira parada, o oficial Gabinius disse a Inácio:

– Nobre senhor, enquanto providenciamos nosso acampamento e agrupamos os animais, podes ficar à vontade. Tenho certeza que não irás colocar-te em fuga.

Inácio apenas sorriu e procurou acomodar-se na tenda que fora erguida somente para ele. Colocou no interior seus pertences, que eram poucos, acomodou-se, esticou o corpo e ficou a pensar, ouvindo a conversação dos soldados. De quando em quando, as conversações eram entrecortadas por uivos de animais e pelo barulho natural da noite.

Após descansar um pouco, foi chamado para a refeição, que havia sido preparada com cozido de legumes, cereais quentes e chá. Agradecido, Inácio acompanhou os soldados e o oficial na refeição, porém sempre levava consigo seu próprio alimento, que era composto de frutas secas, mel silvestre e cereais secos. Acompanhou os soldados no chá. Enquanto se alimentavam, Inácio notou que os soldados olhavam para ele com muita curiosidade, mas em razão da disciplina romana, que era extremamente rígida, não ousavam lhe dirigir a palavra, pois isto cabia tão somente ao Centurião.

Gabinius, sentado ao lado de Inácio, foi quem estabeleceu diálogo, dizendo:

– Senhor Inácio, quero lhe dizer que recebi a tarefa de o conduzir a Roma, pelos territórios. Penso que apesar de determinar a sua prisão, Roma não tem muita pressa. Então, gostaria de conversar sobre o caminho que vamos tomar.

"Iremos por Tarso. De lá seguiremos para Derbe, Listra, Icônio, Antioquia da Psídia e Assos; depois passaremos em Mitilene, Magnésia e Esmirna e chegaremos a Éfeso. Lá pegaremos um navio para Creta e iremos até Malta, depois Siracusa e Régio e pegaremos outro navio para Putéolos e de lá seguiremos por terra para Roma. É uma viagem para mais de seis meses, senhor Inácio. Espero que até lá possamos conversar bastante.

Embora o roteiro estabelecido, gostaria de lhe propor que se porventura quiser, no trajeto, parar ou mesmo pernoitar em algum Núcleo cristão, sob nossa vigilância, é claro, tem minha permissão.

Inácio, após ouvir o relato do centurião, percebeu que se assemelhava ao roteiro de uma das viagens do Cireneu de Tarso, o que o deixou profundamente pensativo e sensibilizado. Tinha certeza que Yeshua, de alguma forma, o acompanhava. A seguir agradeceu dizendo:

– Nobre Centurião Gabinius, na realidade não consigo entender por que me colocas a par do caminho que haveremos de seguir, pois, na condição de prisioneiro, não devo ter nenhuma vontade satisfeita. Assim, também não entendo a permissão para que possamos pernoitar ou mesmo descansar em algum Núcleo cristão, pois com certeza haveremos de cruzar muitos pelo caminho. Contudo, agradeço vosso coração, que demonstra o exercício da bondade.

"Ante vosso consentimento, pretendo, sim, visitar ou mesmo pernoitar em alguns Núcleos, o que pedirei seja possível a todos nós. Tenho muitas coisas a dizer aos meus irmãos, uma vez que não consigo ainda divisar, na minha intimidade, o que me sucederá no futuro, de maneira que jamais esquecerei esse seu gesto amigo e coberto pela fraternidade.

O oficial nada falou. Apenas sorriu para Inácio e a seguir deu ordem aos soldados para o repouso noturno.

Testemunho pelo Cristo

Estabelecidas as sentinelas, todos foram para suas tendas. Inácio deitou-se sobre uma manta cedida pelos soldados e cobriu-se com outra. Orou pedindo forças e compreensão. A seguir começou a cogitar sobre a conversa que tivera com o centurião. Buscava na sua mente entender aquela inusitada situação. Como também se achava cansado, adormeceu.

Um pouco depois de ter adormecido, viu-se saindo do corpo e notou que Estêvão, acompanhado de Joel, o esperava. Após os cumprimentos e abraços, subiram em uma espécie de tapete de dimensões largas e logo voaram na direção da Cidade da Fé. No trajeto, nada falaram.

Em pouco tempo lá chegaram e foram diretamente ao o prédio da Administração Central, que Inácio reconheceu. Novamente foi Eleodora que os recebeu. Após os cumprimentos, foram levados à presença do Governador Acádio.

Ao entrarem na sala do Governador, Inácio teve a bela surpresa de ser recebido primeiro pelo Cireneu de Tarso, que aproximou-se, abriu os braços e exclamou:

– Inácio, meu bom e querido amigo! Que alegria poder abraçar-te novamente!

Dizendo isto, o abraçou e puxando-o suavemente pelos ombros foi na direção das demais pessoas. Além do Governador, ali se achavam Simeão bar Cleófas e os apóstolos Filipe, Tomé e Pedro. Todos abraçaram Inácio.

O divulgador de Antioquia da Síria ficou emocionado. Nada conseguia falar. Então Paulo de Tarso foi quem se manifestou:

– *Queridos irmãos, estamos reunidos em nome de Yeshua, para conversarmos, objetivando estabelecer novos entendimentos, roteiros e ações em favor da Boa Nova, tudo isto motivado pela violenta perseguição do Imperador Domiciano a nossos irmãos em Yeshua, o que significa perseguição aos Seus ensinamentos.*

"Recebemos das potências divinas, já há algum tempo, avisos sobre esses violentos ataques que ora estão a ocorrer, frutos da ligação do Imperador e seu séquito, aliados à malquerença judia, com uma malta de Espíritos que não querem o progresso da Terra e de seus habitantes e que almejam transformar o planeta num reino próprio da maldade.

"Em regiões espirituais tolhidas por pensamentos maus, Espíritos equivocados estão colocando em prática planos maléficos nos quais há o propósito de contínua sugestão às autoridades romanas e igualmente aos judeus radicais, no sentido de que os cristãos são perigosos e devem ser temidos.

"As autoridades romanas e judias, com raras exceções, se ligam mentalmente a esses Espíritos e às suas atitudes vis. Uma horda considerável de Espíritos equivocados e que estão sofrendo em regiões infelizes da Terra é que estabelece essa ligação que se tem mostrado duradoura e maléfica, incutindo as mais terríveis e desencontradas vibrações, proporcionando desequilíbrio completo, insulando o desejo de eliminação dos seguidores de Yeshua e da negação dos Seus sublimes ensinamentos.

"Nesses planos nefandos, há um que objetiva inspirar a autoridade romana a exigir dos cristãos que eles

oferecam vinho e incenso diante das estátuas do Imperador, espalhadas por Roma e seus domínios, e que se os cristãos não obedecerem, deverão ser presos e condenados sem processo, portanto de forma direta, por cometerem o crime de lesa majestade, e, por conseguinte, deverão ser condenados e supliciados nos circos romanos, principalmente no Coliseu.

"Muitos de nossos irmãos que batalharam e batalham pela mensagem do Messias, pereceram e continuam a perecer nos circos romanos do horror, porém, demonstrando estoicismo, compreensão e, o que é mais importante, uma fé inquebrantável em Yeshua. Vestem a armadura da resignação e caminham para a arena do suplício cantando hinos de louvor a Ele e a Yahweh.

"Em razão disto, influenciada pelos judeus que se postam e se postarão como inimigos do Cristo, a população romana não demonstrará simpatia para com os cristãos, antes concordará com as prisões, condenações e martírios. Os cristãos serão acusados, em todas as províncias romanas, de perverterem a ordem social e, por esse fato, deverão ser eliminados.

"A dor e o desespero, a aflição e a angústia serão experimentados por muitos que encontraram a verdadeira libertação para suas almas, e essa consciência os fará resistir e superar a própria morte.

"Entretanto, amigos e irmãos, bem sabemos que nada, absolutamente nada acontece sem o conhecimento prévio de Yahweh e sem o Seu consentimento. Se todas essas coisas acontecerem, por certo, em relação àqueles que marcha-

rem para o martírio, muitos haverá que estarão devolvendo à Lei de Elohim o que dela tiraram, o equilíbrio em relação ao próximo e ao amor que devemos ofertar-lhe.

"O poder de Yahweh é infinitamente superior, e embora suas leis assegurem o uso do livre-arbítrio para todos os Espíritos que Ele criou, é certo que no Seu Reino, onde se engloba a Terra, haverá sempre de prevalecer o bem, e dia virá, no futuro, em que a mensagem do Mestre será adotada por toda a Terra, até porque, como já tive há muito tempo a oportunidade de aprender, pois Yeshua assim ensinou, Yahweh não quer a morte do pecador e sim a eliminação do pecado.

"Embora os suplícios, que serão inevitáveis em face daqueles que têm o dever de devolver à Lei e de outros que se imolam por amor, na imitação do exemplo ofertado por Yeshua, Yahweh, através de Seu Filho Amado Yeshua, providencia o socorro para que essa terrível situação seja minimizada o quanto possível.

"Assim, as orientações do Mestre caminham no sentido de que envidemos todos os esforços para que ocorra na Terra, cada vez mais, o crescimento do número de adeptos na aceitação da mensagem renovadora que Ele trouxe à Humanidade, porque se traduz em mensagem de amor incondicional, que ensina a necessidade do exercício da caridade e do perdão das ofensas, explicando como a criatura deve agir para encontrar o Reino de Yahweh.

"Bem sabemos que essa tarefa não tem sido fácil e não será fácil no futuro, também.

"Essas almas que estão sofrendo, em regiões infelizes, o resultado de suas vidas sob o mais aguçado egoísmo e orgulho e que inspiram ódio contra os cristãos, buscando inclusive eliminar-lhes a vida física – o que é um grande engano que a condição obtusa de seus espíritos não consegue decifrar – continuarão a semear a maldade ainda por um bom tempo, até que um dia possam acordar para uma nova realidade que deverá ser construída no bem, permitindo-lhes voltar à Casa do Pai, de onde saíram rebeladas por si próprias.

"Como o poder de Elohim é infinitamente superior, como já dissemos, haverá de prevalecer o bem, porém as criaturas não poderão atingir o caminho seguro que há de levar até Ele, sem que tenham colhido os frutos das árvores que plantarem.

"Sim, efetivamente, há algum tempo, muitos cristãos sinceros estão perecendo nos circos de Roma, contudo, espantam os romanos e preocupam as consciências dos judeus, pois eles caminham para o sacrifício de suas vidas com estoicismo, com compreensão, com coragem e com uma fé inquebrantável. Vestem-se com a armadura da resignação e fazem tremer o orgulho dos agressores.

"Na realidade, queremos dizer aos queridos irmãos, em especial ao querido irmão Inácio, cujos passos temos tido a honra de acompanhar, a pedido direto de nosso Yeshua, que as perseguições romanas terão efeito nulo às suas pretensões, porque fortalecerão ainda mais a sublime e maravilhosa mensagem de nosso Mestre. Pelo trabalho de grande contingente de gentios, crescerá de forma acelerada o número de fiéis, pois, indubitavelmente, a mensagem do Messias é

a única opção de consolo espiritual para a grande massa de espíritos que transitam na Terra, ora na condição de miseráveis que o Império Romano está produzindo em quantidade, sob as vistas tolerantes dos judeus, que se encastelam no orgulho de uma raça que não conseguiu compreender a extraordinária missão do Messias.

"Ante essas questões importantes, o objetivo desta reunião é o de apresentarmos novos planos de ação, cujo principal objetivo se traduz em alertar permanentemente todos aqueles que são ou forem chamados a zelar e pregar a nova mensagem, que nos momentos dos sacrifícios pela verdade, aqueles que perseverarem terão vida, e vida em abundância, como ensinou-nos o Messias Amado.

"A par de tudo isto, estou encarregado de dizer-te, amigo Inácio, que em tuas lutas, as sombras do passado precisarão ser vencidas.

"Seja qual for a circunstância que se abater sobre ti, nunca desistas de Yeshua."

Paulo de Tarso, visivelmente emocionado, calou-se, dando por concluída sua fala. Inácio tinha prestado bastante atenção, e quando, ao final, Paulo fez referência às sombras de seu passado, ficou preocupado e um pouco ensimesmado, porém, entendeu que Yeshua era mesmo o único caminho para que ele tivesse fé no futuro.

O Governador Acádio disse aos demais que a palavra estava franqueada a quem dela quisesse fazer uso.

O venerando apóstolo Pedro levantou delicadamente uma das mãos pedindo vez e iniciou a dizer:

– Irmãos amados e querido Inácio.

"Lembro-me, muito embora de maneira rápida, nossos encontros na Terra, no amado Núcleo de Antioquia da Síria, e confesso-te que quando foste apresentado a mim, por nosso querido João, eu senti uma alegria muito grande, pois, olhando para ti, pareceu-me ver um velho amigo do passado, que sei não poderia ser daquele momento que vivíamos na Terra.

"Temos acompanhado, das paragens espirituais, o trabalho incansável de divulgação da Boa Nova, em que muitos têm se destacado, no esforço, no vigor, na coragem e nos cuidados que têm disposto para que os ensinamentos de Yeshua não sofram indevidas modificações, que na realidade visam distorcê-los, e nesta ação, tu, querido Inácio, assumiste lugar de destaque, o que muito tem agradado a Yeshua.

"Quando na Terra, ao lado dos extraordinários apontamentos do amigo de Tarso, pude, auxiliado pelo irmão Silas, que muito ajudou Paulo, escrever ao Núcleo de Roma e aos romanos convertidos, que os ensinamentos de Yeshua eram dirigidos a todas as nações da Terra e que esses ensinamentos provocariam uma verdadeira revolução nas ideias, no pensamento. Que, dada a importância desse objetivo, era preciso que estivéssemos alertas contra as heresias que pretendiam introduzir no seio da doutrina do Cristo, como se referiu nosso amigo Lucas.

"Ao me referir ao amigo Lucas, por quem temos grande consideração, quero lembrar o que ele disse nos seus escritos, que foram dados a conhecer após termos retornado à Casa de Yahweh, ou seja, que Yeshua escolheu setenta

discípulos, isto após o colegiado no qual tivemos a honra de participar e trabalhar, e que os enviou dois a dois, aos pares, portanto, para que fossem espalhar Seus ensinamentos pelo mundo.

"O trabalho desses escolhidos, querido Inácio, de cuja equipe fazes parte, é mesmo o de inflamar nas almas as verdades de Yahweh, pela ação maravilhosa e amorosa de Yeshua, e dessa forma contribuir decisivamente para a implantação do verdadeiro Reino do Amor na Terra.

"Nesse desiderato, não deves temer nada, e mesmo que porventura venhas a sofrer incompreensão ou ingratidão, nunca desistas. Prossegue sempre para frente, consciente de que o Messias jamais abandona seus trabalhadores."

Pedro calou-se.

Inácio novamente ficou circunspecto. As orientações do Apóstolo lhe refletiam fundo na alma. Novamente ficou um pouco intrigado com a nova alusão quanto a incompreensão e ingratidão. Cogitou intimamente sobre o que Paulo e Pedro queriam efetivamente transmitir-lhe. Percebeu que não encontraria resposta alguma, ao menos ali naquele momento. Ficou calado e em reflexão.

O governador Acádio, então, disse que o objetivo da reunião havia sido cumprido e que sob a inspiração de Tomé, a reunião seria encerrada.

Tomé levantou-se e após olhar para todos os presentes, iniciou a orar:

"Oh! Amado Yeshua, como é grande a abundância do Teu amor àqueles que não duvidam, mas Teu amor é di-

recionado também àqueles que ainda tropeçam na descrença.

"Ainda me envergonho ao lembrar que duvidei do Teu poder e da Tua glória, contudo, Tu me abraçaste como um Pai abraça o filho que há muito tempo não vê.

"Dulcíssimo Filho de Yahweh, ao conheceres minhas fraquezas, não me condenaste, ao contrário, usaste de Tua misericórdia e abraçaste-me sem pedir contas de nada.

"Caminhamos, subimos os montes e descemos pelos vales, levando conosco a bandeira tremulante do Teu Verbo Sublime. Fomos apanhados pela ira dos que estão em desequilíbrio, somente porque ainda não Te conhecem, mas conseguimos plantar as sementes da Tua lúcida e orientadora mensagem, desde o vale do Hermon até o Monte Sião e às terras santificadas pela Tua augusta presença.

"Recolhidos ao santuário do Teu amor, ajuntamo-nos na pátria de Yahweh, aos irmãos que lutaram com destemor, conscientes da imortalidade, mas que testemunham a vitória da alma sobre a morte do corpo.

"Agora, sob Teu continuado comando, continuamos Te ofertando o melhor de nossas vidas para servir-Te sempre, lutando para que Tua presença esteja em nós e em todas as criaturas da Terra, o que almejamos um dia aconteça, para chegarmos até Yahweh.

"Renovados em espírito e cientes do amor incondicional do Pai Celestial, que nos revelaste, recebe, oh! Yeshua, o nosso testemunho pela verdade.

"Assim seja."

Sob o impacto da maravilhosa prece, Acádio retomou a palavra, dizendo:

– Amado e bom Inácio, ao retornares às lides do corpo físico, lembrarás de nosso encontro. Estimo que por onde passares, sob as ordens do destacamento militar romano a que ora obedeces, possas pregar e orientar os demais Núcleos que ainda precisam das palavras que os despertem para o grave compromisso de zelar pelos ensinamentos de Yeshua, possibilitando que eles possam ser cada vez mais conhecidos e vividos.

"Sugiro que na tua caminhada, cujo desfecho não temos como antecipar, pois nada nos foi revelado a respeito, possas pregar a Boa Nova sempre, e, se preciso, sugiro que recorras ao meio que nosso amado Paulo de Tarso de maneira brilhante utilizou: Escreva aos Núcleos que precisam de apoio e alerta."

O Governador encerrou a reunião e todos se abraçaram. Paulo desejou a Inácio que tivesse sempre fé inquebrantável em Yeshua e disse que tudo o mais seria vencido. Após, pediu a Estêvão e Joel que levassem Inácio de retorno à Terra. Em algum tempo, Inácio viu-se adentrando novamente o seu corpo, na tenda romana. O dia já amanhecia.

Inácio acordou vivamente impressionado com o sonho que tivera e de maneira para ele curiosa, lembrava de tudo o que ocorrera.

XXXI

A CAMINHO DE ROMA

O tempo foi transcorrendo. Sob a permissão do centurião Gabinius, Inácio visitou os Núcleos cristãos de Tarso, Derbe, Listra e Icônio. Em todos, foi recebido com alegria. Falou sobre os verdadeiros ensinos de Yeshua, exaltando os escritos de Mateus Levi, de Marcos e de Lucas. Embora a apreensão que causava o destacamento militar que o controlava e que acampava na entrada das cidades, nada disso impediu que Inácio executasse a recomendação de Paulo.

Inácio pôde ir travando conhecimento com as principais dificuldades desses Núcleos e os orientou da melhor maneira possível a não permitirem que a mensagem de Yeshua fosse adulterada. Em cada um desses Núcleos, quando se despedia, recebia de todos o carinho do abraço e as promessas de leitura e estudo dos escritos recomendados.

Ante todas as questões que ia colhendo, nas visitas aos Núcleos, quando saía com a caravana militar romana para seguir adiante, Inácio, pelo caminho, recebia constantemente a visita de cristãos que vinham ao seu encontro para conversar com ele sobre os problemas que surgiam nos Núcleos, principalmente quanto à ausência de unidade de vistas acerca dos postulados da Boa Nova.

Durante o percurso, o centurião Gabinius e os soldados da caravana ficavam cada vez mais impressionados com a projeção e respeito de que Inácio era portador perante os Núcleos cristãos das cidades pelas quais passavam. Já Inácio percebera o interesse de seus irmãos cristãos e às vezes parecia viajar no tempo, buscando lembrar da trajetória majestosa de Paulo de Tarso, muito embora soubesse do seu pequeno trabalho em face da grandiosidade da tarefa desempenhada pelo Cireneu.

O centurião já havia informado a Inácio que quando chegassem a Antioquia da Psídia iriam até o quartel da Intendência Romana para providenciar a renovação dos suprimentos e a troca dos cavalos por outros descansados e em melhores condições.

Num cair de tarde de janeiro do ano de 88 d.C., chegaram a Antioquia da Psídia. Já haviam cavalgado por vários meses. Lá chegando, foram diretamente para a Intendência Romana e se instalaram. O centurião Gabinius, pedindo escusas a Inácio, o recolheu em uma das celas da Intendência, o que Inácio resignadamente consentiu. O vigia responsável levou a refeição para Inácio, o que este elegantemente recusou, agradecendo e dizendo que tinha seu próprio alimento. Apenas pediu um pouco de mel, no que foi atendido.

Ficaram vários dias em Antioquia da Psídia.

Inácio obteve permissão do centurião para visitar as reuniões do Núcleo cristão da cidade, onde foi acolhido com incontida alegria por Asnar, que lhe confidenciou que Tobias, o velho asmoneu, já tinha retornado à Casa do Pai Celestial.

O dia amanhecera cinzento. Havia prenúncio de chuva, porém, o centurião Gabinius já tinha planejado pôr-se na estrada com a tropa e o prisioneiro. A despeito dos conselhos ouvidos na Intendência Romana para que aguardasse mais um ou dois dias para que o tempo melhorasse, Gabinius decidira continuar imediatamente sua tarefa.

Feitos todos os preparativos, a caravana ganhou a estrada. Inácio seguia todas as determinações do centurião. Se esforçava ao máximo por obedecer a Gabinius, reconhecido pelo tratamento que dele recebia. Após terem cavalgado por meio dia, a uma ordem de Gabinius, a tropa parou para descanso e refeição. Instalaram-se em círculo em uma extensa planície, próximo a um pequeno monte coberto por vegetação quase intacta. Armaram as tendas, que a pedido do centurião foram reforçadas, na proximidade da elevação, visando a proteção contra os ventos, pois deveria chover a qualquer momento. Estavam ainda no território da Frígia.

Após servida a refeição, Gabinius dirigiu-se a Inácio e disse:

– Senhor Inácio, tenho que comunicar uma mudança de planos para a continuidade de nossa viagem. O Procônsul Aulus Caecina Alienus deu-me novas ordens. Vamos desviar o roteiro antigo. Iremos para Pessiononte. De lá sairemos do território da Frígia e entraremos no território da Mísia. Vamos até Arcos e de lá para Trôade. Então pegaremos o navio e zarparemos para Neápolis, já na Macedônia. Depois seguiremos pela Via Egnatia até Tessalônica. Após Bereia, cruzaremos até Atália. Lá embarcaremos em novo navio, para o porto de Régio, depois Messina e de lá para Roma.

Inácio ouviu a narrativa da mudança de planos. Lutou para que leve contrariedade não tomasse conta de seus pensamentos. Queria abraçar os irmãos de outros Núcleos cristãos, porém, tinha que ter paciência e se conformar com a decisão dos romanos, afinal, era um prisioneiro. Contudo, cogitava: Por que tão súbita mudança de planos? Lembrou-se do conselho de Paulo: Deveria sempre confiar em Yeshua. Lembrou, naquele instante, de uma conversa que tivera o Cireneu numa de suas visitas à mãe Maria de Nazareth, em Éfeso, ocasião em que este lhe dissera: *"Amigo Inácio, eu não me pertenço mais. Não sou eu mais quem vive, mas o Cristo que vive em mim."* Aquela lembrança o revigorou. Ele também pertencia ao Cristo, logo, fosse feita a vontade d'Ele e de Yahweh.

Veio a chuva, a lama, a marcha lenta, mas a pequena caravana militar seguia seus passos de maneira firme, carregando com ela o novo missionário da unidade cristã.

Vários dias depois, quando saíram do território da Frígia, adentrando o da Mísia, num final de tarde, chegaram próximo a uma pequena cadeia de montes. A caravana militar avançava lentamente, quando, ao chegarem perto de uma vegetação mais densa, uma grande pantera saltou sobre um dos cavalos que carregava os mantimentos. O cavalo, assustado, conseguiu golpear com a anca e escapar das garras do felino, que caiu um pouco longe, justamente aos pés do cavalo que levava Inácio.

O animal rapidamente se levantou e, em posição de ataque, ameaçava jogar-se sobre a montaria de Inácio. Tudo fora muito rápido, e Inácio, percebendo o perigo, gritou alto:

– Olá, amigo, somos trabalhadores de Yahweh e de Yeshua e em nome d'Eles eu te peço: Vá para tua morada e nos deixa continuar o caminho. Nada te faremos de mal.

O animal, ante a voz de Inácio, ficou paralisado, olhando para o cavaleiro e a montaria, depois olhou para os outros soldados, que estavam com as espadas em punho. Foram momentos graves. Logo após, olhou novamente para Inácio, abaixou a cabeça e retirou-se aceleradamente para a vegetação, desparecendo nela. Gabinius e os soldados estavam imóveis e perplexos. O animal, com certeza, estava faminto, por isso tinha atacado a caravana. Mas, ante a fala vigorosa de Inácio, obedeceu e se foi.

Tomadas as providências para a instalação do acampamento ali mesmo, próximo aos montes, acenderam a fogueira de costume, prepararam o pouso e o repasto noturno e puseram-se a cear, em animada conversação.

Inácio, que sempre se alimentava de forma frugal, com frutas secas, mel silvestre e cereais secos, estava mais afastado um pouco dos soldados, olhava de quando em quando para o céu estrelado.

O comandante estava quieto e um dos soldados, de nome Quirinus, quebrou o silêncio e dirigiu-se diretamente a Inácio, falando:

– Senhor, estamos acampados, acendemos a fogueira, porém estamos ao lado da morada do felino que atacou nossa caravana. Não será isso preocupante para nossa segurança? Tememos por nossos animais e por nós. Então, diante da autoridade que demonstraste ter sobre os animais, te pedimos que peças aos teus deuses que sejamos protegidos para podermos dormir tranquilos. Caso contrário, ficaremos todos de prontidão.

Gabinius acompanhou a conversa e disse ao soldado que de dois em dois deveriam se revezar na sentinela. Inácio então respondeu:

– Nobre soldado, não é preciso preocupação excessiva. É claro que não devemos dispensar a sentinela, mas as almas amigas de Yeshua me falam, no pensamento, que nada de ruim acontecerá, e recomendam deixar a uma boa distância daqui algum alimento que guiará o felino pelo cheiro, desta forma também o auxiliaremos.

O comandante Gabinius deu ordens para que fosse levado a uma boa distância um grande pedaço de carne de cabra, e lá fosse deixado para o felino.

Após os cuidados para que o fogo não apagasse, Gabinius pediu a Inácio que falasse a todos sobre Yeshua.

Inácio exultou. Depois de vários meses, era a primeira vez que o centurião lhe pedia isto. Então, acomodando-se próximo à fogueira, começou a falar para o des-

Testemunho pelo Cristo

tacamento romano, sobre a trajetória de Yeshua na Terra. Antes fez um rápido resumo da Lei de Moshe, inclusive nos aspectos da anunciação da vinda do Messias, pelos chamados profetas. Depois, narrou toda a maravilhosa trajetória de Yeshua e Sua dedicação à Humanidade, Suas lições de amor, Seus ensinamentos e Sua condenação, sem culpa alguma, culminando com a narrativa da crucificação ignóbil.

Como o tempo não precisava ser controlado, a narrativa prolongou-se, e apenas quando a noite já ia cedendo lugar a novo dia, alegres e entusiasmados, todos buscaram o repouso em suas tendas.

Ao amanhecer, o fogo, que continuou sendo alimentado pelas sentinelas, serviu para a preparação de delicioso chá. Todos se reuniram, inclusive Inácio. Foi quando o soldado sentinela Vitelius disse:

– Nobre comandante Gabinius e senhor Inácio, quero lhes relatar, e aos demais, que enquanto vigiava o acampamento, por várias vezes vi o felino ao longe fazendo ronda em torno e pude ver o corridão que ele deu em outro animal, que era escuro e parecia ser um urso próprio destas regiões. Até parece que ele estava vigiando nosso acampamento para nos proteger também, pois não chegava perto.

Naquele instante, ante a narrativa do soldado, com os olhos da alma, Inácio viu mais à esquerda o governador Acádio e o inesquecível Cireneu de Tarso, que lhes sorriam. Então, tudo compreendeu.

453

Inácio falou aos soldados que Yeshua estava protegendo sua caminhada. Sorriu para eles e agradeceu mentalmente. Logo mais, viu que os amigos espirituais tinham se afastado.

Tanto o centurião como os soldados, ainda mais passaram a admirar Inácio, pois, além de tudo, ele se comunicava com os animais, e estes o obedeciam.

Inácio afastou-se um pouco do grupo e orou a Yahweh e a Yeshua agradecendo e pedindo forças para os embates futuros.

Levantaram acampamento e puseram-se novamente na estrada. Os soldados, após os ensinamentos de Inácio, traduziam estar mais felizes e agora mais confiantes. Assim caminharam por mais um mês. Entre acampamentos e ensinamentos de Inácio, atravessavam o território da Mísia. O centurião calculou que dentro de sete ou oito dias deveriam chegar a Arcos. Lá havia um pequeno regimento de cavalaria romana. Aproveitariam, como sempre, para repor o estoque de alimentos e substituir os animais.

Ao cabo de oito dias chegaram à cidade. Recebidos pelo regimento romano, puderam descansar lá por alguns dias. Refeitos e mais descansados, tomaram o caminho para Trôade, cidade portuária onde deveriam tomar o navio para a Macedônia. Foram mais dez dias de viagem que transcorreram sem percalços. Num começo de tarde, chegaram a Trôade.

TESTEMUNHO PELO CRISTO

Em Trôade, Inácio pediu permissão para visitar o Núcleo cristão, o que foi autorizado. Ao cair da noite, Inácio, acompanhado por um soldado romano, adentrou o salão principal do Núcleo. Era dia de reunião pública.

Ao adentrar o Núcleo, suscitou curiosidade, pois se fazia acompanhar por um soldado romano. Todos olhavam para eles. O dirigente principal do Núcleo era o amigo Carpo, um tanto envelhecido, com barba e cabelos brancos. Ao ver Inácio, reconheceu-o da reunião em que esteve com ele na distante Antioquia da Síria. Apressou-se a ir na sua direção, juntamente com um trabalhador auxiliar. Abriu os braços para Inácio dizendo:

– Por Yahweh, quem vejo neste momento em nosso Núcleo! Quanta honra! Quanta alegria! Soubemos, por mensageiro, da tua prisão, porém, não imaginávamos onde pudesse estar ou ter ido.

Após os abraços, Carpo apresentou o irmão que tinha vindo com ele na direção de Inácio.

– Irmão Inácio, este é nosso dedicado irmão Burros, que se traduz em valioso auxiliar de nosso Núcleo. Mas vamos! Venham se sentar.

Inácio apresentou o soldado romano:

– Amigo Carpo, este é Vitelius, valoroso colaborador de Roma, que nos acompanha, a pedido de centurião Gabinius. Devo voltar com ele à Intendência Romana.

Após terem sentado, passaram a acompanhar as atividades do Núcleo. Carpo pediu a outro colaborador

455

que fizesse uma prece, ao que este atendeu, agradecendo a Yahweh pelo dom da vida e a Yeshua por apontar o caminho para o Reino dos Céus.

A seguir, foi o auxiliar Burros que abriu os pergaminhos e leu a lição da noite, extraída do texto do amigo Lucas:

"O servo que souber da vontade do seu amo e que, entretanto, não estiver pronto e não fizer o que dele queira o amo, será rudemente castigado. Mas aquele que não tenha sabido da sua vontade e fizer coisas dignas de castigo, menos punido será. Muito se pedirá àquele a quem muito se houver dado e maiores contas serão tomadas àquele a quem mais coisas se haja confiado."

A seguir, Carpo levantou-se e fez o comentário do texto lido:

– Queridos irmãos em Yeshua.

"Yahweh conhece nossos medos e nossos sonhos. Conhece nossa estrada e sabe exatamente sobre o nosso destino. Conhece-nos por dentro.

"Sem que tenhamos que lhe pedir, Ele sabe o que queremos; sabe o que vai em nosso coração; sabe da nossa tristeza e conhece o nosso sorriso. Sabe de nosso amor, das nossas saudades, do que movimenta a nossa vida e conhece as nossas esperanças. Ele nos ama pelo que somos. Para Ele, somos filhos valiosos, e mesmo que em algum momento percamos a confiança na vida, continua a nos amar, nos acompanha lado a lado, mesmo quando pensamos que Ele nos tenha abandonado.

"Vibra com a nossa felicidade e sente nossas lágrimas a cada momento. Nos oferta sempre o Seu infinito amor e a Sua infinita misericórdia e põe em nossas mãos a chave de nosso destino. Nos enche de amor e muito nos dá, logo, tem todo o direito de nos pedir muito, em reconhecimento ao Seu amor incondicional.

"Não esqueçamos do salmista da Lei Antiga, quando o Pai Celestial assim nos informou: *'Aquietai-vos e sabei que Eu sou Yahweh; serei exaltado entre os gentios; serei exaltado sobre a Terra.'*

"Que tenhamos forças para lutar em todas as batalhas da vida. Que tenhamos fé para vencê-las. Que tenhamos ânimo sempre renovado para jamais desistir do bem. Que tenhamos esperança que tudo dê certo, pois temos Yahweh à frente de tudo e ainda a Yeshua, que faz o melhor por nós.

"Muito temos recebido. Os sinais de Yahweh estão por toda parte. Ele vela por todos nós e espera que apresentemos a Ele os frutos de nosso trabalho diário, em quantidade duplicada a cento por um, a sessenta por um, a trinta por um. Paz e alegria a todos."

O clima era de intensa vibração de paz. Toda a assembleia que ali estava sentia que energias benéficas e refazedoras lhes invadiam a alma e o corpo.

Terminada a reunião, o público presente foi saindo. Despediam-se de Carpo, o que faziam questão. Este atendia a todos pacientemente. Após algum tempo, ficaram somente Carpo, Burros, a irmã de Carpo, Yoná, que foi apresentada a Inácio, e outro veterano trabalhador do Núcleo, de nome Eliade. Ainda mais um tempo ficaram conversando. O soldado romano ficou sentado próximo à porta de entrada do salão de atividades, respeitando a conversa de Inácio com os demais.

Carpo agradeceu novamente a visita de Inácio e aproveitando a sua presença, expôs-lhe uma questão que preocupava os trabalhadores do Núcleo:

— Irmão Inácio, estamos à frente da direção de nosso Núcleo há aproximadamente trinta e um anos. Tive a imensa felicidade de ter conhecido Paulo de Tarso enquanto ele estava conosco na vida do corpo físico, embora nossa convivência tenha se dado apenas nas passagens por nossa cidade, mas foi o bastante para conhecer-lhe o caráter ativo e bondoso e sua alta envergadura moral, sem falar quanto ao grandioso trabalho de divulgação da doutrina de Yeshua.

"A respeito das poucas vezes que ele por aqui passou, quando de sua segunda visita, ele trouxe dois valorosos companheiros: Silas e Timóteo e também um outro amigo que acabou ficando em Trôade, tendo eu lhe ofertado integração ao nosso grupo, pouso e morada em minha residência. Esse outro amigo, que se chamava Abiel, de Icônio, não seguiu viagem com o Cireneu.

"A amizade que estabelecemos com Abiel superou o caráter de irmandade, e embora ele tenha chegado em Trôade, portador de mudez, em razão de um acidente quando um cavalo empinou e desferiu-lhe uma patada sobre a orelha direita. Depois de vários anos, quando da

TESTEMUNHO PELO CRISTO

terceira visita do Cireneu de Tarso a nosso Núcleo, teve a afasia curada por ele.

"Esse amigo, quando convivendo conosco, era um exímio conhecedor das plantas e ervas curadoras, tendo estabelecido em nosso Núcleo, a meu pedido, um serviço voltado a atender as pessoas adoentadas.

"O trabalho ganhou tal magnitude e cresceu tanto, que ele passou a ser conhecido na Frígia e na Galácia e, além dessas, em outras províncias, pela alcunha de 'Curador de Trôade'. Já há mais de vinte e cinco anos ele retornou à casa de Yahweh, ainda um tanto moço.

"Ocorre, nobre Inácio, que enquanto ele vivia conosco e fazia seus trabalhos que proporcionavam a muitos alcançar a cura para os seus males diversos, principalmente os do corpo físico, nosso Núcleo cresceu e vivia abarrotado de pessoas, o que nos alegrava a alma, pois pensávamos que as criaturas que ele atendia tinham encontrado a mensagem lúcida de Yeshua.

"Contudo, após a morte de nosso amado amigo Abiel, os frequentadores foram aos poucos desaparecendo do Núcleo, de modo que a frequência em nossas reuniões caiu mais da metade. Desse modo, temos, todos estes anos, nos esforçado por continuar divulgando a mensagem libertadora de Yeshua, porém, não logramos mais atingir o contingente de pessoas que havia em nossas reuniões àquele tempo. Assim, as dúvidas apareceram: Será que estamos fazendo a divulgação da Boa Nova de forma correta? Essa angústia, então, carregamos há muitos anos. Gostaria de ouvir sua opinião sobre essa questão, que é

459

recorrente para nós e, acredito, para outros Núcleos cristãos."

Inácio refletiu por alguns instantes e depois disse:

– Querido irmão Carpo. Já lá se vão cinquenta e poucos anos da presença do extraordinário Filho de Yahweh entre nós, na Terra.

"Tive a imensa alegria e felicidade de conhecê-lo, quando eu tinha quatro anos de idade e, como bem já deves saber, também tive a feliz e bendita oportunidade de, a partir de meus oito anos de idade, passar a residir com Sua mãe, nossa amada Maria de Nazareth, e com o apóstolo João, eis que eles me levaram para sua casa e acabaram de criar-me. De modo que dos oito anos de idade até os vinte e um anos, convivi com essas duas almas extraordinárias.

"A respeito da questão que me colocas, puxo pela memória um diálogo que tive com a mãe Maria acerca das multidões que acompanhavam Yeshua quando Ele esteve na Terra.

"Foi um dia maravilhoso, em pleno solstício de inverno, em que caminhávamos, eu e a amada mãe, pela ladeira um pouco íngreme que há entre a Colina do Rouxinol e a praia, em Éfeso, e após pela areia da praia, olhando as águas do Mar Egeu. A certa altura, lembrando imagens dos meus sonhos de criança, pareceu-me ser transportado para as margens do Lago de Genesaré, e ver novamente, pelo pensamento, a enorme multidão de pessoas que se aglomeravam para ver e ouvir o Messias amado. Ele subiu em pequena elevação de pedra, naquele dia, o que não esqueci jamais, e recitou um maravilhoso ensinamento.

"Dentre a multidão que o acompanhava, um judeu, membro da casta dos fariseus, comerciante conhecido em Cafarnaum, que se chamava Benjamim Ben Zabat lhe perguntou em voz alta:

" *'Rabi, sou temente a Yahweh. Sigo as suas leis. Dou ao Templo parte da minha colheita. Faço jejum e oração. O que mais preciso fazer para entrar no Reino dos Céus? Porventura, como cumpridor da Lei e dos Vaticínios dos Profetas, já não tenho garantido o lugar?'*

"Na acústica de minha memória infantil, mas que ao longo de minha existência foi renovada pelos ensinamentos anotados por Mateus Levi e pelos diálogos com a mãe Maria e o apóstolo João, sempre ouço a voz do Meigo Rabi, pois este ensinamento para mim é inesquecível, quando Ele, respondendo ao fariseu, assim falou:

" *'Benjamim Ben Zabat, larga é a porta da perdição e espaçoso o caminho que a ela conduz, e muitos são os que por ela entram. Quão pequena é a porta da vida! Quão apertado o caminho que a ela conduz! E quão poucos a encontram.*

" *'Assim te digo, e a todos os demais. Nem todos os que dizem: Senhor! Senhor! entrarão no Reino dos Céus; apenas entrará aquele que faz a vontade de meu Pai, que está nos Céus.*

" *'Muitos nesse dia me dirão: Senhor! Senhor! Não profetizamos em Teu nome? Não expulsamos em Teu nome o demônio? Não fizemos muitos milagres em Teu nome? Eu então lhes direi em altas vozes: 'Afastai-vos de Mim, vós que fazeis obras de iniquidades.'*

"Naquele dia, então, perguntei à amada Maria, o que ela entendia que o Mestre quis dizer naquele instante. Ela então assim me falou:

"*– Querido filho da alma! O que o meu amado Yeshua falou, tinha endereço certo. Ele não falou para as sensações da carne, do corpo físico. Suas palavras tinham como endereço direto a alma, o espírito. É lá, querido Inácio, no recôndito de nossas almas, que se apresenta o Senhor do espírito, sem a conjugação das diversas máscaras de que o ser humano é portador na Terra.*

" *'As criaturas humanas, na sua grande maioria, infelizmente, bom Inácio, são portadoras das máscaras do orgulho, do egoísmo, da vaidade, da soberba; enfim, trazem com elas os muitos defeitos que apresentam exatamente por não terem se preocupado em não só conhecer melhor a si próprias, mas, acima de tudo, em viver os ensinamentos de Yahweh, seja qual for a sua raça, a sua nação, o seu povo.*

" *'Assim confirmam sua raça e sua crença como sendo únicas, e creem num Yahweh que lhes é tido como propriedade exclusiva e que deve tudo lhes prover. Acreditando-se as únicas escolhidas pela Divindade, imaginam ter licença para enganar, para ludibriar a boa-fé, para odiar e matar o inimigo, imaginando também que Yahweh as criou como o centro de tudo, e tudo o que está à sua volta nada mais representa do que instrumentos para unicamente lhes servir.*

" 'Dessa forma, atuam como vestais da verdade, únicas portadoras de condição para atender a Yahweh. Despejando falso saber e imponência sem sustentação, criticam, incriminam, caluniam, falseiam e se dizem agentes de Yahweh para que o progresso se dê somente a elas, as que se acham justas, de sentinela.

" 'Esses, querido Inácio, são os que rendem graças ao Senhor e assaltam a casa das viúvas, como também bem disse meu amado Filho.

" 'Diante desse quadro, os que assim agem adquirem uma forma espiritual defeituosa, que não lhes permite atravessar o portal moral da vida, pois, apegados aos seus tesouros materiais e às suas posses passageiras, querem levá-las com eles como a pretender atravessar a porta estreita que leva até a Casa do Pai Celestial, cuja morada é inacessível aos que produzem a dor e o sofrimento de outrem.

" 'Na multidão que lembras, Inácio, poderás contar poucos que, procurando entrar na verdadeira vida, desprezam os prazeres da morte moral.'"

Inácio silenciou. Emocionado, vertia algumas lágrimas. Carpo, Burros e Eliade também estavam emocionados. Carpo então disse:

– Bom Inácio, nem precisa explicar mais. A verdade sempre esteve estampada aos nossos olhos, porém, obtusos, imaginamos que todas as multidões devem correr para Yahweh imediatamente. Mas como? Se a sua quase totalidade não o conhece e se dentre os que O conhecem, poucos vivem seus ensinamentos?

Foram momentos de alegria. Após despedirem-se, Inácio falou a Carpo que enquanto estivesse em Trôade, viria a todas as atividades do Núcleo.

Inácio ficou sob a condução do comando militar romano, mais trinta dias em Trôade. Nesse período, conviveu com os irmãos do Núcleo, estreitando laços de amizade fraternal.

Chegou o dia em que Inácio teria que se despedir dos amigos. Então, na reunião do dia anterior à partida, após a prece e a leitura dos escritos de Mateus Levi, Carpo pediu a Inácio que lhes honrasse com os comentários da noite:

Inácio, então, agradecendo o convite, pôs-se a falar:

"Irmãos em Yeshua,

"Nestes dias de convivência fraterna, para mim maravilhosos, recebi de toda a grandeza de vosso Núcleo, especial atenção e carinho. Nas pessoas que aqui estão e que sempre comparecem, observei fé e amor.

"Exorto toda vossa comunidade a continuar os estudos sobre o que Yeshua ensinou, pois tudo o que ensinou, Ele viveu.

"Parece que a doutrina da Boa Nova cada vez mais se expande. É preciso que ela seja conhecida por todos, não esquecendo que devemos fazer como Yeshua: vivê-la.

"A Doutrina de Yeshua, embora as anotações de três valorosos irmãos: Mateus Levi, Marcos e Lucas, é a mesma nas três.

"Alerto-vos para que, em razão disto, procureis estudar os escritos todos, porquanto isto vos proporcionará formar uma base de conhecimentos que permita não se deixar enganar por doutrinas estranhas.

"Aprecatai-vos dos falsos profetas, que sempre virão e se apresentarão como os únicos e verdadeiros comentadores da palavra de Yeshua. Não acrediteis neles, nem nos espíritos que por eles falam.

"É um verdadeiro absurdo seguir Yeshua e ao mesmo tempo judaizar Sua mensagem. Não se coloca vinho novo em odres velhos.

"Lembrai-vos de mim em vossas orações, para que eu possa alcançar Yahweh. Sede refletidos n'Ele para que ninguém entre vós seja corrompido.

"Deixo-vos o abraço da gratidão e desejo-vos que a vivência do amor de Yeshua vos una ainda mais.

"Até um dia, se assim Yahweh permitir."

Todos estavam emocionados. Terminada a reunião, todos os frequentadores abraçaram Inácio e lhe desejaram a proteção de Yeshua. Após os abraços, que foram calorosos, entre Inácio e os trabalhadores do Núcleo, despediu-se sem saber se voltaria.

O dia seguinte amanheceu ensolarado, em Trôade, como de costume. O centurião Gabinius e os soldados do destacamento militar encarregado de levar Inácio a Roma estavam todos preparados. Após acordarem Inácio e este se preparar, fizeram o repasto matinal na Intendência Romana e a seguir tomaram o rumo do porto, para tomarem o navio que zarparia pela manhã, com destino a Neápolis, atravessando o Mar Egeu.

Ao chegarem ao porto, Inácio teve uma bela surpresa: Carpo, Burros e Eliade, mais cinquenta outras pessoas, entre trabalhadores e frequentadores do Núcleo, estavam esperando para as despedidas. O comandante romano mais uma vez ficou impressionado com a popularidade de Inácio, e tudo acompanhou à distância.

Inácio, vivamente emocionado, abraçou um a um, e antes de embarcar, disse-lhes:

– Amados irmãos em Yeshua,

"A felicidade toma conta de minha alma. Não por partir, mas sim pela bondade dos que ficam. Chegar e partir faz parte da magia de nossas vidas, cientes que devemos estar na certeza de que quem vibra o coração na direção de Yeshua e de Yahweh, nunca parte, pois sempre estará presente no coração dos amigos que ficam.

"Hoje sigo a minha sina, que espero seja útil a Yeshua. A exemplo de Paulo de Tarso, o Apóstolo de todas as gentes, sigo enfrente, para onde determina Aquele a quem pertenço em espírito e verdade. Eu não sou ele, mas ele com certeza revive em mim, porque a ele muito me afeiçoei e o tornei o general de minha marcha.

TESTEMUNHO PELO CRISTO

"Amo-vos do fundo do meu coração e vos recomendo ao Mestre, por amor do Pai Celestial.

"Paz e alegria."

Inácio chorava copiosamente. Carpo e os demais também. A convivência fora pouca. Trinta dias, mas ali embarcava, sem dúvidas, um companheiro amoroso e lutador que parecia ser um velho amigo de tantas lutas.

Os passageiros subiram a bordo. Inácio, da murada lateral, acenava para os irmãos. O navio se afastou lentamente. O servo de Yahweh prosseguia na direção do ignorado destino.

Enquanto Inácio acenava, a seu lado, na outra dimensão, o Gigante de Tarso lhe transmitia vibrações de amor e lhe ofertava consolo espiritual, também lembrando de suas viagens no passado e daquela gente amorosa e generosa de Trôade.

Transcorreram seis dias de navegação até Neápolis. Nesses seis dias, Inácio, principalmente quando havia noites limpas em que as estrelas brilhavam, ficava extasiado, admirando a obra que só podia ser de Yahweh. Cogitou intimamente quantas vezes, sentado na pedra, no alto do penhasco, na Colina do Rouxinol, em Éfeso, à noite, na companhia adorável e maravilhosa daqueles que foram seus pais adotivos, Maria de Nazareth e o apóstolo João, conversara com eles sobre a maravilhosa obra de Yahweh. Nessas ocasiões, em que o céu estrelado os extasiava, lembrou que Maria confidenciou-lhe que seu amado filho Yeshua, um dia lhe disse:

467

"Amada mãe, as estrelas que vês à noite, são mundos criados por nosso Pai Celestial. Nelas, outras almas progridem e caminham para Ele. São as moradas da Casa do Pai".

Agora, ali, debruçado na amurada da proa do navio, Inácio viajava também pelas lembranças. Uma incontida saudade de seus pais, e mais ainda do Mestre Yeshua, da mãe Maria e igualmente de João, fez com que as lágrimas descessem do vertedouro da alma.

Estava em estado de alta sensibilidade interior. Escutava as ondas do mar batendo no casco do navio. Continuava a olhar as estrelas, quando percebeu uma presença ao seu lado. Sem que pudesse impedir o próprio movimento, olhou à sua direita e ali estava, totalmente visível para ele, mesmo em seu estado de vigília, o amigo Paulo de Tarso. Não se assustou. Já se acostumara a sair do corpo em sono físico e viajar pelas estrelas, e diversas vezes já tinha visto com os olhos físicos, vários amigos da alma, inclusive o amigo Paulo.

Paulo, ciente da capacidade de Inácio ver também o mundo espiritual, colocou as mãos no ombro de Inácio, que curiosamente sentiu o contato, como se Paulo não tivesse morrido. Paulo percebeu a ligação mental de Inácio, e então lhe disse:

– Olá, querido amigo Inácio, não te surpreendas teres sentido minha mão sobre teu ombro. Há ocasiões em que isso é possível. Na realidade, é tua mente que registra a força emanada de meu Espírito, nada mais. Pode ser um pouco duradouro, ou passageiro. Não te espantes por isso.

Testemunho pelo Cristo

"Entretanto, querido amigo, não estou aqui para que percebas ou não essa possibilidade e sim para conversar contigo.

"Teu pensamento atraiu-me, e a situação em que te encontras neste momento, também me atraiu pela tua lembrança.

"Dia houve, no passado, quando estava vivendo na Terra, no corpo de carne, Inácio, que também embarquei no Porto de Trôade na direção da Macedônia, por determinação de Yeshua. Naquela viagem, Inácio, os grandes amigos Silas, Timóteo e Lucas me acompanharam. Numa noite como esta, em que tu admiras as estrelas, eu também o fazia. Estava só, como estás. Os companheiros estavam no outro lado do navio. Então, também me coloquei a admirar o momento, e lembranças vieram, como vieram a você agora.

"Foi então, movido por essas lembranças que foram atraídas a mim pelo teu pensamento, que aqui cheguei, principalmente para dizer-te, amigo Inácio, que todos nós caminhamos ou navegamos no rumo de nosso destino real. E qual será esse destino? Quem pode responder a esta pergunta? Muitos questionamentos fazemos à nossa própria alma, buscando essas respostas e às vezes não logramos encontrá-las. Quando isso acontece, entramos em estado de prostração, aparecendo não só as lágrimas, mas também o que não deve, como, por exemplo, o desânimo, a ausência de fé robusta, o que vai enfraquecer nosso espírito.

"Bem sei que na tua condição atual já superaste as simples contrariedades e comungas servir a Yeshua e a Yahweh a todo custo, porém, trazes contigo algumas dúvidas sobre o que poderá vir a te acontecer quando chegares a Roma, e isto te angustia um pouco.

"A preocupação, Inácio, é justa. A angústia, não, porque aqueles que creem firmemente em Yeshua, se entregam a Ele de corpo e alma. Logo, nada haverão de temer. E se nada temem, não haverá motivo para justificar o medo, a insegurança e a angústia.

"A tua preocupação, hoje, talvez seja igual à que eu possuía quando também fui preso e levado a Roma. O que seria da mensagem de Yeshua após a minha morte?

"Acaso pensas, Inácio, que Yahweh não haja previsto que porventura pudesses falhar na tarefa que te concedeu? Embora Yahweh, em razão de suas leis imutáveis, respeite a manifestação de livre arbítrio, Ele não ficará nunca atrelado à existência ou não de boa vontade das almas que Ele convoca ao trabalho missionário na Terra.

"Dessa maneira, procura fazer o melhor que puderes e que esteja ao teu alcance. Se possível for, busca superar os limites da tarefa, multiplicando os teus talentos. O restante, amigo da alma, não compete a ti. O Pai Celestial comanda os vários mundos que existem e em todos eles vigem o perfeito equilíbrio. Tudo Ele provê. Não vês os pássaros nos campos, nas cidades e nos mares? Eles não plantam nem colhem, porém, nosso Pai lhes alimenta a vida e Suas leis os protegem. Então, bom amigo, desempenha da melhor maneira possível o que te compete. O restante, deixa nas mãos de Yahweh."

Paulo calou-se. Olhava para Inácio com imensa ternura. Inácio, pensativo e ainda sob lágrimas, balbuciou algumas palavras:

– Oh! saudoso amigo de minha alma, agradeço a Yeshua a tua presença aqui neste instante. Sim, eu trazia o coração preso da angústia. Penso mesmo que irei para o sacrifício no circo de Roma e o futuro da mensagem de nosso Mestre assume em minha mente a preocupação maior, essa a razão da minha angústia. Contudo, pela tua maravilhosa lembrança e orientação, vejo que devo confiar sempre em Yeshua e em Yahweh, e a todo custo. Peço compreensão e me reanimo na tua fala, bondoso amigo.

– Querido amigo – disse Paulo – antes que me vá, trago-te algumas palavras, das quais tenho a honra ser portador, por incumbência de nossa amada Maria de Nazareth:

"Querido e amado filho e irmão da alma. Não te deixes quebrantar pelas dificuldades enfrentadas nos trabalhos empreendidos por amor a Yeshua, nem desanimes nas tribulações. Mas em tudo que te suceder, te consolem e te fortifiquem o meu amor e o meu carinho.

"Escreve, lê, canta, geme, cala, ora e sofre varonilmente toda adversidade que vier.

"Dia virá em que cessará toda a inquietação e Yahweh há de permitir que não nos apartemos mais.

"Com carinho, Maria".

Inácio voltara a chorar. A lembrança de Maria lhe invadia todo o ser. Agradeceu ao amigo Cireneu e pediu a Yeshua que lhe abençoasse a caminhada sempre.

Paulo retornou à Cidade da Fé.

Inácio seguiu na direção de Roma.

No final do sexto dia, desembarcaram no porto de Neápolis. Havia ali um pequeno quartel romano, para onde se dirigiram. Acomodaram-se nas dependências providenciadas pelos oficiais locais, para repousarem. Pela manhã do dia seguinte, munidos de novas provisões e novos cavalos, novamente se puseram a cavalgar pela estrada. Seguiam para a cidade de Tessalônica, pela Via Egnatiana.

Mais três dias de viagem. Ao final do terceiro dia adentraram Tessalônica. Havia na cidade um grande quartel romano que tinha o papel de fazer vigilância na fronteira macedônica. Após instalados na Intendência, o centurião Gabinius informou a Inácio que ele tinha que ficar recolhido a uma cela, em prisão militar que havia no local, e que ficariam ali por mais ou menos dez dias, para descanso e espera de eventual nova ordem de Roma.

Após o oficial Gabinius conversar com os demais oficiais locais, avocando para si toda a responsabilidade para com o prisioneiro, permitiu que Inácio, dessa feita, sempre acompanhado por dois soldados, pudesse visitar o Núcleo cristão de Tessalônica.

Inácio agradeceu, mais uma vez, ao centurião. Tinha a viva vontade de ir até o Núcleo cristão. Pensava encontrar Silas, o amigo do Cireneu, que compareceu à reunião de Antioquia da Síria, quando a maioria dos Núcleos lá estiveram representados. Na ocasião, Silas, que estava efetivamente em Corinto, também representou o Núcleo de Tessalônica e talvez por lá estivesse.

Assim fez. No dia seguinte à chegada em Tessalônica, ao chegar o crepúsculo, sob a guarda de dois soldados, Inácio se dirigiu ao Núcleo cristão da cidade. Ao chegarem, como sempre, em razão da companhia de soldados romanos, a curiosidade foi imensa. Inácio sentou-se mais ao fundo. O salão, que comportava talvez cento e cinquenta pessoas, estava repleto.

Um atendente local, ao ver a chegada de Inácio com os dois soldados, embora não soubesse de quem se tratava, achou muito curiosa a presença dos soldados, eis que Inácio não trazia o semblante carregado nem portava qualquer sinal de ser um prisioneiro. Dirigiu-se à frente e falou com um homem de estatura média, um tanto magro e esguio e disse:

– Irmão Jasão, sentado lá nos fundos está um homem com aparência de ser um dos nossos, porém o acompanham dois soldados romanos.

Jasão achou interessante o relato, levantou-se e junto com o interlocutor se dirigiu para os fundos do salão.

Ao aproximar-se de Inácio, Jasão disse:

– Olá, amigo, vejo que vens ao nosso Núcleo acompanhado de soldados romanos. Acaso és também romano?

Inácio não conhecia Jasão, muito embora este fosse um valoroso trabalhador de Yeshua e houvesse sido amigo pessoal do Cireneu de Tarso.

– Não, não sou romano, – respondeu Inácio. – Saúdo-vos e pergunto sobre um amigo, Silas.

Jasão, ante a pergunta, não teve dúvidas que estava diante de um cristão, então respondeu:

– Meu amigo, nosso irmão Silas dirige o Núcleo de Corinto. De vez em quando ele comparece por aqui. Mas a quem tenho a honra de conhecer? – arrematou Jasão.

– Eu sou Inácio de Antioquia – respondeu o visitante – e estes soldados me acompanham. Na verdade, fazem a guarda ou vigilância, pois sou prisioneiro de Roma.

Jasão estalou os dois olhos. Conhecia vários fatos e tinha várias notícias sobre Inácio. Então disse:

– Ora, ora, que honra conhecê-lo, senhor Inácio. Foi mesmo o amigo Silas que muito me falou a seu respeito. Estou surpreso, mas por favor, fique à vontade. Faremos nossa atividade, e estás intimado a conversar conosco ao final da mesma. Pode ser assim?

Inácio assentiu com a cabeça positivamente.

Sob determinação de Jasão, após a prece inicial, outro trabalhador do Núcleo abriu os escritos de Lucas e leu:

"Bem ditosos sereis quando os homens vos odiarem e separarem; quando vos tratarem injuriosamente; quando

repelirem como mau o vosso nome, por causa do Filho do Homem. Rejubilai nesse dia e ficai em transportes de alegria, porque grande recompensa vos está reservada no Céu, visto que era assim que os pais deles tratavam os profetas.

"Se alguém se envergonhar de mim e das minhas palavras, o Filho do Homem também dele se envergonhará, quando vier na Sua glória e na de Seu Pai e dos santos anjos".

A seguir, Jasão iniciou o comentário:

— *Irmãos em Yeshua,*

"Nestes ensinamentos anotados por Lucas, o nosso inesquecível Messias orienta a todos nós, que as criaturas que se entregam ou se entregarem em espírito e verdade a Ele, através da prática de seus ensinamentos, não deverão aguardar recompensas deste mundo.

"Isto ocorre porque há muitas criaturas que se guiam pelos interesses materiais e manipulam as riquezas sem benefícios a outrem. Exercem o poder de forma meramente autoritária, estabelecendo desuniões e dando vazão a vis perseguições àqueles que procuram obrar no bem, e sob maledicência, perjúrio e acusações falsas, provocam o sofrimento dos justos.

"É preciso que nos confessemos a Yahweh, confessando-nos a Yeshua. Se duvidarmos de Sua missão, estaremos duvidando de Seus ensinamentos e dos Seus exemplos de amor inquestionável pela Humanidade, de maneira que estaremos nos envergonhando de Yeshua diante dos homens."

Jasão ainda estendeu seu comentário mais um pouco, contudo, o que ele já tinha dito tocou fundo no coração de Inácio, eis que o desfecho da interpretação trouxe um certo desconforto ao episkopo de Antioquia da Síria, que naquele momento não conseguiu identificar o motivo para tal.

Inácio ficou na companhia de Jasão e dos trabalhadores do Núcleo de Tessalônica por mais dez dias. Compareceu a diversas atividades, nas quais pôde esclarecer qual a tarefa que desempenhava em Antioquia da Síria e sobre o trabalho de preservação da mensagem de Yeshua, terminando por contar sobre sua prisão e seu destino, que era Roma. Nos colóquios que trocaram, Inácio e Jasão fizeram várias citações sobre o Cireneu de Tarso, sua grandeza d'alma, seu inquestionável e extraordinário trabalho de divulgação da mensagem de Yeshua.

Sabedor do dia em que seguiriam adiante, na noite anterior, Inácio despediu-se de Jasão, agora já sensibilizado pelo conhecimento que Inácio demonstrava em torno dos escritos sobre Yeshua.

Na despedida, Jasão disse a Inácio que todos ali no Núcleo estariam orando para que ele tivesse forças e proteção para enfrentar todas as dificuldades que lhe surgissem pelo caminho, principalmente em Roma.

Despediram-se como se já fossem velhos amigos.

O destacamento militar romano pôs-se na estrada de novo, levando o prisioneiro em direção a seu destino. Foram até a cidade de Bereia e lá embarcaram para Atenas. Inácio ficou surpreso com o rumo da viagem, porém o centurião Gabinius lhe informou que tinham modificado a rota novamente. Iriam para Atenas, lá ficariam um dia ou dois à espera de embarcação para Creta, porém, não desembarcariam. Abastecido o navio, seguiriam para o porto de Siracusa, depois para o porto de Régio e por último deveriam desembarcar no porto de Óstia, em Roma.

A viagem transcorreu sem muitos incidentes. Foram mais três meses de navegação. Nesse tempo, a pedido de Gabinius, Inácio ia sempre falando e ensinando as lições amorosas do Messias Inesquecível. Durante a viagem, Inácio cogitou com Gabinius sobre a possibilidade de ficarem mais uns dias em Creta, pois tinha a intenção de visitar um amigo de nome Tito, que era o líder cristão do Núcleo de lá. Entretanto, essa foi a primeira e única negativa que o centurião fez a Inácio, que sempre dócil à sua condição de prisioneiro, nada reclamou.

No trajeto de Malta para o porto de Siracusa, o centurião, numa noite em que os ventos fustigavam o navio e todos estavam acomodados no primeiro porão, falou para Inácio:

– Nobre senhor Inácio, não quis lhe falar antes, porém, penso que devas saber antes de chegarmos ao porto de Óstia, que após lá chegarmos, nós não seguiremos até Roma contigo. Em Óstia, nas planícies em torno da cidade, ficam acampadas as legiões romanas, porque elas são impedidas por lei de entrar em Roma. Os exércitos de Roma, após as suas campanhas mundo afora, montam as suas tendas ali nas planícies, em Óstia, como já lhe falei. É claro que os generais, os centuriões e os legionários, como indivíduos, no entanto, podem usufruir da cidade de Óstia e também da de Roma.

"Desse modo, senhor Inácio, lá chegando o entregaremos a outro destacamento militar. Como Óstia é muito próxima a Roma, mandaremos avisar de nossa chegada ao Quartel General de Óstia e aguardaremos até entregá-lo a outro comando militar. Essas são as ordens do Imperador, sobre as quais não há o que contestar.

"Antes de lá chegarmos, gostaria de fazer o que estou pensando há muito tempo. Gostaria de te pedir perdão. Na primeira vez que te vi, quando na planície próxima a Éfeso, ocasião em que te aproximaste do comando militar que eu integrava, fui muito duro contigo, inclusive zombei de tua pessoa. Depois, observando-te melhor e ouvindo o que ensinaste a todos, passei a nutrir por tua pessoa muita simpatia, e agora, após convivermos longo tempo em nossa marcha – quase um ano se passou – passei a nutrir, para contigo, sentimentos de irmandade. Espero que me perdoes, embora estejas na condição de nosso prisioneiro."

Inácio olhou para o centurião, profundamente sensibilizado e então lhe disse:

– Nobre Amigo Gabinius – permita-me assim chamar-te, sem a cerimônia devida a tua função e comando – o tempo é o divino construtor do qual nos servimos para edificar a nossa estrada. Reencontrar-te, mesmo nas atuais circunstâncias, me constituiu uma grande dádiva. Ver a tua mudança de atitude, de temperamento, principalmente em razão de tua serenidade, encheu meu coração de alegria. Cada novo amigo que ganhamos no decorrer da vida, aperfeiçoa-nos e enriquece-nos a alma, não tanto em razão do que o amigo nos dá ou nos oferta, mas pelo que ele revela de nós mesmos.

Inácio notou que o centurião chorava furtivamente. Isto também o emocionou às lágrimas. Ali mesmo, se abraçaram como irmãos, embora a distância dos objetivos.

A viagem seguiu.

XXXII

O DESEMBARQUE DE INÁCIO NO PORTO DE ÓSTIA. SUPLÍCIO E SOFRIMENTO

Para satisfazer à necessidade de comércio pelo mar, o Imperador Cláudio mandou construir um porto na foz do Rio Tibre, no encontro das águas com o Mar Tirreno. A construção do porto somente ficaria acabada sob o Império de Nero. Na entrada do porto foi construído um grande farol. O porto albergava aproximadamente duzentos navios, em sua bacia. Em torno do porto foi construída uma cidade militar.

Numa manhã de verão, o navio, trazendo o prisioneiro Inácio, atracou no porto de Óstia. Desembarcaram, e conforme o Centurião Gabinius havia informado, aguardaram um bom tempo, quando, mais à tarde, outro destacamento militar veio buscar o prisioneiro.

Ao chegarem, o oficial romano do novo comando apresentou-se ao centurião Gabinius, dizendo que tinha ordens de levar o prisioneiro direto para os calabouços de Roma, que fica à distância de cinco léguas de Óstia. Assim fizeram. Inácio, ao se despedir de Gabinius, notou que este chorava novamente. Então lhe disse:

– Nobre centurião, quero expressar-te, e aos demais soldados, meus profundos agradecimentos pelo tratamento humanitário que me ofertastes, além de atenderes a meus pedidos. Eu, que sou um prisioneiro, na verdade fui tratado como um irmão. Peço a Yeshua, de quem lhes falei, que te abençoe e aos demais soldados.

Evitando abraços, que poderiam ser constrangedores, em razão do novo destacamento militar, Inácio se apresentou ao novo oficial, que contemplava a cena, visivelmente curioso.

Após os acenos de costume, Inácio foi friamente recebido, e para sua surpresa, foi acorrentado pelas mãos e recebeu um cavalo para a cavalgada até Roma. Começaram a cavalgar e logo chegaram à Via Ápia Antica, antiga estrada que fora construída em 312 a.C. por Appio Claudio Cieco, importante político Romano, e que ligava Roma a Brindisi, na Puglia.

Após cavalgarem um bom trecho, a estrada tinha uma subida a uma colina que circundava a cidade. No alto, o Oficial romano deu ordens para pararem os cavalos, pois todos os que por ali passavam tinham o hábito de lá de cima admirar toda a cidade de Roma. Quando Inácio viu a cidade portentosa, lá embaixo – nunca tinha visto uma cidade de tal grandeza – ficou tão extasiado com a paisagem, a ponto de não perceber que o destacamento militar tinha reiniciado a marcha e ele estava com o cavalo parado. Naquele instante, um soldado romano se aproximou de Inácio e sem que ele esperasse, lhe desferiu uma bofetada na face, que quase fez Inácio cair ao solo, e então falou:

Testemunho pelo Cristo

– Por que paraste? Quem te deu ordens para isto?

Inácio, mesmo sentindo a dor, devido à agressão, e percebendo um pequeno filete de sangue quente que lhe corria dos lábios para boca, estava sorrindo. Então, o soldado disse:

– Tu deves estar louco. Por que sorris se estás preso e sendo levado aos calabouços?

Inácio, refeito do golpe que lhe havia cortado os lábios, vivamente emocionado, embora a dor da opressão e da agressão, respondeu:

– Sorrio, nobre soldado romano, diante de tanta beleza que os meus olhos descortinam. Sorrio, porque chego a esta cidade imponente e olho para suas construções de mármore, para as inúmeras estátuas que brilham ao sol, e vejo a beleza das águas prateadas do Tibre, que corre a circundar estas montanhas como se fora um alaúde. Sorrio...

Antes que Inácio completasse a frase, o soldado falou quase gritando:

– Mas tu logo vais morrer na arena, miserável! Como podes sorrir?

Inácio então continuou:

– Sorrio, mas de felicidade, porque agora posso ter a dimensão do amor de Yahweh, pois se para vós, que sois corrompidos, que escravizais, matais e subverteis, Ele concede uma cidade tão bela e harmoniosa, o que não haverá de reservar e oferecer àqueles que lhe são fiéis? Sorrio, nobre soldado de Roma, porque desejo morrer logo, pelo Cristo Yeshua, a fim de que Ele me leve até Yahweh.

O soldado, entre irritado e apreensivo, nada mais falou. Seguiram a marcha e a breve tempo chegaram nos calabouços subterrâneos do Coliseu, para onde Inácio foi conduzido e lá preso, junto a muitos cristãos que estavam no corredor da morte.

Nos vários dias em que ficou encarcerado, Inácio deu inúmeras orientações aos cristãos que com ele estavam aguardando o momento do suplício, sempre exaltando os fiéis à confiança em Yeshua e à certeza de que Yahweh não desampararia nenhum deles e os receberia na sua glória.

Inácio percebeu que dali não sairia vivo. Sequer recebeu visitas, pois isso era proibido, mas rejubilava-se, pois ia morrer por Yeshua, a quem muito amava. Um sentimento de saudade imensa varreu-lhe a alma e lembrou-se do dia em que, criança, conhecera Yeshua.

Havia se passado uma semana, quando, numa manhã, o barulho de ferros, nos calabouços, acordou todos e um oficial e vários soldados vieram buscar os presos para os levar até a arena do circo.

Pelos corredores, ouviam os gritos da multidão que lotava a arena. Ao lá chegarem, Inácio contemplou a multidão. Sob as ordens dos soldados, começaram a caminhar para o centro da mesma. Mais à frente, numa primeira ala, Inácio viu o que deveria ser o espaço do Imperador Domiciano, que ali se encontrava com seu séquito. A multidão pedia pela soltura das feras.

Inácio, antevendo o momento crucial, reuniu seus irmãos cristãos em torno de si e começou a falar em voz alta:

"Ousamos, oh! Yahweh, elevar nossa voz a Ti, sabendo que somos pó e cinza.

"Sabemos, oh! Pai de Amor eterno, que este instante de nossas vidas também é obra do Teu amor, que permite nosso sacrifício para o abrandamento de nossos próprios males.

"Faze de nós, oh! Divino Pai, o que for de Teu agrado. Se queres que estejamos nas trevas, bendito sejas, e se queres que logo mais estejamos na luz, sê também bendito.

"Ajuda-nos e abençoa-nos oh! Yeshua, por mais pesadas que sejam as tribulações que estes Teus irmãos haverão de sofrer.

"Em tudo e por tudo, oh! Yahweh, faça-se a Tua soberana vontade."

De repente, a multidão começou a gritar mais alto, dando urros. Os alçapões foram abertos e os leões enormes, verdadeiras feras famintas, se lançaram sobre o agrupamento que se compunha de aproximadamente cinquenta cristãos, entre homens e mulheres. Ouvia-se, no ar, o terrível tumulto da arena da maldade humana. Os gritos de dor eram muitos, porém, o que se ouvia mais alto, para o temor da massa e do sanguinário Imperador, era o hino de amor a Yahweh que os cristãos cantavam a plenos pulmões e no limite de sua resistência.

Pedaços de corpos humanos eram jogados para todos os lados. As feras famintas saciavam a fome no sangue dos cristãos, contudo, de maneira totalmente estranha, em meio àquele funesto tumulto, Inácio sequer era tocado por qualquer daquelas feras. Ele havia se ajoelhado na arena e fechado os olhos, esperando que uma patada lhe despedaçasse os músculos e ossos, porém, nenhuma, nenhuma fera avançou sobre ele.

A massa, entre gritos, ficou em expectativa e emudeceu. O oficial romano, munido de escudo e chicote, instigou as feras sobre Inácio, contudo, nada ocorria. Percebendo que as feras já estavam saciadas, olhando ao seu derredor e vendo os inúmeros cadáveres estraçalhados dos seus irmãos cristãos, Inácio, que continuava de joelhos, olhou para os céus e falou:

– Por que, oh! Mestre Amado? Por que me poupas? Acaso não tenho a honra de morrer por Ti e por Yahweh? Por quê?

As lágrimas eram abundantes. Então, olhando sob a névoa da cortina de lágrimas, Inácio, psiquicamente, viu aparecer-lhe o Governador Acádio, que se aproximando lhe disse:

– *Inácio, morrer é muito fácil. Perder o corpo numa só vez é um testemunho pequeno para ti. Tu que amas tanto Yeshua e Yahweh, deves merecer algo mais penoso. Tu viverás, por determinação de Yahweh. A partir de hoje, viverás entre pessoas que não te compreenderão e que desconfiarão de ti.*

"Será preciso, Inácio, que estejas firme nos momentos das dificuldades que se avizinham de forma avolumada. Este, amigo, é o sacrifício maior. Terás que devolver à lei tuas desconfianças do pretérito, que um dia entenderás.

"Yeshua quer que vivas para que os seus sublimes ensinamentos saiam de tua boca e mesmo assim experimentes o sarcasmo, a desconfiança, a suspeição, a perseguição continuada, sem que tenhas o direito de desanimar. Que Eles estejam contigo."

Após afagar carinhosamente a cabeça de Inácio, o Governador se foi.

A cena na arena do martírio era simplesmente horrível para Inácio. A sua dúvida e decepção mais aumentou ao ver, mesmo com os olhos da vigília, enorme quantidade de Espíritos iluminados socorrendo e amparando os Espíritos que tiveram seus corpos estraçalhados pelas feras, recolhendo-os e os levando com eles.

Inácio continuava a olhar para o céu e a balbuciar frases de lamentação. O coração parecia-lhe arder em brasa, ainda mais lembrando as palavras de Acádio. Mais ainda chorava o seu pensamento. Repetia para si a pergunta que não tinha resposta: Por quê? Por quê?

A multidão irascível e saciada pelo sangue dos justos já se havia retirado da arena sanguinolenta. Um pesado silêncio se abateu sobre aquele campo de horrores. Inácio deu-se conta de que estava ali, já há um bom tempo, ajoelhado no pó que exalava cheiro de sangue e morte. Olhou à sua volta. Não havia ninguém; uma viva alma humana sequer. Olhou mais à direita, pela galeria de acesso à arena. O portão estava aberto. Após, divisou o corredor que dava à esquerda para a porta dos subterrâneos e à frente para a grande grade que saía para a rua. Viu que ela também estava aberta. Percebeu que estava ali completamente sozinho e estava livre. Mas livre como, se o que sentia é que era um prisioneiro do destino nunca imaginado? O que seria dele agora? Para onde iria? Retornaria a Antioquia da Síria? De que forma? Quem deveria procurar?

Pelas leis romanas, aquele que eventualmente conseguisse sair vivo da arena do suplício e não fosse morto pelas feras, estaria livre; adquiria o direito à liberdade. Ainda preso ao solo, sentiu que uma mão pousou no seu ombro. Levantou a cabeça e viu o Cireneu de Tarso, que olhou-o com piedade e visando lhe incutir confiança, bondosamente lhe disse:

– *Querido Inácio, venho até ti, neste momento difícil e terrível, onde testemunhaste a quanto pode chegar a dureza do coração dos homens, mesmo sendo eles filhos de Yahweh, para trazer-te forças a fim de que possas superar o que te ocorreu. Assim procedo sob a orientação e pedido de Yeshua.*

"Não, amado irmão, não te deves martirizar. Se teu corpo de carne não serviu aos propósitos do Cristo, neste dia, isto não significa que Ele não te ame. Não poderás entender por enquanto a razão do que te aconteceu, pois isto está atrelado a teu passado espiritual em outra vestimenta corporal. O certo é que ao seres poupado do martírio, inicia-se para ti

um novo momento em tua vida, em que continuarás, é claro, e disto eu o sei, a dedicar-te a Yahweh e a Yeshua, porém, amigo da alma, haverá muita desconfiança sobre ti, principalmente quanto aos reais motivos pelos quais foste poupado pelas feras do circo romano. Serás, por isto, alvo de calúnias inúmeras, de injúrias, vítima de inverdades; sofrerás acusações as mais variadas, entretanto, venho dizer-te que nunca deverás te abater em demasia, nem perder a confiança em Yeshua.

"Tudo na vida, Inácio, tem uma razão de ser. É certo que doravante viverás com o estigma da abjuração, pois disto serás acusado, entretanto, não te deixes abater em momento algum. Levanta sempre a cabeça e segue em frente, para o alvo. Nosso alvo é Yahweh e a flecha é Yeshua.

"Nós, os teus amigos espirituais, conhecemos teu coração e sabemos os meandros que envolvem tua alma. Continua, pois, e mesmo que a dor e as lágrimas sejam-te companheiras, sabe que além da montanha há um oásis repleto de flores e frescor, e poderás saciar tua sede no rio da água pura do amor incondicional de Yeshua e de Yahweh.

"Dou-te o testemunho de meu afeto, e terás sempre a minha confiança, a confiança de Maria e de João, e a maior delas, a de Yeshua."

Inácio continuava a chorar, e antes que pudesse falar alguma coisa, o amigo do passado se foi. A muito custo, parecendo carregar aquela arena gigante nas suas costas, o episkopo de Antioquia da Síria, com passos vacilantes e trôpegos, caminhou no rumo da liberdade. Logo ganhou a rua. Não teve vontade de olhar para trás.

Vendo-se solitário, sem saber bem o que fazer e para onde ir, pois não conseguia concatenar bem tudo o que lhe acontecera, enxugou os olhos com a barra da túnica e teve a inspiração de procurar o Núcleo cristão de Roma. Buscando informação aqui e ali, ao cair do crepúsculo, Inácio bateu na porta do Núcleo. Esperou alguns instantes e a porta se abriu. Era um irmão serviçal do Núcleo, que indagou:

– Quem és e o que desejas?

Inácio anunciou-se e pediu para falar com o responsável ou o episkopo do Núcleo. O serviçal falou-lhe que esperasse um instante, que ia anunciá-lo. Dizendo isso se retirou, deixando Inácio em pequena antessala.

Após um tempo, o serviçal retornou e pediu a Inácio que o acompanhasse, conduzindo-o a ampla sala. Ao lá chegarem, sentado em um móvel confortável, um irmão do Núcleo o aguardava. O serviçal então disse:

– Senhor Inácio, este é o nosso líder, o irmão Anacleto, que vai atendê-lo.

Dizendo isto, fez uma mensura e colocou-se ao lado.

Anacleto, naquela época, era o líder principal do Núcleo cristão de Roma, de quem Inácio já ouvira falar. Entre surpreso e desconfiado, Anacleto disse:

– Olá, senhor Inácio. Já soubemos das ocorrências, e também que foste poupado pelas feras do circo romano. Aliás, essa é a notícia que tem sido mais depressa divulgada. Até já despachei mensageiro para os demais

Núcleos cristãos para informar sobre o ocorrido. Eu já tinha ouvido falar a seu respeito, através do apóstolo João.

"Já lhe antecipo, caro Inácio, que as notícias que chegam a respeito do ocorrido dão conta de que tu abjuraste a Yeshua, temendo a morte, e que assim agindo renegaste o Christo."

Anacleto fez propositado silêncio.

Inácio sentiu como se um punhal lhe penetrasse o peito e lhe rasgasse as entranhas. Um misto de dor e decepção lhe invadiu a alma. As lágrimas que não o haviam abandonado, continuaram a pulular nos seus olhos. Anacleto então completou:

– Mas, independentemente disto, afinal, o que pretendes ao nos procurar?

Inácio percebeu a reticência na fala de Anacleto. De imediato, lembrou das frases de Acádio e de Paulo e percebeu que não era bem-vindo ali naquela casa, que se dizia um Núcleo de Yeshua. Cogitou, mesmo, que se ele tivesse cometido a fraqueza da abjuração, o que absolutamente não ocorrera, e se os membros do Núcleo conhecessem mesmo os ensinamentos de Yeshua, e mais, se o praticassem, teriam o dever de recebê-lo, de ajudá-lo, pois não fora Yeshua quem dissera que não são os sãos que precisam de médico?

Sentiu os olhos da desconfiança continuarem olhando para ele. Naquele momento, lembrou-se da narrativa de Maria de Nazareth, quando, um dia, em Éfeso, ele lhe perguntara sobre Judas Iscariotes. Percebeu que estava sendo considerado também um traidor da causa. Aquilo mexeu fundo na sua alma. Enxugou novamente os olhos com a barra da túnica e olhou para Anacleto, que continuava em pé e de forma impassível a olhar para ele, sem demonstrar um mínimo apreço.

Inácio então disse:

– Irmão Anacleto, embora as notícias, como dizes, e embora o atendimento que me concedes, eu apenas quero dizer-te que não cometi crime algum, e muito menos abjurei meu Mestre, a quem doei minha vida e continuarei doando. Jamais fiz ou farei isso. Não, não saberia dizer por que fui poupado, mas vejo que esclarecer isso, neste instante, pouco ou quase nada interessa. Quero, em nome de Yahweh e em nome de Yeshua, a quem não traí, agradecer-lhe ao menos o gesto de me atender. Nada mais quero, e peço sua licença para retirar-me.

Ao dizer isto, Inácio fez gesto de humilde reverência a Anacleto e antes que este tivesse qualquer reação, caminhou no rumo do corredor. Ganhando a porta de saída, chegou à rua, também sem olhar para trás. Ao caminhar pela rua, respirou fundo e se foi na direção da noite.

Novamente, a angústia lhe tomou o espírito. O que fazer? Para onde ir? Não tinha um recurso sequer, nem mesmo uma moeda. Começou a sentir fome e sentia também muito frio. Não encontrara abrigo na casa que se dizia de Yeshua. Pensou: Como tudo estava mesmo diferente e indiferente! Que mensagem do Mestre estavam pregando?

Caminhava por uma rua qualquer, quando viu uma estalagem. Intuitivamente entrou. O bulício interno era grande. Havia ali vários legionários romanos, soldados, pessoas outras do povo.

Coberto apenas por uma túnica cinza muito fina, sentia muito frio. A fome apertava e tinha sede. Mas, o que fazer? Como pagar por alimento, se nada possuía?

Furtivamente, dirigiu-se a um pequeno balcão onde o estalajadeiro atendia. Este olhou-o com curiosidade e disse:

– Homem, quem és e de onde és? Não és daqui, por certo. Não sentes frio somente com essa túnica?

Inácio sentiu simpatia nas palavras do estalajadeiro. Não quis aprofundar-se nos seus problemas. Apenas respondeu:

– Não, bondoso senhor, não sou de Roma. Aliás, sou de muito longe. Sou de Antioquia da Síria, no Oriente, e aqui estou de passagem, porém, tive alguns percalços, de modo que entrei aqui com muito frio e fome, porém não tenho recursos para pagar por alimento nem por agasalho. Peço-lhe por sua bondade, que não me ponha para fora e me conceda um pouco de água para beber.

O estalajadeiro olhou para Inácio compassivamente e lhe disse:

– Senhor...?

– Inácio – respondeu.

– Senhor Inácio – continuou o estalajadeiro –

vejo sinceridade na tua fala. Não te impedirei de ficar aqui dentro. Peço que aguardes em pouco, que vou pedir à minha esposa que providencie roupas e agasalhos adequados. Vejo que tens a minha estatura. Enquanto isto te servirei a água solicitada. Senta-te numa mesa vazia e aguarda. Também providenciaremos refeição, pode ser?

Inácio, profundamente gratificado, disse ao estalajadeiro:

— Bom Senhor, agradeço e preciso, sim, de agasalho. Quanto ao alimento, apreciaria apenas frutas secas, mel silvestre e cereais secos, se tiver. Sinto-me fraco e um alimento mais pesado poderá fazer-me mal.

O estalajadeiro assentiu com a cabeça.

Inácio acomodou-se numa mesa de canto, e mesmo ante o vozerio do ambiente, seu pensamento, qual pássaro, voava para a arena dos suplícios, onde seus irmãos em Yeshua haviam sido mortos e ele não. Começou a passar em revista a sua existência e acabou na última cena de sua vida, para ele incompreensível. O estalajadeiro veio até ele com um casaco comprido. Inácio vestiu. A seguir, recebeu leite de cabra, mel e cereais secos. Sentou-se e pôs-se a se alimentar. Em pouco tempo sentiu-se refazer, muito embora seu espírito estivesse angustiado.

Se alimentou e se contraiu no agasalho, e mesmo ante o alarido do local, voltou a chorar. As cenas trágicas e terríveis da arena romana não lhe saíam da mente e é certo que nunca mais o abandonariam. O estalajadeiro esqueceu-o ali e foi atender outras pessoas.

Inácio sentia-se mais revigorado. Aquela boa alma do estalajadeiro lhe apareceu em momento crucial. Afastou um pouco os pensamentos da tragédia e orou mentalmente a Yeshua.

"Oh! Yeshua, Mestre Amado, não consigo saber por que as leis de Yahweh não se abateram sobre mim e não ceifaram a minha vida física, pois sei que não morremos. O que perece é o corpo físico, porém, a alma segue ao encontro do Pai Celestial, aliás, esse é o meu desejo.

"Sinto, divino Messias, meu pensamento muito confuso. Tudo procurei fazer para dar testemunho de Tua mensagem, em Teu nome e em nome de Yahweh, porém, não sei por qual razão fui poupado. Mesmo já sabendo que a resposta esteja em outra vida, espero um dia merecer obtê-la.

"Até lá, querido Messias, auxilia-me, orienta meus passos futuros. Oh! mãe Maria, sei que ouves-me e sentes minha alma. Não me abandones. Preciso de Ti. Eis aqui o servo! Fazei, Yahweh, segundo a vossa vontade, mas concedei-me a bendita oportunidade de quitar-me perante vossas soberanas leis. Minhas lágrimas são de amor e reverência a Vós. Abraçai minha desdita e consolai minha alma."

A prece trouxe reconforto a Inácio. Percebeu que as pessoas iam deixando o local. De repente, a porta se abriu e cinco legionários romanos adentraram o local. Conversavam alto e riam. Inácio reparou, pelas roupas, que eram oficiais. Para sua surpresa, dali a um tempo, percebeu que um deles dirigiu-se até ele e chegando próximo, falou alto:

– Ora, ora, será que vejo bem? Tu não és aquele a quem conheci por Inácio de Antioquia?

Inácio olhou para o oficial romano e percebeu, pela sua vestimenta, que era um General do Exército, e como era bom fisionomista, exclamou:

– Ah! Quem vejo? É o General Lucinius Vero Aquilinus, que alegria! Que bom revê-lo. Que bom ver o seu progresso, eis que a última vez que nos vimos, éreis um centurião. Parabenizo-o por seu progresso.

O General Lucinius Vero Aquilinus, que havia sido promovido há mais de dois anos ao posto de General de Exército, então disse:

– Sim, caro amigo Inácio, agora sou um General de Roma. Mas que bela surpresa! Jamais imaginaria encontrar-te de novo e ainda mais em Roma, o que para mim é incompreensível, mas permita-me sentar a seu lado.

Dizendo isto, chamou os outros dois oficiais que o acompanhavam. Todos se sentaram com Inácio. Os demais oficiais olhavam para Inácio com curiosidade, o mesmo se dando com o estalajadeiro, quando percebeu que o general romano conhecia o visitante.

Feitas as apresentações, o general perguntou a Inácio, como ali ele chegara. Ante o olhar indagativo de Inácio, o General disse:

– Podes falar tranquilo. Os centuriões Vergilius e Sinézio são meus homens de confiança, a quem já tive a oportunidade de uma vez me referir sobre tua pessoa. Podes falar à vontade e sem medo.

Inácio, então, de forma resumida, narrou ao General todo o drama de sua prisão, seu encontro com o centurião Gabinius, que havia mudado completamente o temperamento, pois quando o conhecera, fora na ocasião em que conhecera o General Lucinius, que era o Centurião do comando militar que ia pelas estradas, até Trôade, e na ocasião, caminharam juntos até Éfeso. Lembrou Inácio que naquela ocasião, Gabinius fora até sarcástico com ele e que, no que tocava à sua prisão, agiu de maneira contrária e fora gentil, amável e compreensivo.

Narrou as viagens e a chegada a Roma; a prisão nos calabouços romanos e o sacrifício e martírio dos cristãos no circo romano. E por último, que ele, Inácio, tinha sido poupado pelas feras famintas, culminando por dizer como entrara ali na estalagem, porque não conhecia ninguém em Roma, não tinha recursos nem tinha para onde ir.

O General Lucinius e os demais, tudo ouviram, espantados e mais espantados ficaram ao saber o que ocorrera com Inácio.

Inácio terminara a narrativa. Breve silêncio, que foi quebrado pelo General:

– Amigo Inácio, quero te dizer que desde que nos cruzamos, em plena planície próxima a Éfeso, ao olhar para ti senti algo diferente. Senti uma confiança inexplicável e quando convivi contigo, naqueles dias de marcha, pude conhecer-te melhor ainda, e o que mais me tocou a alma foi conhecer o teu Mestre, que nos apresentaste por várias prédicas durante nossos descansos.

"Lembro-me bem, e não esqueço, a narrativa que fizeste de tua infância: o encontro com o teu Yeshua e o encontro com a mãe d'Ele e com um teu amigo de nome João. Os ensinamentos desse Yeshua, tudo, tudo, caro amigo, foi e é para minha pessoa, inesquecível. Também lembro que quando de nossa despedida, em Éfeso, tu disseste que se Yeshua permitisse, nos reencontraríamos. E veja só o que aconteceu. Nos encontramos novamente, porém em situação que te vejo triste e sem recursos.

"Embora o meu Deus ainda seja Júpiter, não esqueci do teu Yeshua. Muitas vezes me pego pensando nele. Dessa maneira, é por Júpiter, mas é também por teu Deus, a quem chamam Yahweh, que aqui estou para servir-te. O que pretendes que eu faça pelo Senhor, amigo Inácio?"

Inácio agradeceu profundamente ao General Lucinius e respondeu que precisava retornar a Antioquia da Síria, contudo, não tinha recursos para isso. O General Lucinius, antes de responder, chamou o estalajadeiro em voz alta:

– Nécius, conceda-nos a tua presença.

O estalajadeiro chegou à mesa. Então o General Lucinius lhe falou:

– Caro Nécius, Inácio é um grande amigo. Veja quanto foi a despesa dele, que pagarei. Ele nos acompanhará até o quartel, em Óstia, e lá será meu hóspede.

Nécius disse que nada deviam. Após beberem e se alimentarem, o que Inácio aguardara pacientemente, levantaram-se para se retirar. Inácio então foi na direção de Nécius e olhando firmemente em seus olhos, disse:

– Bondoso senhor Nécius, apesar de ser estrangeiro na tua terra, não posso deixar de curvar-me à hospitalidade dos romanos, principalmente à tua. Agradeço do fundo de minha alma o que fizeste por mim e peço ao meu Deus, Yahweh e ao meu Mestre Yeshua, nunca nada te falte e que vivas na saúde e no otimismo. Se um dia nos for permitido, nos reencontraremos.

Dizendo isto, abraçou o estalajadeiro. Depois, acompanhado pelos oficiais romanos, deixou o recinto.

O General deu ordens para que se arranjasse um cavalo para Inácio, e tão logo tudo foi providenciado, cavalgaram até Óstia. Chegaram após a virada do dia. Era madrugada. O General determinou providências e Inácio foi acomodado em uma tenda com roupas mais quentes e cobertores. Após isto, o General lhe falou:

– Caro amigo, a alvorada se dá com o clarear do dia e o toque da trombeta. Mandarei buscar-te para o repasto matinal, e então conversaremos novamente. Até lá!

Dizendo isto, saudou-o com a mão e se retirou.

Amanhecera no grande acampamento militar romano, em Óstia. Naquela época, ali estavam acampadas duas divisões do exército de Roma e vários oficiais generais.

Inácio dormira profundamente. Esgotado mentalmente em razão de tudo o que lhe acontecera e cansado fisicamente, sequer se desprendeu do corpo.

Pela manhã, já estava em pé, acomodado sob o casaco que lhe fora doado pelo estalajadeiro Nécius, quando viu o ordenança entrar em sua tenda. Aguardou. Então o soldado lhe disse:

– Tenho ordens do General Lucinius Vero Aquilinus para levá-lo até o refeitório central. Lá ele o aguarda.

Inácio assentiu com gesto gentil e acompanhou o soldado. Em breve davam entrada no pavilhão onde os oficiais faziam suas refeições.

Ao ver Inácio chegar, um oficial se apresentou dizendo:

– Olá, senhor Inácio, sou o centurião Atilius, da divisão do exército comandada pelo general Lucinius Vero Aquilinus. Peço que me acompanhe. Ele o aguarda.

Andaram por mais alguns pavilhões espaçosos e logo a seguir chegaram a uma grande ala, que Inácio pôde constatar que era somente para os generais. Ao chegarem, o centurião se apresentou ao general Lucinius Vero Aquilinus:

– Ave César! Ave General Lucinius! Centurião Atilius se apresentando às suas ordens. Trago comigo o senhor Inácio.

O general, com um gesto, dispensou o centurião, e abrindo largo sorriso foi na direção de Inácio e o abraçou pelo ombro dizendo:

Testemunho pelo Cristo

– Salve, amigo Inácio. Te aguardava para nosso desjejum e para conversarmos um pouco. Vem, senta-te conosco.

Inácio retribuiu o sorriso, embora não tivesse nenhuma vontade de sorrir e acompanhou o general, tomando o assento que ele indicara.

Nem bem se acomodaram, eis que outro corpo de oficiais generais entrou no recinto. Imediatamente, todos se levantaram, inclusive o general Lucinius. Inácio fez o mesmo, eis que era um simples convidado. Os oficiais que chegaram dirigiram-se justamente para onde estava Inácio e o general Lucinius, que fez a saudação:

–Ave César! Ave Roma! Ave General Tétio Juliano! A que devemos a honra de sua companhia?

O general Tétio Juliano era mais novo do que o general Lucinius. Era alto, a cabeleira escura e encaracolada, o rosto afilado, olhos grandes e de cor cinza. Inspirava simpatia, embora trouxesse a fisionomia um tanto impassível. Então retribuiu a saudação dizendo:

– Ave César! Ave Roma! Ave General Lucinius Vero Aquilinus! Venho anunciar-te que hoje, após os navios de nossa frota estarem carregados, partiremos na direção de Creta e de lá zarparemos para Éfeso. Depois, por terra, encontraremos com a terceira, a quarta e a quinta legiões, que se deslocam para a fronteira do Danúbio. Iremos até Nicomédia, na Bitínia, cruzaremos a Trácia, depois a Mísia e nos alinharemos para invadir a Dácia. Esteja preparado com seus oficiais. Zarparemos após a virada do meio dia.

501

O general Tétio Juliano tinha reparado na companhia civil que estava com o general Lucinius e sem cerimônia perguntou:

– E esse que está em sua companhia, de quem se trata?

– É um velho amigo que conheci há alguns anos nas estradas, quando cavalgamos para Trôade – respondeu o general Lucinius. – Nos separamos em Éfeso e agora nos reencontramos em Roma. Eu o trouxe para o pernoite em nosso acampamento e como aguardava vossas ordens, sabedor que o Nobre Imperador Domiciano o nomeou como general principal para a campanha de que ora nos informa, estava a conversar com ele e esperava mesmo por sua presença e ordens.

O general Tétio Juliano olhou para Inácio com curiosidade. Ficou pensativo por alguns instantes, depois falou:

– Nobre Lucinius, este teu amigo não é cristão? É o que me parece.

O general Lucinius era um homem honrado e nunca mentiu ou omitiu a verdade, fosse a quem fosse. Então respondeu:

– Nobre General Tétio, sim, ele é cristão, contudo foi preso a mando do Nobre César e foi colocado na arena para a morte com outros cristãos, mas ocorreu que as feras sequer o tocaram. Então, por nossas leis, ele é um homem livre.

O general Tétio Juliano, ao ouvir a narrativa do amigo, disse:

– Ah! Que interessante! Como será que isto foi acontecer? Nunca aconteceu antes. Será que foi o Deus dele que o ajudou?

Ao fazer a indagação, olhou para Inácio.

Inácio ia responder alguma coisa, quando viu, próxima ao referido general, a figura do Governador Acádio, que induziu-lhe o pensamento para nada falar.

Percebendo o silêncio de Inácio, o general Tétio arrematou:

– Quem sabe! Quem sabe! Ultimamente tenho visto e ouvido muitas coisas e confidencio-te, nobre Lucinius, que não sou favorável a essa matança desordenada no circo. Por isto quero evadir-me de Roma o quanto antes. Morrer no campo de batalha ou mesmo matar pela causa da nação é coisa bem diferente.

O general Tétio fez menção de se retirar, quando, intuído pelo Governador Acádio, que comparecia em Espírito, Inácio, corajosamente, após ouvir a impressão do referido general, ousou quebrar o silêncio e falou:

– Nobre General Tétio Juliano, saúdo-vos e peço me concedais a permissão para que vos fale!

Surpreendido, o general Juliano disse:

– Sim, sim, podes falar.

O general Lucinius também ficou muito surpreso.

Inácio saudou novamente o referido general, dizendo:

– Nobre General, de fato, sou amigo do General Lucinius, e sou agradecido pelo pouso e atendimento que ele me concedeu entre vós. Quando da vossa chegada, iniciávamos conversação. Eu ia dizer ao general Lucinius que estou completamente sem recursos para voltar às terras onde fui aprisionado. Ouvindo vossa informação sobre a viagem que empreendereis, ouso pedir-vos permissão para que eu possa seguir no navio do general Lucinius até Éfeso. Não posso pagar pela viagem e alimentação, porém, posso trabalhar no navio, auxiliando em qualquer serviço.

Inácio calou-se e aguardou.

O general Tétio Juliano, refeito da surpresa, refletiu alguns instantes e então falou:

– Senhor...

– Inácio – apressou a dizer o General Lucinius.

– Ah! Senhor Inácio – continuou o general Tétio – não é comum que um civil seja incorporado aos comandos militares romanos, porém, ante o que me foi narrado e ante tua fala, na qual noto sinceridade, concedo-te a permissão para viajares conosco até Éfeso. Quanto a trabalhares no navio que estará sob o comando do general Lucinius, isto será com ele. Eu fui guindado ao comando geral das legiões que citei, porém, o general Lucinius tem autoridade para recusar minha permissão, se o quiser. Cabe a ele também decidir sobre requisitar teu trabalho ou não.

Testemunho pelo Cristo

Ao dizer isso, olhou para Lucinius, que não se fez esperar:

– Nobre General Tétio Juliano, não haverá recusa e verei da necessidade do trabalho ou não, de nosso passageiro. Ademais, servir sob vossa liderança me será uma honra.

A seguir o general Tétio Juliano, fazendo a saudação romana de costume, falou:

– Então, até mais tarde. Nos encontraremos no porto. Iremos em cinquenta navios. Ave César! Ave Roma!

Quando o General Tétio se retirou, o General Lucinius voltou e sentou-se, o mesmo fazendo Inácio. Alimentaram-se, não sem antes Inácio pedir escusas ao amigo, indagando se não fora descortês com ele ao pedir a permissão da viagem diretamente a outro general. Lucinius respondeu:

– Mas quê! Senhor Inácio, não há do que se escusar, pois se pedisses diretamente a mim, embora tenhamos o mesmo nível de autoridade que o General Tétio Juliano, como ele foi designado pelo Imperador como líder da companha a ser encetada contra os dácios, por questões de organização de nosso exército, eu teria que pedir a permissão dele. Entendo que ele não me negaria. Assim, está tudo bem.

Conversaram sobre mais algumas amenidades e então o general chamou à sua presença o centurião Atilius e deu ordens para que providenciasse para Inácio mais algumas roupas e que o levasse em sua companhia para o embarque no navio que ele comandaria, logo após a virada do meio dia, eis que até lá ele teria que tomar outras providências. Despedindo-se temporariamente de Inácio, retirou-se. Inácio ficou então aos cuidados do centurião Atilius.

Chegado o momento do embarque, Inácio se apresentou, acompanhado do centurião e embarcou no navio que seria comandado pelo amigo general. A formação romana de cinquenta navios impressionava. Estavam todos abarrotados de soldados.

Logo que embarcaram, o centurião deu a conhecer a todos os soldados daquele navio, ao mestre e ao contramestre de navegação, que Inácio era amigo e convidado pessoal do general Lucinius, e que viajaria com eles até Éfeso. A seguir chegou o general Lucinius, embarcou, assumiu o comando do navio e pouco tempo depois todos os navios levantaram âncoras e zarparam.

A viagem para Éfeso, com apenas uma parada em Creta, demoraria em torno de cinco a seis meses, de modo que chegariam ao porto de Éfeso pelo final do ano de 87 d.C.

Durante o trajeto, Inácio refletia o que poderia estar acontecendo na comunidade cristã em razão das notícias quanto ao que lhe ocorrera.

Ao ouvir o plano de viagem comunicado pelo general Tétio Juliano, mais do que depressa, inspirado e desejoso de conselhos e ajuda, não pensou duas vezes em pedir a permissão que lhe foi concedida.

TESTEMUNHO PELO CRISTO

Assim o fizera, também, porque ao ouvir como destino o porto de Éfeso, instantaneamente lembrou-se do pai adotivo e apóstolo amado, João. Qual é o filho que precisando de amparo, não lembraria do pai? Lembrou-se também do amigo Timóteo. Precisava, pois, antes de mais nada, conversar com os dois; dizer a eles o que realmente acontecera. Tinha certeza que acreditariam nele. Necessitava que eles o ouvissem.

Durante a viagem, Inácio foi convocado diversas vezes para fazer alimentação nas dependências do navio destinadas ao general Lucinius. Conversavam demoradamente sobre muitas coisas, mas principalmente sobre os ensinamentos de Yeshua, pelos quais o general demonstrava vivo interesse. O general tinha determinado que Inácio seria hóspede no navio. Não precisaria trabalhar, porém, Inácio queria demonstrar seu agradecimento, então se ofereceu como auxiliar de cozinha do navio, onde foi aceito e fez amizade com os demais serviçais.

Quase cinco meses de viagem haviam transcorrido, quando, certo dia, o general amanheceu indisposto. Estava com a pele toda avermelhada. Notou, ele próprio, que ardia em febre. Chamou o centurião Atilius e pediu o comparecimento do médico do navio. Cada navio possuía um médico e igualmente um enfermeiro. Este compareceu e ao examinar o general, viu que o seu quadro de saúde era preocupante, pois além da febre alta, os seus olhos estavam amarelados. O médico temeu que fosse uma peste que ultimamente tinha aparecido, principalmente em cidades portuárias.

Tomou providências para banhar o general em água fria e fez-lhe uma sangria, pelo braço. Contudo, a febre não cedeu, ao contrário, aumentou, a ponto do general Lucinius começar a delirar. A notícia rapidamente chegou a toda a tripulação e soldados do navio e, é claro, a Inácio.

Inácio procurou o centurião Atilius e pediu que fosse levado até as dependências do general. O centurião assentiu e o acompanhou. Lá chegando, o que Inácio viu o preocupou sobremaneira. O amigo general estava totalmente avermelhado, suava muito, um suor frio, e manchas pequenas e escuras começavam a lhe aparecer nos braços e no rosto. Falava coisas sem sentido. Inácio, olhando para o amigo, ficou penalizado e preocupado. Ficou parado ao lado da cama de madeira e lhe veio à mente o que podia fazer. Ajoelhou-se ao lado da cama do general e orou profundamente e sentidamente:

"Oh! Yahweh, Pai e Senhor de todos nós.

"Aqui me encontro, nesta imensidão do mar, fruto de Tua criação, ao albergue de Roma, na pessoa do amigo que ora experimenta dores e falecimento das forças físicas.

"Bem sei que o meu sacrifício ainda não foi aceito, mas dou a minha vida por este amigo, pois, ser fiel a Ti, como nos ensinou o Amado Yeshua, se traduz em amar-Te e amar nosso próximo, não importando quem seja.

"Se quiseres, sei que podes restabelecer o vigor físico deste irmão. Por isto, em Teu bendito nome e em nome de Yeshua, rogo que permitas chegarem a ele as energias e o

restabelecimento necessário, porém, que seja feita sempre a Tua vontade.

A seguir, Inácio levantou-se e impôs as mãos sobre a cabeça do general, durante um bom tempo. Ao abaixar as mãos, o general Lucinius teve um acesso de tosse e enquanto tossia, um líquido amarelado e malcheiroso foi sendo expelido pela sua boca, em grande quantidade. O enfermeiro, o médico e o centurião Atilius, que assistiam à cena, auxiliados por Inácio, trataram de limpar as vestes do general e a cama. O enfermeiro trocou as vestes do general, que tinha caído em pesado torpor, em sono profundo.

Após limpo o local e vendo que o general dormia, agora calmamente e sem suor, o médico, ao tocar-lhe a testa, percebeu que a febre tinha desaparecido. Puxou uma manta sobre o general e acenando para todos, convidou-os a retirarem-se das dependências.

Todos se dirigiram para o piso superior do navio, até para tomarem ar e se refazerem. Inácio dirigiu-se à proa e debruçou-se na amurada. Começava a cair a tarde. Entre preocupado e grato, orou novamente.

"Mestre Amado Yeshua, não sei se tenho condição de evocar-Te, pois sinto-me envergonhado com o que me aconteceu, mas Tu sabes o que vai no meu coração. Se não quiseste o meu sacrifício, por certo é porque ainda queres mais de mim.

"Tudo tenho feito, oh! Divino Messias, para testemunhar o Teu amor e tenho procurado seguir as Leis de Yahweh, porém, acho que fiz pouco. Muito amor recebi,

logo, muito mais terei que doar. Faze-me compreender, pois, mesmo com os esclarecimentos dos amigos espirituais, porque ainda me acho confuso.

"Quanto ao irmão que me socorreu a desdita, agradeço-Te a interferência amorosa e peço por sua recuperação.

"Oh! Messias Bendito, ouso manifestar-Te incontida saudade de Ti e de nossa amada mãe Maria.

"Por Teu amor, leva até ela o meu coração doído."

Ao terminar a oração, olhava as águas na linha do horizonte. Levantou um pouco os olhos para o céu, que mostrava o intenso azul do dia ensolarado, e viu, com os olhos da vigília, a imagem de sua doce mãe adotiva, Maria, que de longe, mais bela do que nunca, apenas lhe sorriu, fez gentil gesto com a mão na sua direção e logo desapareceu. Inácio, ante aquela visão maravilhosa, chorou convulsivamente. As lágrimas lhe esvaziavam a angústia e renovavam a fé.

Ficou ali por um bom tempo, quando o cozinheiro do navio, que era um grego de nome Apolônio, veio chamá-lo para a refeição. Inácio agradeceu e o acompanhou. Depois de alimentar-se de frutas secas, mel silvestre e cereais secos, únicos alimentos que usava, auxiliou nas tarefas de recomposição da cozinha e após retirou-se para o piso inferior até suas acomodações para poder repousar. Acomodado, orou novamente pelo amigo general e adormeceu.

Em breve, Inácio viu-se saindo do corpo e no local estavam o governador Acádio, o Cireneu de Tarso

TESTEMUNHO PELO CRISTO

e Estêvão, que o abraçaram e o convidaram para ir até as dependências do general Lucinius.

Lá chegando, Inácio viu que o Governador impôs as mãos sobre o general, em movimentos circulares. Inácio viu o general desprendendo-se do corpo e ficar de pé ao seu lado, um pouco confuso. A seguir, ele falou:

– Senhor Inácio, ah! que bom vê-lo. Eu estava com uma grande indisposição, mas agora estou melhor. Quero agradecer a ajuda que me deste. Júpiter com certeza haverá de recompensar-te.

Após dizer isto, o general internou-se novamente no corpo físico.

Inácio ficou sem entender bem o que se passava. Então o Governador falou:

– Amigo Inácio! O general, apenas te viu, agradeceu, sem ter noção do que lhe ocorria. Trouxemos-te aqui para que tenhas a dimensão do que um gesto de amor, de fraternidade, pode provocar. Yahweh e Yeshua ouviram tua prece e enquanto ministravas a imposição das mãos no general, ali também estávamos, a pedido de Yeshua, que é reconhecido à ajuda que o general está te ofertando. Trouxemos a ele as energias para a sua cura, porque Yeshua é agradecido a todos aqueles que auxiliam e amparam, não importando em nome de quem o façam.

A seguir, todos voltaram para o local onde ressonava o corpo físico de Inácio. Então foi o Cireneu de Tarso que falou:

511

– Amigo Inácio, queremos te dizer que és esperado em Éfeso, pois já informamos espiritualmente ao apóstolo João e ao meu grande amigo Timóteo, que por lá deves aparecer. Eles sabem o que de fato te aconteceu. Não temas. Prossegue sem temor e lembra-te que Yeshua jamais abandona seus servidores.

A seguir abraçaram Inácio e se foram.

Inácio retornou ao corpo. Dali a um tempo, acordou. Lembrou-se nitidamente do sonho. Estava a levantar-se, quando o centurião Atilius irrompeu no local onde ele repousava e lhe disse, com sorriso estampado no rosto:

– Senhor Inácio, venha, venha, o general Lucinius requisita a tua presença. Ele quer ver-te.

A seguir comentou:

– Precisas ver, senhor Inácio. Ele está de pé, bem-humorado e completamente curado. Demos a conhecer a ele o teu atendimento e o que ocorreu após a colocação de tuas mãos sobre a cabeça dele, então ele quer falar contigo.

Inácio, entre agradecido e um tanto surpreso, imaginava que o amigo general melhoraria de saúde, mas não imaginava fosse tão rápido. Apressou-se e acompanhou o centurião.

Ao chegarem nas dependências do general, este estava se alimentando de frutas secas, mel silvestre e cereais secos. Ao ver Inácio entrar, levantou-se rapidamente, caminhou na sua direção e sem nada dizer abraçou-o e ficou alguns instantes abraçado ao amigo. A cena era acompanhada pelo centurião, o médico, o enfermeiro e o cozinheiro Apolônio, que havia servido frutas ao general.

Após, o general afastou-se e disse:

– Bondoso amigo Inácio, fui colocado a par de tudo o que me ocorreu. Confesso que minhas lembranças são desencontradas, mas sentia uma fraqueza imensa e pensei mesmo que ia entregar minha alma aos Campos Elíseos. Depois perdi os sentidos. Então me narraram a tua pronta intervenção a meu favor, e veja, aqui estou, restabelecido, no meu juízo perfeito, alimentando-me e me sentindo otimamente bem. Tenho certeza absoluta de que isto ocorreu em razão do teu atendimento. Cheguei até a sonhar contigo. Logo, não tenho dúvidas que devo-te a vida.

Inácio respondeu:

– Nobre general e amigo Lucinius. Não me deves nada. Se alguma coisa fiz, foi por intervenção direta de Yeshua, o meu amado Messias, e sob a permissão de Yahweh, o meu e nosso Deus. A eles agradeço e agradeço também a ti, pelo valioso auxílio que me concedes, em consentires que eu possa viajar até Éfeso.

O general Lucinius ficou imensamente agradecido a Inácio e durante os trinta dias que a frota demorou para chegar a Éfeso, mais se aprofundou na mensagem luminosa de Yeshua.

No início da segunda quinzena do mês de dezembro do ano 87 d.C., a frota chegou ao porto de Éfeso.

As despedidas de Inácio de toda a tripulação, dos soldados e do general Lucinius Vero Aquilinus foram emocionantes. Todos agradeceram ao episkopo da Síria por sua bondade. Mais ainda, o general Lucinius, que fez questão de doar a Inácio alguns recursos e desejar-lhe saúde e forças para suas batalhas, disse que caminhava na direção dele e pedia que o Messias de Inácio olhasse por ele. Abraçaram-se demoradamente e após, cada um seguiu para o seu destino.

O destino de Inácio era incerto, assim ele pensava. Estava apreensivo com o futuro.

Inácio olhou para a cidade que já conhecia e apressou-se a caminhar na direção da Colina do Rouxinol. Caminhava silenciosamente, revendo paisagens de sua infância e adolescência. Começou a subir a ladeira. De repente parou ao lado da árvore em que um dia, no passado, ao lado da serviçal Léa e da mãe Maria de Nazareth, recolheram Miriam de Migdal, que encontrava-se sem forças e a levaram para a casa na Colina. Ficou ali um tempo parado. Seu pensamento voou até Miriam. Então, falou baixinho: *Oh! amiga Miriam, não sei por certo onde estás, mas onde estiveres, olha por este teu amigo, que sofre na alma as angústias por amor ao teu e nosso Raboni.* Após, teve a nítida impressão que Miriam de Migdal segurava o seu braço auxiliando-o a subir a ladeira, o que efetivamente acontecia, embora Inácio não estivesse vendo a amiga, naquele momento.

Antes de chegar à casa, Inácio dirigiu-se à pedra do seu passado, onde adorava sentar-se e olhar lá embaixo as ondas do mar a se quebrarem na praia. Sentou-se. Aproximava-se o final da tarde e seu pensamento voou novamente. Seus olhos se inundaram. Reviu os dias da sua infância e adolescência; sentiu o carinho de Maria e de João; reviu os encontros com o apóstolo Pedro e os demais apóstolos, naquele dia em que a sublime mãe retornara à Casa de Yahweh. Lembrou das visitas do Cireneu de Tarso e veio-lhe à mente o diálogo com Maria, sobre Judas Iscariotes, a quem Maria perdoara por saber que o Espírito dele não era mau e que estava apenas confuso. Lembrou disto porque apesar do que Maria lhe confidenciara, a comunidade cristã em geral passara a nominar Judas como traidor. Então, o que não fariam com ele, Inácio?

Entre lágrimas, pediu a Yahweh e a Yeshua, forças para tudo enfrentar.

Como não queria chegar na casa de João no escuro da noite, levantou-se, enxugou os olhos e se dirigiu à casa.

Lá chegando, ainda com a luminosidade do dia, bateu palmas. Breve tempo e a porta se abriu. Então a serviçal Léa, com ar de espanto, levou as mãos à boca, depois falou:

– Inácio, Inácio querido, que surpresa! O Apóstolo comentou estes dias que devias aparecer por aqui, mas não disse quando.

A seguir, foi na direção de Inácio e o abraçou. Depois, puxando-o pelo braço, exclamou:

– Venha, entre. O Apóstolo está na cidade. Ele retornou de uma viagem há dois meses e todos os dias fala de ti. Breve ele deve chegar. Ele caminha devagar, porque já está com setenta e seis anos. O tempo passa, não, bom Inácio?

Inácio entrou na casa onde viveu os melhores dias de sua vida – assim sempre pensava. Léa o acomodou no mesmo quarto que ocupara enquanto lá viveu. Quase tudo ali estava do mesmo jeito. Léa lhe disse para ficar à vontade. Inácio já tinha, também, mais de cinquenta anos, mas se sentia bem, apesar de mentalmente abalado.

Inácio fez a higiene das mãos e do rosto e acomodou-se para breve descanso. Não tinha sequer embornal e carregava consigo algum recurso que o general Lucinius lhe doara, em pequena bolsa de couro cru que estava dependurada à corda que lhe cingia a cintura, também presente do general.

Quando estava iniciando a escurecer e Inácio e Léa estavam conversando sobre várias coisas acontecidas em Éfeso e com o Apóstolo, ouviram três batidas na porta. Léa apressou-se a dizer:

– É o Apóstolo. Ele sempre dá três batidas para que eu saiba que é ele quem bate. Fica aqui para que ele não te veja rápido, pois temo pelo coração dele. Anunciarei tua presença, antes.

A seguir, Léa se dirigiu à porta e abriu-a dizendo:

– Olá, querido apóstolo, que bom que retornaste. Estava ficando preocupada com a demora.

João sorriu para ela e falou:

– Ah! boa Léa, como é bom saber que há pessoas que gostam e se preocupam com a gente.

– Amado Apóstolo, – disse Léa, – lembras-te que tens conversado muito comigo sobre nosso Inácio?

– Sim, sim – respondeu – lembro e te confesso que estou muito preocupado com ele, porque as notícias que chegaram no Núcleo são terríveis. Dão conta que ele, quando atirado ao circo romano, como havia te informado, para morrer na arena com outros irmãos cristãos, teria negado Yeshua e que por isso foi poupado pelas autoridades romanas. Te digo, boa Léa, que eu não acredito nisto. Há dias já tive confirmação dos Céus que nada disto que falam aconteceu. Este é o mesmo pensamento do nosso irmão Timóteo. Não sabemos o paradeiro dele, mas eu espero que ele venha visitar-me o quanto antes. Tenho pedido por ele em minhas orações.

João tinha dito tudo aquilo entrando na casa. Inácio a tudo escutou.

Léa apressou-se a dizer:

– Apóstolo, tua espera terminou. Nosso bom Inácio está aqui.

João, ao ouvir o que Léa falou, apressou o passo para o cômodo seguinte, e então viu Inácio, que chorava copiosamente, choro que foi provocado pelo que ouviu o Apóstolo dizer a Léa.

O Apóstolo caminhou na direção de Inácio, que estava sentado, abraçou sua cabeça e encostou-a nas suas pernas. Inácio continuava a chorar. Então o Apóstolo disse:

– Meu filho amado, alma do meu coração! Sei por que choras! Bendito é aquele que chora por seu Senhor. Tenho estado aflito por ti. As notícias que chegam, como deves ter ouvido eu comentar, acusam-te do que sei que não fizeste.

"Imagino o que se passa no teu interior, na tua alma, mas para todos nós que amamos Yeshua, chegará o momento do testemunho pelo Messias que renovou esta Terra de homens em sua maioria ainda injustos. Por isto, Inácio, os que amam e servem ao seu próximo, sem interesse qualquer, hão de sofrer as mais vis agressões, pois foi Ele próprio que disto nos alertou, não esqueças!

"Chora, sim, meu filho. Deixa que as lágrimas vertam para fora as águas do rio da angústia para que te limpes por dentro, permitindo que refaças tuas forças. Eu te esperava ansiosamente. Fizeste bem em vir diretamente para aqui. Já havia recebido o aviso de Yeshua sobre tua chegada. Eu confio em ti e aqui está o teu velho pai. Podes contar comigo, sempre!"

O Apóstolo, enquanto falava, acariciava os cabelos de Inácio. Ficaram ali algum tempo. Léa, que assistia à cena, também chorava. Inácio foi se controlando, enxugou as lágrimas e então disse:

– Oh! pai amado. Tu não podes imaginar tudo o que passei. Não imaginas o que possa representar ver nossos irmãos sendo destroçados pelos leões, e nada, nada acontecer comigo. O desespero invadiu-me a alma, e ainda o carrego, em parte. Depois, sem ter para onde ir, desorientado e totalmente desacoroçoado, perambulei pelas ruas de Roma. Foi então que entrei numa estalagem. Lá fui reconhecido por um militar romano, um centurião que conheci na viagem que fiz até aqui, vindo de Antioquia da Síria junto com Nicolau, Lúcio, Mical e Uriel, lembras-te?

João assentiu com a cabeça que sim. Inácio continuou:

– Esse centurião, depois de vários anos, o encontrei na condição de general do exército romano. Ele se chama Lucinius Vero Aquilinus. Trata-se de alma boa, que me permitiu navegar no navio romano que logo após a virada do meio dia de hoje atracou no porto de Éfeso. Então nos despedimos e eis-me aqui, querido pai e apóstolo, precisando, como nunca, do teu amparo e carinho.

– Meu filho, – disse o Apóstolo – nem precisas me narrar tudo isto. Nunca deixei de confiar em ti. Mesmo nas reuniões dos Núcleos que pude visitar, sempre te defendi dizendo que todos estavam equivocados, que tu não abjuraste nosso Mestre, e que recebi essa informação, espiritualmente.

Passado o momento do reencontro, em que foram tomados de fortíssima emoção, acomodaram-se melhor. Léa serviu-lhes a ceia, composta de sopa de cebola, broa, mel e leite. Durante a ceia, Inácio continuou a se referir aos acontecimentos:

519

– Tudo me pareceu um grande pesadelo, pai João, mas o cruel é como tudo aconteceu. No momento, chorei e implorei a Yeshua para morrer por ele, porém, um ser de majestosa beleza espiritual que o Apóstolo deve conhecer espiritualmente, de nome Acádio, apareceu-me e disse-me que morrer na arena, para mim, seria fácil; que não era o momento de minha morte, uma vez que Yeshua queria que eu continuasse a pregar os seus ensinamentos, porém, agora, sob o peso das mais pesadas desconfianças sobre minha pessoa. Depois apareceu-me o Espírito de nosso bondoso Paulo de Tarso, que incentivando-me a continuar nas lutas, me disse que tudo o que ocorrera tinha ligação com minhas vidas passadas. Então, Apóstolo, foi dessa forma que fui poupado. Nunca abjurei o meu Mestre. Jamais faria isso. Estava, como sempre estou, disposto a morrer por Ele.

"Depois, pai amado, sem saber o que fazer, desesperado e sem qualquer recurso, fui bater na porta no Núcleo cristão de Roma. Lá, então, o irmão Anacleto disse-me que todos comentavam de minha abjuração. Disse a ele que aquilo nunca existira, entretanto, fui recebido com frieza absoluta e percebi que ali eu não obteria acolhida. Então fui embora. Não o condeno, pois tudo isso, como me foi informado espiritualmente, se trata de dívidas do meu passado espiritual. É claro que tenho que devolver à Lei o equilíbrio que dela quebrei. Contudo, não imaginava, Apóstolo, em que circunstância eu teria que fazer isso.

Inácio foi narrando a João tudo o mais que se passara nos seis meses de viagem de navio até Éfeso. A certa altura, Inácio perguntou sobre a impressão de Timóteo e se o Apóstolo tinha notícias do Núcleo de Antioquia da Síria e dos demais Núcleos cristãos. O Apóstolo então lhe falou:

— Quanto ao irmão Timóteo, não tenho preocupação. Ele pensa como eu e já me confidenciou que teve recados espirituais, principalmente do saudoso amigo Paulo de Tarso, sobre o que realmente ocorreu, e continua a confiar em ti. Já no Núcleo de Éfeso, há alguns outros que desconfiam. Tenho notícias que também o irmão Policarpo, do Núcleo de Esmirna, não tem dúvidas de que você jamais abjuraria. Já não acontece o mesmo em alguns outros Núcleos. Quanto ao teu Núcleo original, de Antioquia da Síria, está dividido. Uns não creem no que falam, outros pensam que abjuraste mesmo o Cristo.

Inácio refletiu por alguns instantes. Novas lágrimas banharam seus olhos.

Já era tarde da noite quando Inácio percebeu que estava sendo descortês mantendo o seu pai adotivo acordado, pois ele já dava mostras do peso da idade. Assim imaginou. João captou o seu pensamento e falou:

— Não se preocupe, filho. Estou avançado na idade, porém, pela graça de Yeshua, sinto-me muito bem de saúde. Mas vamos repousar. Vejo que estes últimos tempos têm muito experimentado a resistência da tua alma. Espero que fiques um bom tempo por aqui. Precisas refazer-te, para que cada vez mais adquiras forças espirituais que te possibilitem enfrentar a descrença alheia e continuar teu trabalho na defesa da Boa Nova.

Encaminharam-se ao repouso. Inácio se sentia mais confortado. Estar com o Apóstolo, receber dele a dádiva da confiança e da compreensão, era o que ele mais desejava naquele momento, em razão dos fatos que o destino lhe reservara.

A sós, no quarto, cujas paredes estavam impregnadas pelas energias das lembranças felizes de sua infância, de sua adolescência e de parte de sua juventude, que lhe faziam muito bem, acomodou-se para o repouso e elevando o pensamento a Yahweh, declamou o cântico da ascensão:

"Oh! Yahweh, Pai Amado e Misericordioso, na solidão destes dias de amargura, levanto os meus olhos para os montes e pergunto:

" 'De onde me vem o socorro?'

"O meu socorro vem de Ti, oh! meu Senhor, que fizeste os céus e a Terra.

"Não permitas, Oh! Yahweh, que eu tropece. Que a Tua proteção me mantenha em alerta.

"Oh! Protetor divino de Israel e dos Teus filhos, sei que não dormes e que estás sempre alerta!

"O Senhor é meu protetor, como a sombra que protege. Ele está à minha direita.

"De dia o sol não me ferirá, nem a lua de noite.

"Oh! Yahweh, protege-me de todo mal.

"Protege a minha vida.

"Oh! Senhor, protege a minha saúde e a minha chegada.

"Desde agora e sempre!"

O cântico o reconfortou ainda mais. Então Inácio embarcou em um sono profundo. Quando acordou, fazia frio e garoava. Levantou-se, vestiu túnica e agasalho quente, fez a higiene das mãos e do rosto, sem perceber que a manhã já avançara. Saiu de seu quarto e foi na direção da cozinha. Lá chegando, teve enorme surpresa. A mesa do desjejum estava posta e o apóstolo João estava sentado conversando com Timóteo, que chegara bem cedo à casa.

Inácio, surpreendido, ficou reticente em ir rapidamente ao encontro do amigo. Na sua consciência, parecia sentir culpa por tudo o que ocorrera, e embora o Apóstolo lhe houvesse dito, na noite anterior, que também Timóteo não acreditava nos boatos que chegavam, ainda assim ficou estático.

Percebendo o receio do amigo, Timóteo levantou-se e abriu-lhe os braços dizendo:

– Olá, meu grande amigo. Que saudades tinha de ti. Vem, quero abraçar-te.

Inácio, então, quase que correndo, foi ao encontro do amigo de Éfeso e o abraçou. Ficaram instantes abraçados. Inácio começou novamente a chorar, e já não sabia de onde arrumava tantas lágrimas.

Timóteo então o olhou dizendo:

– Oh! meu bom amigo, Yeshua sabe de toda a verdade de nossa história. O que fizemos e o que fazemos. Ele sempre convida os justos e sofredores, como também os injustos e causadores da dor ao Seu albergue amoroso. Sempre nos coloca no redil de Suas ovelhas. Não te martirizes tanto. Nós te conhecemos, sabemos de tuas lutas, de teus esforços. Confiamos em ti. Aqui estou para me alistar nas fileiras dos que te ofertam o preito do amor, nestes tempos difíceis em que estás, sem dúvida, te ajustando com a Lei Divina.

Inácio enxugou as lágrimas e ainda muito emocionado disse:

– Oh! bom e querido Timóteo, não sabes o bem que me causas ao assim falares, pois fraco que ainda sou, preciso do amparo daqueles que dividem comigo a nobre tarefa de testemunhar o Cristo Yeshua.

O Apóstolo convidou os dois a sentarem para o desjejum, e durante esses momentos, pôs-se a falar:

– Amado filho Inácio, o momento é de reflexão sobre a verdade, ante tudo o que te aconteceu. Sugiro que penses por este prisma: Na vida não há acasos e o destino não é construído por meros e simples acidentes.

"Os momentos difíceis pelos quais passaste não são os primeiros de tua alma e não serão os últimos, embora pareçam cruéis. Tudo está sob o comando de Yahweh, que opera todas as coisas para o nosso bem, como também nos oferta oportunidades para redimir nossas vidas a fim de que continue a obrar na criação, por meio de nós.

"Apesar das dores do mundo e das nossas próprias, lembro-me bem do que disse nosso inesquecível Paulo de Tarso, quando enviou orientação aos nossos irmãos do Núcleo de Roma: *'Pois estou convencido que nem morte nem vida, nem anjos nem demônios, nem o presente nem o futuro, nem quaisquer poderes, nem altura nem profundidade, nem qualquer noutra coisa na criação será capaz de nos separar do amor de Yahweh, que está no Cristo Yeshua, nosso Senhor.'*

"Por isso, amado Inácio, é preciso que reconstruas o mais depressa possível a fortaleza de tua alma, pois não podemos esquecer o que Yeshua nos disse, na intimidade de nossas conversações: *'Filhos amados, nunca vos deixarei. Nunca vos abandonarei. Antes, tendes em vossas mentes que Eu sou o Vosso Pastor, Vosso Ajudador. Não temais o que podem fazer-vos os homens. Estarei com todos vós, por toda a eternidade. Eu vos digo estas coisas para que em mim tenhais paz. Neste mundo, vós tereis aflições, contudo, sempre tende ânimo. Eu venci o mundo.'*

"Precisas, bom Inácio, continuar a viver com toda a intensidade de teu coração amoroso, se apoiando sempre com mais força em Yahweh e em Yeshua, com toda a energia que há em ti, e assim, todos, mesmo aqueles que porventura te injuriarem, te acusarem, te encontrarão sempre pronto para entender, compreender, aceitar e perdoar, sempre disposto a dar a todos ainda mais do que precisam: o perdão das ofensas."

O Apóstolo quietou-se. Timóteo acompanhou as palavras de João com vivo interesse. Inácio, profundamente reflexivo, sentiu brotar dentro dele uma energia que parecia não ter conhecido até ali. Então falou:

– Amado pai João; orientador e amigo da alma, Timóteo, jamais poderei retribuir o gesto amoroso que pendeis em meu favor. Jamais negaria o Cristo Yeshua, pois nunca esqueci da Sua promessa feita nos meus dias de criança, quando me disse: *'Segue, meu querido amiguinho, sempre para frente. A misericórdia de nosso Pai Celestial te amparará em todas as dificuldades e Eu sempre estarei por perto. Mesmo que me vá, retornarei, sempre!'*

"Vejo claramente a Sua presença, nestes instantes da minha vida, nas figuras amáveis e amorosas que sois vós, como também na presença d'Ele no estalajadeiro que me socorreu em Roma; nos soldados romanos que cruzaram meu caminho; nos generais romanos que se apresentaram a mim, vejo claramente que todos eles foram guiados a mim pelo inesquecível Messias. Fui alertado, por Sua misericórdia, sobre as dificuldades e agressões que viriam e por certo virão e que, aliás, já têm vindo na minha direção. Tomara que eu esteja sempre alerta para compreender, como estou agora.

"Sou eternamente grato a vós, e peço a Yahweh e ao Mestre Amado Yeshua, que vos abençoem e recompensem pelo carinho e solidariedade."

À noite, conforme combinado, Inácio e João compareceram ao Núcleo de Éfeso. Foi o primeiro teste público para Inácio, uma vez que exceto João, Timóteo e Onésimo, os demais trabalhadores olhavam para Inácio com nítida desconfiança.

Testemunho pelo Cristo

Inácio sentiu os olhares da indiferença, porém, ali, naquela noite, tomou uma resolução íntima para si próprio: Jamais tocaria no assunto relativo ao circo de Roma. Somente falaria sobre aquelas ocorrências fatídicas se lhe perguntassem, pois nada temia de sua consciência, que apesar da dor por não ter entendido ainda a razão de ter sido poupado, embora as referências feitas pelo Governador Acádio e o amigo Paulo, estava e sempre esteve tranquila.

Inácio ficou por seis meses sob o amparo do apóstolo João e de Timóteo. A conselho dos amigos da alma, despachou mensageiro para o Núcleo de Antioquia da Síria, dando conta do seu paradeiro e anunciando o seu retorno para breve à cidade e ao Núcleo.

Revigorado, numa manhã do início de julho do ano de 88 d.C., profundamente emocionado, Inácio despediu-se do pai adotivo João e do amigo da alma Timóteo e sob o auxílio dos amigos Mical e Uriel, que tinham vindo de Antioquia da Síria pelo porto de Cesareia, até Éfeso, para buscá-lo. Os três embarcaram para Cesareia e de lá retornaram a Antioquia da Síria.

O Apóstolo João, vivamente emocionado, disse a Inácio:

— Bom filho, luta, trabalha, ama, entende, perdoa e confia. Que o Mestre Yeshua te abençoe e que nossa amada Maria te cuide os passos. Manda notícias frequentes a este velho pai e amigo, e que estejas sempre com Yahweh.

A cena era por demais comovedora. O velho Apóstolo, vivido, calejado e experimentado nas lutas por Yahweh e por Yeshua, chorava, e igualmente Timóteo assim o fazia. Inácio, sob uma cortina de lágrimas, desvencilhou-se dos abraços e como sempre fazia quando estava emotivo, não olhou para trás. Embarcou e não quis ficar acenando. Temia não resistir à emoção que tomava conta de sua alma.

Alguns meses depois, desembarcaram em Cesareia. Munidos de algumas provisões, Inácio e os dois amigos, que igualmente mantinham absoluta confiança no grande divulgador de Yeshua, tomaram a estrada no rumo de Antioquia da Síria.

Na viagem de navio e nos caminhos por terra, Inácio foi narrando aos dois amigos tudo o que aconteceu desde aquele dia em que fora preso pelo centurião Gabinius a mando do Imperador Domiciano. Os amigos tudo ouviram, surpresos, em razão de tudo o que se passara com o velho amigo.

Numa manhã do mês de dezembro de 88 d.C., quando o frio se apresentava mais forte, após terem dormido em uma caverna incrustada num monte próximo a Antioquia da Síria, o pequeno grupo adentrou a cidade.

Lá chegando, dirigiram-se ao Núcleo, onde Inácio mantinha residência nos fundos, junto com o irmão Nicolau. Já sabia, pelos amigos Mical e Uriel, que Nicolau confiava nele. Então sentiu-se mais reconfortado.

Ao chegarem ao Núcleo, Inácio foi recebido com clara demonstração de amizade, saudade e confiança por parte de Nicolau, e isto lhe fez muito bem. Durante todo o restante do dia, Inácio narrou ao amigo Nicolau tudo o que ocorrera na viagem até Roma e o que lá sucedera.

Chegou a noite. Inácio, na companhia de Nicolau e dos dois amigos, dirigiu-se à reunião do Núcleo. Como tinham se atrasado um pouco, ao chegarem, o salão estava repleto. Ao verem Nicolau, Mical e Uriel adentrarem o recinto na companhia de Inácio, ligeiro murmúrio se ouviu e diversos olhares desconfiados, de trabalhadores do Núcleo e de alguns frequentadores, foram depositados sobre Inácio.

Inácio percebeu os olhares, porém, de cabeça erguida e demonstrando serenidade na face, tomou assento no lugar indicado por Nicolau, que era o de sempre, na condição de dirigente máximo da reunião. Aberta a atividade, o amigo Nicolau fez a prece inicial e após pediu ao trabalhador Lúcio, que viajara com Inácio e Nicolau, Mical e Uriel, que fizesse a leitura do texto reservado para a noite, escolhido ao acaso. Então foi lido um trecho da anotação de Mateus Levi:

"Aprendestes o que foi dito: Olho por olho e dente por dente. Eu, porém, vos digo que não resistais ao mal que vos queiram fazer; que se alguém vos bater na face direita, lhe apresenteis também a outra; e que se alguém quiser pleitear contra vós, para vos tomar a túnica, também lhe entregueis o manto; e que se alguém vos obrigar a caminhar mil passos com ele, caminheis mais dois mil. Dai àquele que vos pedir e não repilais aquele que vos queira tomar emprestado."

Para surpresa geral, o irmão Nicolau disse a todos:

– Irmãos em Yeshua, nossa casa hoje está em festa porque um de seus diletos filhos retornou, para nossa alegria, eis que nos ressentimos da ausência de nosso episkopo, que foi, de maneira vil, preso por Roma, sem qualquer acusação formal.

"Todos nós já sabemos que ele foi injustamente jogado aos leões famintos por obra dos adversários do Messias, porém, o Mestre de todos nós poupou-lhe a vida, porque ainda todos precisamos muito dele, do seu valoroso trabalho que para nós ressoa como a continuidade da tarefa do grande e inesquecível Apóstolo de Tarso. Hosanas ao Cristo Yeshua! Por dever de justiça, passamos a palavra ao irmão Inácio, dizendo a ele que é muito bem-vindo e pedindo que nos faça o comentário da noite."

Inácio, também tomado de surpresa, endereçou ao velho amigo um olhar de gratidão e levantou-se para os comentários. Não pôde deixar de perceber que vários trabalhadores do Núcleo, em número de dez, retiraram-se do recinto. Embora a certeza de que o gesto era de descontentamento, Inácio não se deixou abalar e então disse:

– Meus irmãos em Yahweh.

"Yeshua nunca nos dá o que achamos que precisamos. No lugar disso, Ele nos dá o que sabe que precisamos.

"Na valorosa lição da noite, o Mestre Amoroso e Justo recomenda-nos a não resistir ao mal que porventura nos queiram fazer. Eu vos digo, sob a pureza do Cristo Yeshua, que não resisti ao mal que lançaram contra mim. Tomaram-me a liberdade, atiraram-me na prisão, porém nunca se apossaram da minha alma.

"Não... Não sou exemplo de virtudes nem me amesquinho na falsa humildade. Bem sei que nenhum de nós passa pela vida sem marcas, sem as refregas das batalhas da alma. Todos nós temos batalhas nesta vida, algumas mais ameaçadoras do que outras, porém, jamais devemos desistir da luta.

"Em qualquer circunstância de nossas vidas, já sabemos que Yahweh age em todas as coisas e fatos para o bem daquele que O ama, dos que foram chamados de acordo com o Seu propósito. Por isso, irmãos, não perdi a fé e depositei minha confiança em Yeshua, Seu Divino Enviado, a quem nunca reneguei.

"Mas estou disposto a entregar o manto e a caminhar pelas veredas da incompreensão, porque nunca tergiversei na conduta de zelar pelos maravilhosos ensinamentos do meu e do vosso Mestre, mesmo que para isso tivesse e tenha que ofertar a outra face.

"As lutas não têm sido fáceis. Nada é fácil. Precisamos viver para Yeshua, tomando a cruz de nossos sacrifícios para que consigamos segui-Lo em espírito e verdade, não importando as calúnias, a maledicência, pois o Messias, o Justo, que não tinha nada para retificar ou reparar, sofreu muito mais do que nós, logo, não temos do que reclamar. Portanto, jamais resistamos às ofensas.

"Retorno ao trabalho que escolhi e para o qual entrego a minha vida, que é o de defender Yeshua a qualquer custo. Se Ele poupou-me a vida, d'Ele sou e d'Ele sempre serei. Somente Ele e Yahweh sabem o que vibra em intensidade em meu ser.

"Que Yeshua nos abençoe.

"Paz e alegria."

Após alguns dias, Inácio retomou seu trabalho de liderança à frente do Núcleo de Antioquia da Síria, na defesa dos postulados da mensagem de Yeshua, com galhardia antes nunca vista nos Núcleos.

Muitas foram as calúnias. Incontáveis as maledicências. Acusado como único causador da vergonha da abjuração, foi tomado na conta de falso, de enganador, de manipulador da verdade. As intrigas se espalharam na comunidade cristã contra o arauto de Antioquia da Síria. Espalhavam sempre que ele negara o Cristo Yeshua e que, abjurando-O, ainda prestou sacrifício aos deuses romanos para que se salvasse da morte na arena.

Incrustado na verdade íntima e inatacável de sua consciência limpa das torpes acusações, jamais se defendeu. Não perdeu tempo com defesas improdutivas, até porque de nada tinha que se defender, pois vivia para o Cristo, lutava pelo Cristo e sempre dizia e repetia:

— *Se servimos a Yeshua, não nos devemos perturbar com a litania dos falsos e com a vileza dos maldosos. Sirvamos sem cansaço. Trabalhemos no bem e para o bem. Vivamos cada dia sob plena caridade. Não nos deve importar o julgamento dos fariseus que há em todos os tempos e sim o julgamento de Yeshua e de Yahweh.*

Inácio tinha plena consciência de que a verdade supera sempre o oportunismo dos fracos, eis que estes, na sua vilania, atacam à menor contrariedade; espalham divergências e maldade e nada de bom produzem na direção do Cristo, ao contrário, ainda O usam sob o pálio de pousarem como vestais da verdade, quando na realidade são patrões do interesse mesquinho e vil e adoradores da mentira.

A Lei de Yahweh é imutável e inamovível, sublime e exata corretora. Em razão disto, os adversários de Inácio foram, um a um, aos poucos, tombando no lamaçal de suas próprias maldades e iniquidades, ao passo que o trabalhador incansável do Núcleo da Síria prosseguia sem temer nada. O tempo que se sucedeu mostrou a toda a comunidade cristã que ele tinha a alma pura e era um grande servidor de Yeshua.

Os anos se seguiram e encontraram o incansável trabalhador firme no seu posto de orientação, organização e proteção às comunidades cristãs. A sua era a voz da orientação, da concórdia e principalmente da união entre os Núcleos, firme desejo de Paulo de Tarso, como ele sempre lembrava.

XXXIII

A PRISÃO DO APÓSTOLO JOÃO

Os anos transcorreram. O governo do Império continuava incomodado com o "mistério" do crescimento dos cristãos. Em razão disso, os Núcleos cristãos passaram a ter as portas fechadas e os cristãos tiveram que se reunir sempre às escondidas. Quase sempre localizavam e se instalavam em cavernas, nas entradas ou saídas das cidades, construíam catacumbas subterrâneas para poderem continuar estudando os ensinamentos de Yeshua trazidos pelos irmãos Mateus Levi, Marcos e Lucas.

Quando presos, recebiam falsas acusações de incesto, de prática de canibalismo, de práticas desumanas, a ponto de serem acusados de infanticídios em adoração a seu Deus. A saudação entre os cristãos, que era feita com um ósculo, foi transformada em forma de conduta imunda. A adoração ao Imperador continuava sendo exigida, pois havia estátuas do Imperador nos lugares mais visíveis para o povo adorar. Domiciano, duro e cruel, pretendia o culto máximo à sua pessoa, como centro e garantia da civilização romana.

Inácio – em que pesassem as discórdias levantadas por muitos no sentido de que ele não tinha sequer autoridade moral para falar em nome de Yeshua, o que se diria então quanto a continuar o Núcleo de Antioquia da Síria e liderar os demais Núcleos cristãos – continuava o seu trabalho, sem olhar para trás e sem dar a menor importância à maledicência de muitos que inclusive se travestiam de irmãos, mas que mordiam como lobos.

Sua dedicação ao Cristo Yeshua se tornou ainda mais intensa. Jamais respondeu a qualquer das inúmeras acusações que lhe eram feitas, até porque alimentava o pensamento que o fortalecia: *"Quem possui a consciência tranquila do trabalho útil e bem realizado no bem comum, nada mesmo tem que responder e deve sempre continuar dedicando-se com mais vigor à causa de Yeshua, onde quer que seus serviços sejam exigidos."*

Lamentava o papel de seus acusadores, que eram patronos da falsidade que espalhavam e ao mesmo tempo eram também escravos dos conflitos mais íntimos de suas almas, pois é mesmo no interior da consciência empedernida no erro que o juiz incorruptível faz sancionar as penas da angústia, da aflição, que podem às vezes ficar empanadas pelo manto do orgulho e do egoísmo, mas não tardará o dia em que fará sancionar nos seus espíritos a presença das dores corretivas e necessárias ao ajustamento com as leis de Yahweh.

A seu passo, o amigo Timóteo e o amigo Tito, em Creta, bem como o amado pai adotivo e apóstolo João, continuavam a ofertar a Inácio o respeito e a solicitude, ainda mais afirmando o episkopo da Síria como líder natural dos cristãos, pois se pode acusar qualquer pessoa, contudo jamais se poderá retirar-lhe o brilho do

Testemunho pelo Cristo

amor que possui em sua alma, e a alma de Inácio sempre fora amorosa para com todos, principalmente para com o Sublime Yeshua.

As armadilhas contra os cristãos continuaram a ser montadas, em muitas ocasiões, dentro dos próprios Núcleos, por aqueles que, dizendo-se seguidores do Cristo, objetivavam conquistar postos de mando, de poder religioso, às custas da vilania, da falsidade e da ofensa.

Foi assim que, fruto dessas malvadezes morais de alguns que se diziam cristãos, acumpliciadas aos oficiais romanos irascíveis que compunham a corte do Imperador Domiciano, a comunidade cristã vai receber duro golpe que a abalou, o da prisão do apóstolo João.

Um pouco antes, em Roma, o Imperador mandara executar seu parente Flavio Clemente e sua esposa Flavia Domicila, sob a acusação de ateísmo e de adoração ao Deus cristão. A pena capital não era a única punição imposta pelo Imperador. Puniu vários outros cristãos e homens honrados com o exílio e confisco de suas propriedades.

O Imperador, instado pelas urdiduras malévolas da corte, por líderes judeus e por alguns pseudocristãos, deu ordens para que o apóstolo João fosse conduzido a sua presença. Dessa forma, João foi preso e enviado de navio para Roma.

A luz brilhante do sol interrompeu os pensamentos do velho apóstolo. Na noite anterior ele chegara acorrentado à capital do Império, onde deveria ser julgado pelo Imperador, sem saber qual era a acusação contra ele.

O discípulo mais jovem de Yeshua contava com noventa anos de idade. Sua figura alta e magra era rematada por uma vasta cabeleira branca e uma longa e espessa barba que lhe emoldurava o rosto curtido pelo tempo. Sobrancelhas espessas cobriam seus olhos escuros, que seus amigos sempre descreviam como penetrantes. Era ainda robusto para sua idade, considerada a áspera e longa jornada dos anos.

João foi desacorrentado e confinado numa cela embaixo do Coliseu. Agora, pela alva, descobriu que ficando na ponta dos pés, conseguia ver por uma minúscula abertura gradeada no nível da arena de jogos e de suplícios do grande teatro. Embora fosse cedo demais para as atividades, homens e mulheres já começavam a encher o local. Homens grandes e fortes praticavam golpes da luta romana, levantando poeira. Anões com roupas espalhafatosas corriam e se espalhavam pelo local.

Animais ferozes, incitados e agitados por seus treinadores, rosnavam enquanto eram conduzidos às jaulas. João apenas ouvira falar daqueles atos bizarros, que confirmavam o fascínio do Imperador pelo macabro.

Lembrou, naquele instante, do relato das execuções e martírio dos irmãos em Yeshua naquela arena e seu pensamento foi transportado imediatamente até Inácio. Por um mecanismo que não sabia explicar, assistiu, pelos olhos da alma, a cena exata do que acontecera com o amado filho adotivo. Nunca duvidara dele.

Retornou do transe e pensou, evidentemente, que todos aqueles participantes estavam se preparando para algum espetáculo, então supôs que se tratasse de sua própria execução. Com fome, voltou a sentar-se e, encostado na parede, orou em silêncio:

"Oh! Amado Yeshua, hoje estou tomando mais uma vez a minha cruz e Te rogo: Dispõe e ordena tudo conforme Teu desejo e parecer, que sei é o desejo e parecer de Yahweh.

"Tu nos ensinaste que seríamos perseguidos por amor à Tua mensagem e à de Yahweh; que sofreríamos tribulações, e que nesses momentos deveríamos entregar a Yahweh toda nossa disposição de servir, sem esperar retribuição qualquer. Não desejo retribuição, eis que não mereço, mas conforta-me tua orientação de que são aqueles que se entregam a Yahweh os que superarão suas próprias iniquidades e caminharão para a vida perene de felicidade.

"Aqui estou. Espero ser agradável ao meu e Teu Senhor, para que eu possa alcançar a verdadeira bem-aventurança. Assim seja!"

Tendo vivido muito mais que os outros apóstolos, João sentia que o dia em que teria que entregar a sua vida à Yahweh, chegaria. Dedicara-se todo o tempo em falar ao mundo sobre o Homem que – não tinha dúvidas disso – tinha ressuscitado dos mortos há mais de cinquenta anos.

Lembrou-se que todos os demais apóstolos tinham sido martirizados pela maravilhosa causa de Yeshua. Ele não esperava para si outro destino. Não imaginava que poderia viver ainda mais. Mas, um pensamento impressionava seu íntimo: Achava que ainda havia muito por fazer. O rebanho que ele conduziu em Éfeso e nos demais Núcleos que visitava estava crescendo. O que dizer de todos os outros Núcleos da Ásia? Suas frequentes viagens o haviam tornado benquisto em todos os Núcleos cristãos. Cogitou que talvez todas essas viagens o tivessem poupado dos romanos por tanto tempo.

O Apóstolo ouviu um barulho e teve uma leve vertigem, ao ouvir uma respiração ruidosa. Olhou para sua direita e viu um soldado inclinar-se nas barras de sua cela, que lhe falou com os olhos vidrados, talvez em razão de estar embriagado:

– Posso apagar a tocha, se te incomoda.

Aqueles eram as primeiras palavras fraternas que João ouvira após ter sido preso e ter sido levado de navio de Éfeso para Roma.

João, olhando para o soldado, disse:

– Se não ficar escuro demais para ti...

O soldado respondeu, mergulhando a tocha em um balde de água do lado de fora da cela:

– Não preciso de outra luz que a do sol, neste momento do dia.

Acenou com a cabeça em resposta à fala de João, depois estendeu as mãos encardidas, entre as grades, oferecendo-lhe um pedaço de carne já parcialmente comida, o resto de sua refeição. João hesitou. Não queria ofendê-lo, mas relutava em comer aquilo que tocara a boca daquele homem. Pensou numa resposta cortês e disse:

– Agradeço-te muito, mas se puder escolher, me contentaria com um pedaço de pão.

O soldado se afastou um pouco, sem disfarçar a contrariedade e falou:

– Daqui a pouco receberás um naco de páo velho coberto de criaturas que náo vais querer comer.

– Perdoa-me – disse João – Eu...

O soldado nem quis ouvir e despediu-se com um aceno, resmungando entre uma mordida e outra no pedaço de carne que ofertara a João.

O Apóstolo, como querendo retratar-se da possível ofensa que fizera ao soldado, disse em voz alta:

– O que está acontecendo aqui hoje?

O soldado, erguendo as sobrancelhas, respondeu:

– Ora, ora, minha carne náo é boa para ti, mas a conversa é!

– Desculpe-me – disse João. – Eu...

– Náo precisas desculpar-te, pois esta noite terás a chance de defender teus propósitos diante do nosso César, nosso senhor e deus.

– Esta noite? – indagou João – Náo será agora, durante o dia?

O soldado balançou negativamente a cabeça e falou:

– O evento do dia é para os cidadãos de Roma e não para o Imperador. Disseram que ele só estará de volta da Albânia no fim do dia. Os preparativos para ti estão sendo feitos na sala do Imperador, em uma das torres da Porta Latina.

A Porta Latina era um portão construído de blocos irregulares de travertino, com uma fileira de cinco janelas na parte superior do lado de fora e uma sexta, de tijolos, na face sul, encimadas por ameias. O arco era flanqueado por duas torres semicirculares revestidas de tijolos.

Chegou a noite e João foi retirado do calabouço por dois soldados e levado à presença do Imperador.

A carroça que transportou João atravessara a Porta Latina. Os olhos desbotados do soldado com o qual tinha conversado pela manhã, e que o escoltava, ganharam vida e se voltaram para João:

– Oh! O meu senhor se excede na pompa. Porventura estavas aqui por ocasião dos jogos capitolinos?

– Não – respondeu João.

– Foi espetacular – disse o soldado. – O Imperador apresentou corridas de bigas, lutas de gladiadores, música e até poesia. Alguns espetáculos aconteceram à noite, imagina. Grandes tochas cercavam a arena.

João estava ansioso para mudar de assunto e perguntou:

– Viste os espetáculos à noite?

– Sim – respondeu o soldado. – Vi uma luta de gladiadores. Nem sei como eles conseguiram lutar com uma luz tão fraca.

Ato contínuo, o soldado mudou de assunto e falou:

– Sabes que estou te levando para o interrogatório, não sabes?

João fez com a cabeça que sim. O soldado continuou:

– Te contaram o que acontece quando o preso é considerado culpado?

João fechou os olhos e balançou a cabeça que não. O soldado sorriu e falou:

– Não me é permitido falar, mas posso dizer-te o seguinte: eu estarei lá. Não perderia isso por nada.

O Imperador Domiciano, numa dependência palaciana situada numa das torres da Porta Latina, já aguardava o prisioneiro.

Integrantes do séquito imperial haviam prestado informações ao Imperador, sobre a figura de João, principalmente um dos membros mais próximo da corte, de nome Carmínio, que até descreveu fisicamente o Apóstolo, de forma a despertar a curiosidade do governante de Roma.

Trazido por três soldados, João adentrou a sala do trono e recebeu ordens para aguardar sem avançar. O Imperador Domiciano estava sentado em um trono feito com braços em mármore branco e assento e encosto alto em madeira entalhada. O trono estava com um sobreposto em púrpura. Conversava com seus ordenanças e o séquito em torno dele, que contava em torno de trinta pessoas, incluindo alguns oficiais.

Ao olhar para a entrada da sala, o Imperador acenou para se aproximarem. Carmínio desceu os quatro degraus que elevavam o trono do plano do piso e foi receber João e o soldado. Após, voltou-se para o Imperador e disse em voz alta:

– Salve César! Salve oh! Augusto Domiciano. O prisioneiro, conhecido como apóstolo João, está a vossa disposição.

Domiciano era um homem de elevada estatura, semblante modesto e pele rosada; olhos grandes e suaves. Possuía uma saliência robusta na região do abdômen e uma calvície que o deixava envergonhado, a qual escondia com o emprego de perucas. Tinha caráter refinado, à moda romana. Era astuto e inteligente, contudo, não possuía carisma próprio. Sequer quanto a isso se aproximava de seu irmão Tito Flávio Vespasiano Augusto.

O Imperador olhou duramente para o Apóstolo e sem sequer saudá-lo, pediu a Carmínio que fosse lido o libelo acusatório composto por Roma. O auxiliar passou à leitura:

– Aqui diante de Roma e de nosso César Augusto, Senhor do Mundo, Tito Flavio Vespasiano Domiciano, sob ordem de prisão, comparece o acusado, cristão, conhecido pelo nome de João de Éfeso. Segundo o relatório do Estado, há muitos anos tem divulgado uma doutrina herética que foi criada por um judeu chamado Yeshua de Nazareth, judeu que foi condenado por Roma e sofreu a pena de crucificação, ditada à época pelo então Cônsul Romano Pôncio Pilatos. Atesta o relatório que essa religião contém heresias. Foi denominada como Cristianismo, pois passaram a chamar o seu criador de Cristo e constitui também uma dissidência da religião dos judeus. Prega o ateísmo em relação a Roma e não aceita nossos deuses, nem mesmo o nosso *Optimus Maximus* Júpiter. Além disso, tem pregado a desagregação da família romana. Por essas acusações, e na condição de um de seus principais líderes, responde o acusado, neste instante, pelo processo regularmente instalado sob nossas leis e é trazido para interrogatório de nosso Augusto Imperador e também para seu julgamento.

Terminada a leitura, fez-se automático silêncio.

O venerando Apóstolo escutou a leitura da acusação no mais completo silêncio. Após terminada, olhou de relance para o Imperador e todo o seu séquito. Percebeu que o Imperador estava inquieto.

João reparou na pompa e luxo do local e nas fisionomias dos membros que cercavam o Imperador e notou que sua presença, acorrentado, causava-lhes diversão.

O Apóstolo fugiu mentalmente daquela sala, e viu-se naquele dia longínquo no tempo, em que penetrara no átrio onde o Cônsul Pôncio Pilatos estava procedendo o nefando julgamento do Seu Senhor, o Messias Amado. Lembrou do penoso resultado da omissão do político romano e da sanha do Sanhedrin e de seus dirigentes e membros. Lembrou também quando Pilatos referendou o julgamento dos judeus. Reviu na sua mente aqueles mesmos olhares divertidos, que ali naquele instante colhia para ele. Retornou da lembrança, olhou novamente para o Imperador e notou o seu olhar pesado sobre ele.

João sustentou o olhar, e então Domiciano disse:

— Então, és tu o homem de quem falam tantas coisas? Tantas maravilhas? Achava que eras mais forte e o que vejo? Um ancião que mais parece um animal magro e perdido à fome. Diga-me, afinal, quem sois mesmo, para colocar tantos temores a Roma, como me informaram.

O Apóstolo não ousou responder. Domiciano ficou irritado com o silêncio e continuou:

— Se não te dispões a falar, mandarei que os soldados te segurem e mandarei cortar tua língua, para aprenderes a ter respeito a César. Dou-te uma chance. Então, quem és?

João olhou à sua volta e sorriu, porque naquele instante viu, com os olhos da vigília, o Governador Acádio, o amigo Simão bar Jonas, Judas Tadeu, Simão o Zelote, Mateus, Tomé e o amigo Paulo de Tarso, que na outra esfera da vida, ali estavam para incutir-lhe confiança e fé.

Tomado de ira, Domiciano exclamou:

— Estás louco! Queres perder a língua mesmo, pois ao invés de responder-me, sorris? Sorris de quê? Da tua desgraça!?

546

Testemunho pelo Cristo

Renovado pela visão dos amigos, prova correta da presença de Yeshua, João olhou para o Imperador fixamente, a ponto de Domiciano sentir a energia que emanou daquele olhar e fazer um leve gesto de recuo com o corpo, embora estivesse sentado no trono.

Então o Apóstolo falou:

– Nobre Imperador dos romanos. Aqui estou sob prisão por vós determinada. Logo, para dissipar vossas dúvidas quanto a quem eu seja, respondo: Sou um prisioneiro de Roma.

"Roma prendeu-me o corpo, porém, ouso afirmar que não possui todo o poder do mundo, como alardeais, porque não pôde aprisionar minha alma, pois ela é livre das amarras do ódio, da ignorância, do orgulho e da ambição. Digo-vos mais, e não é somente minha alma que não podeis prender, também não podeis aprisionar o meu pensamento, que neste instante me diz: 'Tem coragem e confiança em Yahweh e em Yeshua, pois o mundo pode tirar-te tudo o que é efêmero e passageiro, mas não pode retirar-te a satisfação de ter a consciência tranquila. Os que te acusam já estão condenados pelos próprios pensamentos, eis que, aprisionados no erro, na falsidade, na discórdia, esses, contrariamente a ti, não têm liberdade nos pensamentos, sem que se acusem a si próprios. São escravos da ilusão e constroem castelos na areia.'

"Continuo, César, sendo um prisioneiro romano, porém, sou um soldado de Yeshua, que goza da mais absoluta liberdade do pensamento e leveza da alma; que pode se deslocar para qualquer parte do mundo e dos

547

céus. Ainda há pouco, enquanto vós me olháveis, minha alma voava para longe daqui, pois não poderás nunca retê-la."

O Apóstolo calou-se.

Visível e profundamente abalado, Domiciano tossiu. Era uma tosse nervosa que o acometia quando sentia insegurança. Naquele momento, aquele velho homem mais parecia um gigante a lhe impor temor e medo. Mas, como era um espírito astuto, logo Domiciano se controlou e então disse:

— Ora, ora. Vejo que tens uma boa erudição e que falas coisas difíceis de entender. Mas vou direto ao assunto. Sabes por que estás aqui?

— Sim, — respondeu João — para satisfazer à vossa autoridade, que não está baseada em qualquer fato, pois nenhum fato doloso aos vossos interesses expusestes na acusação que foi lida, e sim está baseada no vosso orgulho e prepotência, própria de alguns Imperadores outros que conheci e distante da tolerância e justiça de outros que também pude conhecer, como foi o vosso irmão, por exemplo.

Domiciano erubesceu. Os boatos de tempos atrás, que apenas tinham sido calados, davam conta de que ele teria planejado a morte de seu irmão, de quem tinha profunda inveja, então teve um ataque de cólera. Levantou-se e gritando, falou:

— Infeliz, ainda ousas agredir teu Imperador? Quanta insolência em um homem só! Porém, vou dar-te uma chance, apesar de teu comportamento. Nega essa doutrina herética e maluca a que chamam Cristianismo e a esse... esse... Yeshua, que sequer pôde salvar-se a si mesmo, e eu te libertarei.

João, que continuava com o olhar fixo em Domiciano, e por isto o Imperador mais se desconcertava, respondeu:

– Não, não posso fazer isso. Nada há sobre a Terra que tenha o condão de me fazer negar o Meu Mestre Yeshua. Eu vivi com Ele na vida e na morte, pois sou testemunha de que Ele retornou do mundo dos mortos.

Ao dizer isso, o pensamento de João voou novamente para aquele dia em que estavam reunidos, e não haviam conseguido conciliar o sono. O Mestre Amado tinha sido crucificado. Era pela madrugada, quando ouviram batidas na porta e uma voz de mulher: "– Abram, abram... Ele está vivo! Ele vive!" Ao abrirem a porta, era a amiga Miriam de Migdal, que, ofegante, chorando e sorrindo, vinha lhes dizer que Ele estava vivo. Correram para o túmulo. João fora o primeiro a chegar, mas por respeito, porque era muito jovem, esperou os retardatários, e quando Pedro chegou com os demais, os acompanhou na visitação ao túmulo, que estava completamente vazio.

Então, retornando ao recinto, completou:

– Nada, pois, que falarem, que disserem, que prometerem, será igual às recompensas que já tenho do meu Senhor. Se quiserdes, podereis tirar-me a vida, mas não interrompereis jamais o meu destino. Nunca negarei Yeshua.

Tomado de cólera, Domiciano ficou em pé e disse:

— Em nome de Roma, eu te condeno como herege e causador de intrigas e pervertedor da ordem pública. Por isto deves morrer queimado nas termas públicas, e que a pena se cumpra amanhã, pela manhã.

Dizendo isto, Domiciano se retirou apressadamente por uma porta lateral.

Os soldados levaram João de volta ao calabouço. Ao lá chegar, João estava sereno e em paz. Todos os seus irmãos que conviveram com ele no colégio apostólico escolhido pelo Mestre tinham sido mortos, martirizados, logo, natural que chegasse a sua vez. Não sentiu medo nem receio, nada disso. Sentiu apenas uma imensa saudade e vontade de abraçar Yeshua e a mãe Maria de Nazareth.

Nem bem tinha concatenado aquele pensamento, quando mais ao fundo da cela, Maria, acompanhada do Governador Acádio, de Paulo de Tarso e de Inácio de Antioquia, que ali estava em desdobramento pelo sono, olhavam para ele com ternura e sorriam. Surpreso, embora já tivesse clara noção dessa possibilidade de ver a dimensão da outra vida, com seus olhos da vigília, não conseguiu articular a fala, em razão da forte emoção de que fora tomado. Então, foi Maria quem lhe falou:

— Oh! meu querido filho da alma, aqui estamos para testemunhar o amor que Yeshua tem por ti. Ele pede que te diga que tua confiança e fé são agradáveis ao Seu coração, sempre. Pede que mantenhas tua paz interior, pois ainda não é chegado o teu momento do retorno à Casa do Pai Celestial. Tens ainda muito por fazer em favor de Yeshua, na Terra. Suporta, pois, os suplícios, com a certeza que todos estamos ao teu lado, auxiliando-te no que nos for disposto.

João quis falar, porém não conseguiu. Todos lhe acenaram, sorriram e se foram.

Uma das penas que eram fixadas aos prisioneiros, em Roma, era a de colocar o prisioneiro nas termas da cidade, em tanques que tinham água aquecida em grau máximo e que chegavam a ferver. Vários cristãos haviam sido mortos mergulhados nessas caldeiras. Havia uma grande bacia de forma circular, no centro das termas, chamada *caldarium*. A temperatura dentro desse reservatório era elevadíssima, eis que a água era aquecida pelo fogo colocado no fundo do reservatório.

Chegada a manhã de sua execução pela forma decretada pelo Imperador, o prisioneiro foi conduzido a uma dessas termas. Ali chegando, foi atirado dentro de um caldarium, porém, para espanto dos assistentes, o Apóstolo suportou a quentura da água e não morreu. Ocorreu que era ainda pela manhã e no caldarium onde o Apóstolo foi mergulhado, o aquecimento da água estava falho.

Pelas leis romanas, a pena não podia se repetir. Os executores da pena, embora tentassem, de todas as formas, perceberam que não era possível acender de novo o fogo da fornalha.

Retornaram o prisioneiro ao calabouço.

Dois dias se passaram, quando João foi conduzido à frente do Pretor de Roma, que leu a nova pena, pois era comum a todo réu condenado à morte cuja execução falhara por defeito de algum equipamento, recebesse a pena de exílio. João foi condenado a morar na Ilha de Patmos. Transcorria o ano de 95 d.C.

Patmos era uma ilha árida e rochosa, no Mar Egeu. Havia sido escolhida pelo governo romano para banimento de criminosos. Mas, para o apóstolo João, a solitária habitação tornou-se a porta de comunicação direta com o Céu. Ali, afastado do bulício do mundo, João teve a companhia de Yeshua, na figura dos anjos celestiais que ali compareciam e lhe ditavam uma Sublime Advertência de Yahweh e de Yeshua. Deles recebia as instruções para os Núcleos cristãos e para todos os tempos do futuro. Sob a ação de Espíritos Superiores e sob a supervisão direta da Cidade da Fé, em diálogos constantes e diários com os Espíritos do Governador Acádio, Pedro, Paulo, Tiago Maior, Tiago Menor, Estêvão, Barnabé, Tomé e outros, João vai anotar para a Terra, as advertências divinas que receberam o nome de Apocalipse.

Nesses sublimes escritos, o Apóstolo anotou cartas para os sete principais Núcleos cristãos da Ásia, advertindo-os contra os falsos profetas, as heresias e a necessidade de se distinguir a Doutrina de Yeshua das falsas doutrinas, além de outras recomendações e advertências para o futuro da Humanidade.

Testemunho pelo Cristo

Entre rochas e recifes da Ilha de Patmos, João manteve incessante comunhão com Yahweh. Recapitulou a sua vida passada e as bênçãos que recebia. Encheu-se-lhe de paz o coração. Ele vivia a vida de um cristão e podia dizer, com fé: *'Sabemos que passamos da morte para a vida'.* Assim não ocorreria com o Imperador que o banira. Este olharia para trás e encontraria apenas campos de batalha e carnificina, lares desolados e lágrimas de órfãos e viúvas. Isto seria o fruto do seu ambicioso desejo de proeminência e superioridade.

Em seu isolado lar, o Apóstolo habituou-se a estudar mais intimamente do que nunca as manifestações do poder de Yahweh e de Yeshua, como revelou nas páginas inspiradas: *'Era um deleite me deitar sobre a Obra de Criação e adorar o Divino Arquiteto'.*

Em anos anteriores, seus olhos tinham se deleitado na contemplação dos morros cobertos de florestas, dos verdes vales, do Vale de Josaphat, das frutíferas planícies e das belezas da Natureza. Sempre se deleitara com essas visões, nas quais considerava a sabedoria e habilidade de Yahweh. Agora, estava circundado por cenas que poderiam parecer, a muitos, melancólicas e desinteressantes, mas, para o Apóstolo, representavam outra coisa. Embora o cenário que o rodeava fosse desolado e árido, o céu azul que o cobria era tão luminoso e belo quanto o amado céu da sua Jerusalém. Nas rochas rudes, nos mistérios dos abismos, nas glórias do firmamento, João lia importantes lições. Tudo lhe trazia mensagens do poder e glória de Yahweh.

Em tudo, ao seu redor, o Apóstolo via testemunhos da obra da Criação. O Profeta ouvia a voz de Yahweh, no mar açoitado pela fúria dos ventos e percebia claramente as poderosas ondas em sua terrível comoção, mantidas em seus limites por mão invisível que lhe falavam do controle de um poder infinito.

Em contraste, considerava a fraqueza e futilidade dos homens que, embora pó, gloriavam-se, em suas supostas sabedoria e força, e colocavam o coração contra o governador de tudo, como se Yahweh fosse igual a eles.

As rochas lhe lembravam Yeshua, a sua fortaleza, em cujo abrigo podia ele refugiar-se sem temor. Do exilado Apóstolo sobre o rochedo de Patmos, subiam para Yahweh os mais ardentes anseios e as mais sinceras orações.

XXXIV

A MORTE DO IMPERADOR DOMICIANO. A CONTINUIDADE DAS TAREFAS

Os acontecimentos havidos com o apóstolo João haviam abalado bastante a comunidade cristã. Inácio fora o que mais sentira, pois além de amar quase à veneração seu velho pai adotivo e inspirado orientador, sentiu-se quase órfão novamente, pois não tinha a presença do amigo quando quisesse visitá-lo e ouvir seus sábios conselhos, porém consolava-se, ao menos, com o fato de que ele não fora morto pelos romanos.

Inácio experimentou novamente as dores do que lhe aconteceu quando foi injustamente acusado de abjurar o Messias, na ocasião em que foi preso e levado à arena do Coliseu, desta feita pelo seu amado João, pois, em diversos Núcleos cristãos, em um murmúrio não muito claro, mas que era cantado pelas vozes da maledicência, alguns membros espalharam a notícia de que o Apóstolo, temendo a morte, somente não tinha morrido nas Termas de Roma porque também abjurara o Messias.

Inácio sentiu mais uma vez como o homem era ainda muito fraco moralmente. Ficou indignado a tal ponto com essa maledicência que, acompanhado de Lúcio, Mical e Uriel, foi até Éfeso para estabelecer, com o amigo Timóteo, planos para que não se permitisse tão grande afronta, ocasião em que Timóteo lhe confidenciou que ele mesmo tivera dificuldades com essas maldades e que percebia que as batalhas nos Núcleos, por amor à mensagem lúcida de Yeshua, se traduzia, cada vez mais, em maiores desafios, principalmente diante da comunidade de pagãos da cidade, que era muito grande.

Por seu lado, o Imperador Domiciano continuava seu governo tirânico para com os cristãos, contudo, se via envolvido também pelas inúmeras insatisfações que causava nas relações com o Senado e com vários membros da corte imperial. Na realidade, ele tinha transformado o Senado romano numa instituição meramente protocolar, pois concentrava nas suas mãos todos os poderes governamentais.

Os éditos publicados durante seu reinado afetavam sobremaneira todos os aspectos da vida privada dos romanos. Impostos e leis eram aplicados de maneira rigorosa. Embora não atacasse o Senado de maneira expressa, os integrantes daquela Câmara Pública consideravam uma indignidade a posição a que tinham sido relegados pelo Imperador.

Para contentar a plebe, Domiciano investiu por volta de cento e trinta e cinco milhões de sestércios em donativos. Ressuscitou os banquetes públicos. No ano de 86 d.C., criou os jogos capitolinos. Era um espetáculo celebrado a cada quatro anos, onde se faziam corridas atléticas, corridas de bigas, lutas de gladiadores e concursos musicais de canto e de poesia.

Na primavera do ano 89 d.C., o governador da província da Germânia Superior, Lucius Antonius Saturninus, em razão de uma disputa pessoal com o Imperador, comandando duas legiões romanas que estavam estacionadas em Moguntiaco, as legiões XIV Gemina e a XXI Rapax, rebelou-se contra Domiciano, com a ajuda dos catos.

O Governador da Germânia Inferior, Aulo Búcio Lápio Máximo, transladou-se com suas tropas até a Província Superior e unindo-se às legiões comandadas pelo general Trajano, que veio da Hispânia, e ainda às tropas movimentadas pelo próprio Imperador, esmagou os rebeldes. Seus líderes foram cruelmente castigados. As legiões de Saturninus, que se renderam, foram enviados para a Panônia. Domiciano editou uma lei proibindo que as duas legiões voltassem a compartilhar o mesmo acampamento. Lápio Máximo recebeu, como recompensa, o governo da Província da Síria, um consulado, em maio de 95 d.C.

O temperamento desenfreado e irascível de Domiciano, que tinha um verdadeiro fascínio pela personalidade e governança do antigo Imperador Tibério Claudius e sua cabeça de poder, assinalaram seu reinado com a marca da tirania intolerante. Considerava-se deus e patrono supremo. Subjugou cruel e violentamente quaisquer formas de contestação ou rebelião, como a de Saturnino, além de ofender sucessivas vezes os senadores e conselheiros. Via inimigos por todos os lados.

As atitudes repressivas do Imperador acabaram por dar origem a uma conspiração palaciana que foi urdida por vários cortesãos. O líder dos conspiradores, o fidalgo imperial Partênio, se inimizara com o Imperador porque este executou o seu secretário pessoal Epafrodito. Então, um liberto de Partênio, de nome Máximo, juntamente com um mordomo de Flavia Domitila, sobrinha do Imperador, em setembro de 96 d.C., assassinou o Imperador Domiciano, crime que foi instigado por vários membros do Senado.

Assumiu então o trono do Império, Marcus Cocceius Nerva, filho de uma família rica. Seus antepassados haviam ocupado cargos importantes em Roma. Seu bisavô havia sido Cônsul em 36 d.C. Seu avô fora conselheiro do Imperador Tibério e sua mãe era bisneta de Tibério. Nerva seguiu as pegadas do avô e do bisavô, ocupando vários cargos imperiais, com extremado talento para a política.

Em 65 d.C. havia recebido honras especiais do Imperador Nero, por ter descoberto a conspiração de Pisa, que visava matar o Imperador. Em 71 d.C. fora apontado para Cônsul, pelo Imperador Vespasiano, e em 90 d.C. foi nomeado Cônsul, por Domiciano.

Em 18 de setembro de 96 d.C., a sociedade romana respirava aliviada. Cansado da tirania de Domiciano, o Senado proclamou como Imperador Cocceius Nerva, no próprio dia da morte de Domiciano. Nas ruas de Roma houve um misto de alegria e fúria. Alegria pela morte de Domiciano e fúria, pois suas estátuas eram destruídas e sua rede de espiões desmontada.

Testemunho pelo Cristo

Nerva contava com 66 anos de idade e tinha uma saúde frágil. Porém, ao longo de seu reinado, foi um governante generoso e amigável, gozando de enorme popularidade.

Um dos seus primeiros atos como Imperador foi o de revogar os éditos de exílio baixados por Domiciano, permitindo o retorno e a liberdade de vários condenados. Dentre eles se achava o apóstolo João, que foi beneficiado por essa decisão.

No final do ano de 96 d.C. o venerando apóstolo retornou a Éfeso, para alegria de sua antiga serviçal Léa, que o recebeu com o coração em festa, o mesmo se dando com Timóteo e com Inácio.

João não retornava só. Trazia com ele as mais notáveis advertências enviadas por Yahweh e Yeshua à Terra.

XXXV

NA CIDADE DA FÉ. PREVISÕES SOBRE O FUTURO DO EVANGELHO

Os acontecimentos havidos no Império Romano trouxeram alívio também às comunidades cristãs, cujo último golpe recebido fora o da prisão do apóstolo João.

Tanto Timóteo e seus pares, no Núcleo de Éfeso, como Inácio e seus pares, no Núcleo de Antioquia da Síria, continuavam firmes a conduzir seus rebanhos para Yeshua, em segurança doutrinária, envidando todos os esforços para que não fosse alterada a Sublime Mensagem trazida pelo Messias e não fosse afetada a unidade dos Núcleos cristãos, pelo contrário, se esforçavam ao máximo para que essa unidade fosse cada vez mais segura, sonho que idealizara o saudoso Apóstolo dos Gentios.

Inácio se ressentia das saudades imensas que tinha de seu pai João. Suas orações eram diárias em favor do Apóstolo. Pedia a intervenção de Yeshua junto a Yahweh, para que o Apóstolo querido pudesse ser algum dia libertado. Sequer notícias de João eles tinham, pois Patmos era uma verdadeira ilha de mistério e quase inatingível em razão das proibições romanas, porquanto somente navios militares romanos podiam aportar na ilha.

Quando souberam da morte de Domiciano, da ascensão do novo Imperador e da libertação dos prisioneiros vítimas das cruéis perseguições do antigo governante e também dos que estavam exilados, os Núcleos cristãos vibraram de alegria, principalmente os de Éfeso e Antioquia da Síria.

Inácio tinha conduzido a reunião da noite. Soubera por um mensageiro que os prisioneiros de Patmos haviam sido embarcados de volta para suas cidades de origem. Então chorou de alegria, porque o Apóstolo amado, por certo, logo se acharia de volta a Éfeso. Naquela noite, ao se recolher para o repouso, orou profundamente, manifestando sua gratidão a Yeshua e a Yahweh.

Nem bem adormecera e viu que no recinto onde seu corpo dormia, chegaram os Espíritos de Estêvão e Joel, acompanhados de Timóteo, Onésimo e Policarpo, que, qual ele, estavam desdobrados pelo sono. Após abraçarem-se, foi Estêvão quem falou:

– Amigo e irmão Inácio, viemos buscar-te para que juntos possamos atender à convocação feita por nosso amado Yeshua, através do Governador Acádio e dos amigos e irmãos Pedro e Paulo. Vamos, eles nos esperam.

A seguir, a pequena caravana ganhava o espaço na direção da Cidade da Fé. Em poucos momentos lá chegaram. A cidade já era familiar a Inácio e Timóteo. Foram direto ao prédio da Administração Central e novamente recebidos por Eleodora.

Após os cumprimentos, ao invés de irem para a sala do Governador, como de costume, foram direcionados para o Auditório Central.

Lá chegando, a alegria foi imensa, pois a coletividade que os esperava era composta de muitos trabalhadores do Cristo Yeshua, desencarnados e encarnados. Lá estavam, sob a liderança do Governador Acádio, os Espíritos de Pedro, Paulo de Tarso, Judas Tadeu, Tiago Maior, Tiago Menor, Alfeu, Bartolomeu, André, Filipe, Marcos, Tomé, Natanael, Matias, Barnabé, Silas, Lucas, Trófimo, Tobias, Simeão bar Cleófas, Ananias (que fora episkopo em Damasco), Lino, Erasto, Evódio, Áquila, Marcos, Mateus Levi, Dionísio, Parmenas, Nicanor, Nicolau, Timão, Tito, Artemas (episkopo de Listra), Filémon, Carpo, Doran, Jasão, Ágabo, Tobias, Tíquico, Lúcio de Sirene, Aristarco, Sóstenes de Colófon e Erasto, entre outros.

O reencontro foi uma grande festa. Inácio e Timóteo a todos abraçaram. Estavam felizes. Próximo ao início da reunião, o governador Acádio anunciou a chegada de outro integrante da reunião. Então, adentrou o recinto o Espírito do venerando apóstolo João, que ainda estava encarnado e que na Terra estava exilado em Patmos. Inácio não conteve as lágrimas, eis que João fez questão de ir primeiro na sua direção e o abraçar. Era um abraço de imensa saudade.

A seguir, todos acomodados, o governador Acádio fez a saudação:

— Meus queridos e amados irmãos em Yahweh.

"Saúdo a todos em nome de Yeshua, nosso Mestre e Sublime Orientador de nossas almas.

"Fostes trazidos a esta assembleia de almas nobres e lutadoras que estão desde há muito engajadas no projeto de implantação definitiva, na Terra, do que passaremos a chamar, a partir de hoje, de *Evangelho de Yeshua,* cujos ensinamentos estão coletados nas sublimes e maravilhosas anotações dos irmãos Mateus Levi, Marcos e Lucas, aqui presentes.

"As lutas nesse sentido têm sido imensas, pois fazer os homens compreenderem as verdades reveladas pelo Mestre dos Mestres relacionadas à face amorosa de nosso Criador e Sua criação, bem como à origem e destino das almas, já de muitos e muitos anos não se tem mostrado tarefa fácil.

"É inegável que o Príncipe da Paz fez todo o possível para a edificação e a salvação das criaturas, de maneira extremamente amorosa. Fez tudo o que d'Ele dependia, contudo, não pôde evitar ser julgado, desprezado e condenado por alguns, por isso, colocou tudo nas mãos de Yahweh, que tudo conhecia e fez da paciência, da indulgência, da tolerância e da humildade a sua defesa contra as línguas maldizentes que inventaram mentiras a seu respeito. Todavia, uma vez ou outra, quando perguntado, dava respostas diretas que desmascaravam os tiranos e cruéis, os falsos profetas, os que estavam vestidos de cordeiro em pele de lobo, isto fazendo para que o seu silêncio não fosse causa de escândalo para os fracos.

"Conhecemos o epílogo e acompanhamos a entronização do sacrifício do Messias, em favor de toda a Humanidade, quando disse ao Seu Pai e nosso Pai, que os homens não sabiam o que estavam fazendo ao imolar o Justo, o Cordeiro Divino.

"Os esforços de muitos têm sido agradáveis a Yahweh e a Yeshua, mas a maior parte dos homens da Terra não tem buscado o Criador e não está disposta a receber as orientações divinas, inclusive nos Núcleos cristãos, dos quais visam apoderar-se para a supremacia de seus projetos de projeção pessoal, apenas.

"É chegado o tempo em que Yahweh e o Mestre Yeshua farão chegar sérias advertências a todos os homens e principalmente aos Núcleos cristãos, especialmente os da Ásia, onde nosso Paulo de Tarso fez excelente trabalho. Isto ocorrerá para que não se volte as costas nem se coloque um véu sobre a mensagem do Messias, que se traduz em lições vivas de Yahweh, advertências que em breve a Humanidade conhecerá, eis que o amado apóstolo João, aqui presente, foi o escolhido para ser o porta-voz das mesmas.

"Amados irmãos, acresço a estas palavras o divino recado que nosso Mestre Yeshua envia a todos vós, e que fomos orientados a ler, na forma seguinte:

"*Queridos filhos de Yahweh, amados irmãos.*

"*Ditoso o homem que se educa e se instrui nas Leis de Yahweh, para obter tranquilidade nos dias de desventura e obter consolo na Terra.*

"Ensinei aos discípulos e a todos os demais homens, desde o princípio de minha tarefa, e não cesso ainda agora de falar a todos, porém, muitos são surdos e insensíveis à minha voz, que se não a escutam na acústica da alma, a escutam pela boca dos meus enviados.

"Muitos, de muito bom grado, ouvem o mundo mais do que a Yahweh e a Mim, e mais facilmente seguem os apetites da carne que os preceitos divinos.

"O mundo de agora promete apenas coisas temporais e mesquinhas e as criaturas se servem disso com grande ardor. Eu, porém, prometi e prometo os bens sublimes e eternos, porém só encontrei e ainda encontro frieza no coração dos homens.

"Quem com tanta solicitude Me serve e obedece em tudo, como serve ao mundo e aos seus senhores?

"Isaías já havia dito: 'Envergonha-te, Sidon – diz o mar – e se queres saber a causa, presta-me ouvidos.'

"Por assim escolherem os homens, têm visto frustradas as suas esperanças, porém, Minha promessa a ninguém enganou, nem deixei desiludido quem em Mim confiou.

"As dores, que são o reflexo das infelizes escolhas, virão e açambarcarão os que têm compromisso com a Lei, eis que a ousadia dos injustos é severa, e essa é a razão pela qual vos advirto, amados de meu coração.

"O verdadeiro progresso da alma consiste na negação de si mesmo e na abnegação ao amor. Quem se abnega por Meu amor cumpre o desejo de Yahweh e gozará de liberdade, paz e segurança.

"Contudo, os antigos inimigos, os adversários de todo o bem, não desistem das tentações do orgulho, do egoísmo, da soberba e da prepotência, armando dia e noite perigosas ciladas para verem se podem arrojar algum incauto nos laços dos seus enganos.

"Não vos entristeçais por verdes os outros honrados e exaltados pelo mundo dos enganos e dos enganadores, ao passo que sois desprezados e humilhados e levados ao sacrifício até da própria vida, por vosso amor testemunhado por Mim e pelo Pai Celestial. Erguei a Mim os vossos corações até o Céu, e não vos entristecerá o desprezo humano na Terra.

"Se recorrerdes sempre à verdade viva e permanente, não vos entristecereis pela ausência e morte de um amigo ou mesmo por vosso sacrifício pessoal. Como disse um dos meus enviados aos irmãos de Corinto: 'Não te deixes cativar pela elegância e sutileza dos dizeres humanos, porque o Reino de Yahweh não consiste em palavras, mas em virtudes.'

"Não temais as dores e os sacrifícios que virão e nos quais estareis envolvidos como Espíritos que já retornastes ao Meu regaço e como aqueles que ainda estão no palco das lutas terrenas, por amor às minhas palavras de vida eterna. Bem-aventurado de Nosso Pai é aquele que vive com um fim abençoado.

"De dois modos costumo visitar os meus eleitos. Pelo amor e pela consolação, e essas duas lições lhes dou a cada dia. Por isso atentai: Quem ouve a minha palavra e a despreza, por ela será julgado, mas Eu sempre cumprirei o que disse, contanto que se persevere fiel ao Meu Amor até o fim".

O governador silenciou.

Verdadeira chuva de energias sutis jorrou do teto do auditório, assemelhada a flocos leves de algodão que caíam sobre todos os presentes e se desmanchavam ao contato com seus corpos espirituais. Todos estavam maravilhados e em lágrimas de euforia pelas palavras enviadas pelo Sublime Messias. O apóstolo Paulo de Tarso era dos mais emocionados, pois ouvira referências diretas de Yeshua sobre palavras que ele dissera aos irmãos de Corinto.

Então o Governador disse:

— Amados irmãos, tomemos tento na sublime mensagem de nosso Mestre e nos preparemos para as novas contendas que virão, por Seu amor. Sejam quais forem, jamais duvidemos da grandeza do Pai Celestial. O objetivo de nossa reunião foi cumprido. Retornai aos vossos afazeres nos dois planos da vida, e que o Cordeiro Divino nos guie sempre.

XXXVI

O Evangelho de João. A desencarnação de Timóteo

O apóstolo João foi libertado do exílio e se dirigiu para sua Éfeso. Após as alegrias do reencontro com a serviçal e os companheiros do Núcleo cristão, passou a se dedicar, na companhia de Timóteo e Inácio, que viera visitá-lo, a combater as doutrinas nascentes de Cerinto e Ebion, que eram espalhadas no seio de vários Núcleos cristãos, e que negavam a natureza divina de Yeshua. Diziam que Ele não era Filho de Yahweh e que era apenas mais um profeta de tantos que desfilaram na Lei Antiga. Inácio e João sugeriram a todos os cristãos que não aceitassem essas falsas doutrinas.

No início do ano 97 d.C. o apóstolo João, acompanhado de Prócoro, na sua casa, na Colina do Rouxinol, ditou várias orientações que foram anotadas pelo discípulo, verdadeiro monumento que se traduziu nos seus escritos sobre a vida de Yeshua na Terra, da qual ele participou ativamente.

Já como a combater as falsas doutrinas e aqueles que criticavam a figura do Mestre Amado, como um voo de águia, ele iniciou o seu ditado de uma altura sublime: *"No princípio era o Verbo, e o Verbo está em Yahweh, e o Verbo era Yahweh, e o Verbo se fez carne".*

Nas suas anotações, o Apóstolo de Éfeso narrou o que era apregoado como mistérios de Yeshua, com uma visão mais aguçada, mais profunda. Enquanto Mateus Levi, Marcos e Lucas descreveram Yeshua em ação, João revelou Yeshua em comunhão e meditação direta com Yahweh e em toda a Sua espiritualidade.

Os registros de João sobre a vida e a obra de Yeshua, além de também confirmarem o que já havia sido registrado pelos três missionários anteriores, ainda mais solidificariam a mensagem da Boa Nova. Inácio e Timóteo vibravam de alegria e júbilo pelo acontecimento.

O tempo caminhou célere, quando, na segunda parte do ano de 97 d.C., a comunidade cristã se ressentiu de outro duro golpe, que deixou o apóstolo João e igualmente Inácio abaladíssimos.

Os pagãos fizeram uma grande festa na cidade de Éfeso, em homenagem à deusa Diana. Assim a cultuavam. Na ocasião, organizaram uma procissão à deusa e em meio a essa caminhada, foram praticadas muitas iniquidades, abominações e ofensas ao Deus dos judeus e a Yeshua, que denominavam como sendo o Deus dos cristãos.

Então, Timóteo foi até a turba de pagãos e indignado discursou energicamente, acusando-os de comportamento escandaloso e de ofensas a Yeshua e a Yahweh. Essa atitude de Timóteo provocou a ira dos pagãos que estavam na procissão, que se precipitaram sobre ele e o mataram a pedradas e pauladas.

TESTEMUNHO PELO CRISTO

O Núcleo de Éfeso, o de Antioquia da Síria e os demais Núcleos choraram a morte de um dos grandes líderes da implantação da mensagem de Yeshua na Terra, o auxiliar querido e valoroso de Paulo de Tarso, amigo amoroso de Inácio e servidor do apóstolo João. Ambos prantearam o retorno do amigo, de forma tão cruel, às moradas de Yahweh.

Embora ressentidos com a morte cruel do amigo, Inácio e João tinham certeza de que Timóteo haveria de ter sido recebido na Casa de Yahweh, pelo seu grande orientador espiritual Paulo de Tarso. Esse pensamento os confortava. Prosseguiram o árduo trabalho de divulgação dos ensinamentos de Yeshua e os esforços possíveis na preservação desses ensinamentos, pois tinham certeza de que eram palavras diretas de Yahweh.

Os Espíritos que haviam participado da última reunião na Cidade da Fé e as almas que ainda se achavam vivendo no corpo físico, em todos os compromissos que assumiram, buscavam desempenhar galhardamente os papéis de vigilantes quanto a evitar-se desvios na mensagem do Cristo Yeshua e dos continuadores e divulgadores da Nova Causa.

XXXVII

A DESENCARNAÇÃO DO APÓSTOLO DE ÉFESO. A SEGUNDA PRISÃO DE INÁCIO. A TERCEIRA GRANDE PERSEGUIÇÃO AOS CRISTÃOS

Inácio, como episkopo de Antioquia da Síria e principal líder dos cristãos em toda a Ásia, possuía em grau eminente todas as melhores qualidades de pastor ideal e de verdadeiro soldado de Yeshua.

Quando cessou a tormenta, com a morte de Domiciano, sobreveio relativa paz.

Inácio, em razão das orientações que recebera na Cidade da Fé, procurou preparar os cristãos para uma nova e possível perseguição, dando-lhes exemplo de destemor e esforço sobrenatural, com que deveriam enfrentá-la quando eclodisse. Ressaltava que não havia graça maior do que dar a vida por Yeshua, pois Ele ofereceu a Sua por todos.

Em 98 d.C., acometido por violenta febre, e como tinha a saúde muito frágil, o Imperador Marcus Cacceius Nerva morreu. Assumiu então o trono do Império um hábil general romano, Marco Úlpio Nerva Trajano.

Trajano possuía, a bem dizer, duas faces, uma luminosa e outra tenebrosa. Tinha um espírito de sabedoria, porém de mesquinhez; prático, porém superficial. Defensor do direito e da justiça, era, ao mesmo tempo, tirânico e de dureza implacável.

Soldado por excelência e habilíssimo administrador, era inimigo de toda espécie de associação e de seleção partidária. Passou a exigir de todos, sujeição incondicional às tradições e determinações governamentais.

Natural era que não pudesse viver em boa paz com a religião dos cristãos. Se, porém, a perseguia, essa perseguição não era violenta e impetuosa como a de alguns Imperadores seus antecessores, mas era mais calculada e persistente que a deles.

As palavras que dirigiu a Plínio, que era o Legado Imperial Romano na Bitínia, lhe caracterizam o modo de agir:

– Não convém dar busca aos cristãos, mas, acusados e examinados, devem ser condenados à morte, caso não queiram largar o Cristianismo.

Se a perseguição de Trajano não se generalizou no Império inteiro, em compensação era lenta e parcial, dependendo mais das autoridades locais do que da ordem expressa do Imperador.

Trajano promoveu o comércio e a indústria de Roma e das províncias. Fez grandes edificações para serviços romanos, mas considerava o Cristianismo um crime punível de morte, e, sob essa condição, mandou prender muitos cristãos e sacrificá-los nos circos.

Os anos se foram passando. As perseguições e mortes de cristãos continuavam. No ano 103 d.C., outro duro golpe abalou a comunidade cristã, eis que o discípulo amado de Yeshua, o Apóstolo de Éfeso, o cuidador de Maria de Nazareth e pai adotivo de Inácio, já com a idade avançada de 94 anos, o corpo um tanto alquebrado, adormeceu, certa noite, em Éfeso, na casa situada na Colina do Rouxinol, e não mais acordou.

A serviçal Léa, ao chamá-lo para o desjejum, constatou que o amado Apóstolo havia morrido. Olhou-o entre lágrimas de ternura e gratidão e viu que ele trazia um sorriso na face, próprio de quem cumprira com galhardia todas as tarefas que Yeshua lhe determinara. Não mais tinha vida, e o Espírito vigoroso do Apóstolo, que ascendeu ao mundo verdadeiro, lá foi recebido com festa e alegria, sendo certo que fora para morada superior à Cidade da Fé.

Inácio chorou convulsivamente a morte do pai adotivo, amigo, orientador e grande trabalhador de Yeshua, e o pranteando em uma noite de reunião em Antioquia da Síria, disse que o Apóstolo querido não tinha morrido, porque os homens justos, bons, fiéis e misericordiosos, como João, não morrem. Eles viajam até Yahweh.

A cortina do tempo novamente era cerrada, deixando para trás um horizonte de lutas e esforços incomuns pela solidificação da mensagem de Yeshua sobre a Terra.

Corria o ano de 107 d.C. O Imperador Trajano continuava com suas perseguições e sacrifícios de cristãos. Fez publicar vários éditos que visavam comemorar a vitória sobre os dácios, dentre os quais, um determinava que todos, no Império, inclusive os cristãos, deveriam se unir em sacrifício aos deuses em comemoração à vitória na batalha. A morte era a pena para quem desobedecesse ao decreto Imperial.

Retornando da fronteira com a Dácia, Trajano visitava Antioquia da Síria, quando a publicação de seus éditos se deram. Então, ele quis pô-los em execução imediatamente, ali mesmo.

Inácio fez todo o possível para não acatar tão absurdo édito, e como era a liderança que mais se destacava entre os cristãos, em razão de várias denúncias injustas, por determinação do Imperador, foi preso.

De maneira quase incompreensível, o Imperador Trajano, apesar das perseguições aos cristãos, não amava naturalmente o derramamento de sangue. Possuía um sentimento de humanidade, um pouco mais nobre que alguns Imperadores que o antecederam. Era, no entanto, portador de um espírito covarde e escravo da opinião pública. Ele reprimia os próprios sentimentos para favorecer o gosto brutal da plebe.

A prisão de Inácio se deu em razão de que os labores e a pregação do venerável episkopo da cidade eram coroados de sucesso e o Núcleo florescia cada vez mais.

Os pagãos viam com maus olhos o Núcleo cristão crescendo à sua volta e aproveitaram a presença do

TESTEMUNHO PELO CRISTO

Imperador para fazer denúncias infundadas e pedir a extinção do Núcleo cristão de Antioquia da Síria.

Inácio, receando que o Núcleo se transformasse num cenário de massacre, ao receber notícias de que seria preso, voluntariamente entregou-se nas mãos de Roma, para que saciassem nele a sua fúria, salvando assim o rebanho. Foi imediatamente conduzido à presença do Imperador e acusado de ser o cabeça e promotor do Cristianismo na cidade e em vasta região da Ásia.

Levado à presença de Trajano, este, assumindo um tom arrogante e desdenhoso, dirigiu-se a Inácio, que se mantinha calmo e destemido, e falou:

– Quem és tu, espírito ímpio e mau, que te atreves a não somente transgredir nossas ordens, mas também a aplicar-te em carregar outros contigo para um fim miserável?

Meigamente, Inácio respondeu:

– Nobre Imperador dos Romanos, os espíritos ímpios e perniciosos pertencem ao inferno; eles nada têm a ver com o Cristianismo. Vós não podeis chamar-me de ímpio e mau, quando levo no coração o Deus verdadeiro. Os demônios tremem à simples presença dos servos de Yahweh, a quem adoramos. Além disto, eu tenho também no coração o Cristo Yeshua, o Filho do Senhor Celestial, o Rei dos Reis. Pelo seu poder, posso pisar todos os poderes dos espíritos inferiores.

– E quem é que possui e carrega o seu Deus no coração? – indagou o Imperador.

577

– Todos os que creem no Senhor Cristo Yeshua e o servem fielmente, – respondeu Inácio.

– Então não acreditais que também carregamos dentro de nós os nossos deuses imortais? Não vês como eles nos fornecem seu auxílio, e que grande e gloriosa vitória obtivemos sobre nossos inimigos?

– Vós estais enganados em chamar de deuses aqueles a quem adorais – replicou Inácio. – O Deus verdadeiro é apenas um, e foi Ele que criou os céus, a Terra e o mar e tudo o que existe. E apenas um é o Cristo Yeshua, o Filho Primogênito de Yahweh, o Altíssimo, e a Ele eu oro humildemente, para levar-me um dia à posse do Reino eterno de Yahweh.

– Quem é esse Cristo Yeshua? Não é aquele que foi posto à morte por Pôncio Pilatos?

– É d'Ele que eu falo – volveu Inácio. – Ele foi cravado na cruz que aniquilou o pecado e a morte, e colocou sob os pés daqueles que devotamente O levam no coração, o caminho para Yahweh.

– Então carregas dentro de ti esse Yeshua crucificado? – perguntou o Imperador, com um sorriso sarcástico.

– Assim é – afirmou Inácio – porque Ele nos ensinou: *"Neles habitarei e andarei entre eles."*

Por um momento, Trajano silenciou. Pensamentos conflitantes passaram-lhe pela mente. Estava ansioso por ouvir mais sobre a religião dos cristãos, e tocado pela venerável aparência de Inácio, esteve para mandá-lo de volta ao seu povo com uma leve reprimenda, mas a chama do orgulho levantou-se no seu coração e recordou-lhe que qualquer parcialidade com aquela seita odiada seria um sinal de fraqueza, uma perda de popularidade e uma falta de lealdade aos deuses romanos. Ademais, a hesitação trairia o falso zelo de seu coração hipócrita. Então, ajeitando-se no trono, pronunciou a sentença contra o episkopo de Antioquia da Síria.

– Ordenamos que Inácio, que afirma carregar consigo o Yeshua crucificado, seja levado em cadeias à grande cidade de Roma, e em meio aos jogos do anfiteatro, como um prazeroso espetáculo ao povo romano, seja dado em alimento às bestas feras.

Quando Inácio ouviu a sentença, caiu de joelhos e erguendo os braços para o céu, bradou num êxtase de alegria:

– Oh! Yeshua, agradeço-te haver-me honrado com o mais precioso sinal da Tua caridade, permitindo que eu seja acorrentado por amor a Ti, como o foi o amado apóstolo Paulo.

Ele permaneceu na mesma posição, os braços levantados, os olhos fixos no céu. Recordava aquele dia fatídico em que houvera sido poupado e parecia agora ter um vislumbre da inefável alegria que tão ardentemente desejava e que logo haveria de desfrutar.

Foi arrancado de seus devaneios por um soldado, que deu-lhe uma bofetada na face, agarrou-lhe as frágeis mãos e as prendeu numa algema de criminoso. Seu crime era o de carregar dentro de si o Cristo Yeshua, o Messias, o Libertador.

Inácio, cheio de alegria e orando por seu próprio rebanho, foi com os soldados para uma das celas da prisão pública, onde aguardaria a partida para Roma.

Uma multidão agrupara-se no pátio do palácio do governo, onde estava hospedado o Imperador. Quando viram o venerável episkopo algemado e condenado à morte, um murmúrio de compaixão rompeu de cada lábio. Havia muita gente com lágrimas nos olhos e no peito um soluço reprimido. Eram cristãos assistindo o seu amado orientador ser arrastado para uma morte ignominiosa.

Os mártires eram geralmente mandados do tribunal para o cadafalso, e frequentemente se tornavam vítimas da ira dos tiranos. Eram torturados e postos à morte na própria corte de justiça. Trajano, porém, não era homem de disposição brutal, e teria suspendido a perseguição contra os cristãos, não fosse o temor da indignação popular.

Quando ordenou que o velho episkopo da Síria fosse levado a Roma e exposto às feras perante dezenas de milhares de espectadores, foi para que o Império inteiro pudesse louvar-lhe o zelo a serviço dos deuses, e o povo fosse dissuadido de abraçar o Cristianismo, ao testemunhar a terrível sorte de seus líderes.

XXXVIII

A SEGUNDA VIAGEM DE INÁCIO PARA ROMA E SUA DESENCARNAÇÃO

Inácio foi levado de Antioquia a Selêucia, e lá embarcou para Esmirna. Aportaram em segurança, após longa e penosa viagem marítima.

Por um vaticínio do destino, que na realidade era uma interferência espiritual direta promovida através da Cidade da Fé, o Imperador convocara para levar o prisioneiro, nada menos que o centurião Gabinius, eis que este voltara da frente de batalha com os dácios, em que foram vitoriosos, e viera até Antioquia para trazer ao Imperador Trajano, notícia do deslocamento de uma legião romana para Óstia, a pedido do general Tétio Juliano. Ao transmitir a mensagem, recebeu pessoalmente, de Trajano, a tarefa de conduzir o prisioneiro cristão a Roma, com a observação de que ele deveria ser levado a ferros.

Ao tomar conhecimento de que o centurião Gabinius chefiaria o comando militar que o levaria novamente a Roma, Inácio orou a Yeshua, agradecido por aquela providência.

O Centurião recebeu Inácio no navio. Disse-lhe que sentia muito tudo o que lhe acontecera, em razão da nova prisão e que soube do ocorrido com ele em Roma,

581

quando da primeira prisão, o que lhe alegrara muito o coração, pois tinha desenvolvido especial estima por Inácio. Confidenciou, também, que foi ele que deu a notícia ao general Lucinius Vero Aquilinus de que Inácio fora poupado pelas feras, dizendo a Inácio que ficou surpreso, porquanto o general chorou ao receber aquela notícia e lhe confidenciou que tinha uma estima muito grande por Inácio, pois este lhe salvara a vida. Esperava um dia poder rever Inácio.

Inácio ficou emocionado com o relato de Gabinius e naquele instante, mentalmente, endereçou prece de gratidão em favor do amigo general romano.

O centurião Gabinius pediu desculpas a Inácio por ter que algemá-lo e pelas agressões praticadas por outros soldados, dizendo-lhe, em voz baixa, que sob sua responsabilidade, após seguirem viagem, e longe das vistas do Imperador e de outras autoridades romanas, retiraria as algemas e somente tornaria a colocá-las quando chegassem ao porto de Óstia, ao que Inácio agradeceu sobremaneira e sensibilizado.

A chegada a Esmirna foi precedida de uma parada em Filadélfia, no território da Frígia.

Em Esmirna, Inácio empenhou-se junto a Gabinius para poder encontrar-se com o episkopo e amigo Policarpo, condiscípulo de João.

A caravana militar ficou em Esmirna por vários dias. Ali Inácio recebeu a visita dos episkopos Onésimo, de Éfeso, que substituíra Timóteo; de Felipe, de Trales e de Olimpas, de Magnésia, aos quais entregou uma carta de orientação que havia escrito para cada um desses Núcleos.

Da residência de Policarpo, auxiliado por um amanuense, também cristão, a quem ditava, Inácio escreveu cartas maravilhosas e sublimes, solicitando aos cristãos de diferentes Núcleos, especialmente do Núcleo cristão de Roma, que não lhe impedissem o martírio, que, desta feita, acreditava, se consumaria. Não que os cristãos fossem acostumados a resgatar seus mártires das mãos dos tiranos por meio da força física, mas Inácio bem sabia que eles possuíam uma arma mais poderosas que aquelas ostentadas pelos exércitos nas batalhas: a invisível, irresistível e poderosa arma da oração. Por ela, a ira dos tiranos era desviada e a morte frustrada, como ocorrera com ele, quando de sua primeira prisão.

Inácio suplicou-lhes, com todo o fervor do seu coração, que lhe deixassem receber sua coroa, agora, em sua idade mais avançada, de uma enfadonha vida de inquéritos judiciais, para a bem-aventurança inefável do reino celestial.

"Obtive de Yahweh Todo Poderoso – escreveu em sua carta aos romanos – o que há longo tempo venho desejando: ir ver-vos novamente, verdadeiros servos de Yahweh. Vou a vós preso pelo amor do Cristo Yeshua. Espero logo chegar à vossa cidade para receber vosso abraço e despedidas para o fim."

Noutro trecho da carta, Inácio manda dizer: "Deixai-me ser o alimento das feras; deixai-me ir à possessão de Yahweh. Sou o trigo de Yeshua, portanto, devo ser quebrado e moído pelos dentes dos animais selvagens, para que me torne pão imaculado e puro. Quanto aos animais que logo serão o meu sepulcro, eu desejo e peço a Yahweh que eles, desta feita, não deixem nada de mim sobre a terra, para que quando meu espírito voar no rumo da Eternidade, o meu corpo não seja inconveniente a ninguém. Então serei verdadeiro discípulo de Yeshua. Não vos envio mandamentos e preceitos, como Pedro e Paulo. Eles eram apóstolos. Quanto a mim, sou uma alma pobre e miserável. Eles eram livres e eu escravo sem valor, porém agora reconheço a futilidade das coisas mundanas e aprendi a desprezá-las."

Dali, Inácio foi levado para Trôade. Em Trôade, auxiliado pelo cristão Burros, escreveu cartas para os Núcleos de Filadélfia, Magnésia, Esmirna e outros, além de uma para Policarpo.

Ao todo, Inácio escreveu sete cartas, com as mais importantes orientações a esses Núcleos.

Na carta ao Núcleo de Filadélfia, Inácio mencionou um cisma naquele Núcleo, que esperava ter sido superado. Orientou quanto à necessidade de evitar-se divisões internas, aos cristãos do Núcleo de Magnésia. Na carta ao Núcleo de Éfeso, combateu aqueles que negavam a chegada do Messias e apregoavam que Yeshua era mais um dos profetas de Yahweh, tão somente. Ao Núcleo de Esmirna e ao amigo Policarpo, Inácio pediu especial atenção à unidade dos Núcleos, para que se formassem uma couraça intransponível de união e solidificação dos escritos de Mateus, Marcos, Lucas e João; para que não se aceitassem adulterações no que os cristãos chamavam de Boa Nova. Aos amigos cristãos do Núcleo de Trales, orientou quanto à necessidade de união entre os servidores de Yeshua e destes com o episkopo, para, por final, deixar o alerta aos cristãos do Núcleo de Roma quanto à necessidade de se evitar ações judaizantes, a todo custo, para que a Doutrina de Yeshua não fosse desfigurada e pudesse seguir adiante, o mais incólume possível, no decurso do tempo.

As tarefas e os esforços desempenhados por Inácio, com o auxílio de Timóteo e do Apóstolo de Éfeso, João, tinham criado, ao lado das anotações de Mateus, Marcos, Lucas e do próprio João, um corpo doutrinário seguro que poderia ofertar para a Humanidade do futuro a serenidade dos ensinamentos de Yeshua na sua forma mais fiel, simples e pura, como fiel, simples e puro era o Mestre Yeshua. Após o trabalho pioneiro, maravilhoso e incansável do Apóstolo dos Gentios, Paulo de Tarso, a comunidade cristã tinha, agora, mais orientações nos evangelhos que se seguiram aos escritos de Mateus Levi, a possibilitar-lhe fazer a necessária aferição da verdade que foi enviada para a Terra. Essa tarefa não fora fácil.

Inácio, a seu passo, sofreu repetidas e ignominiosas críticas, principalmente a mais dura, que se traduzia nas acusações sem fundamento de que ele tinha negado Yeshua. Nunca, nunca respondeu à litania dos falsos. Vítima de desconfianças após seu retorno da primeira prisão que sofrera, entregou sua vida para obter a confiança irrestrita de Yahweh e de Yeshua. As cartas do discípulo de Antioquia e suas lutas intensas despertariam na comunidade cristã os mais profundos sentimentos de devoção.

Ele sofreu muito na sua segunda viagem a Roma, que levou mais de seis meses.

Havendo chegado a Acaia, cruzaram por terra a Macedônia e navegaram a partir de Epidamo. Cruzaram o Mar Adriático e foram rodeando o litoral sul da Província da Itália, na direção da costa oeste. Ao passarem pela cidade de Puzzuoli, Inácio teve o desejo de lá desembarcar. Tendo conversado com o centurião Gabinius, pediu que pudessem ir a Roma pela estrada que ligava as duas cidades, pois tinha a intenção de percorrer o mesmo caminho que seu amigo Paulo de Tarso percorrera muitos anos antes. Já tinha obtido o consentimento, porém, levantou-se um vento favorável e todo o restante da viagem foi feita por mar, até o porto de Óstia.

Muitos cristãos acompanharam os últimos trechos da viagem do extraordinário episkopo da Síria. Os amigos que acompanharam Inácio exclamaram que o vento favorável fora para eles uma fonte de tristeza, porque os obrigava mais depressa a separarem-se da companhia daquele homem venerável. Para Inácio, contudo, era motivo de alegria e felicidade, porque se aproximava cada vez mais do fim por ele desejado: morrer por Yeshua.

É certo que em todos aqueles anos que se passaram – quase dezoito anos – desde quando fora poupado pelas feras, ele veio morrendo aos poucos, por amor a Yeshua, eis que a maldade da incompreensão dos homens, em todo esse tempo, não lhe dera tréguas. Enquanto viajava, por inúmeras vezes, em seus pensamentos, retornava a lembrança do que o Governador Acádio lhe falara, na fatídica ocasião, em plena arena romana:

"Inácio, morrer é muito fácil. Perder o corpo numa só vez é um testemunho pequeno para ti. Tu que amas tanto Yeshua e Yahweh, deves merecer algo mais penoso. Tu viverás, por determinação de Yahweh. A partir de hoje, viverás entre pessoas que não te compreenderão e que desconfiarão de ti."

A caravana militar trazendo o prisioneiro chegou ao porto de Óstia um pouco antes do término dos jogos anuais nas calendas de janeiro. Era o mês de dezembro. Esses jogos eram chamados de Sigillaria. Eram os mais populares e muito concorridos.

Os soldados apressaram-se em deslocar-se de Óstia para Roma, pois tinham o desejo de assistir aos jogos.

Quando da chegada em Óstia, alguns cristãos que residiam naquela cidade portuária procuraram avisar os cristãos de Roma. Muitos cristãos romanos ouviram sobre a chegada de Inácio e foram encontrá-lo. Ele foi saudado com uma mistura de alegria e de tristeza. Alguns estavam maravilhados de ver o venerável pastor; outros choravam em voz alta a tristeza de saber que aquele grande homem ser-lhes-ia tirado por uma morte ignominiosa. Inácio os consolava com a alegria própria do seu coração justo e bom, e tornava a implorar-lhes que não lhe evitassem o sacrifício com suas orações. Chegando junto ao portal de Roma, caíram de joelhos e receberam a última bênção do episkopo da Síria.

Quando Inácio chegou em Roma, a cidade dos imperadores estava engalanada. Além dos jogos, comemorava-se a vitória do Império contra os dácios. O Imperador Trajano regalava o povo com festas estrondosas que duravam mais de cem dias. Os anfiteatros regurgitavam. Mais de mil gladiadores deixariam a vida nos combates com as feras. De todas as províncias, vinham atletas. Os governadores das províncias longínquas mandavam feras, prisioneiros sentenciados e criminosos para Roma.

Inácio foi jogado no calabouço do Coliseu, e como há muitos anos, notou que coincidentemente o colocaram na mesma cela. No dia seguinte, pela manhã, o guarda do calabouço trouxe uma visita para Inácio. Era o centurião Gabinius, do qual Inácio, no dia anterior, se despedira em prantos. Inácio ficou surpreso com a visita. Os dois filhos de Yahweh, em lados opostos, um servidor de Yahweh e o outro servidor de Roma, através das fortes grades que prendiam Inácio, novamente conversaram.

– Olá! bom amigo Inácio. Não te espantes com minha visita. Pedi autorização ao chefe da guarda, pois precisava vir novamente te ver, te falar e trazer um recado e um presente.

– Meu bom amigo centurião Gabinius – respondeu Inácio – já sabes de minha eterna gratidão por teus gestos amáveis e de bondade para comigo, nas duas ocasiões em que me trouxeste para esta cidade. Que bom que retornaste! Rever os amigos, seja em que circunstâncias for, é sempre dádiva divina, contudo, não estou em condição de receber presente, eis que o único presente que desejo, tu sabes, porque te falei por ocasião das viagens que fizemos juntos, é morrer pelo meu Senhor, o Cristo Yeshua.

O centurião enfiou a mão em uma abertura de seu uniforme e de lá tirou um colar de couro já velho e curtido pelo tempo, no qual estava dependurada uma concha do mar. Não conseguindo conter as lágrimas o estendeu para Inácio dizendo:

– Amigo Inácio, venho te entregar este colar, que foi enviado por um nosso amigo comum e inesquecível, o general Lucinius Vero Aquilinus. Ele também me enviou este escrito, – disse, entregando-o também a Inácio.

O venerável pastor dos cristãos pegou o colar com uma das mãos e com a outra o escrito e leu:

"Meu amigo do coração, Inácio.

"Envio-te este recado, próximo à minha morte, pois na campanha contra os dácios, fui ferido em meu peito e muito tenho lutado para sobreviver, porém, sinto minhas forças se esvaírem, de modo que, se receberes estas anotações, é sinal que já terei partido desta terra de lutas, umas nobres, por parte daqueles que por amor a Roma e a um ideal de justiça se sacrificam todos os dias, e outras despropositadas, provocadas para única satisfação dos tiranos e dos déspotas, que se vangloriam de uma Roma que se alimenta da dor do seu povo e daqueles que foram conquistados e escravizados às suas leis.

"Nunca esqueci de ti. Nunca esqueci de tuas orientações e nunca esqueci o Deus que me apresentaste, e muito menos o Yeshua que me anunciaste.

"Sei que em minha caminhada houveram muitos tropeços e que infringi as soberanas leis da vida, contudo, se assim fiz, foi por obediência a um comando do poder que sei, um dia deixará de existir.

"O que não deixará de existir, e disto sei por ti, é o amor imenso do teu Deus Yahweh, que ainda me é bastante desconhecido, mas como tu me disseste, Yeshua anunciou que Ele ama a todos, inclusive os que erram, os pecadores, os adversários do bem comum, até os tiranos.

"Não sei onde estarás quando receberes este recado. Este presente que te envio é um colar que recebi de meu amado pai e que carreguei comigo durante muitos e muitos anos. Pedi ao general Tétio Juliano que no caso de minha morte, o fizesse chegar a ti, através do amigo centurião Gabinius, que te conhece, também.

"Ora aos teus deuses por minha alma, e que este colar te proteja de alguma forma. Abraços do reconhecido amigo General Lucinius Vero Aquilinus."

Inácio, ao ler a carta, o fez em voz alta e não pôde segurar a emoção. As lágrimas vertiam em profusão. Olhou para o centurião, que também chorava. Apertou o colar em sua mão e com o auxílio da outra colocou-o no pescoço. O pensamento lhe trazia a presença do general amigo, aquela alma bondosa que se apresentou na sua vida no momento em que mais precisava.

Caiu de joelhos e orou pelo amigo:

"Oh! Yahweh, Pai de todos nós. Em nome de Yeshua, te peço que Tua misericórdia alcance o amigo Luci-

nius, a quem, muito embora a pouca convivência, aprendi a respeitar e amar como irmão, pela manifestação de seu alto senso de bondade que senti em sua alma.

"É certo que ele era um soldado a serviço de Roma, mas sei que procurou servir à causa que abraçou, sem esquecer da justiça, e sei que ele detém as condições para poder alistar-se no Teu exército de Amor.

"Viajamos juntos, passamos por cidades, rios, desertos, bosques e florestas. Não faltaram grandes obstáculos, e com certeza ele me auxiliou a transpô-los. Chegou o momento em que ele seguiu no rumo do seu destino, como chega para mim o instante de seguir o meu. Por isto, em Teu nome divino, rogo possamos nos reencontrar nas Tuas moradas Celestiais.

"Neste momento, mesmo nossas palavras perdem o sentido, diante das lágrimas que exultam da saudade, porém, o Mestre Yeshua nos ensinou que sempre há um amanhã bendito para quem ama e que a vida nos concederá as oportunidades de estarmos novamente com aqueles que amamos.

"Recebe o amigo, oh! Yahweh, no Teu regaço divino, conforta-o e tão logo permitas, que ele seja alistado no Teu exército de bondade. Assim seja."

Inácio levantou-se, ainda vertendo algumas lágrimas. Os dois amigos se despediram novamente. O centurião Gabinius disse-lhe que se fosse possível daria a sua própria vida para salvá-lo do martírio que se aproximava, porém, Roma não aceitaria, pois não havia previsão legal que permitisse um romano assumir a pena de um estrangeiro qualquer, ainda mais de alguém que fora condenado diretamente pelo Imperador.

Era a manhã do dia 20 de dezembro do ano 107 d.C. O sol já se erguera no céu e despejava o seu esplendor dourado sobre a cidade dos imperadores.

Dois soldados desceram aos calabouços para prepararem o prisioneiro cristão. Inácio acordara bem cedo. Estava a cogitar sobre o seu retorno àquela cidade de esplendores. Quando chegara, revira aquela imensa floresta de templos, palácios e túmulos de mármore branco nevados, a maravilha dos monumentos, recobertos alguns com ouro, que se assemelhavam a uma tumba colossal. Seus olhos estavam embaçados pelas lágrimas que vertia em silêncio. Seu coração, ao mesmo tempo que experimentava o júbilo pela morte próxima em louvor ao Messias, sentia uma ponta de tristeza pela enorme escuridão espiritual que pairava sobre aquela cidade poderosa.

Elevou as duas mãos para cima, na direção do Céu e orou:

"Yahweh, Yahweh, senhor de todas as vidas, oro a Ti para que um dia, sob a ação da Tua misericórdia, possa resplandecer sobre esta cidade o sol da Tua justiça eterna. Que o sangue de tantos mártires, derramado em seu solo, contribua para que o Teu amor prevaleça, e como também o sangue do Justo, derramado no Calvário, renove a existência, na Terra, para o progresso das almas."

Enquanto Inácio absorvia-se na oração, lá fora, nos círculos que envolviam a arena mortal, a multidão

TESTEMUNHO PELO CRISTO

chegava e se acotovelava, emitindo vozerio e risadas. Ouvia-se o troar de milhares de vozes, que eram misturadas aos rugidos dos leões presos nos alçapões subterrâneos.

Após orar pedindo força e coragem, e implorando que daquela vez Yeshua recebesse o seu sacrifício, por amor e desejo de servir, Inácio novamente se ausentou do ambiente. Seu pensamento voou na direção do Amado Mestre Yeshua, naquele dia distante no tempo, quando criança, de bruços sobre a areia da praia do mar de Genesaré, chorava a morte de seus pais e a ausência do amigo Shamir. Então ouviu novamente a voz que nunca esquecera: *"Meu pequeno Inácio, Eu te cuidarei e também nosso Pai Celestial. Tu terás sempre o meu amor. Tenho pedido a Yahweh para que nunca te falte nada".*

A sua lembrança caminhou na direção da mãe Maria, quando, certo dia, na casa de João, na Colina do Rouxinol, deitada em seu leito, prestes a retornar à Casa de Yahweh, afagando seu rosto, lhe disse: *"Querido filho da alma! Yeshua costumava dizer-me que nas famílias humanas podemos distinguir quem é a mãe e quem são os irmãos, e quem, obviamente, são os filhos, mas nem sempre podíamos detectar os membros de nossa família espiritual. Você, Inácio, é um filho muito querido da minha alma. Creia que nosso amor transcende esta tua vida e se perde no infinito dos tempos."*

Lembrou do amado amigo Paulo de Tarso e daquela noite em Éfeso, quando o amigo lhe disse: *"Segue sempre em frente, com fé sincera, firme e humilde. Reverencia sempre os ensinamentos de nosso Yeshua. ...Nunca esperes lauréis do mundo nem o reconhecimento dos homens, antes, busca os lauréis dos céus, e que te visitem sempre as virtudes da compreensão, da tolerância e da indulgência, para que saibas usá-las em favor do próximo, e assim elas reverterão a teu favor."*

Também se aproximou de sua mente o amado pai adotivo, João, seu carinho, suas orientações, seu imenso amor para com ele.

Lembrou-se do amigo Timóteo, das conversações e das lutas travadas em conjunto com o grande amigo de Paulo em favor da mensagem do Mestre. Já fazia dez anos de seu retorno à Casa de Yahweh.

Então chorou novamente. A lembrança de muitos outros amigos lhe assomou à mente. Apertou a concha dependurada no colar que recebera de presente, lembrança do general Lucinius; lembrou do estalajadeiro Nécius; do grande amigo em que se transformara o centurião Gabinius; do amigo de lutas Policarpo; do saudoso amigo Nicolau; de Lúcio; de Mical e de Uriel; dos demais amigos que dirigiam os Núcleos cristãos. Experimentou o pensamento reconfortante de que ao menos os Núcleos estavam unidos e tinham todas as condições para continuarem preservando a Boa Nova. Isto fortaleceu sua alma.

Não se dera conta do tempo. De repente ouviu os gritos da turba. Um gladiador havia tombado no anfiteatro e a população brutal ovacionava o golpe fatal que o derrubara. Os animais alarmavam-se nos calabouços. A terra parecia tremer ao som do medonho coro de homens e de bestas.

Os soldados abriram a porta da cela. Nada falaram e conduziram Inácio pelo corredor da morte, na direção da arena.

O anfiteatro demonstrava a beleza de sua imponente construção. Estava lotado. Milhares de pessoas estavam confortavelmente sentadas. O multicolorido era suavizado pelo toldo púrpura, enriquecido pelas brilhantes armaduras dos soldados, folheadas a ouro e prata, tudo o que o deslumbramento ofertava ao homem egoísta e orgulhoso.

O trono do Imperador estava numa plataforma elevada, com pálio carmesim. Era suntuoso. Entretanto, seu lugar era ocupado pelo Prefeito Pretoriano de Roma, Sérvio Sulpício, cujo deus era o Imperador.

Próximo a ele estavam os organizadores dos jogos e dos sacrifícios dos prisioneiros. No primeiro círculo das bancadas sentavam-se os ricos e as autoridades da cidade. Os membros da Ordem dos Cavaleiros de Roma, vestidos de mantos brancos, estavam mais acima. Depois, a imensa maioria. Sobre as plataformas ou galerias do povo, havia as bancadas de madeira para as mulheres, obrigadas pela lei romana a ficarem separadas dos homens. Entre o povo estavam os turistas e enviados de todos os territórios dominados pela águia romana.

A confusão de vozes era como o murmúrio do mar vigoroso. Transpareceu que a soberania do povo fora banida do Fórum Romano, buscara refúgio no anfiteatro e vindicava com gritos ensurdecedores.

Percorrera a multidão a notícia de que um dos maiores, talvez o maior líder dos cristãos, fora trazido preso e condenado, do território da Síria, por ordem do Imperador Trajano, e que deveria ser entregue às feras. Em um frenesi selvagem, a notícia passou de bancada para bancada. Quando todos tomaram conhecimento, o anfiteatro inteiro levantou-se e soltou um grito de histeria coletiva, pedindo em voz alta: "Tragam o homem! Tragam o homem!" Os mais fortes aplausos, ritmados, eram um brado enlouquecido. Assim os romanos pediam a entrada dos prisioneiros na arena.

De repente, a calmaria reinou sobre aquela massa viva. Toda a multidão voltou seus olhos para a entrada do corredor que dava acesso à galeria dos calabouços.

Quatro soldados conduziam à arena um homem idoso e já enfraquecido pelo desgaste das lutas incessantes pelo Evangelho de Yeshua, de porte ereto, os cabelos brancos cacheados, o rosto redondo, uma pequena cova no queixo, o nariz bem feito, dois grandes olhos cinza e, apesar da idade, os dentes muito brancos e bem conservados, magro, de estatura mediana e com poucas rugas, apesar de beirar cem anos de idade.

Inácio caminhou para o centro da arena. Seus passos eram seguros e firmes. Seu aspecto jovial, o sorriso incrustado na face. O povo ficou estático ao ver aquele homem venerando. Nunca uma vítima da maldade romana se traduzira tão altaneira e irradiara tanta simpatia, mesmo aos inimigos que assim se diziam dele ser, até porque ele não tinha inimigos na sua intimidade. Havia lutado

Testemunho pelo Cristo

por longos e longos anos, até ser novamente conduzido para aquela arena de horrores, pelas areias manchadas do sangue de muitos cristãos que não renunciaram a Yeshua.

O silêncio continuava. Como que fixado por força invisível, o povo sequer se movimentava. Então Inácio foi levado aos pés da plataforma imperial. O Prefeito Pretoriano, ao lado dos seus imediatos, tendo ouvido as narrativas sobre Inácio, sobre sua primeira prisão e o que sucedera; sobre a segunda prisão e também sobre a longa viagem à cidade, tocado pela idade e aparência profundamente respeitável de Inácio, pareceu experimentar um sentimento de piedade, e então falou-lhe:

– Admiro-me que ainda estejas vivo, após tudo o que te sucedeu e após toda a fome e sofrimento que já suportaste. Agora, consente ao menos em oferecer sacrifício aos deuses de Roma, para que sejas livre da horrível morte que te espera, e salva-nos do pesar de matar-te.

Inácio olhou para o prefeito, depois foi virando o corpo e varrendo todo o circo com o olhar. Em seguida, voltou-se para a autoridade romana e ao falar, por um fenômeno de ampliação de sua voz produzido por Benfeitores Espirituais que ali se achavam, foi ouvido em toda a arena:

– Nobre senhor, com tuas palavras brandas, desejas de mim o que não te posso dar.

As pessoas não podem oferecer às outras o que não possuem, e em meu coração há lugar somente para um Deus, Yahweh, e também para o meu amado Messias, revelador da Verdade que há de abrasar e modificar a Terra e amparar os que sofrem, meu inesquecível Yeshua de Nazareth.

"Não podes ainda saber que a vida não se encerra nesta arena, e muito menos nos anéis de teu dedo, ou no manto de tua autoridade, como também não se encerra no fausto, no luxo e na riqueza, nos palácios e nas conquistas passageiras de tua gente, nem termina nos sítios da prepotência. Tudo, absolutamente tudo isto que vês – ao falar Inácio apontou para toda a arena – tudo passará. Não ficará pedra sobre pedra, como já nos ensinou o homem de Nazareth.

"Esta vida mortal não me atrai. Desejo, nobre senhor, ir ao encontro do meu Mestre Yeshua. Ele levedou o pão da imortalidade, venceu o túmulo e nos encheu de paz e vida, e vida em abundância.

"Vivi meus dias inteiramente para o meu Mestre e minha alma anseia por Ele. Desprezo os teus tormentos e te devolvo e agradeço a liberdade que me ofertas."

Sérvio Sulpício, profundamente impactado, titubeou. As palavras de Inácio o incomodaram e atingiram no íntimo. Sua consciência parecia arder em chamas, diante do que o pastor de Antioquia dissera. Fez enorme esforço para usar um tom arrogante e então disse:

"Soldados, já que este velho é tão orgulhoso e desdenha a minha concessão, deixai-o com as mãos amarradas e providenciai a soltura dos leões.

Ao dizer isto, olhou fixamente para Inácio.

Inácio sorriu e voltando-se para a multidão, ainda sob o mesmo processo de ampliação de sua voz produzido pelos Benfeitores Espirituais, dirigiu-se àquela assembleia, dizendo:

– Romanos que testemunhais a minha morte. Não penseis que sou condenado por algum crime ou má ação. Nada fiz contra vossas leis e nada tenho de que me penitenciar. Apenas me é permitido, neste instante, que eu vá para o meu Deus, Yahweh e para o meu Mestre, Yeshua, o que muito desejo. Sou o trigo de Yahweh e devo ser moído pelos dentes das feras, a fim de tornar-me para Ele um pão branco e puro.

No centro da arena do Coliseu romano, o valoroso servidor de Yeshua, com os braços amarrado a cordas, se ajoelhou. A multidão, que também ficara impactada com o que ele falara, logo a seguir despertou daquela extraordinária energia de que as palavras de Inácio foram portadoras e, parecendo sair de um torpor, deu vazão a sua sanha macabra e começou novamente a bater palmas compassadas e agora a gritar:

– Soltem os leões... Soltem os leões!...

O grande cuidador dos Núcleos fundados pelo Cireneu de Tarso e dos demais Núcleos cristãos, zelador da continuidade da pureza de Boa Nova, naquele instante evadiu-se da arena, pelo pensamento e reviu na memória de seu espírito os fatos que mais marcaram sua existência: A orfandade em Cafarnaum; o dia em que a tarde caía sobre as plácidas águas do Lago de Genesaré e a pequena multidão que se acotovelava em torno daquele homem belíssimo, cujo rosto angelical transmitia serenidade e paz e cujos olhos tinham um brilho profundo e contagiante. Reviu o gesto divino em sua direção, quando aquele Ser de iluminada presença lhe abriu os braços para que ele se aninhasse no Seu colo divino. Naquele dia, o vento aumentara de intensidade. As folhas das tamareiras cumpriam uma dança graciosa, sob os ecos de uma música divinal que se podia ouvir ao longe. Então, Ele lhe afagara os cabelos, e antes de trazê-lo ao encontro de Seu peito, lhe falara baixinho: *Olá, amigo da alma, como vais? Que bom que retornaste!*

Ali, agora, na arena do suplício, de tudo lembrava.

Depois, sua mente, como flecha ligeira e certeira, voou na direção de Éfeso, viu-se em pé, no penhasco da Colina do Rouxinol, e ouviu novamente aquela outra voz inesquecível e carregada de ternura indizível, a da mãe amada: *"Inácio, Inácio, meu filho querido, amigo da minha alma. Já é momento de vires para casa. A noite chega!"*

Um silêncio de morte se fez no anfiteatro. Inácio retornou da ausência e olhou para a frente. As feras avançavam na sua direção, ensandecidas pela fome. Então viu, com os olhos da vigília, sua mãe espiritual, a doce e meiga Maria de Nazareth se aproximar, com maravilhoso sorriso diáfano e encantador e estender as mãos na sua direção.

A multidão começou a exultar em gritos antecipados de prazer, ante o espetáculo sangrento que se avizinhava. Cristãos incógnitos e pagãos esperavam que um milagre salvasse Inácio.

Mergulhado nas doces lembranças de Maria, viu também se aproximar o pai adotivo, João, que sorrindo lhe disse:

"Querido filho e amigo Inácio, vim buscar-te, na companhia de nossa mãe Maria. Venceste a desconfiança dos homens. Venceste o mundo e edificaste tua vida a Yeshua, por amor e sacrifício. Alegramo-nos por estares retornando à Casa de Yahweh.

Inácio viu também os demais amigos de Antioquia, de Éfeso, de Jerusalém, irem chegando na arena. Pedro, Paulo de Tarso, Estêvão, Barnabé, Evódio, Simeão bar Cleófas, Nicolau e Timóteo, e outros tantos lhe acenavam, sorrindo.

Saiu momentaneamente daquele maravilhoso êxtase, quando sentiu um vulto próximo, um hálito forte e quente e uma coisa pesada se abateu sobre seu rosto. O primeiro leão lhe aplicou uma violenta patada em plena face, quase lhe arrancando a cabeça do corpo. O sangue jorrava aos borbotões. A multidão urrava. Outro leão lhe mordeu o ombro direito e o arrastou. Inácio perdeu os sentidos. Os pedaços de seu corpo estavam sendo abocanhados pelas feras. Os gritos ensurdeciam o ambiente tétrico e horroroso.

Inácio levantou-se na arena do ódio e do poder ilusório. Os pedaços de seu corpo e ossos jaziam por toda a parte, estraçalhados. Olhou novamente para frente e estendeu as mãos para a doce e meiga Maria de Nazareth, que o recolheu de encontro aos seus braços e lhe disse:

– Vem, meu amado! Vem, Inácio! Vem conosco. Vamos ao encontro de nosso amado Yeshua!"

Embora um pouco aturdido, foi instantaneamente se recuperando, quando viu um cortejo de anjos que o rodeavam, a Maria, a João e aos demais amigos da alma e que entoava a canção da esperança, formando um grande círculo na arena, e, no centro do círculo, o que viu lhe maravilhou mais ainda a alma. Ali estava, diante dele, radiante e belo como a mais bela manhã de primavera, o seu amado Yeshua, que caminhando lentamente na sua direção lhe abriu os braços, chamando-o para Si. Inácio deixou o abraço de Maria e quase a correr foi na direção do Mestre, sem receio e alojou-se naquele abraço divino. Yeshua o abraçou, trouxe-o de encontro ao Seu ombro divino, lhe afagou os cabelos e disse:

– Amigo, que bom que retornaste! Nosso Pai Celestial manifesta, através da presença dos teus e nossos amigos, a alegria pelo teu retorno à morada Celeste. Ontem não confiaste muito nas minhas palavras. Agora, nesta tua vida na Terra, deste o teu testemunho por amor a Mim e a nosso Pai. Vamos, querido amigo, para o Reino de Yahweh.

Inácio ouviu o seu querido Mestre, mas ainda ficou confuso com o que Ele falara. Ele lhe falara em ontem, em desconfiança, mas o chamara de amigo. Sentia no íntimo que as dúvidas que carregara em toda a sua existência, em breve teriam condições de ser dissipadas. O cortejo de anjos iluminados, secundando Yeshua, Maria, João e os demais amigos espirituais, levando o Pastor de Antioquia da Síria e de todos os cristãos, foi se distanciando da arena do anfiteatro do mundo, na direção das estrelas.

A noite arrastou-se sobre a cidade dos Imperadores. O Coliseu ficou silencioso como uma tumba. Na intensa luz do luar, três homens caminharam rápida e silenciosamente à sombra das arcadas do teatro fatídico e penetraram no centro da arena. Num dos lados da arquibancada do trono do Imperador eles abaixaram-se e desdobraram um pano, onde recolheram alguns ossos e uma porção de areia empapada de sangue. Eram os cristãos Carus, Philom e Agathopus, que haviam acompanhado o amigo Inácio desde Antioquia da Síria.

Próximo ao Coliseu há o Núcleo cristão de Roma. É a chamada casa de Clemente, agora dirigida por Aristo, um judeu helenizado, que se converteu ao Cristianismo ali mesmo em Roma. Para esse Núcleo, os três amigos levaram os restos mortais do querido amigo e pastor, onde ele recebeu as homenagens fúnebres.

Ao menos por enquanto, a sublime mensagem a Boa Nova, trazida à Terra pelo Cristo de Yahweh e difundida pelo Cireneu de Tarso, estava protegida e deveria seguir adiante, orientando a Humanidade do futuro.

Dica de Leitura

Francisco Ferraz Batista

Prefácio de Suely Caldas Schubert

Romance Inspirado

Nos tempos de Paulo

ebm
editora

Inspirado por Espíritos Paulinos, o autor narra a saga de Abiel, que foi abandonado pela esposa e pela filha e perdeu-se pelos descaminhos da vida, até que, 15 anos mais tarde, andarilho e desiludido, ouviu falar de Jesus e de Paulo de Tarso.

Ao ouvir o Apóstolo dos Gentios, foi surpreendido com a revelação e o convite: "Sê bem-vindo, irmão Abiel. Já te esperava para te integrares à Caravana da Boa Nova que despontará na Terra." Participou dos primeiros passos da segunda viagem de Paulo, até Trôade, onde permaneceu, na condição de trabalhador do Núcleo fundado pelo Cireneu e se transformou no enigmático "Curador de Trôade".

Paulo prosseguiu, intimorato, visitando os Núcleos por ele fundados na primeira viagem, enfrentando os mais ínvios caminhos e os mais cruéis inimigos, com determinação e fé inabalável em Yahweh e Yeshua (Deus e Jesus).

Anos mais tarde, já no fim da vida, Abiel reencontrou a esposa e a filha e se reconciliou com elas.

Narrado em linguagem carregada de beleza e emoção, o romance traz, em seu bojo, farto e belíssimo material doutrinário, que se traduz nas pregações de Paulo; nas preces feitas por ele e por outros personagens que povoam a obra do início ao fim, bem como na presença de Amigos Espirituais, tais como Estêvão, Abigail e Acádio, que constantemente interagem com os trabalhadores encarnados, ofertando-lhes apoio e orientação.